SEU COMPARECIMENTO É OBRIGATÓRIO

SASHA VASILYUK

SEU COMPARECIMENTO É OBRIGATÓRIO

Tradução de Clóvis Marques

Título original
YOUR PRESENCE IS MANDATORY
by Sasha Vasilyuk

Copyright © Sasha Vasilyuk, 2024

Todos os direitos reservados.
Nenhuma parte desta obra pode ser reproduzida ou transmitida
por meio eletrônico, mecânico, fotocópia ou sob
qualquer outra forma sem a prévia autorização do editor.

Direitos para a língua portuguesa reservados
com exclusividade para o Brasil à
EDITORA ROCCO LTDA.
Rua Evaristo da Veiga, 65 – 11º andar
Passeio Corporate – Torre 1
20031-040 – Rio de Janeiro - RJ
Tel.: (21) 3525-2000 – Fax: (21) 3525-2001
rocco@rocco.com.br|www.rocco.com.br

Printed in Brazil/Impresso no Brasil

Preparação de originais

NATÁLIA PACHECO

CIP-BRASIL. CATALOGAÇÃO NA PUBLICAÇÃO
SINDICATO NACIONAL DOS EDITORES DE LIVROS, RJ

V457s

    Vasilyuk, Sasha
        Seu comparecimento é obrigatório / Sasha Vasilyuk ; tradução Clóvis Marques. - 1. ed. - Rio de Janeiro : Rocco, 2024.

    Tradução de: Your presence is mandatory
    ISBN 978-65-5532-477-8
    ISBN 978-65-5595-299-5 (recurso eletrônico)

    1. Ficção ucraniana. I. Marques, Clóvis. II. Título.

24-92854   CDD: 891.793
                             CDU: 82-3(477)

Gabriela Faray Ferreira Lopes - Bibliotecária - CRB-7/6643

Para os meus avós

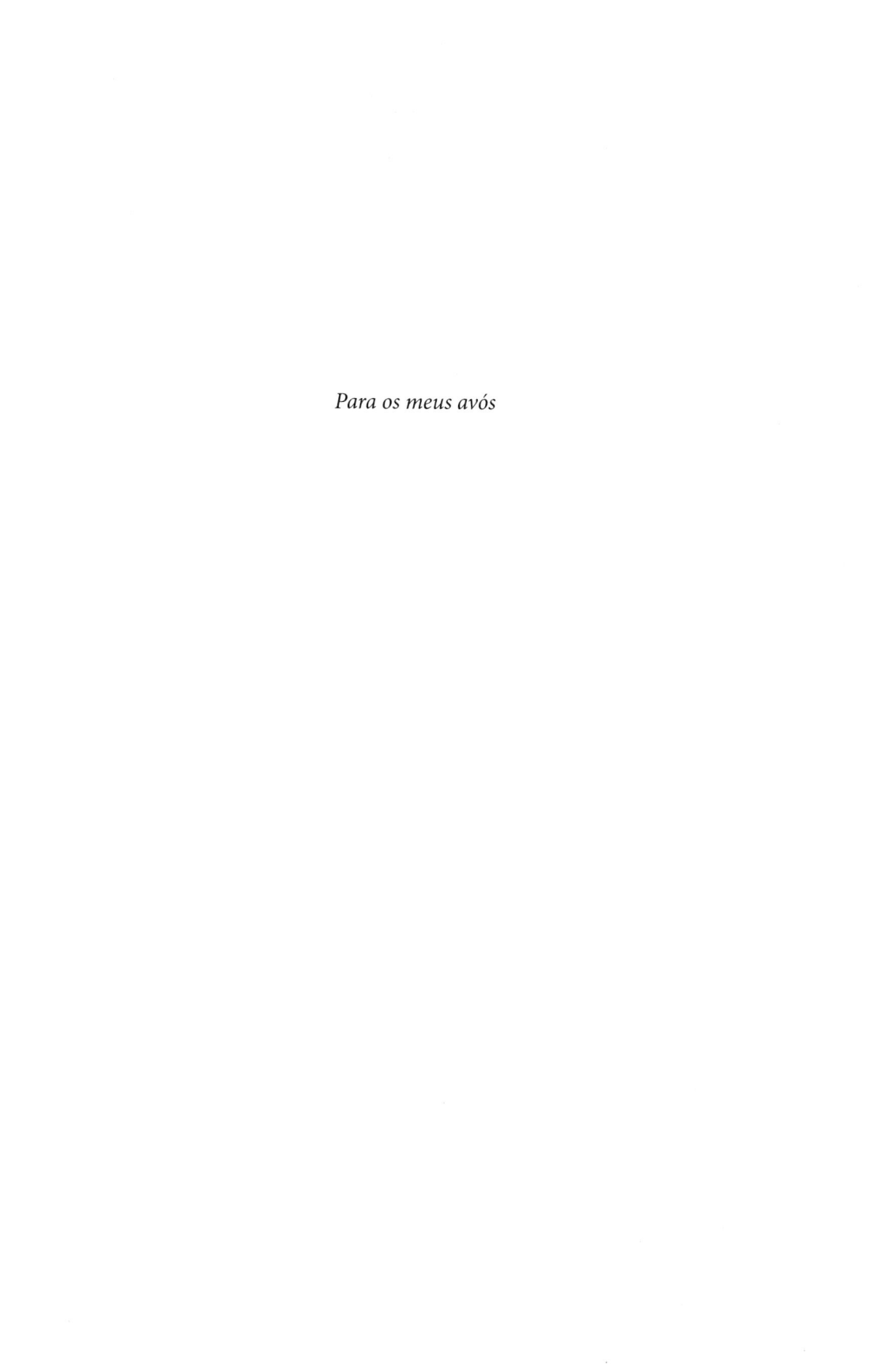

Capítulo 1

*2007
Donetsk, Ucrânia*

Nina viu o marido pescar um maço de papéis na pasta de couro e se trancar no banheiro. Ouviu quando Yefim acendeu um fósforo e logo sentiu o cheiro adocicado de fumaça de papel velho queimando.

Nina não fez nada para impedi-lo. Para quê? Ela queria o quarto sempre arrumado. Também vinha se desfazendo de várias coisas. Sempre que os netos deles ou ex-alunos dela apareciam, doava volumes de Púchkin ou as pedras raras coletadas em suas expedições paleontológicas pela URSS. Mas ninguém ligaria para os documentos de um homem que estava prestes a morrer, logo, não fazia mal que os queimasse. Claro que ele poderia simplesmente jogá-los fora e poupar a filha, Vita, da preocupação de ver o apartamento em chamas, mas Nina até que estava gostando do súbito pendor dramático de Yefim. Desse jeito, pelo menos na cabeça dele a vida ficaria parecendo mais interessante.

Não era fácil ver assim diminuído, mais frágil, imprevisível, o homem com quem estava casada havia mais de cinquenta anos. Depois da queima dos papéis, foi como se ele tivesse desistido. Não demorou, e não ia mais sozinho ao banheiro, apenas ao vaso de plástico no meio do quarto, que chamava de seu "trono". O pior foi quando caiu da cama e gemia "Não me bate!" com aquela vozinha horrível que ela nunca tinha ouvido antes. Nina ficou aliviada quando ele se mostrou mais lúcido no Dia da Vitória, e os bisnetos puderam parabenizá-lo direito. Era importante lembrar àquela geração mimada do século XXI que Yefim fora um herói de guerra. Mas logo depois ele piorou de novo, até a manhã em que Nina despertou com seu habitual "De pé para a vida, Fima!", e ele não reagiu. O silêncio dele foi como uma bofetada.

Nos dois dias seguintes, ela chorou quase sem parar, em meio aos preparativos. As lágrimas não eram apenas por Yefim. Também chorava por si mesma: ela seria a próxima. Aos oitenta e dois, já vira tanta gente morrer que provavelmente estava chegando a hora de encarar a maldita. Mesmo assim, ao pôr o vestido de algodão preto para se despedir do homem que melhor conhecia, ela tremia.

Ao passar com o filho Andrei, à frente da pequena procissão, pela banca da vendedora de flores do cemitério de Donetsk, com suas coroas de plástico reluzindo ao sol, Nina só pensava no retângulo de solo de arenito ressecado que a esperava, ao lado de Yefim. Ficava a centenas de quilômetros dos seus pais e da sua irmã, que repousavam num lindo cemitério arborizado de Kiev.

O cabelo de Nina logo ficou impregnado de suor sob a boina preta. Andrei a abanava com um lenço trazido de Moscou, e eles viraram à direita em direção ao setor recém-inaugurado. Com o olho bom, Nina via as cruzes, os nomes desconhecidos nas lápides e, aqui e ali, retratos em preto e branco dos mortos olhando para ela. Tentou não pensar neles como futuros vizinhos.

Junto ao lote da família, dois coveiros se apoiavam em suas pás. Nina se sentou numa cadeira de plástico, e o resto do grupo se juntou ao seu redor: Andrei, Vita com o marido, três dos netos e um casal de antigos colegas de Yefim, geólogos como ele. Ela ficou triste porque os dois outros netos estavam muito longe, na Califórnia, e a sobrinha de Yefim, única sobrevivente do lado Shulman, não pôde vir da Alemanha. Mas ela sabia que Yefim não ficaria aborrecido com eles. Enquanto cada um jogava flores no túmulo, ela o imaginava soltando uma piada para animar o ambiente. Aquele bobão do seu marido: como sentiria falta dele.

Não houve rabino nem padre, pois Yefim era judeu e, como a maioria dos soviéticos, ateu. Mas Andrei, usando aquela barba meio crística desde que se fizera batizar, apesar das objeções dela e de Yefim, fez questão de ler uma oração. Nina não achava que Deus tivesse feito grande coisa por sua família nem por ninguém no país, mas ainda assim disse "Amém", para agradar ao filho.

Depois da oração, Vita pôs os óculos de leitura e se adiantou para recitar um poema de Ievtuchenko que amava desde o ensino médio. A voz ficou trêmula quando ela chegou aos versos "Que sabemos do nosso pai? / Aparentemente tudo — e ainda assim absolutamente nada".

Não havia muito o que saber, gostaria de dizer-lhe Nina. E, no entanto, ela mesma estava sempre se questionando sobre o seu pai: ele morrera durante a guerra, e logo depois fora a vez da sua mãe, o que a deixou órfã aos dezesseis anos.

Nina queria enxugar as lágrimas da filha, que pingavam na lápide, um granito cinza de textura áspera, escolhido em homenagem à carreira de Yefim como geólogo. Dali a um ou dois anos, com a acomodação do terreno, mandariam instalar um simples monólito de granito negro com o nome dele e as datas. Nada de coroas de louros, nem de "Defensor da Pátria" ou, Deus nos livre, de estrela soviética, como os outros veteranos. Ele podia ter combatido durante toda a guerra, desde o primeiro dia até a entrada em Berlim quatro anos depois, mas detestava tudo que tivesse a ver com veteranos. Nem sequer se dera ao trabalho de redigir um simples relato de lembranças da guerra, apesar das cobranças de Andrei e Vita, anos a fio. Uma teimosia realmente impressionante.

Quando Vita concluiu a leitura do poema, Nina levantou-se e depositou na cabeceira da sepultura de Yefim a pedra que segurava na mão direita. Era um pedaço de calcário da pedreira onde haviam se conhecido naquele verão, mais de meio século antes.

Para a vigília, a família se espremeu na sala de estar de Vita. O apartamento num nono andar no centro de Donetsk, onde Nina e Yefim tinham sido obrigados a viver desde que ela sofreu um derrame e ele começou a tremer por causa do Parkinson, tinha uma vista da cidade que se estendia até os montes de escória no horizonte.

Enquanto o pôr do sol ia alaranjando o papel de parede florido, e a brisa da noite abrandava o calor na sala de estar, eles comeram *blintzes*, beberam *kompot* frio de frutas vermelhas e contaram histórias de Yefim.

Aquela de quando ele se perdeu na Sibéria e depois dava de ombros, como se sobreviver na taiga dias seguidos não fosse nada de mais. E de quando tinha salvado Andrei e Vita ainda pequenos de uma égua enlouquecida que investiu contra eles, espumando. Vita lembrou que mais tarde ele também a salvara de ser expulsa da faculdade por ter perdido um mapa — um daqueles ridículos mapas soviéticos considerados ultrassecretos — depois de beber uma garrafa inteira de conhaque com o professor. O jeito muito próprio que ele tinha no trato com todo mundo, até as autoridades. Recostada no sofá, Nina ouvia e se perguntava se amaria mais Yefim se tudo que soubesse dele fossem aquelas histórias.

Quando Andrei voltou à sua vida de professor em Moscou e Vita retomou o trabalho, Nina estranhou o sossego no apartamento. Estava acostumada à tosse e aos suspiros de Yefim na cama separada dele, no acanhado quarto dos dois. Toda manhã acordava esperando vê-lo e por um segundo imaginava se ele não teria fugido de novo, como da vez que foi encontrado por transeuntes, desorientado entre os arbustos de um parque. Até que se lembrava e começava a contar quantos dias ainda faltavam para tirar as toalhas dos espelhos.

Nina conseguiu atravessar os quarenta dias de luto com a ajuda de novelas e audiolivros, mas o tempo todo precisava se segurar para não começar a limpeza. Antes da morte do marido, dia sim, dia não, tirava a poeira do quarto logo pela manhã: a escrivaninha, a TV, a mesa de cabeceira e a estante envidraçada com a pequena caneca de latão de Yefim, da época da guerra. Duas vezes por semana, pedia que Vita trouxesse água morna num balde de plástico vermelho e se ajoelhava, pois assim se sentia mais firme para esfregar o piso de linóleo com uma camisa velha do marido. Quando Yefim ainda estava vivo, não podia sair da cama enquanto o chão não estivesse completamente seco, mas agora ela quase sentia a poeira se acumulando ao redor.

Até que, finalmente, no quadragésimo dia, Vita destapou os espelhos. Era uma manhã quente de julho, e uma pálida névoa de cor de lavanda pairava sobre os montes de escória. Enquanto Vita juntava as roupas e a roupa de cama de Yefim em duas grandes sacolas — uma para os pobres, a outra a ser queimada fora da cidade —, Nina começou a tirar a poeira. Quando todas as superfícies habituais estavam limpas, ajoelhou-se em frente à cama de Yefim. Debaixo dela, retirou a pasta de couro que ele levava para todo lado desde a década de 1950.

— Finalmente vamos nos livrar dessa velharia — disse à filha.

Lembrou-se então do dia em que se mudaram para a casinha nas imediações de Kiev, quando ele apareceu com a pasta, uma sacola de roupas e a caneca de latão de formato estranho, seus únicos pertences. Foi logo dizendo que a pasta continha documentos privados, e ela entendeu que não devia abri-la, embora nem estivesse curiosa.

Agora Nina tirava a poeira do couro e abriu a pasta para checar se estava vazia, antes de jogá-la na pilha que Vita ia acumulando.

O interior cheirava a século passado, diesel, trens, iodo e tinta. Ela já ia fechar a aba quando viu a borda de um fino envelope bege num dos compartimentos. Ele devia ter esquecido de queimá-lo.

Ela o apanhou. Se fosse numa das novelas que tanto apreciava, encontraria ali dentro algo emocionante, como fotografias que ele tivesse escondido ou talvez até uma carta de amor de alguma mulher apaixonada. Mas o que achou foi uma banal fotocópia amarelecida, preenchida com a imaculada caligrafia de Yefim. Embora não desse para distinguir bem as palavras, certamente não parecia uma carta de amor.

— Leia isto aqui, Vitochka — disse. — Quero saber se dá para jogar fora.

Vita pôs os óculos e pegou a carta.

— É de abril de 1984 — disse.

Nina lembrou que 1984 foi o ano da nomeação de Chernenko como secretário-geral, cargo em que permaneceu por um ano apenas, até morrer e Gorbachev assumir e acabar com um país em que ninguém mais acreditava. Ela bem que gostaria de deixar de contar o tempo de acordo com os secretários-gerais, mas não dava para mudar o modo de funcionamento da memória soviética.

— É melhor se sentar, *mamochka* — avisou Vita com a voz abafada. — É uma carta à KGB.

Nina começou a sentir um suorzinho frio.

— E o que a KGB poderia querer com o seu pai?

Ela engatinhou até a cama e se levantou para se sentar na beira do colchão, ainda segurando o pano de pó.

Vita começou a ler em voz alta:

> *Ao chefe do Comitê Regional da Segurança de Estado,*
> *Escrevo para tratar das discrepâncias constatadas no histórico do meu serviço militar. Devo dizer antes, contudo, que meus filhos e netos me amam muito, e para eles seria um grande trauma psicológico descobrir o que vou relatar.*

Capítulo 2

21 de junho de 1941
Šilalė, República Socialista Soviética da Lituânia

A pálida luz azul da noite mais curta do ano envolvia a base da artilharia onde Yefim estava sentado diante da fogueira, jogando fora os últimos pedaços do cozido de carne enlatada.

O regimento deles havia trazido um bocado de alvoroço a esse recanto tranquilo da Lituânia, arrastando seus enormes canhões ante o olhar reprovador dos habitantes, transformando um velho celeiro em caserna, montando uma cozinha e tendas de emergência médica, instalando uma linha telefônica e construindo estábulos para os cavalos.

Os alemães estavam posicionados a menos de uma hora a oeste, e não se sabia muito bem o que aconteceria em seguida. A ordem mais recente de Stalin era que estivessem prontos para o combate, mas tomando todas as precauções para não provocar Hitler. Ninguém queria a guerra.

Yefim lambeu a gordura da carne na colher. Na manhã seguinte, Ivan e ele teriam que rebocar o enorme canhão de campanha verde-oliva que apelidaram de Uska até dois quilômetros a oeste, para se juntarem ao resto da bateria. Ele tentava definir quais cavalos seriam usados na missão. Decididamente Netuno, seu favorito. Yefim se sentia parecido com Netuno, um garanhão castanho de tração pesada: musculoso, com pernas fortes, aguentava horas seguidas de trabalho pesado. Achava que ambos tinham sido criados para o trabalho no campo, mas tiveram a sorte de acabar no exército.

Yefim depositou a marmita vazia na tora entre Ivan e ele e pegou o cantil de alumínio. A cerveja dessa noite fora especialmente trazida de caminhão porque uma dúzia de homens da sua divisão comemoravam o fim do serviço militar.

Estavam sentados ao seu redor, bebendo e falando de voltar para casa na semana seguinte.

— Quando chegar em casa, juro que nunca mais vou comer carne enlatada — disse Anton Lisin, soldado meio atarracado que comia o cozido como se estivesse na sala de jantar do czar. — Só *borsch* e estrogonofe de carne e chocolate.

— Humm, chocolate — concordaram os outros.

Com a sensação agradável das bolhas amargas da cerveja na língua, Yefim se alegrava por ainda não estar voltando. Tinha pela frente mais dois anos de exército, e assim poderia retornar como o irmão mais velho, Mikhail: de peito aberto, confiante, as medalhas reluzindo no uniforme. Ele nunca esqueceria que o povoado inteiro foi cumprimentar Mikhail, enquanto a mãe deles exalava o orgulho de uma antiga rainha judia.

— Chocolate é coisa de criança — retrucou Regush, além da fogueira. — Minha primeira missão será entre as coxas de Svetochka.

— Às coxas! — brindou alguém, e de repente Yefim ficou irritado com aqueles caras mais velhos se vangloriando de algo que Ivan e ele não podiam ter.

— Ah, por favor, Regush — disse, sentindo-se aquecido e que a língua estava solta. — Garanto que vai sentir falta da gente depois de uma semana com a sua Svetochka.

— Não precisa ficar com ciúmes, caro Shulman, você sempre será minha garota favorita — mandou Regush de volta, levantando-se e trotando para ele, com os lábios cheios de gordura enrugados para um beijo.

Todos caíram na gargalhada ao ver Yefim levantar Regush como uma noiva e carregá-lo em torno do círculo. Os soldados batiam com as colheres nas vasilhas de metal e gritavam "Gorko! Gorko!", como faziam nos casamentos. Ele depositou Regush de novo onde estava e voltou a se sentar ao lado de Ivan.

— Eu com certeza não vou sentir falta dessa loucura toda — disse Lisin. — Depois daqui, vou para Moscou. Estudar geologia.

— E quem diabos você tem na capital? — quis saber Regush.

— Minha irmã mora lá, se quer saber — respondeu Lisin. — Trabalha no Telégrafo Central.

— Para que então estudar geologia? Ela não pode arrumar emprego para você no Telégrafo?

Yefim abriu um sorriso finório.

— Como não tem Svetochka, Lisin tem que se contentar com as pedras — disse.

Os soldados abafaram o riso.

— Gente como você, Shulman, não entende — disse Lisin, agitando a colher no ar como um maestro e fazendo Yefim se perguntar se *gente como você* significava o de sempre: judeus. — Só querem prender e arrebentar. Mas o verdadeiro poderio da União Soviética não está nos soldados, e, sim, nas matérias-primas e na inteligência para saber usá-las. Basta ver os trens carregados de trigo e carvão que mandamos para a Alemanha. Uma bela garantia de que os Fritz não vão começar uma guerra.

Yefim detestava aquele tom arrogante. Lisin era um perfeito *shvitzer*, como diriam seus irmãos. Pena que Ivan não conhecia a força dessas expressões iídiches.

— Mas, se houver guerra, Lisin não vai se importar se a diversão e a glória ficarem para nós, enquanto ele estuda rochas num laboratório empoeirado — disse Yefim.

— À diversão e à glória! — brindou alguém em meio às vaias ao redor da fogueira, e Yefim entendeu que os outros estavam com ele.

Ergueu o seu cantil, e Ivan lhe sussurrou no ouvido:

— Se eles não atacarem, estamos fodidos.

Yefim sacudiu a cabeça, aliviado porque ninguém ouvira o amigo. Se estivessem sozinhos, diria a Ivan que Hitler podia ter esmagado Paris, mas a União Soviética não era a França. Eles eram uma superpotência. Não tinham nada a temer.

Ivan era um artilheiro muito bom, mas às vezes Yefim se perguntava por que seu melhor amigo, há um ano no serviço, ainda não perdia uma oportunidade de alfinetar o Exército Vermelho. Eles tinham se conhecido no comissariado militar regional em Kozyatyn, que ficava a meio caminho entre os respectivos vilarejos. Yefim estava feliz por ter chegado à idade do alistamento e finalmente testar sua têmpera de soldado, seguindo os passos do irmão mais velho e do pai, que servira no exército do czar. Mas para Ivan era uma maneira de se livrar do pai, que se tornara um bêbado depois da morte da mãe, durante a fome.

Yefim logo gostou do rosto largo e jovial de Ivan e do olhar sincero nas pupilas cinzentas, por baixo das sobrancelhas louras quase invisíveis. Embora o rosado das bochechas lhe desse um ar de inocência, ele era forte e resistente como um animal desgarrado — sabia revidar quando necessário. No treinamento, os dois foram destacados para a unidade de artilharia por causa da força física. Trabalhando juntos nos canhões de tração animal da divisão, Ivan e ele logo ficaram próximos. Trocavam todo tipo de histórias da infância, apenas evitando os piores horrores da fome a que ambos haviam sobrevivido. Yefim confiava tanto nele que até lhe contou que certa vez se mijou todo na sinagoga porque o serviço havia demorado demais. Ao contrário de outros no campo de treinamento, Ivan não parecia se importar que ele fosse judeu, nem que seu tom de pele fosse mais escuro e seu sobrenome, decididamente nada eslavo. Até se sentia ofendido por Yefim quando ouvia alguma piada sobre os *jidy*.

Concluído o período de treinamento, Yefim levou Ivan à sua casa para as despedidas, antes de embarcarem para o serviço ali no Báltico. Ele foi recebido como se fosse da família, embora mais parecesse um corvo branco no meio daquela gente barulhenta de olhos castanhos e cabelo escuro. Foi uma pena que Ivan não tivesse encontrado Mikhail, que morava com a mulher e a filha em Kharkiv, mas pelo menos ele conheceu Yakov, Naum e Georgiy, além da irmã deles, Basya, cujos longos cabelos negros e as sobrancelhas dançantes nitidamente foram bem apreciadas pelo visitante, do outro lado da mesa. As bochechas dele ficaram vermelhas.

Mamãe gostou de Ivan do mesmo jeito que Yefim. Ao saber que a mãe dele tinha morrido e que ele crescera sozinho com o pai bêbado, disse que bem que gostaria de tê-lo adotado. Georgiy, que nunca soube ficar de boca fechada, disse que Ivan poderia ter sido o melhor amigo do pequeno Fimochka, pois Naum, mais próximo dele pela idade, em geral estava às voltas com o bando de garotas que não largava do pé dele. Os irmãos acharam graça, enquanto o pai resmungava "Mais uma boca para alimentar" em iídiche, e Yefim, que muitas vezes tinha sido designado como essa boca, lembrou-se do motivo pelo qual não sentiria saudade de casa.

Quando sua unidade começou a avançar pelas cidadezinhas da Letônia e da Lituânia, Yefim apreciou cada minuto de estar no exército. Gostava até do jeito como a população local o olhava com apreensão e fechava as venezianas ante o tumulto causado pela unidade, com os cavalos puxando os enormes canhões soviéticos. Aquilo tudo era muito forte. Ele duvidava que seu pai algum dia tivesse se sentido assim. O velho nunca falava da sua época no exército e só parecia se preocupar com os cavalos dos estábulos de Deus, sempre Deus. Como se rezar alguma vez tivesse salvado seus antepassados dos *pogroms* ou servido para alimentar a família durante a fome. Papai venerava Stalin do mesmo jeito como costumava venerar o czar: era o representante de Deus. Não queria entender que agora o verdadeiro Todo-Poderoso era *o povo*, gente como Yefim e Ivan e toda a sua geração, que haveria de construir um grandioso futuro soviético no qual ninguém discutiria sobre o Deus em que se deve acreditar e todos seriam iguais. Um futuro mais radioso, feito de aço, carros rápidos e prédios altos. Um futuro que Yefim estava incumbido de proteger na fronteira ocidental do seu poderoso país.

Enquanto bebia "à diversão e à glória", uma parte sua queria que os alemães atacassem logo, para poder mostrar a todo mundo a sua fibra.

Depois do jantar, eles chegaram a uma cidade alguns quilômetros adiante. Era sábado, e dois violinistas e um acordeonista tocavam numa taberna de beira de estrada para os casais que dançavam no gramado. Não havia hipótese de os lituanos permitirem que soldados do Exército Vermelho dançassem com suas garotas, e o tenente Komarov os advertira:

— Nada de arranjar problemas com os moradores. Vamos precisar deles se os Fritz resolverem atacar.

Assim, Ivan e ele se puseram de lado com os outros, observando, botando a imaginação para funcionar.

Do outro lado do gramado, Yefim viu uma linda garota de cabelos escuros recostada numa árvore, observando, melancólica, os dançarinos. Com certeza era judia: ele ficara sabendo que a sua gente formava mais de um quarto da população local. Ela puxava a borda do xale como se, para arrancá-lo, só estivesse esperando ser convidada para dançar. Só que o convite não chegava.

Ele decidiu que falar com uma garota judia não seria arrumar problema e foi em direção à árvore. Ao se aproximar, viu que ela era mais jovem do que imaginava, não mais que dezesseis anos.

— Sei que você quer dançar, mas infelizmente eu danço muito mal — começou, com um sorriso. — Minha mãe sempre diz que um urso pisou nos meus ouvidos.

A garota olhava para ele em silêncio, um início de pânico despontando nos olhos castanhos.

— Nós dois ficaríamos sem graça — explicou.

Ela enrubesceu e disse alguma coisa em lituano, apontando para a pista de dança. Ele queria se estapear por ser tão idiota. Claro que ela não falava russo. Ali, eles eram soviéticos há menos de um ano. Ele tentou em iídiche, mas só conseguiu dizer *dança* e *não sei* e tinha certeza de que as palavras saíram em alemão, que havia estudado na escola.

Ela riu.

Seu nome era Eva. Falava iídiche fluentemente, como sua mãe quando ele era pequeno, antes de o sabá ser proibido e a sinagoga mais próxima virar o escritório administrativo do *colcoz* regional. Ele entendia um pouco do que ela dizia e respondia em ucraniano e alemão — e gesticulando muito. Ela disse que estava ali com a irmã mais velha, que adorava dançar e não achava que os alemães atacariam, ou pelo menos foi o que ele entendeu. Ele tentou elogiar os olhos dela, mas só saiu uma bagunça linguística sem delicadeza nem humor.

Os músicos começaram uma canção folclórica, e Eva correu para a pista, juntando-se às outras moças num círculo. Elas batiam os pés, ampliando e estreitando o círculo numa dança tradicional lenta. Ele se lembrou do jeito como as garotas dançavam na sua aldeia, entre elas Basya, com fitas coloridas nos sedosos cabelos negros.

Na outra extremidade do gramado, os camaradas de farda assobiaram e vaiaram quando Ivan e Regush, bons dançarinos e já meio bêbados, começaram a dançar o *hopak*. Yefim não sabia de onde Ivan havia tirado aqueles movimentos. Regush e ele se agachavam, jogando as pernas para a frente. Yefim percebeu que os homens dali os encaravam e começaram a se aproximar. E logo estourou uma briga. Yefim correu em direção a eles ao ver um fortão jogar Ivan no chão. Tentou separá-los, mas Ivan empurrou o adversário e montou em cima. Yefim agarrou o amigo.

— Temos que ir embora! — gritava, puxando Ivan, com o rosto todo vermelho, para longe do gramado. Além de arranjarem problema com o tenente, amanhã teriam que cuidar da Uska, além de acordar às cinco da manhã e pegar os veículos em direção à fronteira. Ele se sentiu mal por não se despedir de Eva, mas com certeza tentaria encontrá-la de novo no próximo fim de semana. Quer dizer, se fossem autorizados a voltar à aldeia.

No meio da noite, ele acordou com a bexiga cheia, mas preferiu voltar a dormir e continuou deitado no alto do beliche, ouvindo o ronco e os suspiros dos outros homens.

Naquela região mais setentrional, as noites de verão eram curtas, mas ainda assim frias. Ainda bem que ele estava com as suas meias de lã. As florestas do Báltico eram muito diferentes das da Ucrânia, onde as estepes preservam o calor até o amanhecer. Ali, nem no solstício de verão dava para dormir de pés descalços.

Yefim gostava das meias de lã porque Basya as havia tricotado especialmente para ele no outono, quando ele ia pegar o navio para o Báltico. Sempre que as usava ele se lembrava dela na casinha que cheirava a cravo, madeira e leite fervido. Basya fizera meias iguais para Mikhail, Georgiy, Yakov e Naum quando cada um deles foi para o serviço militar. Agora, Yefim as lavava semanalmente, tomando todo o cuidado com a lã, pois era o que o ligava a todos eles, desse recanto da Lituânia até o coração da Ucrânia.

Ele precisava escrever a Basya para contar sobre Eva e dizer como fora estranho ouvir alguém da geração deles falando iídiche. A irmã provavelmente responderia algo atrevido sobre a mãe aprovar a escolha. Ele lembrava como Mamãe ficou contrariada quando Mikhail se casou com uma *shiksa* ucraniana. Sentiu-se ofendida quando a pobre nora serviu cozido de coelho, não tendo a menor ideia de que coelho também não era *kosher*, como a carne de porco. Dois meses atrás, Basya escrevera que Yakov — o irmão intelectual e o mais parecido com Yefim, com suas maçãs do rosto pronunciadas e uma testa alta de cabeçudo — casou-se com uma judia que trabalhava no teatro e que deixou a mãe feliz por ser "o par perfeito para o nosso Yakuchka". Ela com certeza consideraria alguém como Eva a namorada perfeita para Yefim.

A bexiga parecia estar a ponto de estourar, e ele então saltou do beliche e calçou as botas de lona encerada por cima das ceroulas. Uma débil luz amarelada espreitava pelas fendas da parede de madeira da caserna. Na cama de baixo, Ivan dormia tranquilamente, apesar da ordem de batalha, da cerveja e da rixa. Devia ter aprendido a se isolar completamente nas bebedeiras do pai. Pelo menos o seu pai, temente a Deus, não era um bêbado.

Lá fora, uma névoa cinza-amarelada encobria o amanhecer. Nada se mexia. Até as nuvenzinhas escuras, douradas de um lado, pareciam imóveis no pálido céu azul. Um pássaro madrugador arrulhava nas árvores. Yefim inspirou o ar fresco e úmido que cheirava a pinheiro e pensou em Eva. Como teria sido bom beijar aqueles lábios macios.

No caminho, passou pelo local da fogueira, de onde ainda emanava o calor do jantar. Recordando as brincadeiras da véspera, não se arrependeu de ter debochado de Lisin. Aquele sabichão fez por onde. Não tinha nada que ficar passando sermão sobre matérias-primas e inteligência só porque o pai era o secretário do partido em alguma cidadezinha russa. Que babaca. Se estourasse uma guerra, não duraria nem um dia.

No interior da casinha meio bamba, Yefim mirou na fossa escura e sentiu o alívio. Um mosquito começou a gemer perto da sua bochecha esquerda. Ele o esmagou, e se fez silêncio. Notou, então, que o mosquito havia deixado um borrão vermelho nos seus dedos e se perguntou de quem seria o sangue.

Na volta, passou pela estrebaria e parou junto à Uska, que sonhava seus sonhos guerreiros debaixo de uma lona. Tentou imaginar como seria acioná-la e apontar para os alemães. Ainda no mês passado, Stalin fez um discurso dizendo que a artilharia é "o deus da guerra moderna". O peito de Yefim se encheu de orgulho ao ouvir essas palavras. Gostaria que seu pai e o de Ivan também tivessem ouvido, mas nenhum dos dois tinha rádio. De qualquer jeito, não faria diferença. Viviam num mundo próprio.

Dando tapinhas na Uska e contemplando a própria mão na lona, ele sorriu: era mesmo uma sorte ser artilheiro. Afinal, bombardear um tanque a uma distância de centenas de metros era muito mais avançado do que, por exemplo, atirar num homem com um fuzil. Mas, se tivesse que disparar contra alguém à queima-roupa, claro que o faria.

Sobretudo se fosse um fascista.

Ele ainda se lembrava do filme que vira com os irmãos em 1938, *Professor Mamlock*, sobre um médico judeu na Alemanha nazista. Jamais esqueceria o frio que sentiu na espinha durante a cena em que o professor era levado do hospital e exposto à multidão na rua, vestindo apenas seu roupão branco e com a palavra *Judeu* na testa. Se os alemães eram assim, ele dispararia seu fuzil sem problema, ou, melhor ainda, o poderoso cano da Uska. Não ia permitir que transformassem seu país num lugar onde os judeus fossem levados pela rua que nem gado.

Atrás dele, um cavalo relinchou no estábulo, e Yefim acelerou o passo de volta à caserna. Ainda poderia dormir um pouco antes do toque de despertar. O pássaro que arrulhava pouco antes se fora. Ao estender o braço para abrir a porta, deteve-se um instante, enchendo os pulmões antes de entrar no alojamento abafado, onde três dúzias de homens dormiam em colchões de palha suados.

De repente a porta se abriu, e apareceu Ivan, as bochechas rosadas inchadas de sono. Ele se assustou ao dar com Yefim e perguntou:

— Entrando ou saindo?

— Entrando.

— Ah. — Ivan abriu o sorriso de inveja de um homem com a bexiga cheia e se apressou para a casinha.

Yefim respirou fundo de novo. Sentia as pernas pesadas por baixo das ceroulas e só pensava em se empoleirar de novo no beliche, mesmo por um pouquinho. Realmente não devia ter tomado aquela última cerveja.

Lá atrás, um caminhão roncava na curva da estrada, avançando em direção ao barracão do posto de comando. Ele parou, ouvindo. A conversa ao longe parecia rápida, tensa. Yefim se perguntava o que poderia ser tão urgente. Até que viu Smirnov, que montara guarda à noite, correndo em direção ao poste da sirene.

Rapidamente, ele começou a acioná-la, e o longo gemido acordou soldados e cavalos e tudo que era vivo no acampamento e na floresta ao redor.

Yefim empurrou a porta do barracão. Dentro, os homens já se agitavam. Apertavam cintos, calçavam botas. Ele correu para o beliche para pegar seu uniforme. A cama de Ivan estava vazia, e ele pensou que talvez devesse apanhar as coisas do amigo.

Ao longe, ouviu-se um estrondo. Por um instante, todo mundo parou.

— Que porra é essa? — gritou alguém.

— É treinamento?

— São bombas, idiota!

Os homens começaram a sair. Yefim vestia às pressas sua túnica *gimnastiorka* quando ouviu um chiado se aproximando, que virou um estampido de furar os tímpanos.

— Protejam-se! — alguém berrou.

Yefim se abaixou junto à parede, defendendo a cabeça com os braços enquanto caíam bombas, em meio a guinchos de gelar o sangue. O alojamento estremecia com homens e camas e botas, pendendo para a frente e estalando. Ele foi arremessado para o alto. Ficou tudo quente, escuro, num silêncio ensurdecedor. Ele voou e parecia estar caindo por uma eternidade. Na confusão mental, não conseguia tocar as pernas. A cabeça era uma bola comprimida, espetando. Ela atravessou o calor de braseiro, até que suas costas bateram em algo, com um baque surdo.

Quando abriu os olhos, agarrava um pedaço da trave de madeira da parede. Despedaçada, ela revelava incólumes as entranhas cor de creme. O solo em convulsão o cobria de terra e fragmentos. O lancinante tinido na cabeça bloqueava qualquer outro som. Sua pele ardia no corpo todo: na ponta do nariz, atrás da cabeça e até nas canelas, apesar das meias de lã. Era como se tivesse caído numa colmeia. Ele arfava, tentando respirar.

Da cintura para baixo, estava coberto de terra e detritos. Pela frente só se avistava fumaça negra. Irritava os olhos, arranhava a garganta. Nunca na vida ele havia sentido tanto medo. Nem durante a fome. Agarrou com mais força a trave de madeira, como se fosse uma balsa salva-vidas. Em meio à fumaça, um soldado coberto de fuligem rastejava perto dele com os olhos esbugalhados, passando por cima de algo que não podia ser uma perna decepada sangrando, e desapareceu de novo na fumaça. Yefim queria desaparecer também.

Por cima, alguma coisa escura e muito alta cuspia fogo. A parede da caserna. Estava vergando acima dele, ameaçava cair. Mais que depressa ele tentou se sentar, mas ficou preso pelas pernas e os quadris. Alçou-se então com o cotovelo e tentou afastar o entulho, que não cedeu. Havia torcido o pé debaixo de alguma coisa e não tinha nenhuma alavanca. Olhou para cima. Uma enorme prancha em chamas partiu-se ao meio, arrastando a parede na sua direção.

Ele já se erguia, grunhindo, quando alguém o agarrou pelas axilas e o puxou. A parede tombou à sua direita, num show de faíscas. Acima dele estava Ivan. Parecia uma miragem do momento antes da morte, mas as partículas negras de terra nas sobrancelhas invisíveis eram bem reais. Ivan o arrastou para longe do fogo e o espanou com uma das mãos, abrindo sua boca como se fosse um peixe. Seus lábios se mexiam agitados, mas ele não parecia estar dizendo nada, e Yefim não entendeu por que o amigo sussurrava numa hora dessas.

Ivan parou de espanejá-lo e aproximou o rosto do seu. Apontou para as orelhas e sacudiu a cabeça, e Yefim entendeu que a explosão devia tê-lo deixado surdo. Mas achou que dava par ler em seus lábios: *Voyna*. Guerra.

Yefim sentou-se. Os aviões tinham ido embora, e a fumaça se dissipava. Mesmo com a cabeça rodando, viu que a caserna agora era um monte de madeira em chamas. Mas também havia carne queimando...

Teve ânsias de vômito.

O que ajudou a entender melhor. Lembrou-se das instruções no treinamento de combate e tratou de se sacudir. Sentia-se um bobo naquelas ceroulas cobertas de lama e rasgadas nos joelhos, com uma enorme mancha vermelha na panturrilha direita, que provavelmente não era da sua ferida.

Não, Ivan estava errado: a guerra não podia ter começado.

Stalin os teria avisado, não deixaria de transmitir as ordens necessárias. Era apenas uma provocação. Eles haviam sido advertidos de que podia acontecer. Alguém tinha pirado em algum lugar, e agora seu regimento pagava o preço. Ele só precisava encontrar um uniforme, e tudo se resolveria. Talvez até ganhasse sua primeira medalha, por ter sobrevivido àquele inferno. Quando tudo aquilo acabasse, escreveria para o pessoal em casa, e os irmãos veriam que ele não era mais o pequeno Fimochka.

Ivan apontou para a cratera aberta por uma bomba atrás deles. A mão de alguém se mexia, saindo da terra. Rapidamente os dois começaram a escavar. Era Regush, com os ossos expostos em metade do rosto. A perna esquerda estava quebrada, mas ainda estava vivo. Ivan e ele tiraram Regush da cratera, tentando não olhar para os olhos azuis que piscavam desamparados num rosto devastado.

— Svetochka! — exclamou ele.

Yefim voltava a ouvir aos poucos, embora os sons saíssem abafados, como se ele estivesse dentro de um fardo de feno.

— Você vai ficar bem, Regush — mentiu Yefim. — Logo, logo vai encontrá-la.

Eles o carregaram para longe dali, o corpo bamboleando entre os dois, até que encontraram uma equipe médica com uma maca.

No momento em que o depositavam na maca, um cavalo passou a galope em direção à mata. Yefim ouviu um ronco distante — artilharia alemã a oeste.

Guerra ou não, eles precisavam da Uska.

Junto, saíram correndo e passaram pela estrebaria em chamas. Vários cavalos jaziam mortos; outros tinham fugido. Netuno não estava lá. Mas Yefim ficou aliviado ao encontrar, adiante das chamas, o corpo verde-oliva da Uska. Já não estava protegida pela lona, mas ilesa. Sentiu na palma da mão a curva reconfortante de aço. Uska pesava o equivalente a três vacas robustas e não seria possível movê-la, agora que os cavalos tinham fugido, espantados pelo bombardeio. Eles precisavam encontrar a munição e se preparar para outro ataque.

Parov, um observador avançado, veio correndo e anunciou:

— Estamos sem comunicação com o quartel-general. Mandaram um mensageiro para restabelecer a ligação, mas por enquanto não temos ordens oficiais. Apenas não atirar.

— Não atirar? — berrou Ivan, as bochechas ficando vermelhas, como se fosse cortar a cabeça do pobre Parov. — Mas que ótimo! Vamos ficar aqui nos bronzeando enquanto esses filhos da puta recarregam. Estamos em guerra, caralho!

— Você não sabe — atalhou Yefim, com a mão no ombro contraído de Ivan. — Parov, vá buscar munição, para o caso de podermos revidar.

Enquanto Parov se afastava correndo, Yefim e Ivan encontraram uma pá e começaram a cavar uma trincheira junto à roda direita da Uska. Levantaram muretas em torno do canhão e aprofundaram a rampa.

— Não pode ser a guerra — disse Yefim. — Os Fritz não são tão burros.

— Por que então a emboscada, se não tivessem certeza de que acabariam conosco? — insistiu Ivan, com o rosto rubro e suado da escavação no sol manhã.

— Por isso mesmo. Se fosse para atacar de verdade, nós saberíamos.

— "Nós", quem? Stalin?

— Com certeza — respondeu Yefim.
— Talvez ele saiba.
— Então por que não nos avisaria?

Ele não gostava do que Ivan estava insinuando. Stalin não podia ter sido informado do ataque sem transmitir ordens, fazendo deles presa fácil. Ele podia ser duro, mas só com quem queria prejudicar o país, e não com o Exército Vermelho. O exército era tudo para ele. Tinha acabado de se referir à artilharia como "o deus da guerra moderna". Jamais seria capaz de abandoná-los — ainda por cima, nas mãos de Hitler.

Parov voltou dizendo que o caixote de bombas mais próximo fora enterrado na explosão, mas que uma carreta com mais munições estaria a caminho.

— Tomara que chegue logo — disse Yefim.

— De qualquer maneira, não podemos atirar sem ordem expressa — acrescentou Parov.

— Vão nos comer vivos enquanto esperamos as duas coisas — rosnou Ivan.

Ivan estava certo. Ainda que fosse apenas uma provocação para forçar a URSS a declarar guerra à Alemanha, ele detestava a ideia de ficarem sentados esperando como coelhinhos assustados. Queria carregar Uska e responder ao fogo.

Ouviu então o ronco de aviões vindo do lado soviético.

— Finalmente! — exclamou Parov, acenando para os três caças-bombardeiros que voavam alto no céu da manhã. — Mostrem a esses canalhas fascistas o que é bom para a tosse!

Ivan o interrompeu:

— Veja as cruzes. Não são os nossos.

— E que porra estavam fazendo no nosso território? — quis saber Yefim, sentindo no peito um peso gelado de chumbo.

— O que foi que eu disse? — fez Ivan.

Ficaram ali, vendo os aviões de Hitler recuarem para a fronteira alemã. De repente, Yefim sentia como se a Ucrânia não estivesse a centenas de quilômetros, mas bem ali, logo depois daquela floresta lituana, com a casinha de telhado de palha onde Basya morava com os pais idosos deles. Ela provavelmente tinha acabado de se levantar da cama e estava trançando os longos cabelos negros antes de ir ao encontro de Kateryna, duas casas adiante, para comprar leite fresco da vaca da vizinha. E se os aviões alemães também estivessem voando por cima dela?

Ao aparecer a carreta de munição, já era quase meio-dia. Ivan e ele estavam ajudando os dois condutores a descarregar quando foram convocados a se apresentar com o que restava do regimento.

O major Fedorenko informou que a linha telefônica fora restabelecida e finalmente haviam chegado notícias de Moscou. O comissário do povo Viacheslav Molotov anunciou que a Alemanha tinha declarado guerra à URSS e que ocorriam combates ao longo de toda a fronteira, do mar de Barents ao mar Negro. E não era só na fronteira. Os alemães tinham bombardeado Kiev.

Yefim não ouviu o resto do que o major disse. Viu os olhos da mãe siderados pela tristeza, do jeito como olhava para ele durante a Grande Fome, quando ele comia uma casca de pão que ela pretendia partilhar com todos. Era para ele ser um poderoso artilheiro, um deus da guerra enviado ali para proteger seu país. Mas continuava sendo o pequeno Fimochka, um filho inútil que só falava de diversão e glória, incapaz de encarar a guerra que estava bem na sua frente.

— As coisas avançam mais rápido do que previsto — dizia Fedorenko. — Os tanques alemães atravessaram a fronteira e estão vindo para cá. Nossa obrigação é detê-los com o que nos resta.

Não, ele não era nenhum inútil. Ainda podia mostrar seu valor.

Enquanto voltavam para a Uska, Ivan disse:

— Que porra eles achavam que era, exercícios matinais?

— Já perdemos muito tempo — ponderou Yefim, ainda perplexo porque Stalin os deixara cair numa emboscada sem permitir que reagissem, embora com isso pudessem levar vantagem. — Como foi que eu não vi?!

— Você prefere acreditar que nosso alto-comando não pode errar.

Os transportadores da munição se preparavam para voltar quando o acampamento foi tomado pelo silvo agudo de bombas se aproximando. Yefim e Ivan mergulharam nas trincheiras. Ao redor, os petardos lançavam no ar colunas de terra e poeira. Pelo canto do olho, Yefim viu um dos transportadores ser estraçalhado.

Na trincheira, ele cobriu a cabeça. Tentava se concentrar no senso do dever, no que precisava ser feito, mas a devastação ao redor não permitia formar pensamentos. Seu corpo tremia descontroladamente. Ele fechou os olhos e, na escuridão atordoante, viu Basya sair correndo descalça de casa para receber Mikhail, que voltava do serviço militar. Mikhail a levantou nos ombros, e os pés dela, sujos da terra do povoado, balançavam sobre a cabeça de Yefim.

O tremor se tornava cada vez mais violento, até que ele se encheu de fúria: contra Hitler, por querer terras que não eram suas, contra si mesmo por não ser tão corajoso quanto imaginava. Virou-se para Ivan e gritou no seu ouvido:

— Temos que parar de mijar nas calças e mandá-los para o inferno!

Os dois rastejaram para fora. Yefim se agarrou à Uska, espiando pela mira e tentando encontrar algo grande e específico, algo capaz de aplacar sua ira. Mas era tudo um caos. Muita fumaça e detritos pelo ar. Enquanto ele operava a mira, Ivan pegou uma bomba, embalando-a como um bebê.

Até que, finalmente, a boa e velha Uska encontrou seu alvo: um tanque alemão cinza-escuro, novinho em folha, entrou no campo de visão.

— Carrega! — gritou Yefim.

Ivan introduziu a bomba. O fecho do canhão estalou. A Uska disparou.

Como era bom afinal fazer alguma coisa. Ser um só com aquela máquina, sentir a força da artilharia percorrendo seu corpo. Ressoavam no ar o estrondo das detonações e o ranger dos metais. Ivan carregou mais uma salva. Yefim disparou de novo, e de novo.

No início da noite, o cano da Uska estava em brasa. Yefim viu que a pintura descascava, formando bolhas. O próprio Ivan se queimou com o óleo que superaqueceu no sistema de recuo e gotejou pelos parafusos. Yefim temia que o canhão explodisse.

Tinham acertado um veículo blindado, talvez algo mais; ele não tinha certeza. Do lado deles, a posição onde estavam parecia um planeta calcinado e desabitado, coberto de crateras e montes. Não restou nada do acampamento. Os dois transportadores de munição estavam mortos. Parov fora ferido na perna. De algum jeito, Ivan e ele conseguiram sair ilesos, mas os braços tremiam, a cabeça doía, e o rosto de ambos estava coberto de fuligem e suor. A garganta de Yefim estava tão ressecada que ele não conseguia engolir.

Pela altura em que o sol começou a baixar por trás das árvores, os alemães suspenderam o fogo de barragem. Quando tudo cessou, e eles finalmente conseguiram deixar a trincheira por trás da Uska, veio a triste notícia: a maioria dos homens morrera e a linha telefônica fora danificada. Mais uma vez, não tinham com quem contar.

Nessa noite, um estranho silêncio se fez entre eles. Pouco falaram, e mesmo assim sussurrando.

— Ainda não te agradeci — disse Yefim, deitado ao lado de Ivan, as narinas abrasadas pelo cheiro de fumaça e terra. — Eu seria um corpo carbonizado se você não tivesse me puxado. Te devo essa.

Ivan permaneceu calado um momento e então disse:

— Sei como você vai me pagar.

— Como?

— Quando sairmos daqui, vai escrever à sua irmã falando do seu amigo infinitamente altruísta e destemido, Ivan.

Yefim sorriu, tentando imaginar Ivan como cunhado.

— Muito justo. Só não deixe subir à cabeça, destemido amigo.

Na manhã seguinte, os alemães atacaram à primeira suspeita de claridade. Ivan e ele tinham apenas uma caixa de munição restante, e duas horas depois já estava pela metade.

Receberam ordens de poupar munição, pois eram poucas as chances de uma nova remessa. Eles tentaram, mas era evidente que os Fritz tinham instruções de não economizar nada, pois a chuva de bombas parecia inesgotável. Ao meio-dia, o inimigo já não atirava do oeste, onde ficava a fronteira, mas do sul. Eles estavam sendo cercados.

Com as mãos feridas, os olhos vidrados e a camisa ensopada de suor, Yefim se agarrou à Uska, imaginando quanto mais ela aguentaria até explodir.

— Que diabos ainda estão fazendo aqui? — ouviu então. Era o tenente Komarov, rastejando em direção a eles.

— Estamos quase sem munição! — berrou Ivan.

Komarov se agachou por trás da Uska.

— Vocês e todo mundo — devolveu, entregando-lhes dois fuzis. — Fiquem com esses. Nossas ordens são...

Foi interrompido pelo estrondo de uma enorme explosão, e os três caíram na trincheira, cobrindo as orelhas. O artefato tinha estourado perto, à direita, mandando um longo tufão negro para o céu.

— Estamos cercados! — gritou Komarov. — A Lituânia proclamou independência. Ouvi dizer que estão prendendo os judeus na cidade. Vamos tentar sair daqui em pequenos grupos antes que seja tarde. Vocês dois, me sigam.

Yefim viu Ivan rastejando atrás de Komarov, mas não conseguia se mexer. Pensou em Eva no baile na praça da cidadezinha e visualizou Uska abandonada ali, enquanto ele fugia, um artilheiro sem artilharia, um filho imprestável.

— Larga a porra desse canhão! — vociferou Komarov, puxando-o pelo colarinho. — É uma ordem, Shulman!

Yefim se desvencilhou e saiu correndo. Ouviu-se um estalo que não podia ser coisa boa. Ele se abaixou. E de repente foi projetado para o alto até bater de novo no chão e se ver coberto de terra.

Então morrer é assim, pensou, os olhos fechados, o corpo exausto imóvel. Depois, nada.

E de repente alguma coisa. O medo lancinante de ser encontrado vivo pelos alemães, de ser feito prisioneiro. Prisioneiro é quem desiste, um covarde; todo mundo sabe. Melhor morrer aqui no campo de batalha.

O medo lhe trancava a garganta, e ele não conseguia respirar. Sentou-se, sufocando e cuspindo terra. Tentou esfregar os olhos, mas a mão direita latejava terrivelmente. Enxugou os olhos com a mão esquerda, levantou a direita e viu que o polegar e o indicador eram dois tocos se esvaindo em sangue em volta do branco dos ossos. As últimas falanges não estavam mais lá.

Yefim ficou tonto, mas não conseguia desviar o olhar. Olhava fixo para os dois dedos — os dedos do gatilho. A ficha se recusava a cair.

Capítulo 3

Junho de 1950
Donbass, R. S. S. da Ucrânia

Nina virou-se de bruços e depositou os óculos cuidadosamente na grama. Depois de um dia quente desencavando, classificando e embalando amostras de núcleo, a sombra do salgueiro e o cheiro refrescante do rio eram uma bênção. As folhas da árvore balançavam indolentemente na brisa, e sombras saltitavam nas páginas de *A dama do cachorrinho*. Não era uma boa ideia se torturar lendo coisas de amor, mas o que mais faria uma garota nada casadoura numa tarde preguiçosa?

Assim que chegaram a esse sítio de escavação em Donbass, três dias antes, sua amiga Ludmila queixou-se de haver apenas dois homens ali, entre uma dúzia de alunos de pós-graduação: George e aquele coletor que ainda estava na graduação. Mas Nina nem tinha notado. Na faculdade era a mesma coisa. Quando ela entrou no curso de geologia da Universidade de Estado de Kiev — a única que a aceitaria, com seu estigma de ter vivido o período da ocupação —, não a surpreendeu que não houvesse homens entre os alunos. Corria o ano de 1944, e os rapazes estavam na guerra. Terminada a guerra, contudo, ela esperava que mais homens voltassem e ela encontrasse alguém tão interessado quanto ela em fundar uma família. Mas as turmas continuavam sendo formadas sobretudo por mulheres — garotas em sua maioria mais bonitas que ela.

Se Mamãe estivesse viva, diria para ela tratar de ganhar pelo menos cinco quilos para conseguir umas curvas naquele corpo esquelético. Ou talvez reformaria um dos seus vestidos velhos para que coubesse em Nina. Não que fizesse alguma diferença. Mamãe sempre a chamara de "intelectual", temendo que a filha sem graça e míope nunca se casasse, mais interessada nos livros que nos rapazes.

Foi sua maior preocupação até morrer. E nem ajudou nada quando a irmã mais velha, Vera, que era mais gorda, mais bonita e casada, a defendeu, dizendo que as leituras de Nina a levariam a uma boa universidade, onde facilmente encontraria um bom partido. De todo modo, Vera estava errada. Aos vinte e cinco anos, Nina ainda era virgem, muitos anos-luz mais próxima de um PhD do que de engravidar. Especialmente se continuasse suspirando pelo professor.

O professor era diferente dos caras da sua idade. Expressava-se no ucraniano ponderado e literário dos pais dela, sem nada de jargão proletário. Não queria sair galopando rumo a um futuro comunista de felicidade. Na verdade, como chefe do departamento de paleontologia, nem estava interessado no futuro. Era provavelmente o que ela mais gostava nele: era diferente dos jovens geólogos ansiosos por contribuir para a edificação do país, expandir seus recursos naturais e levar as riquezas da terra às massas. Um objetivo nobre, certamente, mas com o qual ela não se preocupava. Depois de ficar sem os pais, era do passado que sentia falta. Nesse sentido, eram iguais, o professor e ela.

Nina espantou uma mosca do braço e esticou as pernas. Sentia nos músculos um dolorido agradável, depois da manhã de coleta de amostras fósseis. Sua dissertação sobre os corais ia dar certo; agora estava convencida. Papai ficaria orgulhoso da sua pequena Ninochka. Gostaria de poder contar-lhe que o professor estava convencido de que, com sua boa memória, rapidez de leitura e capacidade de organização, ela seria uma excelente pesquisadora e talvez até uma professora; que ele é que havia se empenhado para que ela fosse aceita no programa de pós-graduação, não obstante a "mancha" no seu histórico.

Ela gostaria de estar com ele em suas férias na Crimeia, no lugar da esposa e da filha. Se pelo menos desse para se abrir com alguém, mas ela não podia nem se imaginar pronunciando o nome dele para Ludmila, deitada ali ao lado, sob o salgueiro.

Nina tentou trazer a atenção de volta a Tchekhov, mas naquele calor sua mente teimosa perambulava de volta ao último verão, quando estava ajudando o professor a carregar uma pesada mochila cheia de pedras, compartilhando provisões escassas, fugindo da tempestade e até sobrevivendo com ele a um embaraçoso surto de diarreia. Ele não tocou nela naquelas duas semanas, não do jeito que ela gostaria. Mas na noite em que se deitaram na grama para descansar numa colina e ele pôs o braço sob a cabeça dela, uma corrente elétrica passou entre os dois. Contemplaram o pôr do sol em silêncio, e, ao se levantarem para prosseguir na longa caminhada, ela estava apaixonada.

— Belo desempenho ontem à noite — disse alguém, e ao se voltar Nina deu com o coletor da graduação, que estava sentado não longe dela, na grama.

Na noite anterior, na fogueira do acampamento, ela recitara *Ievguêni Oniéguin* inteiro. Mas não viu o coletor. Tendo tirado os óculos, ajoelhou-se em frente à fogueira, transportando um bando de estudantes soviéticos eternamente famintos que só sabiam de coletivização e guerra para o apogeu da São Petersburgo de Púchkin, muito antes de se tornar Leningrado, e mais longe ainda do momento em que os alemães mataram de fome a alma da cidade setentrional. Pena que o professor não a tivesse visto. Provavelmente ela até ficava bonita com o rosto iluminado pelas chamas alaranjadas.

— *Dyakuyu* — disse Nina, agradecendo o cumprimento. Ela ficou levemente embaraçada pela presença de Ludmila, que fingiu continuar lendo, embora evidentemente estivesse ouvindo. — Não sabia que você também estava lá.

— Não sou muito fã de poesia, mas acho que perdi algumas estrofes ao chegar — disse ele, enquanto ela tentava lembrar se seu nome era Yegor ou Yefim. — Quanto tempo levou para decorar?

— Já li tantas vezes que simplesmente está aqui dentro — respondeu ela, batendo na têmpora, onde um grampo prendia seu cabelo.

Ela pôs o livro de lado e ergueu o tronco para se sentar. Yegor/Yefim devia ser alguns anos mais velho. O rosto bronzeado tinha um aspecto endurecido, a barba curta cobrindo o queixo robusto. Usava calça marrom-escura e uma camisa polo que, apesar de larga, revelava o bíceps rijo. Parecia forte, como um mineiro ou alguém capaz de trabalhar o dia inteiro e dormir no chão. Ela se lembrou de ter ouvido o professor dizer algo sobre enviar o melhor coletor do instituto, Shulman, para a escavação em Donbass.

— Também se lembra de outras coisas de cor? — perguntou ele.

E abraçou os joelhos com os braços musculosos.

— Claro. Mais Púchkin, um pouco de Lérmontov, Shevchenko. Também sabia Heine, mas dei um jeito de esquecer. Não aguento ouvir alemão. *Oniéguin* é meu favorito. Meu pai costumava ler para mim...

Ela foi tomada então pelo cheiro da barba de Papai enquanto lia Púchkin pela milionésima vez para ela, que descansava a cabeça no ombro dele, fechando os olhos para não trapacear e espiar as palavras no livro.

Tentou conter as lágrimas que assomavam aos olhos e coçavam no nariz. Não ia chorar na frente do tal de Shulman. Ele acharia que ela era ridícula. Afinal, todo mundo tinha perdido alguém na guerra.

Ludmila veio salvá-la.

— Ninochka, vamos nadar de novo?

— Não, estou bem — respondeu ela, a voz mais firme. — Pode ir se quiser.

Quando Ludmila se afastou, Yefim — agora estava certa de ser esse o nome, pois Yegor seria muito simplório para um judeu — aproximou-se mais a seu lado.

— Me desculpe — disse Nina, rapidamente enxugando uma lágrima por trás dos óculos. — Meus pais morreram antes da guerra, fico triste quando lembro.

— Então é sozinha?

— Tenho uma irmã mais velha, Vera — completou Nina, evitando mencionar o irmão mais velho, cuja prisão em 1937 partiu o coração de Mamãe e levou à doença de Papai. — O seu pessoal ainda está vivo?

— Só a minha mãe — respondeu ele, olhando na direção do rio, onde Ludmila e alguns outros se divertiam. — Papai morreu no gueto.

Ela estranhou que ele o dissesse assim, com tanta frieza, mas também com franqueza, considerando a terrível campanha contra os "cosmopolitas desenraizados", como os judeus eram chamados cada vez mais. Gostou do fato de ele confiar a ela algo tão delicado. Ficaram calados por um momento, sem olhar um para o outro. Era uma conversa estranhamente íntima. Normalmente, ela não fazia perguntas sobre a guerra a judeus ou veteranos — e percebia que ele era as duas coisas —, mas, como tinham desembocado no assunto, achou que era melhor acabar logo com isso.

— Quando você foi convocado? — ela perguntou.

— Verão de 1940 — respondeu ele, um vinco se formando no alto da testa. — Estávamos estacionados na Lituânia quando os alemães atacaram, perto da fronteira. Foi quando os perdi.

Ele estendeu a mão direita, e ela viu que o polegar e o indicador eram apenas tocos. Sentiu-se mal por não ter notado.

— E como continuou combatendo depois?

— Tive que fingir que era canhoto. Levou algumas semanas, mas acabei me acostumando.

— Bem, se isso foi o pior, eu diria que teve muita sorte.

Ela gostava da franqueza dele. A maioria dos veteranos que conhecera não falava da guerra com essa tranquilidade. Em geral, evitavam qualquer menção, e ela não tinha coragem de perguntar, pois na presença deles muitas vezes se sentia envergonhada por ter vivido sob a ocupação alemã. Com Yefim, pelo contrário, aquele assunto ingrato não parecia doloroso nem sagrado, era apenas um fato.

— Sim, tive sorte — concordou ele. — E até entrei em Berlim.

Ela olhou para ele, perguntando-se se estaria brincando. Nunca encontrara alguém que tivesse servido durante a guerra inteira, do primeiro ao último dia, e sobrevivido para contar como fora. Devia ser mesmo um baita de um sortudo, aquele filho da mãe. Um autêntico herói de guerra. Sua irmã diria que era o marido ideal, mas Nina se sentia ridícula só de pensar isso.

Estava a ponto de pedir que contasse mais quando Ludmila apareceu, respingando água fria em seu corpo aquecido pelo sol, de um balde carregado por George. Nina se contorceu, levantando as mãos em protesto, e eles continuaram na brincadeira. De um salto, Yefim arrancou o balde da mão de George e, erguendo-o acima dele e de Ludmila, despejou o resto da água em suas cabeças. De início, eles arfaram como dois peixes. Mas, assim que conseguiram tirar a água dos olhos, caíram na gargalhada ante o inesperado da situação. Nina achou estranho e maravilhoso que não tivessem ficado furiosos com Yefim.

Enquanto Ludmila e Nina espremiam a água dos shorts pretos, George estendeu a mão a Yefim, dizendo:

— Bem feito para mim por contrariar nosso coletor. — Com os óculos escorregando no nariz levemente sardento, George mais parecia um colegial meio pateta, ao lado de Yefim. — Eu o vi carregando nossas amostras de núcleo no caminhão como se fossem plumas — prosseguiu. — Aquelas caixas devem pesar pelo menos 150 quilos cada.

— Não, no máximo 120 — corrigiu Yefim, constrangido, mas lisonjeado.

O sorriso dele era largo e franco, com uma covinha na bochecha direita e um dente de ouro que brilhava ao sol. Sorrindo, parecia um astro do cinema.

— Não surpreende que tenha chegado a Berlim — disse Nina, querendo encher a bola dele.

— Caramba! Temos aqui um herói de guerra? — fez Ludmila, mandando a Nina um olhar maroto de aprovação.

Ela percebeu que Yefim ficou tenso. O maxilar se contraiu, e o olhar endureceu.

— Não, não, não sou nenhum herói — protestou, e ela sentiu que algo nele se fechava. Ocorreu a Nina que talvez ele não falasse da guerra com qualquer um e apenas lhe contara em confiança, e agora lá estava ela dando com a língua nos dentes. Ficou sem graça por tê-lo posto na berlinda. Não queria que ele achasse que não podia confiar nela.

— Então você deve ter um bocado de medalhas — arriscou Ludmila.

— Foram roubadas — respondeu ele sem rodeios, desviando o olhar para o rio para deixar claro que não queria falar do assunto, mas os amigos de Nina insistiram.

— Roubadas? Como? — perguntaram.

— No trem de volta para casa — explicou ele, dando de ombros com certo exagero, como se quisesse mostrar que não ligava para medalhas.

— Tem gente que não respeita nossos veteranos — disse George.

Eles ficaram em silêncio por um momento, enquanto Nina tentava encontrar um jeito de mudar a conversa.

Ela pegou a toalha e disse:

— Mas você aguenta 120 quilos mesmo?

— Só quando os pobres coitados da pós-graduação não me dão alternativa — respondeu Yefim, com uma piscadela.

Nos dias seguintes, os quatro ficaram amigos. Começaram a chamar Yefim de "Hércules". Embora fosse o único aluno de graduação entre eles, era o mais velho, nos seus vinte e oito anos. Pouco depois, pegaram um caminhão em direção a Stany, aldeia próxima de um outro poço, onde esperavam encontrar mais amostras. Nina buscava corais fósseis para a dissertação, enquanto Ludmila e George procuravam flora do Período Devoniano.

Em Stany, hospedaram-se com uma professora viúva chamada Marúsia. De bochechas rosadas, tinha trinta e poucos anos e que ria fácil. O marido morrera na frente de batalha, e ela não havia casado de novo, então dizia gostar da companhia de jovens cultivados de Kiev, ao passo que eles apreciavam estar numa casa bem cuidada e acolhedora, depois de três semanas em barracas.

Um dia, Yefim encontrou as velhas varas de pesca do marido de Marúsia e chamou Nina para irem ao rio.

— Vamos ver como se sai essa garota da cidade — disse.

Ela aprendera a pescar na primeira escavação de verão na faculdade, em 1945. O grupo era todo de mulheres, pois a maioria dos homens ainda não voltara da frente. Foi um verão de muita fome: a dieta consistia apenas em brotos de pepino roubados no *colcoz* próximo, além do pão dos cartões de racionamento. Mas o acampamento ficava à beira do rio Dnieper, e elas logo deram um jeito de pescar e preparar sopas de peixe bem gordurosas que as sustentaram até o fim do verão.

Enquanto caminhava com Yefim em direção ao rio, no sossego das primeiras horas da manhã, Nina decidiu não contar nada disso.

A água estava tépida, e uma fina camada de bruma cobria a superfície. Na outra margem, as rãs começavam seu concerto matinal entre as taboas. Enguias serpenteavam na água calma, e vez ou outra uma carpa saltava e voltava a mergulhar, salpicando água. Yefim tinha desenterrado duas ou três minhocas, mas, quando entregou uma delas a Nina para que espetasse no anzol, ela se encolheu, e ele disse:

— Uma dama de verdade, hein!

Era bom estar ali com aquele aldeão simples e forte que fizera coisas brutais e másculas, e com uma lesão na mão como prova. Junto dele, ela podia ser uma donzela em apuros, uma mulherzinha mimada da cidade, algo que ela — uma órfã que teve que se virar sozinha para comer durante a guerra — nunca pudera ser. Deixou que ele espetasse a minhoca e lhe entregasse a vara.

Sentaram-se num velho ancoradouro gasto, contemplando a água, e ela gostou de perceber que ali seu amor pelo professor parecia algo lido num conto de Tchekhov.

Yefim pescou duas pardelhas-dos-alpes e uma pequena carpa, mas ela não pegou nada. Quando devolveram a Marúsia o balde de metal com os peixes, ela perguntou qual deles era de Nina, e ele mentiu:

— Todos. Não consegui nada. Devia só vê-la!

Marúsia riu e disse:

— Sorte de principiante.

Nina ficou surpresa com a pequena encenação, mas gostou de estar envolvida na mentirinha dele. Nunca vira ninguém inventar coisas com tanto charme. Quis até ser capaz de mentir melhor, pois, no país deles, em geral, era a honestidade que causava problemas.

Nas semanas seguintes, ela viu que o trabalho com Yefim corria bem. Os dois se dispunham eventualmente a ficar uma hora a mais apesar do calor ou a caminhar mais um quilômetro até o lado mais distante da pedreira.

Dirigiam-se para lá no início da manhã, antes que o calor da estepe ficasse sufocante. Por cima deles, as cotovias gorjeavam no céu pálido, mergulhando em voos rasantes. A pedreira ficava a quase cinco quilômetros de distância, por uma estrada de terra e calcário reluzente. Para chegar, contornavam a Colina dos Amantes, que, segundo Marúsia, era tradicionalmente escalada pelos casais quando noivavam, passando pelo campo de girassóis do *colcoz*, atravessando o leito seco de um riacho onde medravam roseiras bravas e brotos de aveleiras — por onde em meados de julho corria apenas um fio d'água — e seguindo pela estepe agreste que impressionou Nina com o cheiro inebriante do tomilho e artemísia e o infinito horizonte verde de campos floridos, pontuados de bolas soltas de ervas daninhas.

No caminho, falavam da infância, dos amigos, da guerra. Nina contou que sua primeira amiga foi uma galinha preta que vivia no quintal, e por acaso ele também tivera uma galinha de estimação chamada Bek-Bek, que, como a dela, encontrara um fim trágico. Seu outro amigo próximo era Ivan, com quem havia servido. Ele disse que fez amigos em Kiev, mas nenhum como Ivan. Ela concordou que havia algo especial numa amizade de tempo de guerra. Sentia falta do pequeno grupo de amigos daqueles anos. Tinham sido a sua vida depois da morte dos pais: Galina, que trabalhava com ela no aviário, e Vásia Varavva, que ajudava os *partisans*. Depois da liberação, Galina se mudou para Vladivostok, a leste, onde vivia o tio dela, e Vásia, o pobre e corajoso Vásia, entrou para o exército no início de 1945 e foi morto em Berlim.

No começo, ela ficava acanhada de falar da vida sob a ocupação com alguém que sobrevivera quatro anos no campo de batalha, mas ele parecia sinceramente interessado na sua experiência. Ficou com a sensação de que ele queria saber o que havia perdido.

— Antes de eles entrarem na cidade, o nosso professor de alemão, que era judeu, dizia o tempo todo: "Finalmente o povo culto está chegando. Basta ver seus escritores, músicos, filósofos. Eles são uma nação honesta; lá ninguém rouba. Não pode ser verdade que estejam matando judeus" — contou Nina a Yefim certa manhã, quando se encaminhavam para a pedreira. — E ele não era o único que falava assim. Muitos conhecidos de Mamãe diziam a mesma coisa. Então foi um choque quando os alemães chegaram. Eles construíram suas próprias privadas e as usavam de porta aberta na frente de todo mundo; peidavam em público, muitas vezes enquanto comiam; zombavam das nossas roupas e dos nossos sapatos; assediavam as mulheres. Os homens do "povo culto" na verdade eram brutamontes arrogantes.

— Soldados têm que ser cretinos quando vão ocupar um país.

— Você acha que os alemães são todos assim? Quer dizer, eles eram de classes diferentes, cidades diferentes. Não foram criados para serem soldados.

— Sim, mas estavam na guerra. Isso muda a pessoa. Você acha que os russos agiam melhor na Alemanha?

— Tenho certeza de que não saíam atormentando civis.

— Claro que não. Eram anjos.

Ela quis perguntar "*E você?*", mas achou melhor não. Provavelmente era melhor não saber, assim como era melhor que ele não soubesse de todas as vezes em que o patrão alemão a apalpava ou da vez em que um oficial nazista que levou pão ao prédio deles mostrou sugestivamente uma camisinha. Como disse Vera certa vez, uma mulher precisa ter seus segredos.

Ela preferiu então contar que quase se tornou uma *ostarbeiter*, uma entre milhões de trabalhadores forçados que os alemães enviavam da União Soviética para ajudar no esforço de guerra do Reich.

— Achei que seria o fim para mim quando me convocaram ao escritório dos *ostarbeiter*. Diziam que eles te jogavam direto no trem e te mandavam embora sem poder nem se despedir. Parecia que eu estava caminhando para a guilhotina. Minha única esperança era o raio-X do tórax da minha mãe. Ela morreu de tuberculose. Quando cheguei com o raio-X, a mulher que trabalhava lá era uma velha amiga dos meus pais. Ela me reconheceu e disse ao médico alemão que inspecionava todo mundo que eu tinha tuberculose desde pequena. E ele me enxotou dali. Imagine só a minha sorte! Ao voltar para casa, fui recebida pelos amigos e vizinhos como se tivesse ressuscitado. Foi só um mês antes da liberação de Kiev. Até hoje sinto calafrios quando penso que poderia ter acabado num campo alemão de trabalhos forçados. As mulheres *ostarbeiter* com certeza enfrentaram problemas ao voltar para casa.

Ela pensou que ele ficaria admirado com sua sorte, mas ele se manteve calado. Olhava em outra direção, uma ruga se formando na testa. Ela tentava entender se teria dito algo errado, e perguntou:

— Alguma vez alguém o salvou quando você menos esperava? — E se deu conta de que provavelmente era uma pergunta estúpida de fazer a um soldado.

Mas ele disse:

— Uma vez fui salvo por um queijo. — E, com seu sorriso de covinha, contou uma história divertida sobre o dia em que foi dar numa fazenda de gado leiteiro, fugindo dos alemães.

Ela gostava do brilho daqueles olhos castanhos enquanto ele falava. Com o passar das semanas em Stany, Nina se acostumava com Yefim a seu lado, e, toda vez que ele tirava a camisa no calor do sol, alguma coisa se alvoroçava nela, e ela, embaraçada, tentava não ficar olhando.

Era bom ver como ele aprendia rápido. Ela mostrou as variedades de corais que buscava, e ele respondeu:

— Entendido, chefa!

Mesmo assim, ficava surpresa quando ele trazia as pedras certas, jamais cometendo um erro. Ele era perspicaz, o que provavelmente havia sido útil durante a guerra.

Quando já haviam juntado uma pilha suficiente de fósseis, ela os identificava, e os dois os preparavam, desbastando sedimentos. Ela não confiava o cinzel a Yefim: o golpe de incisão tinha que ser preciso, para não danificar os fósseis. Muitas vezes vira o professor fazê-lo, mas ela mesma nunca foi muito boa nisso. Ainda assim, sempre insistia, para não terem que arrastar um peso desnecessário até a aldeia. Disse a Yefim que sua função era marcar e embalar os espécimes, acomodando-os cuidadosamente na mochila. Mas, depois que ela machucou o dedo pela enésima vez, Yefim pegou o cinzel e exigiu que o deixasse tentar. Ao contrário dela, rapidamente ele ganhou confiança, e, vendo-o trabalhar com o instrumento, ela pensou: *Eis um homem que pode me salvar.*

Diariamente, ela se perguntava quando ele faria um gesto, mas, embora à tarde tirassem uma soneca próximos um do outro, na sombra atrás das rochas, a distância entre os corpos nunca diminuía.

Certo dia, no caminho de volta, Yefim falou de uma garota que amara:

— Tinha uns reflexos dourados nos olhos dela, parecia que tudo era uma surpresa para ela. Que nem criança. Fiquei completamente apaixonado.

Agora ela sabia por que ele não tentava nada. Provavelmente a via apenas como amiga, alguém para conversar sobre outras garotas. Como fora tola de pensar que poderia acontecer algo entre eles. Ainda assim, sentiu-se obrigada a perguntar, com uma voz que saiu um pouco animada demais:

— Onde ela está?

— Não sei. Nos separamos durante a guerra, e nunca mais voltei a vê-la.

Os dois caminharam um momento em silêncio. Nina tentava se livrar da ilusão que vinha cultivando. Sentia-se uma idiota por pensar que Yefim pudesse querê-la. Claro que ele não ia se interessar por ela. Não faltavam garotas que queriam se casar; por que a escolheria? O sol se punha além da floresta, e Nina foi ficando com raiva. Como não tinha nada a perder, resolveu falar da paixonite pelo professor:

— Ele é tão apaixonado pela paleontologia que acabei amando também. E tem um senso de humor incrível e...

— Ele não é casado? — interrompeu Yefim, e ela imediatamente se arrependeu de ter contado.

— Bem... — respondeu, engolindo em seco, sem olhar para ele.

Yefim parou no meio da estrada. O olhar se anuviou, frio como um seixo no fundo do rio.

— Apaixonado pela paleontologia... ora, por favor! Ele se pavoneia pela escola como se fosse melhor que todo mundo. Mas não passa de um velho sacana que encontrou uma garota órfã e que convenientemente se esqueceu da esposa. E você? Jamais pensaria que você fosse capaz de se apaixonar por um cara assim.

— Eu não... não é isso — objetou ela. — Ele acreditou em mim. Eu não estaria na pós-graduação se ele não tivesse me apoiado.

— Bela maneira de fazê-la ter a sensação de que deve alguma coisa.

— Não sinto que devo nada... não *desse* jeito.

— Não acredito que seja tão ingênua — atalhou Yefim, e chutou uma pedra, quebrando-a ao meio e levantando uma coluna de poeira. — Não tem nada que eu odeie mais do que um homem de duas caras.

Era a primeira briga deles. Naquela noite, os dois se evitaram, o que não era fácil no espaço reduzido da casa de Marúsia. Nina ficou confusa com a inesperada exasperação de Yefim. Não deveria ter soltado a língua, mas ele também não deveria ficar falando dos olhos dourados da outra. Deitada no colchão em seu canto da cabana, ela pensou no professor, na segurança que sentia ao lado dele. Talvez devesse mesmo esperar por ele. Quem sabe um dia deixaria a família para se casar com ela, e ela lhe daria filhos. Nina chorou quietinha no seu canto.

Não, Mamãe estava certa. Nenhum homem ia querê-la.

No dia seguinte, Yefim saiu para ajudar Ludmila e George, e Nina, arrastando-se depois de uma noite maldormida, foi para a pedreira sozinha. Ficou apenas metade do dia e voltou para o povoado com dor de cabeça. Nessa noite, os amigos voltaram alegres do trabalho de campo, e Yefim fazia graça em voz alta, mas ela só queria ir para a cama. Depois do jantar, foi até o jardim dos fundos para lavar a louça na pia ao ar livre. Era uma noite sem lua, e ela esperou que os olhos se acostumassem ao escuro. O ar fresco dava uma sensação agradável no rosto.

— Nina.

Yefim apareceu no escuro. Puxou-a delicadamente pela mão e a conduziu na direção do campo aberto. Ela o seguiu, pisando com cuidado, confusa e com medo de fazer barulho, para não estragar o motivo que o trouxera a ela. A grama roçava nas suas pernas enquanto caminhavam sob o céu retinto. Ali, os sons da aldeia se esfumavam, e ela podia ouvir a noite, grilos e rãs despertos no frescor noturno da estepe. Ele se deteve, voltou-se para Nina e tirou cuidadosamente os óculos dela. As estrelas e o terreno ficaram desfocados. O rosto dele se aproximou. A respiração dela se acalmou quando ele tocou seu rosto. Os dedos dele eram cheios de vida. Ela esperou que ele dissesse alguma coisa. Em vez disso, ele a puxou para si e a beijou.

A garota e o professor não voltaram a ser mencionados. Nas duas semanas seguintes, quando se deitavam na pedreira para descansar, ela repousava a cabeça no peito dele, respirando o aroma de almíscar. Queria que Mamãe pudesse ver sua pequena Nina trabalhando numa dissertação com um forte e valoroso veterano ao lado.

A certa altura, um cãozinho abandonado começava a segui-los pela estrada. A cada dia ia mais longe com eles, até que, por fim, já passava o dia em companhia deles na pedreira. Yefim lhe dava um pouco da sua comida, embora Nina achasse que ele não deveria.

Certa tarde, quando talhavam uma amostra de núcleo, uma pedra solta rolou de um penhasco, e eles ouviram o ganido do cão ecoando no poço. Yefim largou o cinzel e correu na direção do som. Ela o seguiu. O cão estava enroscado no chão, choramingando. Havia sangue entre as garras da pata traseira. Yefim pegou o animal e, acomodando-o nos braços, correu de volta à aldeia.

Quando Nina voltou à cabana, o cãozinho descansava no colo de Yefim, limpo e com uma atadura. Acariciando-lhe a cabeça, Yefim voltou os olhos para ela e fez:

— *Shhhh*. Ele está dormindo.

Ela não estava nem aí para a porcaria do cachorro, mas não podia deixar de registrar a gentileza de Yefim, seu jeito paternal. Foi até o jardim lavar o rosto empoeirado, e Marúsia se aproximou.

— Se ele trata um cachorro assim, aposto que vai tratar uma esposa ainda melhor — sussurrou, e Nina sabia que era verdade.

Alguns dias depois, no início de agosto, estando deitados nas rochas frescas depois do almoço, ele disse:

— Sabe o que eu estava pensando? Devíamos nos casar e ter a nossa família.

Nina fechou os olhos, com medo de se mexer enquanto o coração batia um milhão de vezes por segundo. *A nossa família*. A única coisa que ela tanto queria e que o professor jamais poderia lhe dar. As palavras dele se mesclaram com o ar cálido e perfumado, e ela soube que seu sonho se realizaria. Seria esposa e mãe. Nina virou-se para ele, com os olhos marejados de lágrimas, e sorriu.

Nessa mesma noite, acompanhados de Marúsia, Ludmila e George, eles pegaram um balde de lagostim, abriram uma garrafa de licor de sorveira-brava de fabricação local e comemoraram o compromisso com um pequeno banquete. Em seguida, embriagados e felizes, seguiram a tradição de Stany e subiram ao alto da Colina dos Amantes para selar a união, sabendo que aquele verão era um dos mais felizes da vida de ambos.

Capítulo 4

Agosto de 1941
R.S.S. da Letônia

Nas últimas semanas, Yefim e os sete homens do pelotão só caminharam à noite. Escondiam-se de dois inimigos: o exército alemão, que avançava, e os *partisans* lituanos que estavam à caça de soldados soviéticos desgarrados. O plano do tenente Komarov era alcançar o corpo do Exército Vermelho, mas em agosto seu avanço foi retardado e ainda não havia sinal das tropas deles. Estava claro que, se não se apressassem na direção leste, acabariam apodrecendo em campos de prisioneiros inimigos.

Naquela manhã, levantaram-se antes do alvorecer para tentar atravessar uma vasta floresta de pinheiros e chegar à fronteira da Letônia antes do cair da noite. Na Letônia, esperavam encontrar comida e informações sobre o paradeiro das tropas. Como desjejum, comeram um punhado de amoras e a última batata assada, cuidadosamente cortada em sete fatias.

— Essa dieta báltica é um luxo em comparação com 1932 — disse Yefim, saboreando cada mordida.

— *Da* — concordou Ivan. — Naquela época podiam te matar por uma batata.

— Toda noite eu sonho com queijo — suspirou Anton Lisin, o único sobrevivente entre os doze homens que deviam ter voltado para casa ao concluir o serviço militar. Yefim percebeu que ultimamente Lisin não se referia mais aos planos sobre Moscou e a geologia: só falava de queijo.

Umas duas semanas antes, eles se depararam com uma pequena fábrica de laticínios abandonada, com uma linda carreira de queijos amarelos e macios, prontinhos para serem levados. Yefim ainda sorria ao se lembrar de Ivan tentando enfiar duas peças de queijo no sobretudo, uma das quais sempre caía, estatelando-se feito uma bola de borracha e rolando para longe enquanto ele corria atrás. Yefim sugeriu que depois da guerra ele fosse trabalhar no circo.

— Teremos queijo quando chegarmos à Letônia — prometeu Komarov, e Yefim fingiu que acreditava. — Vamos pegar as coisas e seguir em frente.

Eles avançaram pelas colunatas da floresta de pinheiros, escura e silenciosa na névoa da manhã. Caminhar sobre as folhas era tão macio que Yefim só queria tirar as botas e se deitar, embalado pelo cheiro calmante da resina de pinho. Estava cada vez mais cansado nos últimos dias, a mente muitas vezes resvalando para um estado de confusão nada desagradável.

Embora ninguém comentasse, era evidente que ele fora o mais gravemente ferido. Lisin mancava um pouco, depois de arrebentar o joelho no primeiro dia; Gurov tinha uma queimadura no braço; e o tenente Komarov ostentava na maçã do rosto um corte causado por estilhaço de bomba, que já estava praticamente fechado. Todos os outros, inclusive Ivan, não haviam sofrido nada realmente digno de nota. Por isso sempre faziam Yefim caminhar no meio. E, embora ele não se opusesse, esse tratamento especial o aborrecia. Não conseguia deixar de pensar que o faziam por culpa preventiva, como se soubessem que ele não duraria muito e quisessem ter certeza de fazer o possível até que ele fosse morto.

Ele precisava provar que estavam errados. Afinal, já se saía muito melhor com o uso do fuzil na mão esquerda. O que realmente queria era voltar para a artilharia. Estar por trás da Uska com certeza era muito melhor que naquela floresta, fugindo dos alemães e tendo pesadelos em que era levado com as mãos para o alto, a vergonha ardendo por dentro como febre.

Enquanto isso, pelo menos se sentia grato por poder caminhar atrás de Dimitri Gurov, o mais velho do grupo, que havia servido na última grande guerra e contava muitas histórias. Yefim se lembrava das vezes em que apressava o passo atrás de Mikhail, na época em que sua cabeça chegava à altura do ombro do irmão mais velho, com a sensação de que ninguém no povoado teria coragem de se meter com ele.

Uma década mais velho, Mikhail fora mais pai para ele do que o pai de ambos. Sempre encontrava um jeito de motivar, de fazer Yefim se sentir visto. Agora Mikhail certamente fora recrutado, obrigado a deixar o posto de contador-chefe, além da sua amada Lyubochka, de quatro anos, a única neta da família. Yefim tinha saudade da voz alegre e tonitruante de Mikhail. Decerto daria um melhor comandante que Komarov, embora Komarov não devesse ser dos piores, já que tinham chegado até ali.

— Esses putos desses lituanos realmente acham que vão se dar bem com os fascistas? — perguntou Serguei Kosar, um ucraniano de Donbass, onde seu pai era mineiro.

— O problema é que um ano debaixo da nossa foice e martelo não vai mudar o fato de que os bálticos na verdade são culturalmente mais parecidos com os alemães do que conosco — disse Lisin.

— Papo furado — retrucou Gurov. — Em 1914, tinha um letão na nossa unidade. A gente o chamava de Kristaps Maluco. Odiava os alemães, como todo mundo. Contava um monte de piadas de alemão. Lembro do dia em que saiu correndo pelo campo berrando *"Que se fodam os alemães!"* e foi estraçalhado por uma mina bem no meio da palavra, e nós só ouvimos *"Que se fodam os ale…"*.

Todos se calaram.

— Ao Kristaps Maluco! — brindou Gurov, erguendo o cantil.

A névoa se dissipara na manhã de sol. O cheiro da resina de pinho impregnava o ar morno. Teriam mais um dia de calor.

— Gostaria de saber como os fascistas classificam os bálticos — disse Kosar. — Eles não têm um sistema hierarquizando quem fica mais acima e mais abaixo nos totens?

— Só sei que eles estão acima dos *jidy*, mas quem não está, não é mesmo, Shulman? — interveio o tenente Komarov com um risinho, e se voltou para dar uma piscadela para Yefim.

Ele detestava quando o tenente entrava nessa. Mas seria difícil negar que de fato estava mais abaixo no totem, de qualquer ângulo que se olhasse. Ele não era só judeu. Era um judeu com a mão direita estropiada.

— Se formos apanhados pelos Fritz, o totem não vai valer merda nenhuma — disse Yefim, secando o suor da testa. — Estaremos todos fodidos.

— E, se conseguirmos voltar para casa, ainda assim estaremos fodidos — murmurou Ivan por trás.

— Você acha mesmo que seremos punidos se formos capturados? Até parece que estamos correndo na direção dos alemães.

Ele falava alto para ser ouvido por Komarov, na esperança de ouvirem do tenente a garantia de que Stalin não os culparia pelo que lhes acontecesse. Mas, em vez disso, Komarov rosnou:

— Não quero essa maldita conversa de captura, entendido? A Letônia não está muito longe agora.

— Sim, senhor! — exclamou Yefim. — Estou louco para encontrar nosso exército e acabar com um monte de alemães!

— Isso aí, garoto!

Yefim ouviu Ivan resmungando alguma coisa atrás, mas não adiantava discutir. Eles não seriam apanhados. Não podiam se dar esse luxo.

Agora o sol de agosto castigava para valer. A água havia praticamente acabado, e o couro cabeludo coçava por causa do suor que escorria atrás da cabeça. Seu cabelo tinha crescido demais. Precisava arrumar um jeito de cortá-lo, mesmo que na faca.

— Provavelmente é o dia mais quente até agora — disse, coçando a cabeça.

Tiros de fuzil espoucaram na floresta.

— *Partisans!* — gritou Komarov.

Ouviu-se um baque, e algo quente se derramou no rosto de Yefim. O corpo de Gurov caiu para o lado, com um buraco na cabeça. Yefim se jogou no chão enquanto tiros ecoavam na floresta. Arrastou-se até a árvore mais próxima.

— São quatro! — berrou Komarov de algum ponto à esquerda enquanto balas passavam zunindo.

Yefim se agachou por trás do tronco de um pinheiro, contraindo as escápulas para tentar se encolher. Seu rosto estava coberto do sangue de Gurov. Era cáustico e viscoso.

Pelo canto do olho direito, ele viu Ivan. Então uma bala atingiu o tronco próximo a ele, mandando lascas de lenha em todas as direções, e Komarov gritou:

— *Davai!* Fogo! Fogo!

Yefim tentava segurar firme a coronha do fuzil, mas a mão enfaixada tremia. Ivan já estava atirando, dava para ouvir, e ele ainda se atrapalhava com aquela mão inútil. Ouviu Lisin berrar:

— Peguei um!

— Estão fugindo! — gritou Komarov. — Vamos atrás! Vamos, vamos, vamos!

Yefim saiu de trás do abrigo e correu. Cinquenta metros adiante, um lituano alto se afastou em disparada. Sua silhueta se destacava numa clareira entre as árvores. Yefim atirou. Não teve tempo de mirar. Apenas disparava mais ou menos na direção do homem. O lituano continuou arremetendo em frente. Até que cambaleou e caiu, segurando a coxa.

Yefim recarregou e correu na direção dele. O *partisan* gemia no chão, enquanto uma mancha se espraiava nas folhas de pinheiros. Ele tentava rastejar até o fuzil de fabricação soviética que deixara cair. Yefim o chutou para longe.

Como era diferente acertar uma bala em carne humana! Nada a ver com disparar a Uska contra um tanque. Completamente diferente. Yefim sentiu uma ponta de culpa vendo aquele cara de olhos azuis com o rosto pálido sujo de terra e uma braçadeira branca na manga direita.

O *partisan* olhou para Yefim e rosnou:

— Russo de merda!

A culpa de Yefim desapareceu. Agora estava irritado e na defensiva. Afinal, não era ele que estava emboscando soldados perdidos na floresta. Queria dizer que nem era russo. Era soviético, o que transcendia qualquer etnia, ao contrário do que acontecia na Alemanha, que aquele imbecil arriscava a vida para defender.

Ouviu por trás a voz de Lisin:

— Vai ficar cuidando do neném? Atira nesse puto!

— O tenente pode querer interrogá-lo — disse Yefim, surpreso com a crueldade de Lisin. O que acontecera com o sonho de estudar geologia?

O *partisan* resmungou algo em lituano, e seu rosto ficou mais pálido.

Quando o tenente Komarov conseguiu alcançá-los, apontou o fuzil para o homem e perguntou:

— Tem mais quantos nessa floresta?

O outro não respondeu. Seus olhos estavam semicerrados, e pelas narinas ele tentava inalar desesperadamente, enquanto escorria suor pelos lábios pálidos.

— Provavelmente não fala russo muito bem — disse Yefim.

— Pois assim vai aprender — retrucou o tenente, pressionando o cano do fuzil no ferimento da perna. — Onde está o Exército Vermelho, seu lixo?

O sujeito gemeu. Parecia a ponto de morrer.

— Não presta para nada — arriscou Lisin. — Vamos acabar com ele.

— Vai sangrar até morrer — disse Komarov. — Estou muito mais preocupado com o filho da puta que escapou. Precisamos sair daqui logo. Onde está Ivan?

Yefim estremeceu. Não via Ivan desde o tiroteio. Correu de volta ao ponto onde vira o amigo pela última vez, passando pelo corpo de Gurov.

— Ivan! — Sua voz ecoou pelos pinheiros, e ele mesmo se surpreendeu com o tom de pânico.

Ouviu um assobio por detrás das árvores. Encontrou-o sentado no chão, recostado numa árvore, segurando o ombro esquerdo e sorrindo feito um doido. Yefim arremeteu para ele.

— Não me diga que achou que seu bravo amigo estava morto?

— Claro que não — mentiu Yefim, curvando-se para examinar a área ensanguentada no ombro esquerdo de Ivan. — Muito ruim?

— Só um arranhão. Nada que não tenha jeito.

— E por que esse riso?

— Porque me acharia um merda se não fosse pelo menos um pouquinho mutilado nessa guerra.

— Você é maluco — respondeu ele, ajudando o amigo a se levantar.

Juntaram-se ao resto do grupo em torno do corpo de Gurov. Enquanto Kosar e Pantyuk cavavam um túmulo raso, Yefim limpou cuidadosamente o ferimento de Ivan e o envolveu em gaze. Ivan não se abalava, sem largar o sorriso.

— Nem minha mãe cuidava assim de mim — disse.

— Não se acostume — brincou Yefim, embora estivesse gostando de cuidar do melhor amigo. Ivan poderia estar estirado ali ao lado de Gurov, esperando por uma cova, e como ficaria Yefim? Não havia no grupo ninguém em quem ele confiasse mais do que em Ivan.

Pronta a sepultura, o tenente Komarov retirou a identidade militar de Gurov, mas deixou no bolso a foto da esposa. Seu corpo foi depositado na terra fresca, conforme o *partisan* gemia ao fundo.

— Adeus, companheiro — disse Komarov. — A Pátria agradece.

Jogaram punhados de terra e folhas de pinheiro no corpo. E rumaram para a fronteira letã, a leste.

— Fiquem de olho em qualquer movimento ao norte — disse Komarov. — Estou com a sensação de que ainda teremos notícia dos bálticos hoje.

Logo os gemidos do *partisan* desapareceram, engolidos pelo silêncio da floresta. Eles não falavam muito e, a cada galho que estalava, agarravam o fuzil com mais força. Para Yefim, era difícil se acostumar a caminhar atrás de Pantyuk, com aquele corpo franzino. Agora que Gurov estava morto, temia que fosse o fim deles.

A tensão no pescoço se transformara em dor, e ele não conseguia parar de pensar no *partisan* chamando-o de russo de merda. Ficava imaginando o que teria respondido se o cara não estivesse no chão se esvaindo em sangue. Se tivessem se encontrado na rua, por exemplo. Yefim estava convencido de estar do lado certo na guerra, mas, se o lituano não era capaz de entender, teria que explicar que eles, os soviéticos, tentavam construir algo que, no fim das contas, seria melhor para todo mundo, inclusive os lituanos. E era verdade que esse sonho exigia sacrifícios, às vezes grandes sacrifícios, como a guerra entre vermelhos e brancos, a fome, as pavorosas noites de inverno em 1937, quando ele ouvia um carro e ficava pensando se tinham ido buscar seus pais, para logo descobrir, aliviado, que um dos vizinhos é que estava sendo levado para os campos. Mas pelo menos o preço que todos haviam pagado era por um futuro mais brilhante de plena igualdade. E na Alemanha? Pelo contrário, o mundo devia servir de bandeja para a raça superior, e a qualquer momento oficiais com suásticas nas braçadeiras podiam tocar você pelas ruas como se fosse um animal, com a palavra *judeu* estampada no peito.

Mas quanto mais ele imaginava a discussão, mais ficava incomodado com alguma coisa. Não dava para esquecer o ódio no rosto pálido do *partisan* moribundo. Mostrar tanta convicção contra a URSS, imagine só, parecia inexplicável.

Ele lembrou que um dia, durante a fome, ouvira os vizinhos dizendo que Moscou estava deliberadamente matando de fome os camponeses ucranianos — que eles jamais deveriam ter aderido à União Soviética. Diziam aquilo com o mesmo ódio, e Yefim tinha chorado, de tão chocado. Lembrou que foi correndo procurar Mikhail, que lhe disse que nunca repetisse aquilo. O comunismo era bom para os judeus, disse o irmão, bom para todo mundo, pois, embora ele, Yefim, fosse um camponês pobre ao nascer, um dia poderia ser o que quisesse.

Quando o sol baixou e as sombras começaram a se alongar, Ivan ponderou que logo teriam que levantar acampamento.

— Assim que esses malditos pinheiros ficarem para trás — disse o tenente Komarov.

— E quanto falta?

— Os pinheiros? Não sei, mas, quando acabarem, estaremos na fronteira da Letônia.

Minutos depois, Komarov gritou:

— Cuidado! — E pulou para trás de uma árvore.

Yefim se agachou e esperou o sinal do comandante.

— Alarme falso — disse Komarov com a voz mais calma, saindo do esconderijo. — Vamos fazer uma pausa. Kosar e Lisin montam guarda.

Yefim recostou num pinheiro e tirou as botas. Depois de semanas caminhando, os pés estavam sempre precisando de repouso. Ele viu uma fileira de formigas subindo por um sulco profundo na casca da árvore. Estavam decididas a chegar aonde quer que estivessem indo, totalmente desinteressadas da guerra humana. Yefim ficou imaginando como seria juntar-se àquela marcha indiferente.

Ele sabia que não era bom pensar assim. Precisava se concentrar em chegar à Letônia, encontrar seu exército e ter de novo um canhão ao alcance. Aí voltaria a sentir força e convicção. Estava apenas apartado da realidade, só isso. A falta de comida deixava tudo meio turvo.

Eles levaram mais de duas horas para entrar na Letônia, depois de mais três alarmes falsos. Não havia placas, mas, segundo o mapa de Komarov, a fronteira ficava no riacho no limiar da floresta. Yefim sentiu alívio. Tinham rechaçado os *partisans* e conseguido avançar para o leste. Agora o exército não podia estar tão longe assim, dava para sentir. E talvez os letões fossem mais simpáticos com eles.

Encheram os cantis, atravessaram o riacho, subiram uma colina e entraram numa floresta de abetos, bétulas e amieiros que oferecia mais proteção. Caminharam por ali até o crepúsculo e montaram acampamento entre os espinheiros e taboas que cercavam um pequeno pântano. Estavam cansados, mas, apesar da perda de Gurov, Yefim se sentia bem. Ivan ainda estava com ele.

— Aqui no pântano estamos isolados de quem vier do oeste — disse Komarov.

— E tem outra vantagem, *továrich* tenente — atalhou Yefim.

— Qual seria? — Ivan quis saber, sério como sempre.

— Matar nossa fome.

Ivan deu uma risada, enquanto Komarov suspirava. O pântano fedia, verdade, mas era o melhor ponto que haviam encontrado para passar a noite.

— Chega de gracinhas, Shulman. Você e Ivan estão de guarda esta noite.

— Obrigado, comandante — disse Yefim, esmagando um mosquito no antebraço. — Adoro montar guarda.

— Eu, não — retrucou Ivan.

— Como não? Pense só nas estrelas!

— Muito engraçado — interveio Komarov. — Melhor ficarem de olho na retaguarda, em vez de contemplarem estrelas. Os lituanos querem nosso sangue.

— Mas aqui não é a Letônia? — perguntou Lisin.

— Mesma merda. Letões, lituanos, estonianos. Nenhum deles nos quer aqui.

No jantar, comeram uns poucos cogumelos colhidos por Kosar pelo caminho e que, segundo ele, podiam ser ingeridos crus. Comeram rápido e foram para a cama. Depois de um dia inteiro de caminhada e da adrenalina dos combates da manhã, todos, exceto Yefim e Ivan, adormeceram sem demora.

A primeira metade da noite era a mais difícil, e Yefim decidiu que ficaria por sua conta.

— Não é justo, Fima — objetou Ivan. — Vamos sortear, como sempre.

— Sempre querendo ser justo... Você levou um tiro hoje, cara. Precisa descansar.

— Duvido que consiga cair no sono. É muita adrenalina, levar um tiro. Sorteio, por favor. Não abro mão.

Ivan era teimoso como ele. Fizeram o sorteio, e Yefim ganhou, e assim descansaria duas horas até chegar sua vez.

— Tem certeza de que vai ficar bem sozinho? — perguntou a Ivan. — Ainda podemos trocar.

— Não se preocupe — assegurou Ivan. — Quando menos esperar, estará na sua hora.

Deram boa-noite, e Yefim se acomodou junto a um arbusto mais afastado da água. As rãs coaxavam tranquilamente, e lá em cima as estrelas eram espetaculares no céu sem lua. Mas, toda vez que fechava os olhos, ele via o rosto pálido do lituano no chão. Assim, ficou com os olhos no céu.

Era o mês de agosto, em plena época das estrelas cadentes, e ele se lembrou das noites quentes de verão em que se deitava com os irmãos no feno, contando meteoros, para ver quem ganhava. Naum, o segundo mais moço, cantava de dois em dois minutos: "Viram aquele?" — e aumentava sua contagem, embora ninguém acreditasse nele. Basya dormia em casa nessas noites, pois a mãe dizia que o ar noturno não era bom para uma menina. Ele queria não ter desperdiçado sua última carta a Basya falando da base onde se encontravam e descrevendo a aldeia. Se soubesse o que estava para acontecer, teria dito que fugisse com os pais para Kharkiv, a leste, ou mesmo mais longe, em território russo. Agora não dava para mandar cartas, daquele pântano. Sua única esperança era que Papai tivesse encontrado um jeito de mantê-los seguros, embora detestasse a ideia de precisar contar com o velho.

Ele tentava imaginar como os irmãos tinham se saído. Preocupava-se sobretudo com Yakov. Yakov era um sonhador, lia tudo que podia e se casara com uma garota de pendores artísticos. Trabalhava como engenheiro, mas também escrevia poesia. Não fora feito para a guerra. Mesmo quando brincavam de guerra civil na infância, Yakov sempre aceitava ficar do lado derrotado, dos brancos, e acabava saindo no meio do jogo. Georgiy é que sempre levava a brincadeira a sério. Yefim ainda se lembrava do dia em que, estando os dois no time dos vermelhos, Georgiy perguntou se ele queria ver Moscou e o levantou pelas orelhas. Estavam no campo de girassóis, e Naum, na época com sete anos, rolava no chão de rir, provavelmente feliz por não ter sido suspenso pelas orelhas acima dos girassóis. Pois Georgiy devia ter ficado muito feliz de enfrentar os alemães. Yefim só queria saber onde é que ele, Naum, Yakov e Mikhail estavam servindo.

De repente, uma estrela caiu. Enquanto ela percorria um arco excepcionalmente brilhante e lento no céu, Yefim desejou voltar a ver sua família.

Quando se deu conta, Ivan o sacudia para acordar.

— Sua vez, Bela Adormecida — sussurrou.

As estrelas empalideciam num céu azulado, e Yefim já conseguia enxergar as taboas, com o despontar da claridade. Assim que se levantou, Ivan caiu no mesmo lugar onde ele estava deitado e adormeceu.

Yefim caminhou em direção ao pântano, batendo nas bochechas, nos antebraços e nos joelhos para ativar a circulação. Ficava de olho no flanco sul, onde, segundo Komarov, havia um povoado, não muito longe. Foi quando os viu: um par de grous brancos que o observavam do outro lado. Seus corpos longos e elegantes se refletiam na água, de modo que parecia que quatro estavam de sentinela.

Ele caminhava de um lado a outro, de olho na margem sul do pântano e nos grous. Sabia que o alertariam se alguém se aproximasse. Os pássaros ouvem os menores ruídos.

Yefim sempre gostara de pássaros. Sua lembrança mais antiga da infância era de quando alimentava as galinhas no terreno em frente à casa. Lembrava-se das malhas de luz solar pontuando o quintal e da agitação das galinhas correndo para ele enquanto jogava os grãos. Sua mãe sempre dizia que não eram animais de estimação e que não se apegasse a elas, mas ele não entendia como era possível viver com uma criatura, alimentar e cuidar diariamente e não a considerar uma amiga. Até que veio a coletivização, e todo mundo perto deles passava fome e sua família não teve escolha senão comer suas amiguinhas cobertas de penas. Yefim chorou quando abateram a primeira galinha, Bek-Bek, e não quis comer a carne. Mas seu estômago inchou tanto de fome que ele teve que tomar a sopa de galinha preparada pela mãe. *Melhor do que nós te comermos*, brincou Mikhail, sinistro, pois, àquela altura, todo mundo já ouvira os boatos de gente que comia os menores da família.

Os grous, que até agora pareciam repousar, esticaram o pescoço em direção ao sul. No escuro, Yefim tentou enxergar além do pântano. Os pássaros espreitavam algo, até que bateram asas. Yefim agarrou o fuzil. Instantes depois, ouviu os cães farejadores. Gritou:

— Alemães! — E saiu correndo para acordar Ivan. No alto, os grous voavam como duas cruzes brancas no céu.

Capítulo 5

Abril de 1955
Stalino, R.S.S. da Ucrânia

Nina sacou que havia algo entre Yefim e Cláudia no instante em que ouviu a voz do marido vindo do patamar de baixo, seguida do riso faceiro de Cláudia.

Agora parecia que a faxineira que trabalhava ali também sabia. Aquela fofoqueira tinha encurralado Nina no corredor vazio do Instituto Industrial de Donetsk, onde ela lecionava paleontologia, e a ruivinha bonita, Cláudia Mikhailovna, ensinava cristalografia. Nina sentiu náuseas quando a velha contou que na noite anterior vira Cláudia sair de braços dados com Yefim. Só pensava em se afastar do fedor de mofo do esfregão e do respingar da água escura no balde metálico e se perguntava se deveria dizer à megera para não meter o nariz cheio de poros abertos no que não era da conta dela. Por fim, conseguiu dizer apenas:

— Obrigada por me informar, camarada.

Lá fora, no ar noturno da primavera, deu com o fedor acre das grandes usinas metalúrgicas e das plantas de coca de Stalino.

Andando acabrunhada para casa, Nina tentou entender se aquilo estava acontecendo porque a mudança ali para Donbass fora um equívoco. Sentia falta de Kiev. Lá, nos arredores da cidade, eles tinham criado a pequena Vita numa casa perto de uma floresta, e, embora a vida também não fosse fácil, havia muito para amar. Ainda se lembrava do aroma embriagador da floresta no início da manhã, quando Yefim e ela caminhavam juntos para a estação ferroviária, sonhando com um futuro para sua menininha.

Stalino, pelo contrário, estava se transformando num centro industrial, o que podia parecer muito bonito nos cartazes de propaganda, mas quem de fato vivia ali em 1955 tinha que encarar tetos enegrecidos pela poeira de carvão, água calcificada escorrendo escassamente da torneira, ar seco, moscas, muito poucas árvores e bandos esfomeados de ratazanas atraídas pelo lixo que transbordava dos depósitos. Stalino não se comparava a Kiev, cidade de alma antiga, com seus bulevares pontilhados de castanheiros e as mansões de cor creme.

Era por causa de Kiev que Nina não sentia tanto ciúme de Cláudia quanto deveria. Lá é que vira o professor pela última vez. Foi ao gabinete dele para agradecer por ter lhe conseguido o emprego em Stalino, e o beijo de despedida pousou na prega entre a bochecha e os lábios dela.

Nina parou antes de atravessar o terminal do bonde, onde motorneiros fumavam e praguejavam. Não sabia lidar com aquele jeito que eles tinham de fazer uma pausa suficientemente prolongada para ela entender que era uma mulher andando sozinha à noite, mas curta o bastante para sentir que não era assim tão bonita. Do outro lado do terminal, via as luzes do seu prédio, onde Yefim e ela tinham recebido um quarto num apartamento de três quartos, junto a outra família e um jovem engenheiro. Cláudia morava um andar abaixo.

Nina deu meia-volta, preferindo seguir em direção aos estábulos. Pensou que não podia culpar Cláudia por roubar seu marido, considerando-se os poucos homens saudáveis que haviam sobrado depois da guerra. A única coisa de que se ressentia em relação à colega bonita era o fato de se deixar seduzir por Yefim, do jeito como ela havia sido, antes da primeira noite dos dois na Colina dos Amantes. Naquela noite, sob a lua crescente, Yefim segurou forte suas pernas em ângulos indecentes e furiosos. Ela nunca esqueceu a barba por fazer arranhando seu rosto afogueado quando ele caiu triunfalmente em cima dela, esmagando-a com os ossos grandes dos quadris como se fosse um inimigo abatido. Se não tivesse ficado imediatamente grávida de Vita, poderia ter acabado com tudo quando voltaram a Kiev.

Em vez disso, eles se casaram. O aborto ainda era ilegal, e, além do mais, Yefim tinha todos os requisitos de um bom pai: era gentil, afetuoso, trabalhador e confiável. Sim, tinha terrores noturnos, de vez em quando desaparecia sem dar explicação nem escrever e gostava de inventar histórias para fazer piada, mas em geral ela considerava que o sexo era o principal problema e tinha esperança de que, com o tempo, deixasse de sentir repulsa pela intimidade. Havia lido em algum lugar que aparentemente a esposa de Tolstoi levara dez anos "para se sentir uma mulher" no casamento. Eles estavam apenas no quinto ano.

Mas, agora que Cláudia entrara em cena, ela via que Yefim não era tão confiável quanto supunha.

Nina aproximou-se dos estábulos. O cheiro dos cavalos sempre a levava de volta à infância em Kiev, quando automóveis ainda eram algo raro. Sua ideia de um casamento feliz se baseava naquele velho mundo, o mundo dos seus pais. Criada numa casa de madeira com o permanente roçar do vestido da mãe no piso da cozinha e o tranquilo e confiante riscar da pena do pai nos deveres dos alunos, no gabinete dele, os ouvidos de Nina estavam acostumados com a maneira formal, mas amorosa, com que os dois se tratavam — Pavel Ivânovich, querido, gostaria de um pouco de chá? —, e sua visão do que seria um romance estava para sempre associada à fumaça adocicada do samovar quente e aos bailes suntuosos e duelos sobre os quais lia nos volumes de Púchkin que ficavam na estante acima da escrivaninha do pai.

Com Yefim, ela viu que seria difícil ter algo semelhante. Culpava a lacuna irrevogável criada pela Revolução, maior de que qualquer outra entre gerações anteriores de pais e filhos. Seus pais tinham crescido com os Romanov; Yefim e ela cresceram com Stalin. Como poderiam ser parecidas as respectivas ideias de romance — e mesmo da vida?

O professor, por outro lado, ainda cheirava a aquele mundo há muito perdido, o mundo de antes das cotas, brigadas e estrelas vermelhas. Havia nele um cavalheirismo inexistente em Yefim, ou talvez em todos os jovens soviéticos.

Ela consultou o relógio. Os alunos do curso noturno de Cláudia saíam mais ou menos a essa hora. Imaginou a faxineira observando Yefim ao se encontrar com Cláudia em frente ao instituto, para seguirem juntos de volta para casa. Os vizinhos ouvindo os dois de flerte no patamar, ele bebendo chá na cozinha dela e conversando, conversando mesmo, como se eles fossem o casal, e Nina, a estranha. Teve ganas de cuspir.

Por mais que detestasse confronto, ela teria que dizer que ele estava sendo desrespeitoso com ela e os filhos e que, se alguém mais no instituto descobrisse, sua reputação no trabalho estaria arruinada. Ele sabia tanto quanto ela que a família precisava do que ela ganhava.

Em casa, encontrou a babá, Mila, na cozinha, mexendo a colher no guisado enquanto Vita e Andrei brincavam com a menina de seis anos que morava com os pais no segundo quarto. Vadim, o jovem engenheiro do terceiro quarto, que muitas vezes deixava as três crianças do apartamento desenharem em seus cadernos de anotações, não estava em casa. Na cozinha, o rádio tocava junto ao exaustor.

— Como estão as crianças? — perguntou Nina. Enquanto Mila contava que Andrei não quis comer *tvorog* e que Vita voltou a chorar quando a buscara na creche, Nina se perguntava quem mais poderia saber, além da faxineira. Tratou de apressar a partida da babá e, enquanto Mila calçava as botas, tentava ansiosamente distinguir vozes no patamar.

Nina botou as crianças na cama e começou a trabalhar na dissertação da pesquisa, mas a todo momento enveredava por uma conversa imaginária com Yefim. Matutou sobre as muitas possibilidades, desde mencionar diretamente a faxineira até dar a entender que não era cega ou perguntar até quando ele pretendia continuar aquela história com a Cláudia. Em todos os casos, a conversa acabava em briga, e ela resolveu tentar algo diferente. No fim, chegou à conclusão de que estava cansada demais e foi para a cama. Yefim só chegou em casa depois das dez, e, a essa altura, exausta daquele dia, Nina estava dormindo.

Pela manhã, houve a habitual movimentação no apartamento cheio de gente se preparando para o trabalho e a escola, e depois os gritos de protesto de Vita sendo levada por Yefim para a creche — "Papai, se você me ama só um pouquinho, não me leve para lá!" —, enquanto Andrei batia com a colher na mesa, os pequenos óculos caindo do rosto. Naquele caos, parecia impossível falar de Cláudia.

Só a caminho do trabalho Nina se deu conta do quanto estava aliviada porque o confronto tivera que ser adiado. O que ela não daria para que nada daquilo estivesse acontecendo.

Achou que naquela manhã teria enorme dificuldade de se concentrar na aula, mas, assim que entrou no auditório e viu as fileiras de alunos desfrutando dos últimos minutos de liberdade, tudo mais desapareceu. Sentiu-se como um peixe voltando à água depois de se debater ofegantemente em terra.

Quando os alunos foram embora e se fez silêncio no auditório, alguém bateu à porta, e apareceu um rosto de cabelos escuros, perguntando:

— Posso?

Antes que Nina pudesse responder, Lena, uma professora assistente do departamento de geologia, responsável por alguns cursos noturnos, já avançava em sua direção. Os olhos verdes dela pendiam em torno do pequeno nariz pontudo, numa mistura de preocupação e compaixão exagerada, e imediatamente Nina entendeu por que ela estava ali.

— Gostaria de tratar de uma questão de caráter privado — disse Lena com todo o cuidado. — É sobre o seu marido.

De início, Nina fingiu surpresa, mas, à medida que Lena tagarelava sobre ter visto Yefim com uma certa colega, que no início não tinha certeza, mas agora já acreditava que eles não eram apenas amigos, *et cetera*, *et cetera*, Nina percebeu uma ponta de prazer feminino por trás da preocupação de Lena e se irritou.

— Eu soube que ele conversa com ela sobre a guerra e a infância dele, e vou lhe dizer uma coisa, Nina, nunca é um bom sinal quando um homem começa a se abrir assim sobre o passado — prosseguiu Lena, assentindo com um ar professoral, como se Nina fosse uma caloura numa aula sobre comportamento masculino.

Nina juntou as anotações da aula, rápida, mas calmamente, tentando não parecer furiosa. Queria poder dizer a Lena que o marido se abria completamente com ela, mas seria mentira. Nem conseguia se lembrar da última vez em que ele conversara sobre a guerra ou sua infância. De certa forma seu passado se tornara tabu, embora ela não fosse capaz de dizer quando nem por quê. Chegou a pensar que ele é que não queria falar a respeito, mas aparentemente não era isso. Nina se sentiu humilhada e, suspendendo a bolsa no ombro, dirigiu-se para a porta.

— É muita gentileza sua me contar — disse, e foi saindo.

Lá fora, chamou um táxi. À medida que se afastavam do instituto, Nina quis que pudessem seguir em frente sem parar até Kiev para correr de volta para o professor e dizer que o emprego que lhe arranjara em Stalino não estava dando certo como tinham imaginado. Ele a abraçaria, e imediatamente ela saberia o que fazer.

Nina sentiu os olhos se enchendo de lágrimas. Não queria chorar na frente do motorista e concentrou a atenção na janela. Na agitação das ruas, ouviam-se britadeiras, martelos hidráulicos, o rangido de diferentes máquinas, gritos de operários da construção. Na Universitetskaya, uma turma de duas dúzias de homens abria uma ampla avenida no coração da cidade. Dois quarteirões ao norte, uma escavadora removia um morro que as crianças costumavam descer de trenó nos dias de neve. Virando a esquina, um guindaste baixava a laje cinza de uma parede no quinto andar de um prédio de apartamentos. Ao lado, a lateral de um edifício concluído estava coberta por um cartaz vermelho com a inscrição O FUTURO É NOSSO.

Nina pensou que precisava ter paciência. Quando finalmente houvesse moradia para todo mundo em Stalino, sua família receberia um apartamento próprio, e eles poderiam construir sua vidinha particular do jeito como faziam na casa das imediações de Kiev. Nem tudo estava perdido. Mesmo que no seu caso não se pudesse mais falar de romance, ainda podiam ter um bom casamento. E não era, de qualquer forma, o mais importante?

Nas semanas seguintes, Nina não foi capaz de confrontar Yefim. Ou pelo menos se convenceu disso. Toda noite, depois de um dia de olhares de piedade e sussurros das colegas no instituto, ela voltava para casa furiosa e decidida a não aceitar mais aquilo. Aí se ocupava com as crianças e quando via estava caindo na cama, exausta. Embora Yefim continuasse voltando tarde, na manhã seguinte sua exasperação e a decisão anteriores de encarar o marido pareciam ideias desesperadas de uma mente esgotada. À luz realista do dia, era mais fácil fingir que não havia nada errado.

Certa noite, no início de maio, Yefim chegou cedo em casa. Enquanto ele se ocupava com o banho dos filhos, contentíssimos, e os levava para a cama, ela fritava batatas para os dois. Estava nervosa, mas também se sentia forte, como um coral resistente que sobreviveu aos peixes bonitinhos. A aventura devia ter acabado por si mesma. Agora sua família podia voltar ao normal.

Num momento em que todos os outros moradores estavam fora da cozinha, Yefim sentou-se à mesa e mergulhou no prato de batatas. Ela o observava: as maçãs do rosto pronunciadas, os ombros musculosos. Dava para entender por que uma mulher se sentia atraída por aquele homem.

— No verão, então… — começou Yefim, um pedaço de batata ainda na boca.

— Vamos de novo para o Mar de Azov — atalhou ela, feliz por ele querer falar das férias da família. — Aquela casa onde ficamos no verão passado está para alugar.

— Claro — concordou ele, indiferente. — Mas, primeiro, em junho, tenho trabalho de campo com Cláudia Mikhailovna. Ela vai prospectar cristais, e eu vou atrás de fósseis briozoários para começar a escrever minha dissertação.

Nina viu seu garfo espetar outro cubo de batata. Como ele podia mentir daquele jeito sem vacilar? Ela ouvia o som do próprio sangue bombeando no corpo.

— Briozoários?

— *Da*.

Ele continuava dizendo algo sobre sua teoria a respeito dos animais marinhos microscópicos, que ambos sabiam ser inútil estudar para uma dissertação relevante de estratigrafia, quando Nina saiu da cozinha.

Deitada na cama, no quarto escuro, ao lado das crianças mergulhadas no sono, ela ouviu o baque metálico de uma faca caindo na pia e a porta do apartamento batendo. No andar de baixo, via o quadrado de luz do quarto de Cláudia. Nina fechou os olhos, tentando se obrigar a dormir, mas o quadrado de luz a espicaçava por trás da cortina. Na parede, enxergava os numerais romanos de bronze do relógio. Onze horas. Meia-noite. Uma hora. A luz de Cláudia se apagou a uma e quarenta e cinco da manhã. Yefim não voltou para casa.

Era uma clara declaração de guerra. Na manhã seguinte, ela o encontrou na cozinha, tomando chá com a mesma camisa da noite anterior, agora amarrotada. Conversava com Vadim como se não tivesse acabado de simplesmente aparecer por ali, depois de passar a noite com outra mulher. Nina se aprontou e foi para o trabalho.

Mas não conseguia se concentrar na aula. Os rostos dos alunos pareciam ondular nas fileiras de carteiras. Ela disse que não estava se sentindo bem e que precisava voltar para casa. Ao sair do auditório, o chão do corredor deslizou para longe. Ela se agarrou à parede para fazê-lo parar de se mover, e alguém a segurou pelo cotovelo. O conhecido nariz esburacado pairava sobre o uniforme lúgubre.

— Venha comigo — disse a faxineira, conduzindo-a ao depósito da limpeza.

Lá, o espaço exíguo lembrou a Nina a cabine de um condutor de trem, à parte o cheiro de sabão. Ela ficou surpresa ao constatar que devia ser onde a faxineira morava. Ela fez Nina se sentar no catre, deu-lhe umas gotas de essência de valeriana e disse:

— Muito me admira você, uma professora e ainda se agarrando a um marido inútil. Para que precisa dele?

Nina olhava para o linóleo amarelo, sentindo-se estranhamente envergonhada.

— Deite-se para descansar — prosseguiu a mulher. — Não vamos deixar essas *babas* fofoqueiras te verem assim.

Nina obedeceu, estirando-se no catre duro. Quando a faxineira se retirou, passou os olhos pela estranha moradia: um armário cheio de vassouras e esfregões, uma cortina laranja na janela de vidraça simples, uma mesinha com um bule de chá, um pote de mel e uma única xícara. Nina teve a sensação de estar na casa de Baba Yaga, a velha bruxa dos contos de fadas que vivia na floresta, em uma cabana de madeira com pernas de galinha. *Dê as costas à floresta e vire-se para mim*, a pessoa deveria dizer, e as pernas de galinha faziam girar a cabana, para que se pudesse entrar. *É assim que eu vou acabar*, pensou Nina: sozinha na floresta, catando cogumelos e briozoários.

Ao acordar, ela não entendia por que aguentava aquele comportamento de Yefim há quase dois meses. Esgueirou-se para fora do quarto da faxineira e correu para casa. Estava tudo claro e luminoso, como no dia em que os tanques nazistas entraram na cidade. Ela precisava se apressar. Em casa, jogou algumas roupas suas e das crianças na mochila das expedições e fez uma mala separada para Yefim. Em seguida, trancou a porta do quarto com a única chave que usavam, deixando a mala dele no corredor. Dizendo às crianças que iam visitar tia Vera, seguiu com elas para o aeroporto, onde pegaram o voo das quatro da tarde para Kiev. Não fazia mal que as passagens comessem um pedaço das economias deles. Se fosse o contrário, Yefim não pensaria duas vezes quanto ao dinheiro.

Fazia calor no avião. Na descida, Nina ficou tonta. Ela desmaiou, e seu corpo escorreu do assento como uma água-viva se desmilinguindo. Voltou a si na aterrissagem, mas estava muito fraca para se levantar, e assim as duas aeromoças a ajudaram a descer do avião com as crianças. No ar fresco, Nina deitou-se num gramado do aeroporto, com os filhos ao lado. Olhava para o céu, respirando a doce fragrância dos castanheiros de Kiev em flor. No táxi para a casa da irmã, até deu uma risada, imaginando a surpresa que aguardava Yefim em casa.

Nina escrevera à irmã sobre o caso, depois da primeira advertência da faxineira, e assim, ao abrir a porta e ver seu rosto pálido, Vera não precisou de explicação. Abraçou as crianças, mandou que fossem brincar e disse a Nina que ela era uma idiota.

— Precisando do que mais na vida? Você tem sua casa, um bom emprego e filhos. O marido não te ama? Grande coisa! Meu marido me largou numa cidade estranha sem casa nem dinheiro durante a guerra. E agora me aparece aqui, com tudo em cima, mas sem cérebro!

Nina estava cansada demais para discutir. A cabeça girava, e nada fazia sentido — só uma cama. Vera lhe deu um sonífero, e ela passou as vinte e quatro horas seguintes sonhando com malas e esfregões.

No dia seguinte, Vera acordou e lhe disse com voz amável, porém firme, igualzinha à da mãe delas, que Nina deixaria as crianças ali durante uma semana e voltaria a Stalino para tirar tudo a limpo com Yefim.

— Mas eu não o amo — retrucou Nina docilmente.

— Não interessa — cortou Vera. — Eles amam.

Nina olhou para os filhos, que tentavam levantar uma torre de sapatos no corredor. Vita era uma cópia do pai: forte, ambiciosa, provocante. Andrei era mais manso, mais parecido com ela, com os olhos cinzentos míopes e aquele jeito de dizer "Mamochka" que a derretia. Nina tentou imaginar que filhos teria com o professor, mas não conseguiu. Aqueles filhos, aquele marido, aquela vida tinham sido a sua escolha. Ninguém a obrigara. E agora, acontecesse o que acontecesse, precisava parar de sonhar com aquela noite na escavação em que o professor, ajoelhado, beijou suas mãos e disse que a amava, e ela, alegando que precisava ir ao banheiro, saiu correndo para a estação ferroviária para voltar ao encontro de Yefim e da bebezinha, Vita. Naquele momento, escolhera sua família. Agora precisava escolhê-la de novo, antes que o imbecil do marido estragasse a vida de todo mundo.

Em Stalino, Nina passou primeiro no instituto. Tinha desaparecido tão inesperadamente que temia enfrentar algum problema: anos antes, abandono de emprego era considerado um delito. Assim que entrou na sala dos professores, Lena a levou para um canto e disse que a situação era pior do que ela esperava: seu repentino afastamento e os boatos sobre o caso tinham provocado um escândalo que chegou ao conhecimento do comitê do Partido. Nina tinha que ir imediatamente ao gabinete do diretor.

O diretor era um sujeito pesado na casa dos cinquenta, os cabelos rareando, que sempre lembrava a Nina uma ameba. Quando foram apresentados dois anos antes, ele a olhou de alto a baixo com um suspiro que ela interpretou como arrependimento por ter aceitado no instituto aquela moçoila estudiosa de sapatos surrados. E aí, em vez de integrá-la ao corpo docente como fora acertado, ele anunciou que, estando ela comprometida por ter "vivido sob a ocupação", teria que a rebaixar a professora assistente. Uma posição abaixo de Cláudia na hierarquia.

Agora Nina teria que discutir sua vida pessoal com aquele homem. Ao se sentar diante dele, fixou a atenção no peso de papel de granito vermelho, com um pequeno símbolo de prata da foice e do martelo na lateral.

— Nina Pavlovna, vou direto ao ponto — começou ele, batendo com uma caneta na mesa. — Todo homem trai. A diferença está na reação da esposa. E uma esposa inteligente simplesmente fecha os olhos para essas coisas.

Foi quando Nina começou a chorar. Ela se estabelecera em Stalino para construir uma carreira de cientista e professora e, em vez disso, transformava-se numa patética mulherzinha que chorava por causa da sua vida amorosa. As lágrimas logo viraram uma lambança mucosa, e ela começou a soluçar, o que a deixou ainda mais constrangida. O diretor também devia estar sem jeito, ou talvez enojado, pois desistiu de argumentar e a acompanhou até a saída, murmurando "Pronto, pronto", até fechar rapidamente a porta, deixando-a sozinha com a secretária.

A secretária, mulher tranquila de cabelos ondulados que Nina não conhecia bem, entregou-lhe um lenço limpo. Nina aceitou, grata pela pequena gentileza. A secretária olhou para a porta do chefe, que já estava ao telefone discutindo alguma futura contratação, e, inclinando-se na direção dela, disse:

— Talvez você deva saber que Cláudia Mikhailovna foi demitida ontem. Ouvi dizer que vai voltar para a cidade natal dela.

— Oh — balbuciou Nina. — Não era minha intenção...

Ela queria dizer que jamais pretendeu que a pobre mulher perdesse o emprego e a moradia e que o histórico profissional dela fosse afetado, que a culpa de tudo aquilo era dela e de Yefim. Mas a secretária se inclinou um pouco mais e sussurrou:

— Cláudia trouxe um certificado médico de virgindade. Acho que não ajudou propriamente.

Nina não conseguia se lembrar como chegou em casa. Encontrou a porta do quarto desprendida das dobradiças e as roupas de Yefim empilhadas na cama. Passou então os olhos pela casinha deles: as camas metálicas das crianças, o lenço servindo de abajur, a babosa da casa de Kiev no parapeito e o guarda-roupa com espelho que Yefim comprara depois de passar a noite inteira numa fila. Nina suspirou e, sem olhar no espelho, começou a guardar as roupas do marido na gaveta do meio, onde sempre ficavam.

Capítulo 6

*Agosto de 1941
Alemanha*

Yefim pulou do vagão do trem no solo encharcado. Ficou tonto. Depois de dois dias num espaço tão apertado, só conseguia ficar parado, as pernas não obedeciam. Mas os guardas já estavam gritando — *Schnell!* —, e os cães rosnavam. Ele tratou de se mexer, firmando-se em Ivan, os olhos semicerrados por causa da claridade da manhã, enchendo os pulmões com o cheiro da chuva que devia ter parado pouco antes, da terra molhada, da grama.

Ele não sabia o que os esperava ali, mas pelo menos estavam fora daquele trem sufocante e do campo de prisioneiros de Tilsit, com seu gigantesco terreno arenoso cercado de arame farpado, onde milhares deles dormiam em pé, na chuva, o frio vento do Báltico penetrando nos uniformes.

Quando o trem se esvaziou, e Yefim entendeu, sem precisar olhar, que só restavam cadáveres no piso encardido dos vagões de transporte de gado, ele se viu de pé no meio de um mar de homens exaustos e imundos, metidos em farrapos fétidos com os cabelos crescidos: centenas de soldados do Exército Vermelho, muitos feridos. Pareciam os velhos pedintes que costumava ver em sua terra durante a fome. Segundo os folhetos que os alemães tinham jogado no vagão, Stalin baixara o Decreto nº 270, considerando Yefim e todos aqueles homens "desertores perigosos cujas famílias estão sujeitas a detenção por violação de juramento e traição à sua terra natal". O decreto enumerava o que eles não tinham feito: "lutar abnegadamente até o fim, proteger os equipamentos como se fosse a menina dos olhos, abrir brechas na retaguarda das tropas inimigas, derrotar os cães fascistas." Embora muitos no trem dissessem que os folhetos eram apenas um jeito criativo encontrado pelo inimigo para abater seu moral, Yefim se perguntava se poderia ter feito mais para defender a Pátria e não incorrer na ira de Stalin.

Espocaram tiros. Ele agarrou Ivan. Um guarda passou lentamente por eles, agitando uma pistola. Segundos depois, outro tiro. E mais outro. Estavam abatendo os prisioneiros fracos que não conseguiam se levantar. E ele achando que aquele lugar seria melhor que o último campo.

Foi dada ordem de marcha. Lentamente, ele moveu as pernas. Esperava que encontrassem água e comida, aonde quer que estivessem indo. Não comia nada desde o nabo desenterrado três dias antes.

Caminharam pelo limite de uma cidadezinha, passando por um hotel e um consultório de dentista com letreiros em alemão. Por um momento, Yefim se sentiu reconfortado por achar que o alemão aprendido na escola poderia ajudá-lo, e a Ivan, em qualquer situação que encontrassem pela frente. Alguns moradores saíram de suas casas para observar. O varredor de rua parou, o olhar fixo, sem qualquer expressão no rosto. Uma garotinha de chapéu de palha apontou para eles, perguntando alguma coisa enquanto a mãe tratava de afastá-la. Eles deviam oferecer um belo espetáculo.

Quando a cidadezinha ficou para trás, atravessaram um trecho de floresta. Ele tentou se convencer de que talvez devesse fugir correndo, mas era difícil pensar em qualquer coisa que não fosse água.

Por fim, passaram pelo enorme portão de madeira do campo. Dentro, ele sentiu cheiro de lascas de madeira e esterco e alguma outra coisa que não conseguiu identificar. Uma estagnação úmida e opressiva.

Chegaram a um amplo campo oval de terra. Quatro fileiras de barracas verde-claras se irradiavam em direção a uma torre de guarda. Ele notou como o terreno era árido, mesmo naquele fim de agosto. Nada de relva crescendo entre as barracas, nenhuma árvore à vista. Parecia que todos os seres vivos haviam sido removidos dali. Yefim olhou para a torre de guarda mais próxima. A mira escura de uma metralhadora parecia estar apontada direto para ele. Por trás da torre havia uma cerca alta de arame farpado e mais adiante um campo aberto onde um homem que estivesse correndo seria alvo fácil. Não, fora loucura dizer a Ivan que eles achariam um jeito de fugir.

Não demorou, e um oficial chegou para proceder à seleção, e alguém sussurrou:

— Em frente é bom; à direita é ruim.

Mas como podiam saber, e, de qualquer maneira, o que significava "ruim"?

A multidão em torno de Yefim diminuía à medida que os prisioneiros eram mandados em duas direções. Logo chegou a vez de Ivan. Ele recebeu ordem de ir em frente, e Yefim pretendia correr atrás dele, mesmo se fosse enviado para a direita. Precisavam ficar juntos naquele lugar. Tentou se esticar o mais alto possível, achando que talvez ajudasse, mas o oficial mal olhava para ele.

— *Gerade!* — disse o alemão.

Aliviado, Yefim correu para alcançar Ivan.

Eles caminharam em direção a uma pequena cabana sem janelas, distante das barracas. O interior era um compartimento estreito com paredes de um azul soturno. Uma lâmpada incandescente iluminava meia dúzia de prisioneiros. Perfilavam-se junto a uma grande mesa metálica onde pontificava um sujeito careca de olhos argutos, quase amarelos. Yefim teve certeza de que não era um guarda alemão. No lado direito de sua túnica cinzenta, havia um triângulo vermelho com a letra P. Um polonês, deduziu, embora não soubesse se trabalhava para os nazistas por odiar os soviéticos ou por não ter escolha.

— Nome? — perguntou o escriba polonês ao prisioneiro à sua frente. — Etnia?

A mão aleijada de Yefim latejou de dor. Era a pergunta que ele temia. Em hipótese alguma alguém podia descobrir que estavam admitindo Yefim Shulman, dezoito anos, de uma grande família judia, num campo nazista. Ele procurou reter ar nos pulmões e se concentrou no que precisava ser feito.

A fila andava muito rápido. Os prisioneiros eram todos russos ou ucranianos. Um deles, cazaque. Ninguém mais ali tinha o seu problema. Até agora, ele havia conseguido se misturar. Os soldados ao redor tinham todos a mesma aparência, com os rostos barbados e sujos e o olhar de fome. Mas agora havia uma lâmpada implacável acesa e um homem que provavelmente fora instruído a ficar de olho em algum judeu sorrateiro.

— Próximo — chamou o escriba.

Ivan se adiantou até a mesa. Yefim olhava para o reflexo da luz forte nos engordurados cabelos louros do amigo e tentava não se mostrar inquieto.

— Nome?

— Ivan Didenko.

— Etnia?

— Ucraniano.

Yefim olhou para a porta. Estava a menos de dois metros, parcialmente bloqueada pelos prisioneiros perfilados atrás dele. Podia sair correndo na direção dela. Mas e depois? Torres de guarda, cerca de arame farpado, metralhadoras.

Ivan se arrastou para o compartimento seguinte, olhando para ele com um leve e confiante aceno de cabeça.

— Próximo!

Yefim se aproximou.

— Nome?

— Yefim Komarov.

O corpo do tenente Komarov ficara junto ao pântano, e, na viagem de trem, Yefim decidiu usar o sobrenome do seu comandante morto por ser simples, russo e por ajudá-lo a lembrar que existiam pessoas boas dispostas a protegê-lo. Como se fosse uma pequena homenagem.

Yefim viu seu novo sobrenome inscrito no grosso caderno de anotações. Pelo menos não precisava inventar um prenome. O nome verdadeiro do seu irmão Mikhail era Moshe, mas, quando Yefim nasceu, sua mãe — com incrível presciência — deu-lhe um nome russo comum.

— Etnia? — perguntou o escriba.

Yefim se acalmou.

— Russo.

Em casa, ele primeiro se considerava soviético, em segundo lugar, ucraniano e, em terceiro, judeu. Embora fosse tão russo quanto um inglês, ali entre os guardas alemães e os secretários poloneses era tão russo quanto o resto dos prisioneiros. Pelo menos era o que precisava pensar para sair dali vivo.

A mão do escriba parou no ar. Ele voltou os olhos amarelos para cima, estudando os traços de Yefim.

— Russo, é?

De repente Yefim se lembrou da sua pele morena e dos olhos castanhos próximos, por cima das maçãs pronunciadas, herdados do pai. Sempre achara que os irmãos e ele pareciam mais másculos que os eslavos, com aqueles olhos claros e as maçãs do rosto suavemente femininas, mas agora seria capaz de matar por aquela suavidade. Yefim reteve a respiração.

Um tiro estalou do lado de fora, e todo mundo se agitou. Exceto o secretário polonês, que nem por um segundo vacilou. Só não tirava os olhos de Yefim.

O compartimento apertado parecia se fechar sobre ele. Quis baixar os olhos para as botas enlameadas, mas se lembrou do que a mãe sempre dizia: "Olhe para as pessoas direto nos olhos, não importa quem seja." Mamãe não era bonita nem rica, mas seu olhar era tão altivo e direto que ninguém se atrevia a enfrentá-la. Yefim levantou os olhos para os do secretário. O careca desviou o olhar e chamou:

— Próximo!

Yefim se apressou na direção da saída.

Lá fora, respirou um ar de felicidade, querendo abraçar Ivan. Mas Ivan não estava entre os homens reunidos ali. A distância, um grupo menor de prisioneiros marchava para longe quando Yefim notou uma trilha recente de sangue que desaparecia na virada da cabana. E se... mas ele não se permitiu concluir o pensamento assustador.

— Em quem foi que atiraram? — perguntou a um homem mais velho que estava agachado ao lado.

— Um jovem de cabelo crespo. Provavelmente judeu — respondeu o outro, e Yefim ficou ao mesmo tempo ansioso e aliviado, pois pelo menos não era Ivan.

— E os outros? Foram levados para onde?

— De preferência para tomar banho — soltou o sujeito, coçando-se. — Há semanas não sinto água quente no corpo.

Yefim respirou fundo. Não, não, não. Banho, não! Ele podia ter o nome mais eslavo do mundo, mas, se alguém visse que era circuncidado, estaria *kaput*.

— Prefiro comer que tomar banho — disse, simulando um ar distraído. — Não sei no seu vagão, mas no nosso o atendimento das garçonetes era péssimo.

O homem deu uma risada e apertou os olhos, voltando-se para Yefim.

— Você é de onde, engraçadinho? — Seu nariz era estreito, e as costeletas, crescidas além da conta, com um toque grisalho, o que lhe dava um ar cativante, como uma coruja. Uma coruja louca por um banho. Yefim sentou-se a seu lado.

— Ijevsk — disse, referindo-se à cidade dos Urais de onde vinha o verdadeiro Komarov.

Ele nunca estivera tão a leste, claro. Sabia apenas as histórias contadas pelo comandante morto, mas precisava que fosse uma cidade longe da linha de frente, para o caso de alguma verificação de registros. Além disso, ao contrário da região em torno da sua Vinnytsia natal, onde havia muitos judeus, não se tinha conhecimento de assentamentos judeus nos Urais.

— Ah, os Urais — fez o homem, com um sorriso de quem recorda. — Duvido que os alemães cheguem até lá. Eles apenas conseguiram uma vantagem inicial, só isso, mas logo, logo vamos pegá-los de jeito. Então... me chamo Oleg. Oleg Stepanov. E você?

Ele estendeu a mão, e Yefim a apertou, enquanto deixava sair:

— Yefim Komarov.

Pensou que fora idiotice escolher um nome russo e não tártaro. Caso contrário, mesmo no banho poderia dizer que era um tártaro circuncidado. Agora tinha que descobrir um jeito de evitar a casa de banhos.

— Estive em Ijevsk uma vez — disse Oleg, passando a contar a viagem que fez até lá aos doze anos.

Yefim ouvia mal e mal, desejando que Ivan estivesse ali com ele.

Os guardas se aproximaram, e eles foram levados, seguindo pela cerca de arame farpado até a área mais afastada do campo. Do outro lado da cerca, estendia-se um campo vazio de relva amarelada e morta, que havia sido aparada e agora formava tufos úmidos, onde os corvos vinham bicar sementes. Mais adiante, Yefim viu o contorno escuro de uma floresta. Desejou ter asas.

Por fora, a casa de banhos era igual aos outros alojamentos: longa, verde-pálida, sem janelas. Mas era lá dentro que todo mundo ia olhar para o seu pênis, pendurado ali em exposição e desprotegido, como o rabo da raposa no conto de fadas que sua mãe contava. Era o rabo que denunciava a raposa para os cães de caça. Ele estremeceu, sentindo o traiçoeiro membro enroscado na cueca sórdida.

Aproximaram-se da porta, cheirando a tinta fresca. De dentro vinham muitas vozes. Ele olhou de volta para o campo além da cerca, rezando para um Deus no qual não acreditava:

— Por favor, deixe-me viver.

Alguém o empurrou para dentro.

A casa de banhos era mal iluminada. No interior, Yefim sentiu o bolor misturado ao cheiro de suor e tinta fresca. A boca ficou amarga.

Duas filas de prisioneiros passavam pelos boxes abertos dos chuveiros alinhados junto às paredes, evoluindo na direção de algo que se encontrava no centro, por baixo da única lâmpada do ambiente. Ninguém estava nu. Ele não entendeu por quê.

— O que está acontecendo? — perguntou aos que estavam à frente, mas eles deram de ombros.

Ele se perguntava se Ivan estaria mais adiante. Ficou nas pontas dos pés para tentar ver, mas eram apenas costas e cabeças se movendo no espaço cavernoso. Ele nunca se sentira tão só. O polegar mutilado inchava, com a dor do membro fantasma. Até que veio da frente a informação de que iam cortar cabelo e barba.

— Só isso? — perguntou ele, mas ninguém respondeu.

Yefim avançava em direção ao centro. Num espaço aberto entre os prisioneiros, viu dois homens com o mesmo casaco cinzento do escriba polonês. Raspavam a barba e o cabelo dos prisioneiros. Por trás deles, os barbeados pareciam sair pelos fundos do alojamento.

— Malditos alemães — queixou-se alguém. — Não vão nos deixar tomar um banho?

Yefim ficou aliviado. Mas, olhando para os barbeiros, ocorreu-lhe que, sem o cabelo emaranhado e a barba negra, talvez não se confundisse tão facilmente com os outros prisioneiros. E se sacassem que ele era judeu?

Ele ouviu "*Nächste*" — "Próximo" — e se postou à frente do barbeiro sob a luz forte. Com seu pescoço grosso, o sujeito mais parecia um açougueiro. Trabalhava com rapidez, passando a tesoura pela cabeça de Yefim, forçando as grossas mechas de cabelo negro a se destacarem como um escudo. Ele se sentiu nu e pequeno, muito diferente do que acontecera ao cortar o cabelo pela primeira vez no exército. Ali, não estava sendo introduzido numa organização de poder e disciplina. Estava sendo tosquiado.

O barbeiro concluiu e o despachou sem uma palavra. Lá fora, o céu brilhante como aço o cegou.

Ele deu de novo com Oleg e, enquanto marchavam de volta pela *Appellplatz* com os outros homens de barba feita, sentiu a satisfação de fazer parte de um coro de passos que ressoavam pelo campo. Não era tão ruim assim, concluiu Yefim. Tinha uma nova identidade e havia sobrevivido ao banho. Agora só precisava encontrar Ivan para ficarem juntos até que o Exército Vermelho virasse a situação no país deles, o que não devia demorar muito.

Chegaram ao último alojamento antes da torre da guarda. No interior, Yefim teve engulhos com o cheiro penetrante de amônia e desinfetante das latrinas. Num longo compartimento escuro de madeira, de teto baixo e sem qualquer móvel, notou um quadro-negro com o número 203 escrito a giz. Três janelinhas escuras e gradeadas iluminavam os prisioneiros — nada menos que duzentos — sentados ou deitados no piso nu, sem quase nenhum espaço para caminhar. Mesmo assim, era muito melhor do que dormir no campo glacial em Tilsit.

— Por acaso somos baratas? — protestou alguém. — Não dá pra espremer mais ninguém aqui!

Sem responder, o *Kapo* do alojamento mudou para 253 o número no quadro-negro.

— Quase tão apinhado quanto a minha casa — disse Yefim, e atrás dele Oleg achou graça. Sua gargalhada vigorosa e contagiante lembrou a Yefim o rabino Isaac, que nunca deixou de ser conhecido como rabino, apesar de ter trocado a túnica rabínica por um típico macacão verde-pálido de *colcoz*.

— Vamos ver se você ainda vai rir daqui a uma semana — disse alguém, deitado no chão.

— Yefim! Aqui, aqui!

Ivan acenava de um canto. Exultante por ouvir a voz do amigo, Yefim foi abrindo caminho até ele. Abraçaram-se. Ao lado de Ivan, estava um jovem de aspecto estranho e cabeça grande demais, com minúsculos olhos azuis coroando as bochechas de neném. Parecia um gigantesco bebê.

— É o meu amigo Yefim — disse Ivan.

— Bem-vindo ao paraíso — fez o bebê, falando baixo. — Me chamo Bogdan. Da Bielorrússia.

— Yefim é de uma aldeia viz... — começou Ivan.

— Ijevsk — cortou Yefim, antes que o amigo arruinasse seu disfarce. — Há quanto tempo está aqui?

— Três semanas.

Yefim baixou a voz.

— Alguém conseguiu fugir?

Se conseguissem voltar para o leste, Ivan e ele poderiam se reintegrar ao exército ou localizar *partisans* soviéticos.

— Não tenha grandes expectativas — respondeu Bogdan. — Nem os franceses ali ao lado conseguiram.

— Que franceses?

— Tem um campo de prisioneiros europeus depois do nosso. É um planeta completamente diferente. Você vai ver. Vai entender o que os fascistas pensam de nós.

Atrás deles, ouviu-se a tranca da porta do alojamento sendo fechada.

Só alguns dias depois ele veria o outro campo. A essa altura, já participara durante horas, em pé, de absurdas chamadas nas quais os guardas os contavam e voltavam a contar e contavam de novo, até as pernas doerem e os prisioneiros mais fracos começarem a desmaiar. Ele sabia o que era dormir com batalhões de piolhos subindo pelo rosto. Provara a *balanda* aguada feita de casca de rutabaga, com uma fatia fina, quase transparente, de um pão de sabor esquisito, a única refeição do dia.

O campo europeu era muito diferente. Situado por trás do campo deles, era ocupado por tchecos, franceses e noruegueses. Embora os alojamentos também fossem verde-pálidos, à noite se iluminavam, pois havia eletricidade e aquecimento. Os prisioneiros tinham cada um a sua cama, e até cobertores. Yefim viu quando os penduravam em varais. Com certeza não tinham piolhos. Também ouvira dizer que recebiam diariamente três refeições normais e satisfatórias, com batatas e cereais. Vez por outra, a Cruz Vermelha entregava caixas com outros alimentos. E uma vez, enquanto se forçava a caminhar com dificuldade para mais uma chamada, Ivan e ele viram que estavam jogando futebol. Futebol!

Ele não entendia por que os europeus podiam viver como seres humanos bem ao lado, enquanto eles eram tratados como moscas.

— Não somos todos inimigos?

— Sim, mas a URSS não assinou aquela lei especial de Genebra — explicou Oleg. — Tecnicamente, eles podem nos tratar como quiserem.

— E a Cruz Vermelha? Dá para desconfiar que não são só os alemães que não a deixam entrar aqui — arriscou Ivan, sarcástico. — Somos "desertores perigosos", lembram? Nossa querida Pátria não está interessada em nos ajudar.

— Não, cara, não pode ser — retrucou Yefim. — Aposto que é porque só nós estamos realmente derrotando os Fritz, então é claro que eles têm que nos tratar com mais dureza.

Ele realmente queria acreditar naquilo. Toda vez que via o outro campo, suas mãos tremiam de raiva.

Enquanto isso, novos prisioneiros traziam más notícias de casa: os alemães tinham ocupado quase toda a Ucrânia. Ninguém viria libertá-los tão cedo. No fim de setembro, chegaram tantos homens que tiveram que dormir ao ar livre, em trincheiras cavadas com as mãos. Bogdan disse que estavam ocorrendo fuzilamentos num compartimento nos fundos da casa de banhos. Yefim não queria acreditar no boato — fuzilar prisioneiros era contra todas as regras da guerra, seria baixo demais até para aquele fim de mundo —, mas começou a ver guardas cambaleando bêbados de manhã.

— Estão tentando esquecer o trabalho sujo da noite — disse Oleg.

Em outubro, as rações foram ainda mais reduzidas. Agora os prisioneiros comiam tudo que desse para mastigar, até cintos de couro. As temperaturas caíram muito. Era o outubro mais frio que ele jamais vira. A água congelava na torneira. Durante o dia, ele só queria que a noite chegasse. Mas, à noite, enfiando os pés no que restava das meias de lã e tentando adormecer debaixo de um colchão de piolhos que se alimentava do seu corpo trêmulo, mal podia esperar pelo amanhecer.

Um dia o exército soviético não podia deixar de vir resgatá-los. Ele só esperava que chegassem a tempo: os amigos e ele emagreciam a olhos vistos. A cintura das suas calças, há muito duras feito papelão devido ao acúmulo de terra e sujeira, parecia um centímetro mais larga toda manhã. Seu rosto provavelmente também devia estar um horror a julgar pelo de Ivan, cujas maçãs agora saltavam, pontudas debaixo dos olhos, dando-lhe um ar selvagem. Mas era com Bogdan que a coisa havia piorado mais. Ele perdera toda aquela gordura de bebê e parecia um girassol doente, com uma cabeça gigantesca se equilibrando no esqueleto franzino. Mais algumas semanas e todos eles se transformariam em *dohodyagi*, o que significava "caso perdido" no jargão dos campos — sombras de antigos seres humanos, de olhar parado e com um único possível futuro.

Ele já vira esses casos perdidos antes, no terrível inverno de 1933. Um dia, deu com um homem caído junto a uma árvore perto da aldeia. Achou que ele estava descansando, mas se aproximou e viu que estava morto. O que mais o chocou foi que ainda tinha um pedaço de pão na boca. Alguém devia ter oferecido ajuda, mas era tarde. E se o mesmo acontecesse com eles? E se o Exército Vermelho chegasse tarde demais?

Certa manhã, sentindo-se quente e mais cansado que de hábito ao acordar, Yefim ficou preocupado. Ninguém se recuperava de uma doença naquele campo, a menos que fosse levado à barraca de atendimento médico, o último lugar onde gostaria de estar, com sua circuncisão. Mas aí veio uma sorte inesperada: o *Kapo* o mandou ajudar a trazer as tinas de sopa da cozinha. Era a melhor tarefa que poderiam ter lhe dado, e ele saiu arrastando o corpo magro e entorpecido na manhã gelada, rumo à promessa de cascas de rutabaga e pão de pele de beterraba dormido. Pretendia roubar o que pudesse para si e os amigos.

Ao passar pela quina de um prédio, ouviu:

— Para onde está fugindo, seu porco russo?

Ele se voltou. Eram dois. Olhos vidrados e vermelhos. Tiraram os fuzis do ombro e o empurraram contra a parede. O hálito fedia. Um deles bateu-lhe na barriga com o fuzil, e uma onda quente de dor subiu ao peito. Tossindo, deslizou até o chão, preso entre os dois. Começaram a chutá-lo nas costelas e no quadril com as botas pesadas enquanto ele cobria a cabeça, enroscando-se como aprendera no exército.

— Não me batam, por favor! — implorava ele, a garganta em fogo. — *Bitte hör auf!*

Mas os guardas embriagados não paravam. Chutavam-no de um lado a outro enquanto ele tossia violentamente, a ponto de se esvair. O céu ficou branco, como se a mãe estivesse cobrindo-o com o xale de lã.

Um dos guardas escorregou e caiu sentado. O outro gritava e gargalhava, salpicando saliva no rosto de Yefim. O primeiro se levantou, botou o pé no peito dele e abriu a braguilha.

— Seu imprestável — disse, enquanto o mijo quente se derramava pelo pescoço e o peito de Yefim. — Até Stalin acha que você é um traidor.

Até que a coronha de um fuzil bateu no seu rosto, e tudo escureceu.

Quando deu por si, estava num campo verdejante. Uma jovem caminhava na sua direção. Tinha longos cabelos negros e soltos e quase parecia deslizar. Trazia algo nos braços, e ele entendeu que era um presente para ele. Yefim caminhou na direção dela, cheio de expectativa, como da vez em que a mãe fez uma torta de maçã na primeira boa colheita depois da fome. Quando a mulher estava próxima, ele viu que ela acalentava um bebê. E percebeu que estava morto.

Não lembrava como havia conseguido voltar à barraca, apenas que os olhos de Ivan se encheram de lágrimas ao vê-lo. Naquela noite a febre aumentou, e ele perdia e recuperava consciência por um bocado de tempo. Lembrava-se apenas do rosto de Ivan por cima dele, com uma colher de água. Quando recuperou as forças dias depois, Bogdan estava morto. Seu corpo já tinha sido levado numa carroça.

Oleg disse:

— Eu, você e Ivan somos teimosos demais para acabar naquela carroça.

Mas, na primeira semana de novembro, com o surto de tifo causando devastação no campo, Oleg foi contaminado e também estava pelas últimas.

Foi quando chegou a notícia. O *Kapo* apareceu avisando que na manhã seguinte unidades especiais da SS viriam escolher os que seriam levados para trabalhar na Alemanha.

— Eu não disse que Hitler se deu mal? — comentou com o camarada ao lado, um recém-chegado de olhos azul-gelo e bochechas cheias. — Finalmente entenderam que não podem esmagar a poderosa União Soviética. E agora precisam de nós.

Ao chegar uma semana antes, o sujeito, ainda gozando de saúde, apresentara-se como Serguei Nikonov, da infantaria. Mas Yefim não era bobo. Nikonov devia ter se livrado do casaco coberto de condecorações porque os nazistas matavam comissários do Exército Vermelho à queima-roupa, mas era muito mais difícil se livrar das bravatas. Yefim tinha certeza de que ele não era nenhum praça. Havia naquele rosto a têmpera de um oficial de comando e nos olhos o brilho de um comunista irredutível.

— A URSS é mesmo dura de roer — disse outro prisioneiro. — Se o inverno for como costuma ser aqui nestes quintos dos infernos, as bolas dos nazistas devem estar congelando na Mãe Rússia.

— Que congelem os fascistas! — exclamou Nikonov, erguendo o cantil e mostrando os dentes alvos num sorriso garboso. — Agora que vão nos mandar trabalhar, finalmente podemos fazer alguma coisa pela Pátria Mãe.

Yefim sentiu o rubor nas bochechas caídas. Claro que o fato de a Alemanha precisar de repente de trabalhadores era um excelente sinal de que a invasão não corria bem, e claro que ele também estava louco para sair daquele buraco da morte, mas trabalhar para Hitler? Não, obrigado. O que diria Mikhail se descobrisse que o irmãozinho tinha ajudado o inimigo? E não era só Mikhail. Ele seria devorado pela própria consciência.

Yefim virou-se para Nikonov.

— O que está dizendo? — perguntou. — Isto é traição.

— Quem é você para me acusar de traição? — reagiu Nikonov. — Um trabalhador forçado pode sabotar, criar distrações, roubar armas. Podemos fazer muita diferença na guerra, em vez de ficar aqui, esperando um massacre.

— A única diferença será ajudar o inimigo a vencer — rebateu Yefim.

— Pois então fique aí, apodrecendo. Komarov, né? Se não fosse o nome, acharia que você é um *jid*.

Ivan, que até então estava sentado por perto, calado, pulou com uma energia que Yefim não via nele havia semanas. Seus olhos brilhavam de raiva quando disse:

— Ele é russo de Ijevsk. Cala essa boca.

Com Ivan ao lado, Yefim imediatamente se sentiu mais forte. Mas Nikonov, parecendo duas vezes mais corpulento que Ivan, ignorou-o. Chegou bem perto de Yefim e examinou seu rosto. Ele era ligeiramente mais alto, e o sorriso radiante, com os dentes de brancura perfeita, faziam-no parecer um nobre entre os plebeus. Nikonov continuou sorrindo ao dizer em voz baixa:

— Você pode dizer à SS que faz parte do povo eleito, e eles vão gostar de meter uma bala na sua cabeça em vez de mandá-lo trabalhar.

Sem entender por quê, Yefim achou aquilo engraçado. Alguma coisa no tal Nikonov lembrava-o de si mesmo ao chegar ali, esperando que o novo nome lhe permitisse sobreviver, esquecendo o que os guardas, a fome, o frio e o número cada vez menor no quadro-negro do alojamento faziam com a alma de alguém.

Ele sorriu, levantou a mão numa saudação militar exagerada e disse:

— Obrigado pelo conselho, *camarada comissário*!

Nikonov cuspiu no chão e foi para o outro lado do alojamento.

Yefim ficou um tempão sem conseguir relaxar. Sentado no escuro, prestava atenção na respiração quase inaudível de Oleg e tentava se convencer a não ter medo, mas o medo estava profundamente alojado no seu peito. Amanhã, Nikonov ou alguém mais o denunciaria à SS, e todo aquele esforço para sobreviver teria dado em nada.

Ele não queria morrer. Ainda não, não ali. Se pelo menos Mamãe pudesse acordá-lo daquele pesadelo. Ela é que o tinha salvado quando seu pai — que sempre fazia o que mandavam fazer "porque Deus e Stalin estão vendo" — entregou todo o cereal da família aos cobradores. Mamãe escondera algumas provisões. Tinha seis filhos e não deixou um único morrer. Sua pobre e fervorosa mãe. Se pelo menos ela pudesse fazer algo agora para salvá-lo.

De repente, Yefim foi tomado pelo anseio de deixar alguma coisa. Um registro. Um nome. Aproximou-se do ouvido de Oleg e sussurrou:

— Meu verdadeiro nome é Yefim Shulman.

Mas, quando pousou a mão no peito do amigo, deu-se conta de que Oleg estava morto.

Eram cinco horas da manhã, mas estava escuro como noite plena, quando eles foram tocados para a *Appellplatz* para uma chamada especial com a SS. A neve de dois dias antes tinha desaparecido, pisoteada, exceto por pequenos tufos gelados que contrastavam com a lama escura à beira da estrada. Yefim aprendera a ficar meio adormecido durante as chamadas, com os ombros apoiados nos homens dos dois lados. Mas, hoje, embora mal tivesse fechado os olhos durante a noite, estava completamente desperto.

No centro da *Appellplatz*, à luz do holofote, postou-se um tradutor. Atrás dele, seis indivíduos trajavam casacos longos de couro preto: homens da SS. Yefim não conseguia tirar os olhos deles. Pareciam anjos da morte.

— Hoje é o dia de sorte de vocês — anunciou o tradutor quando um deles subiu no pequeno estrado de madeira que também servia para enforcar os piores infratores do campo. — Alguns aqui terão que mostrar que são úteis na bela Alemanha.

Um burburinho foi crescendo em torno de Yefim, até que um dos guardas por trás dos homens da SS atirou para o alto com o fuzil. Corvos levantaram voo nos campos ao redor, grasnando. Todos se calaram. O vento assobiava pelas fileiras em silêncio, jogando partículas de gelo pontiagudas no rosto dele. Começava a nevar. O tradutor prosseguiu:

— Vamos escolher os mais fortes para trabalhar em várias indústrias. Todos têm a obrigação de nos dizer se passaram por algum treinamento específico ou tiveram alguma ocupação antes.

No momento em que o tradutor recuou em direção aos homens da SS, Ivan, à direita de Yefim, deu-lhe um esbarrão de cumplicidade no ombro, como quem diz: *Vamos sair daqui.*

Foi quando Yefim ouviu:

— Mas primeiro vamos resolver um outro problema. Levante a mão quem era comissário político.

Houve um momento de alvoroço nas fileiras. Yefim não se mexeu. Pensou em Nikonov.

— É crime negar informação — prosseguiu o homem, vendo que não se apresentavam voluntários à primeira convocação. — Se alguém sabe quem era comandante ou comissário político, tem que denunciar.

Todos se agitaram mais uma vez. No seu entorno, Yefim via dezenas de cabeças raspadas fazendo que não sobre os pescoços finos. Ninguém se manifestava.

— Vocês serão recompensados com um bom emprego na Alemanha — disse o homem. E, então, passando os olhos pelo pelotão, acrescentou em voz mais baixa, como se fosse um segredo: — E uma refeição quente na viagem para lá.

Dezenas de mãos se levantaram, enquanto muitos começavam a apontar e gritar.

— Ele é um comissário da minha cidade! — berrou alguém no flanco esquerdo.

— Ele, ele, Parovozov, aqui! Vinha todo mês à fábrica fazer discursos políticos!

E então Yefim ouviu logo atrás uma voz áspera:

— Aqui! Ele é comissário. Ouvi-o dizendo ontem à noite.

— Eu sou praça, imbecil! — rosnou de volta a voz conhecida de Nikonov, mas, antes que Yefim pudesse se voltar para trás, um dos homens da SS se adiantou na direção deles.

— O que está havendo aqui? — perguntou o tradutor.

— Este homem é comissário! — disse a voz áspera, saindo pela boca de um fantasma esquálido de olhos cinzentos e esbugalhados. Ele esticou o braço e puxou a gola da camisa de Yefim, arranhando seu pescoço com os dedos gelados. — Esse cara o chamou de comissário ontem à noite. Eu ouvi a conversa.

Yefim virou-se e viu o homem da SS agarrar Nikonov pelo ombro. A suástica negra da braçadeira vermelho vivo quase encostava no rosto de Nikonov, em cujos olhos azul-gelo, fixos na distância, refletia a luz dos holofotes.

O tradutor perguntou a Yefim:

— É verdade?

Nikonov não falou. Yefim tentou manter a calma, mas seu rosto ficou vermelho. Era culpa sua. Ele não tinha o direito de pôr aquele homem em risco. Tentou pensar no que fazer, mas só conseguia pensar *"Olhe bem nos olhos deles"*.

Até que sua boca se abriu, e ele ouviu a própria voz, estranhamente parecendo a voz de Mikhail:

— Tenho certeza de que esse homem nunca ocupou um posto de comando no Exército Vermelho porque o meu irmão mais velho era o comandante dele na Crimeia. Infelizmente meu irmão morreu em combate, e esse soldado sobreviveu, embora eu quisesse que fosse o contrário.

O tradutor transmitiu as palavras ao homem da SS. O oficial olhou para Nikonov, depois para Yefim. Yefim temia que o alemão pudesse ler seus pensamentos.

O oficial da SS soltou o ombro de Nikonov e marchou em direção ao tablado, abaixo do qual meia dúzia de "comissários" se perfilavam de frente para o grupo, abatidos e assustados. Dois outros homens da SS montavam guarda junto a eles com seus fuzis.

Yefim desviou os olhos deles e olhou para o céu. Bem que podia começar a nevar mais, os oficiais da SS ficariam irritados e talvez os dispensassem. Mas o céu escuro continuava a salpicar as minúsculas partículas geladas pela *Appellplatz*, cortantes como os grãos de trigo-sarraceno nos quais seu pai o obrigava a ajoelhar quando ele roubava sementes de girassol para as galinhas do *colcoz*. *"Deus e Stalin estão vendo."*

— Um passo à frente quem for judeu — ouviu ele, do estrado.

Os pelos dos seus braços e pernas se eriçaram. Parecia que o SS apontava o holofote direto para ele.

— Quem denunciar um judeu ganha meio pão — acrescentou o homem.

O que é meio pão, para alguém reduzido a mascar o próprio cinto de couro? Que significa a esperança de pão, de liberdade, de vida, especialmente se o preço a pagar for um judeuzinho? Yefim sabia que estava perdido.

Mãos se levantaram por todo lado enquanto se ouviam os gritos:

— Jude! Jude!

Ivan agarrou o cotovelo de Yefim. E por trás dele veio a voz:

— Hier Jude!

O homem de olhos cinzentos esbugalhados cutucou Yefim entre as espátulas.

— Diga *kukuruza*!

Yefim conhecia o infame teste do *kukuruza*. Quem nunca tinha vivido perto de judeus achava que eles não conseguiam dizer a palavra *kukuruza* — milho — sem se atrapalhar com o *r* russo. Yefim não tinha dificuldade de enrolar a letra "r", mas hesitou. Responder àquele homem seria se rebaixar muito, mas não responder podia significar que estava escondendo algo. Ele não tinha tempo para decidir. O oficial da SS caminhava na sua direção.

Logo atrás, ouviu Nikonov:

— Você não para de pensar em milho o tempo todo. Toda vez que os nazistas prometem uma refeição, você estrila.

Yefim voltou-se, num breve aceno de cabeça a Nikonov. Mas o oficial da SS já estava ali, berrando:

— Você de novo?

O alemão era enorme, com seu longo casacão de couro preto e as botas reluzentes. Aproximou-se de Yefim. O rosto quadrado e escanhoado exalava forte perfume de colônia. As pálpebras de longos cílios ruivos sobre a íris azul apertada não piscavam. Havia uma leve cicatriz de infância do lado direito da mandíbula. Yefim jamais pensara que chegaria tão perto do seu carrasco.

O oficial provavelmente enxergava através dele todos os antepassados judeus pelos quais viera ao mundo, a mãe orgulhosa e o pai responsável, os tios e tias que se mudaram para a América antes da Revolução, o avô morto defendendo sua casa num pogrom.

Lá em cima o céu estava negro. A *Appellplatz* desapareceu. E não havia mais o peso no peito. Apenas aquele homem com sua suástica e uma missão a cumprir. A missão era Yefim.

As narinas do alemão farejaram, enojadas, quando ele deu um passo atrás, as botas raspando no solo.

Yefim queria ter ido ao casamento de Yakov. Queria ter visto Basya entrar para a universidade, seria a primeira mulher da família. Queria que Mikhail estivesse ali para ajudá-lo a se manter forte. Não haveria nenhum registro de Yefim Shulman em nenhum campo de prisioneiros de guerra. Nunca saberiam como ele tinha morrido.

O oficial se esganiçou:

— Se eu tiver que voltar aqui mais uma vez, fuzilo todo mundo!

Afastou-se em direção ao estrado, e Yefim sentiu como se tivesse voltado a respirar depois de minutos. Mas de repente ficou sem chão. Sentiu Ivan puxá-lo e se agarrou ao amigo na confusão que se seguiu: os oficiais da SS separando uma dúzia de supostos judeus, a infeliz procissão sendo levada para a casa de banhos, tiros ecoando pela *Appellplatz*.

Capítulo 7

1961
Stalino, R.S.S. da Ucrânia

Yefim só ficara sozinho em casa duas vezes desde que haviam se mudado para o apartamento próprio no ano anterior, mas em ambas sentiu enorme satisfação por não precisar mentir para ninguém.

Não que não amasse a família, mas com eles por perto sempre havia o risco de uma escorregadela. Bastava ver a noite de ontem. Assim que ele entrou pela porta, Nina o emboscou com um convite para a palestra de um antigo prisioneiro de guerra que tinha chegado à cidade.

— Esse cara fugiu de um campo alemão roubando um avião... Imagine só! Depois, claro, passou oito anos nos campos — contou ela, os olhos cinzentos brilhando de entusiasmo. — Achei que podíamos ir juntos.

Como ele poderia explicar que não tinha a menor vontade de ir? Que estava para lá de farto de sustentar o maldito mito do soldado corajoso, escondendo dela e dos filhos a patética verdade? Que aprendera a não revirar lembranças e havia meses não tinha um pesadelo? Ficou sem jeito porque Nina e ele vinham tentando fazer mais coisas juntos desde a confusão com Cláudia, mas aquilo era uma emboscada.

— E por que você acha que eu vou querer ver um piloto qualquer? — perguntou. — Não é nenhum Iúri Gagárin.

— Não é um *piloto qualquer*, Fima. Ele roubou um avião! Dos alemães! Puxa, que aventura! Não acha? Achei que você ia adorar. — Ela parecia decepcionada, como se o desinteresse fosse algo pessoal.

— Por favor, Nina. Esse cara só está percorrendo o país para ajudar Khruschov na campanha de difamação contra Stalin. Quando era conveniente, eles esconderam esse babaca na Sibéria. Mas agora os ventos mudaram, e o exibem por aí como um macaco de circo.

— Meu Deus, quanto cinismo — retrucou ela, num gesto de impaciência.

— Tudo bem, se não quiser ir, fique com as crianças, e eu chamo Tamara. Tenho certeza de que ela vai gostar da minha companhia.

Ah, que mulher! Nem sabia como dificultava as coisas. A única pessoa capaz de entender era Nikonov. Ele saberia exatamente por que Yefim se horrorizava à ideia de assistir a uma palestra de um ex-prisioneiro de guerra, para depois falar do assunto com Nina. Amanhã precisaria visitar o "amigo da guerra", como Nikonov era conhecido na família.

Ele ainda lembrava como Nikonov estava amarelado ao ser libertado dos campos de trabalho forçado de Kolyma na onda de reabilitações de 1956. Da antiga altivez da expressão, restavam apenas os olhos azul-gelo; o resto fora levado pela geada, o trabalho nas minas de ouro e o ressentimento com um governo que "recompensava" seu sofrimento na Alemanha com dez anos nos campos, em obediência ao Artigo 58.

— Foi o meu presente de boas-vindas — brincou Nikonov com amargura, quando se encontraram para beber cerveja num quiosque em Stalino.

E agora aquele piloto que ganhara o mesmo presente de boas-vindas, mas que havia acabado de ser "reabilitado" pelo novo governante bonzinho, percorria o país para que idiotas como Nina engolissem histórias devidamente autorizadas sobre a grande bravura dos prisioneiros de guerra. Só que era tudo encenação. Enquanto o piloto fazia sua turnê, Nikonov e milhões de prisioneiros de guerra continuavam marginalizados pela sociedade e não eram considerados legitimamente veteranos pelo governo que os mandara para a guerra. Não tinham direito aos benefícios devidos a veteranos e, quando se candidatavam a um emprego, precisavam preencher um formulário cheio de perguntas degradantes, como "Você ou seus parentes próximos foram capturados ou encarcerados durante a Grande Guerra Patriótica?".

Mas não Yefim. Ele tinha escapado dessa injustiça, embora a KGB pudesse descobri-lo a qualquer momento, e, nesse caso, quem sabia o que poderiam fazer?

Pois então, não. Ele não iria a essa palhaçada de palestra.

Subindo a escada para o terceiro andar, Yefim planejou pôr as crianças para dormir cedo, tomar um chá e ler algo em silêncio antes de Nina voltar. Quando abriu a porta, Andrei e Vita correram para ele.

— Papai! Papai!

Pularam nele, cada um de um lado, pesando igual, embora Vita fosse quase dois anos mais velha que Andrei. Ele sempre achava incrível que os dois filhos fossem tão diferentes. Vita, magrinha, os cabelos castanhos ondulados e olhos castanhos próximos um do outro, parecia tão judia que ele se preocupava com seu futuro nesse país. Andrei, pelo contrário, podia ser considerado um modelo de criança ucraniana. Era de um louro angelical, com os olhos cinzentos de Nina e o físico atlético de Yefim. Na escola, muita gente não sabia que eram irmãos.

Assim como eles não sabiam que eram filhos de um prisioneiro de guerra clandestino.

Os dois estavam empolgados com sua presença ali, pois raramente ele se encontrava em casa tão cedo. Sempre se esforçara em ser um pai melhor que o seu coroa, mas acabava trabalhando até tarde na ArtemGeoTrust, além de aceitar de bom grado viagens de prospecção que duravam semanas. Nina não gostava dessas longas ausências, mas, para falar com franqueza, era o que impedia que o casamento pesasse demais para ele.

Ele nem teve tempo de mudar a roupa, e as crianças já estavam brigando.

— *Dura! Eu* é que vou contar, e não você! — gritava Andrei, puxando uma trança da irmã. Os dois rodavam em volta dele, berrando, batendo e se pegando, e ele tentava entender por que diabos estavam brigando.

— Qual a diferença? — protestou Vita.

— Foi ideia minha!

— Parem de brigar e digam o que está acontecendo! — tentou Yefim, mas eles continuavam correndo em círculos, dois monstros irracionais, lanhando e puxando cabelos. Bem que podiam aprender a valorizar o que tinham.

A coisa não era tão feia quando eram menores, mas, agora que Andrei tinha oito anos, e Vita, dez, eles nunca paravam. Tinham até traçado a giz uma divisória na carteira onde faziam os deveres, para marcar o território de cada um. Invadir território inimigo com o cotovelo ou a borda de um manual escolar era considerado provocação, imediatamente desencadeando uma guerra. Nina muitas vezes batia neles com o chinelo, mas Yefim não era capaz de recorrer a castigos físicos. Era o método do seu pai.

Em vez disso, agarrou Andrei e Vita como os gatinhos que de fato eram e os empurrou para o banheiro, para esfriarem um pouco.

— Vão ficar aí até se resolverem — avisou, trancando a porta por fora.

Yefim foi para a sala, que também servia de quarto do casal, e tentou acalmar a respiração, como aprendera com Nikonov. Tirou as calças e a camisa do trabalho, guardando-as dobradas na gaveta do meio do guarda-roupa que conseguira depois de acampar uma noite inteira em frente à loja de móveis. Dezesseis anos desde o fim da guerra, e ainda era difícil encontrar móveis. Desde que haviam recebido aquele apartamento, o único objeto maior que tinham conseguido comprar era o piano, e mesmo assim depois de cinco meses numa lista de espera. Nina e ele acharam que seria bom para os filhos aprenderem a tocar, mas eles não se interessaram, e agora lá estava o enorme móvel negro e curvilíneo que Nina chamava de "lembrete da família cultivada que poderíamos ter sido".

Enquanto ele vestia o short e a camiseta que usava em casa, as crianças, que inicialmente continuavam brigando, aquietaram-se.

— Papai, não vamos brigar mais — prometeu Vita por trás da porta do banheiro.

— Vamos ser bonzinhos, Papochka — confirmou Andrei.

Yefim se aproximou do banheiro, incrédulo. E os ouviu sussurrando.

— Por favor, nos deixe sair — insistiu Vita, com sua doce voz de menininha.

— *Horosho*. Está bem. Mas se começarem de novo voltarão para aí.

— Não vamos, não vamos.

Ele estava destrancando e abrindo a porta quando levou uma pancada na cabeça, tudo ficou branco, e foi como se se afogasse, como na noite em que foram encontrados pelos alemães e ele caiu no pântano. Vinham tiros de várias direções, ele perdeu o equilíbrio e tombou na água enquanto balas passavam assobiando e a lama entrava nas suas botas, arrastando-o para o escuro, mas ele sabia que não adiantava pedir socorro, pois todo mundo estava tentando se salvar, e assim procurou se livrar das botas, mas a mão direita, ainda enfaixada, não era de grande utilidade, o braço esquerdo ficou preso na alça retorcida do fuzil, e ele lutava por nadar para o alto com os pulmões ardendo, até que Ivan o puxou para fora, engolindo ar feito peixe.

As crianças desciam a escada correndo, gritando feito loucas. Yefim se sentou no chão em frente ao banheiro. A camiseta estava ensopada e escorria água pelo seu rosto. A cabeça zunia. Ele entendeu o que tinha acontecido: os dois ataram as extremidades de um cordão à maçaneta da porta e a um jarro de alumínio cheio d'água, que devia ter caído do rebordo acima da porta quando ele a abriu. Estava até visualizando — o jarro, o cordão, a poça se formando nos ladrilhos —, mas seus olhos não queriam se fixar na imagem.

O tiroteio parou. Ele cuspiu a água do pântano, caiu de quatro. O tenente Komarov pressionava o próprio flanco, mortalmente ferido. Acima deles havia vinte soldados inimigos com tochas e dois pastores alemães numa longa correia. Formavam um semicírculo em torno do patético grupinho. Yefim levantou-se e os encarou, as calças pingando, mãos para o alto. Alguém voltou uma tocha para o seu rosto.

— Comandante? — perguntou uma voz por trás da luz, e ele sacudiu a cabeça, tentando ignorar o tremor nas pernas por não saber se era da água fria, de quase ter se afogado ou de sentir a vida resvalando de repente para o desconhecido.

As crianças gritavam lá embaixo no pátio. Ele juntou forças para se levantar do chão, mas não foi atrás deles. Preferiu se concentrar no que precisava ser feito: desamarrar o jarro, secar o chão, trocar a camiseta e a cueca, pendurar as roupas molhadas. Concentrar-se na realidade presente era a melhor maneira de mandar embora os fantasmas da guerra. Chegara a pensar que talvez tivessem cansado de persegui-lo. Mas não.

Lá fora começava a escurecer, e ele chegou à varanda para chamar Vita e Andrei. De início não teve resposta, mas, depois de alguns minutos, viu-os lá embaixo, afastando-se das árvores e caminhando na direção da entrada do prédio. Foi para a cozinha esquentar as fatias de frango que Nina tinha deixado. Mal os ouviu quando entraram. Os dois andavam nas pontas dos pés, sussurrando como camundongos assustados.

Andrei empurrou levemente a irmã na direção dele, e ela, sua primogênita, sua garotinha esquelética de sobrancelhas engraçadas que dançava igualzinho a Basya, baixou os olhos e perguntou:

— Está zangado, Papochka?

Ele sacudiu a cabeça e sentiu vagamente uma dor. Não, não estava zangado. Não com eles. Não, era outra coisa.

— A gente não achou que ia bater em você — justificou-se Andrei.

Ele já esperava que os dois começassem a jogar a culpa um no outro, mas Vita perguntou:

— Por que nos chamou de "alemães"?

— Quando?

— Quando o jarro caiu.

— Chamei?

— Chamou — confirmou Andrei. — Você gritou com uma voz horrível. Foi por isso que a gente fugiu.

Ele olhava para os dois, sem querer acreditar que tinha deixado escapar.

— A brincadeirinha de vocês doeu muito — acabou por dizer. — Eu não queria xingar feio, e aí saiu "alemães".

Ele conseguiu encarar o jantar e o banho e até leu uma história para os dois, apesar da dor de cabeça cada vez mais forte. Mas ainda na cama eles continuavam agitados com o incidente.

— Papai, você conheceu algum piloto? Mamãe disse que ia ouvir um piloto falar — sussurrou Andrei do seu travesseiro.

— *Nyet* — respondeu Yefim, embora se lembrasse daquele piloto específico no quartel. Ele voava ao norte, na região de Leningrado, até que foi abatido, e tinha uma questão de saúde que o deixou careca, sem sobrancelhas. Parecia doente mesmo quando não estava. A última coisa de que se lembrava a respeito dele era a careca enrugada pendurada para fora da carroça de cadáveres numa daquelas manhãs. — Eu estava na artilharia.

— Qual é essa? — sussurrou Vita da cama.

— É a dos canhões grandes que atiram nos tanques e aviões — disse Andrei, satisfeito com o próprio conhecimento da terminologia da guerra.

— Aposto que você era um grande artilheiro, Papai, pois chegou até Berlim — continuou Vita.

Yefim detestava toda aquela baboseira de guerra e nunca falava do assunto com os filhos, mas não era a primeira vez que ouviam dizer que o pai tinha "chegado até Berlim", e ele percebeu nos dois um injustificado sentimento de orgulho. "Berlim" virara sinônimo de vitória sobre o fascismo para aquela geração, que não tinha como saber como fora realmente. E, agora que os alemães começavam a construir o Muro de Berlim, a força do simbolismo só aumentaria.

— Hora de ir para a cama, pessoal.

Sua cabeça martelava.

— Só mais uma pergunta — implorou Andrei. — Deeeeixa.

— Tudo bem, mas, depois, vamos apagar as luzes.

— Você teve que comer coisas nojentas no exército? Tipo lama ou capim, sei lá, ratos?

Que iguaria teria sido um rato, no campo.

— Uma vez comi uma cebola crua. Nojento, não?

— Eca!

— Boa noite — disse ele, apagando as luzes. Precisava se deitar e botar uma compressa quente na cabeça.

— Papai, espera — disse Vita, apoiando-se nos cotovelos para erguer o tronco. — Então como foi que você perdeu os dedos?

— Vocês são muito pequenos para saber dessas coisas! — rosnou ele, mal podendo esperar que calassem a boca. — Durmam. Nem mais um pio!

Bateu a porta e imediatamente se sentiu culpado. Ele é que os havia chamado de alemães. Mas, depois, quando se deitou e melhorou da cabeça debaixo de uma toalha quente, pensou que fora bom ter ficado bravo com eles. Nem devia ter falado de artilharia e da porcaria da cebola. Não podia se dar ao luxo de alimentar a curiosidade das crianças. Se alguém soubesse da sua mentira, ele acabaria na KGB, e de lá ninguém ia para nenhum lugar que prestasse.

Quando afinal conseguiu adormecer, ele teve aquele sonho, o mesmo que não tinha há quase dois anos. Ivan e ele chegavam a um lago. A água cinzenta e turva refletia o sol. Entraram. A água estava morna. Ele viu um lírio violeta na superfície e foi pegá-lo, mas, ao se aproximar, a flor se afastou. Ele a seguiu, tentando apanhá-la, mas ela se distanciava como se alguém embaixo d'água quisesse fazê-lo afundar na direção dos juncos.

— Vamos sair da água! — gritou ele para Ivan.

Movimentando os braços com toda a rapidez, ele tentava não imaginar quem mais poderia estar dentro d'água. Alguma coisa resvalou sob o seu pé esquerdo. Até que ele chegou à margem e pôde vê-los: uns peixes gordos e escorregadios com horrorosas bocarras vermelhas, fincando os dentes nos seus tornozelos. Ofegante, ele despertou no sofá-cama ao lado de Nina, esbaforido e suado.

Naquele instante, quis lhe contar tudo. Que fora capturado, o que havia feito para sobreviver. Afinal, ela vivera sob a ocupação — sabia como era preciso se adaptar numa guerra.

No escuro, ele reconheceu a borda curva do piano e o guarda-roupa com o espelho. A respiração se acalmou.

Não, se contasse que havia sido capturado, ela também teria que começar a mentir toda vez que preenchesse um formulário com a maldita pergunta sobre algum parente ter sido feito de prisioneiro. Já havia uma mancha no histórico dela. Não podia comprometê-la ainda mais. E, mesmo que ela não se importasse em mentir para acobertá-lo, havia a questão do medo. Ele estaria disposto a reconhecer seu medo de que um dia a KGB viesse a descobrir? Não, não era bom que a esposa visse medo no marido. Ele ainda se lembrava do jeito diferente como sua mãe passou a olhar para o seu pai depois da fome.

Só uma pessoa podia saber do seu passado: Nikonov. Iria visitá-lo na manhã seguinte.

Quando ele acordou, as crianças já estavam de pé. Entrou na cozinha e se deu conta, tarde demais, de que Nina começara de novo com a história da palestra do piloto.

— Eram condições terríveis — contava ela. — Nada para comer a não ser *balanda*, uma sopa aguada feita de cascas, piolhos mordendo toda noite, todo mundo ficando doente e morrendo o tempo todo. Nem posso repetir tudo que ele contou, seria demais para as crianças.

— Bom dia a todo mundo — disse ele.

— Fima, você não sabe o que perdeu ontem à noite. O cara é muito interessante. Estou contando às crianças porque é incrível como sabem pouca coisa da guerra. Você realmente precisa contar mais. Venha, sente aqui.

A coisa de que Nina mais gostava era contar histórias interessantes. As crianças provavelmente já conheciam até demais. Certa vez ela chegou a descrever aldeãos morrendo nas ruas durante a fome. Ele havia ponderado depois que não achava que os filhos devessem saber tudo da vida dos pais, porém ela se limitou a responder:

— Mas também não devem ignorar tudo.

Agora, ele disse:

— Eles conseguiram tirar muita coisa de mim ontem à noite. Eu gostaria de me sentar também para o café, mas vou encontrar meu camarada.

Beijou rapidamente os filhos na cabeça. E desceu correndo as escadas. Lá fora, entrou no Moskvich bege que recebera no trabalho e afastou as folhas outonais com o limpador de para-brisa. O carro se destinava a viagens de prospecção, mas vez por outra ele fazia uso pessoal.

Rapidamente deixou o centro da cidade, passando pelo novo trecho da Rua Universitetskaya, onde fora inaugurada uma loja de doces que Andrei e Vita adoravam. Logo já se afastara da periferia, margeando os campos de colheita em direção a Yasinovátaya, onde Nikonov morava, numa cabana verde e amarela.

Ele se lembrou da primeira vez em que foi visitá-lo, depois do encontro no quiosque de cerveja. O compartimento único da choupana — que pertencera ao primo de Nikonov, desaparecido em combate — era escuro, com teto baixo e uma janelinha junto à mesa de cozinha. A janela dava para uma área desocupada, com um galpão e um vira-lata enfezado que rosnava ao menor ruído, forçando a corrente. Pairava no recinto o cheiro de madeira velha e dos lençóis sujos da cama de metal a um canto. O papel de parede bege florido se desprendia em alguns lugares perto do teto e, junto ao chão, ostentava o estrago feito nos lugares onde o gato do antigo dono devia afiar as garras. O único objeto de decoração era o retrato tirado por Nikonov durante a guerra na Crimeia, pendurado perto da janela.

Nos seis anos desde a primeira visita, Yefim retornou à cabana verde e amarela de dois em dois meses. Ela apresentava aspecto muito melhor desde que Nikonov mudou o papel de parede, fez alguns bancos com madeira de uma bétula e passou a cultivar uma pequena horta. Nikonov também se transformara, graças em parte a Yefim, que o tirou do emprego de zelador no hospital local para trabalhar como assistente numa empresa de mineração, onde era útil sua experiência em mineração de ouro nos campos de Kolyma. Cinco anos depois, Nikonov ainda estava lá e até subira na hierarquia. Ganhou massa muscular, arrumou umas roupas normais e, embora não fosse mais o homem autoconfiante da época em que se conheceram, ainda era um sujeito bonitão na casa dos quarenta. Namorava uma ou outra mulher da região, mas sempre terminava quando elas começavam a perguntar sobre o seu passado. Dizia que, se quisesse que alguém escavasse seu passado, teria voltado à Crimeia, onde não faltava quem se sentisse autorizado a julgá-lo.

Ao chegar ao bairro de Nikonov, Yefim estacionou o carro a umas duas ruas de distância e fez o resto do caminho a pé. Os vizinhos eram abelhudos, e um carro só serviria para atrair atenção indesejada.

Ele bateu três vezes e estendeu o braço para destrancar o portão por dentro, como sempre. Nikonov ficou feliz ao vê-lo. Yefim levou alguns peixes-reis secos, um jarro de dois litros de *kvass* e mais dois litros de cerveja. Mal depositou as provisões na mesa, foi entrando no assunto.

— Ficou sabendo do piloto prisioneiro de guerra que está em turnê pelo país?

— O tal que é usado por Khruschov para mostrar as joias secretas de Stalin?

— Nina queria que eu fosse à palestra dele. Consegui me livrar. Mas acabou dando merda nessa noite. As crianças derrubaram um jarro d'água na minha cabeça... nem queira saber... juro que de repente me vi de volta na unidade, na noite em que fomos capturados. Parece que até chamei meus filhos de alemães. Eles ficaram apavorados. Claro que depois começaram a fazer perguntas.

— Sobre os alemães?

— Sobre a guerra. Às vezes invejo sua vida tranquila aqui. Não precisa mentir para ninguém.

Nikonov riu.

— Verdade — concordou, servindo-se do *kvass*. — Mas pode crer que não ando abrindo a boca no trabalho sobre o meu passado. Até me surpreende que você tenha dado um jeito. Sua mulher nunca perguntou sobre a guerra?

— Um pouco, no verão em que nos conhecemos. Só contei as coisas que podia e deixei o resto de fora. Até hoje, todo mundo sabe apenas que eu "fui até Berlim".

Suas mãos estavam úmidas. Nem se dera conta da própria perturbação.

— Sempre que chove forte com trovoadas, eu sonho com os campos, só que a Alemanha e Kolyma se misturam — disse Nikonov. — A neve, a sopa, as chamadas... O principal é deixar pra lá. Se começar a pensar demais, mergulhando de novo naquilo tudo, você acaba sendo sugado. Pelo menos é o que eu aprendi.

Yefim não queria ser sugado. O fiasco com Cláudia foi a última vez em que havia permitido que o passado viesse atrapalhar. Estava passando por um momento difícil com a mudança para Stalino, depois de ter mentido no primeiro emprego. Se a mentira fosse descoberta, ele podia ser preso, e, mesmo que tivesse sorte e fosse poupado, Nina e ele teriam perdido o emprego e o quarto no apartamento comunitário.

Antes, durante os primeiros meses no trabalho, sentia que os olhos da KGB seguiam-no aonde quer que fosse. O único lugar para se esconder era em casa, mas a cozinha estava sempre cheia de outros moradores, as crianças estavam sempre brigando ou caindo doentes, e Nina constantemente se queixava das saudades de Kiev.

E assim ele se refugiara na pele leitosa e na cabeleira ruiva de Cláudia, que não tinha tosado o cabelo como Nina. Alguns veteranos bebiam, outros batiam na mulher. No seu caso, era possível fingir uma vida diferente — uma vida sem o seu passado — no quarto acolhedor de Cláudia, que cheirava a primavera.

Nas manhãs seguintes, uma após outra, ele esperou que Nina o confrontasse, mas ela só tinha olhos para os filhos, não dizia uma palavra. O marido passando as noites com uma das garotas mais bonitas do instituto, apenas um andar abaixo, e ela aparentemente nem ligava. Às vezes até parecia aliviada. Mesmo quando ele disse que iria em uma pesquisa de campo com Cláudia, para coletar briozoários, Nina limitou-se a perguntar "Briozoários?", como se fosse a única coisa que importasse. Ele ficou enlouquecido. Não sabia o que fazer com uma esposa mais apaixonada por corais mortos que pelo marido vivo. E assim, naquela noite, foi longe demais e dormiu com a garota. Agora gostaria que as coisas não tivessem explodido daquele jeito — Nina fugindo com as crianças e a pobre Cláudia demitida. Ele não sabia o que teria feito se Nina o tivesse deixado de verdade.

Desde então, prometeu a si mesmo nunca mais pôr a família em risco. Felizmente, Nikonov reapareceu na sua vida pouco depois, e Yefim mobilizou suas energias para ajudá-lo. Em troca, Nikonov lhe ensinou o que aprendera em Kolyma: o que os oficiais da KGB pensavam, as táticas habituais dos interrogatórios e técnicas de respiração que havia assimilado de um antigo monge. Para o caso de Yefim um dia dar azar e ser apanhado pela KGB.

— Já se perguntou se vale mesmo a pena? — quis saber Yefim.
— O quê?
— Mentir.

Nikonov bebeu o último gole de *kvass* e limpou a espuma dos lábios.

— Vou lhe contar uma história. Em Kolyma, mais ou menos um ano depois de chegar, encontrei um cara. Mal o reconheci. Ryazânov, um dos meus homens na Crimeia. Ele e o irmão gêmeo estavam sob o meu comando, e eu nunca distinguia um do outro, até que um deles foi completamente destroçado. Pois então, esse Ryazânov me encontra no campo e começa a berrar: "É por sua causa que eu estou aqui!" E tinha razão. Meu dever na Crimeia era encorajar aqueles garotos a combaterem até a morte, segundo as ordens de Stalin. Mas a certa altura olhei em volta, vi aquelas caras amedrontadas e entendi que cada um deles ia morrer. Estávamos cercados, em menor número. Já tínhamos perdido muitos, inclusive o irmão de Ryazânov. Acabaríamos como os infelizes que morreram emboscados nas pedreiras de Adjimuchkai. Pois ao diabo com Stalin, decidi. Não queria ter a morte dos rapazes na consciência. Mas, quando encontrei Ryazânov no campo, naquela manhã, transformado num monte de ossos, com olheiras fundas, pensei que talvez devesse ter dito a eles que combatessem os malditos alemães até o fim. Pelo menos teríamos morrido com honra.

— O que está querendo dizer?
— Estou dizendo que, enquanto sentirmos a mais mínima pontinha de vergonha, mentir é a única alternativa.

Voltando para casa no fim da tarde, Yefim pensou o quanto Nikonov mudara em uma década na Sibéria. Na Alemanha, ele não sentia vergonha alguma. Talvez fosse esse o ensinamento dos campos, botar no seu devido lugar até os mais autoconfiantes. Os campos alemães existiam para destruir a carne; os soviéticos, para quebrar a alma.

Escurecia. Enquanto ele deixava Yasinovátaya e pegava a estrada rural, a névoa ia se formando. No ar frio pairava um cheiro de folhas molhadas. Passando por uma pequena aldeia, viu janelas acesas. A imagem acolhedora no escuro o fez pensar em Nina. Pela primeira vez, perguntou-se se alguma vez ela imaginara que o casamento deles podia tomar esse rumo.

Ele virou à direita. Os faróis não ajudavam muito na névoa cada vez mais densa. Mas, dali a alguns quilômetros, haveria a placa para Stalino. Como seria bom que a sua cidade fosse rebatizada na campanha de desestalinização de Khruschov. Eles já tinham se livrado das estátuas de dirigentes mortos e estavam num rápido processo de mudança dos nomes de ruas, territórios e cidades no país inteiro. Seria perfeito morar num lugar chamado Donetsk.

De repente, apareceram os olhos arregalados de um animal. Ele pisou violentamente no freio. O carro deu uma guinada. Suas mãos tentavam agarrar o volante, mas o resto do corpo pulou do assento.

Acordou num hospital. A cabeça parecia um melão, dura por fora, pastosa por dentro. Uma enfermeira se aproximou e disse que ele fora trazido naquela manhã.

— Você está no hospital de Yasinovátaya. Foi encontrado à beira da estrada. Não sei como não morreu. Um pedaço do seu couro cabeludo foi arrancado. Mas não se preocupe, o doutor já costurou. Mas você sofreu uma concussão e terá que ficar aqui pelo menos uma semana até podermos mandá-lo para casa.

Casa.

Droga, Nina provavelmente estava preocupada. Precisava telefonar antes que ela fosse à polícia.

— Posso telefonar para a minha mulher? — perguntou à enfermeira.

— Pode, mas primeiro precisa falar com o detetive. Ele já está esperando há algum tempo.

Detetive. Uma onda nauseabunda bateu na sua testa. Perguntariam que carro ele estava dirigindo, aonde estava indo, se tinha bebido. Nada tão extraordinário: não matara ninguém. Mesmo assim, os batimentos aceleraram, e ele ficou tonto. Não queria que um detetive local fosse perguntar a Nikonov como se conheciam.

O detetive era jovem, com bochechas lisas e uma pinta no queixo. Parecia alguém que entrou para a polícia porque não conseguiu passar na universidade. Yefim ficou menos intimidado.

— Vim fazer o relatório — disse o detetive. — Consegue me dizer aonde estava indo, a que horas e o que causou o acidente?

— Claro. Mas primeiro preciso telefonar para a minha mulher. Sabe como são as mulheres. Vai deixar a cidade inteira em polvorosa se eu não der notícia.

O detetive respondeu com um sorriso vago, e Yefim entendeu que ele não sabia como eram as mulheres.

Quando a enfermeira trouxe o telefone vermelho de fio, ele discou o número de Tamara, a única vizinha que tinha telefone, e pediu que chamasse Nina.

— Fima, é você? — perguntou Nina, mais contrariada que preocupada. — O que aconteceu?

O detetive afastou-se dois passos e provavelmente ainda ouvia cada palavra.

— Ouça, vão me mandar para Artemovsk a trabalho. Devo voltar daqui a uma semana ou duas no máximo. Lá não tem telefone, por isso eu quis telefonar logo.

Yefim não queria que ela soubesse que quase tinha ficado viúva, que seu couro cabeludo fora arrancado. Ficaria louca de preocupação, e ele detestava quando alguém se preocupava com ele. Ficava parecendo fraco.

— Não minta para mim! — gritou Nina de repente. — Você está aprontando uma.

Ele olhou para o detetive, agora com as bochechas ruborizadas, como se estivessem gritando com ele.

— Não queria casar com alguém assim — disse o rapaz, a voz um pouco alta.

— Quem está aí? — quis saber Nina, toda desconfiada. — Onde você está?

Para não ter que enfrentar mais problemas, Yefim desligou. Nem imaginava por que ela achava que estaria mentindo, mas, de qualquer jeito, quando o deixassem sair dali, ela estaria mais calma. O importante era ter feito a gentileza de telefonar, e agora podia encarar o detetive.

— Por que não disse que estava no hospital? — perguntou o detetive.

Yefim fechou os olhos cansados e suspirou.

— É assim que se preserva uma família, meu jovem.

Capítulo 8

Janeiro de 1943
Alemanha

Yefim colocou a lenha num carrinho de mão. Era um dia calmo e cinzento, frio e feio. Até os corvos ficavam longe da fazenda Müller Leinz. Na sua terra, ele não lembrava que o céu de inverno pesava no mundo inteiro como uma tampa de ferro fundido. Mas ali, no centro da Alemanha, aparentemente os invernos eram assim. Talvez por isso eles tivessem decidido conquistar terras a leste e a oeste.

Um ano antes, quando ele, Ivan e outros oito prisioneiros foram trazidos do campo para cá, na margem ocidental do Elba, ele ficou impressionado com a paisagem alemã que aparecia pelas frestas da lona do caminhão. Vendo os campos bem cuidados e as velhas aldeias encantadoras, com suas enormes casas de jardins adornados com gnomos, as estradas de pavimentação lisinha, tudo limpo, sem estrume de cavalo, sem fumaça da queima de lixo, ele não entendia por que aquele povo queria ir para o seu país. A vida ali parecia bela, mesmo no auge do inverno. Ele se lembrava de ter ficado mudo de espanto, tentando não chorar — embora talvez por pura exaustão. Não sabia explicar como tinha saído vivo daquele campo.

Yefim esfregou as mãos no rosto. Que dia frio! O carrinho estava carregado de lenha, ele então levantou os cabos e foi conduzindo-o pela estrada principal, em direção ao refeitório. Passou pelo portão, onde Herr Fischer, o capataz de meia-idade que sempre usava um pesado casaco de couro, recebeu-os quando foram despejados pela primeira vez na entrada, sujos e machucados como tomates podres.

Ivan e ele esperavam encontrar na fazenda a liberdade desfrutada no meio rural da infância. Em vez disso, Herr Fischer explicou que se juntariam aos outros quarenta prisioneiros de guerra poloneses e soviéticos que trabalhavam ali sob a vigilância, noite e dia, de soldados alemães que estavam de folga. Dito isto, apontou para a cerca de arame farpado em torno das desoladoras construções da fazenda. Yefim imediatamente notou as latas de conserva penduradas para fazer barulho se alguém tentasse fugir.

— Nesse caso teríamos que chamar a *Polizei*, e vocês seriam mandados de volta para o campo, onde seriam eliminados mais rápido que os porcos aqui — acrescentou, sacudindo o dedo enluvado. — Melhor nem pensar, então. É bom lembrar que a qualquer momento podemos trazer outros trabalhadores para substituí-los.

Yefim lembrou que Ivan tinha soltado um gemido alto e inesperado, quase caindo no seu colo, e ele teve que o ajudar a se pôr de pé de novo e dizer que ali não poderia ser pior que o campo.

E estava certo. Herr Fischer mostrou-lhes o galpão, onde havia beliches com finos colchões de palha e — milagre! — cobertores cinzentos. Havia também mesas de cabeceira de madeira, embora Yefim não entendesse o que poderia guardar numa delas, pois só lhe restavam velhos farrapos imundos. No meio do galpão, um pequeno forno cilíndrico e bojudo. Mais tarde ele descobriria que só tinha utilidade se alguém arrumasse madeira para alimentar o fogo, pois Herr Fischer nunca lhes dava carvão para mais que dez minutos, e eles ficavam tiritando debaixo dos cobertores finos nas noites mais frias de inverno. Mas, naquele primeiro dia, Yefim de bom grado seguiu Fischer por esse mesmo caminho até o refeitório, onde comeu lentamente três grossas fatias de pão de centeio úmido com uma imitação fumegante de café, um troço amargo que ele nunca provara e que lhe deu vontade de sair correndo em círculos ao redor da fazenda.

Claro que o desjejum de boas-vindas era pura encenação. Já no dia seguinte, as fatias de pão estavam muito mais finas, e a sopa do jantar se revelou só um pouquinho melhor que a do campo. Mas vez ou outra eles roubavam leite fresco das vacas, o que fazia toda a diferença. Mesmo sem o leite, contudo, Yefim se convenceu de que ali não o deixariam morrer. Ele era útil, trabalhando dez horas por dia para cuidar do gado, consertar máquinas, cortar lenha, limpar ferramentas e o que mais lhe fosse pedido.

Agora, um ano depois, Yefim decididamente tinha recuperado uma parte da força, mas ainda estava mais magro que ao sair de casa para se alistar. Seu corpo simplesmente endurecera como casca de noz. A mente também. Ele não esperava mais ser resgatado pelo Exército Vermelho. Não, estava ali havia muito tempo, e sua única missão era sobreviver. E assim tratou de se acostumar àquela estranha vida repetitiva, entre o galpão, o refeitório, o hangar do trator, o curral, o depósito de equipamentos e a campina.

Só que, três semanas antes, logo depois do Ano-Novo, Ivan o tirou da sua rotina. Alguma coisa se quebrara em seu destemido amigo. Agora tinha o olhar vago, o rosto sem expressão, e o típico halo rosado não lhe iluminava mais as bochechas. Ele não ria das piadas de Yefim e ficava repetindo que estava cansado. Era como se tivesse desistido ante a perspectiva de mais um ano aprisionado. Yefim já vira disso antes, no campo, e sabia que os que desistiam não duravam muito. Ele mesmo experimentava às vezes uma pontinha desse sentimento, especialmente quando chegavam à fazenda más notícias da frente, mas não daquele jeito.

Ainda na véspera, quando Yefim contava uma história sobre Bek-Bek, sua galinha de estimação, Ivan soltou:

— Por que você não para de falar da porra dessa sua aldeia? Provavelmente já virou um monte de cinzas.

Hoje, Yefim manteve distância, dando espaço para Ivan ruminar sozinho seu desânimo. Enquanto isso, tentava descobrir o que fazer.

O peso da lenha no carrinho castigava suas mãos, e ele fez uma breve pausa junto ao hangar do trator. Ao chegar ao refeitório, pousou o carrinho e se abaixou para alongar as pernas, como lhe ensinara Mikhail. Era a mesma coisa com Ivan: depois de tudo que haviam passado juntos, ele agora era um irmão. Um irmão não deixa de ser nosso irmão por ser um idiota. Ainda eram os dois contra o Reich.

Yefim começou a descarregar a lenha. Parou ao ouvir os guardas se aproximando. O mais moço, Franz, um antigo soldado, alto, os joelhos estropiados, dizia:

— Você acha que Vlasov é mesmo capaz de mobilizar um exército?

Yefim se escondeu atrás do refeitório para ouvir. Vlasov era o grande assunto na Müller Leinz desde que seu panfleto começara a circular, duas semanas antes. Era um antigo general do Exército Vermelho que havia sido capturado no ano anterior e se bandeou para os alemães para formar um exército, com o objetivo de livrar a Rússia dos comunistas. O panfleto relatava que Vlasov viu Stalin e sua quadrilha de bolcheviques prenderem a liderança do exército em 1938, criarem um sistema de comissários políticos para espionar e corromper o exército, enquanto Stalin metia os pés pelas mãos na guerra, deixando os soldados passarem fome. Stalin era o verdadeiro inimigo do povo russo, escreveu Vlasov, e, aliando-se aos alemães para acabar com ele e seus capangas, eles poderiam construir uma nova Rússia. Os prisioneiros de guerra soviéticos eram exortados a aderir ao seu Exército Russo de Libertação.

Não estava claro até onde ele contava com o apoio dos alemães ou qual era o grau de sinceridade da causa, e, na fazenda, naturalmente, muitos o consideravam um rato a ser atirado aos cães do Führer. Mas Yefim ficou surpreso de ver que alguns de fato queriam se juntar a Vlasov. Lev, de Lviv, disse que talvez fosse a única chance de a Ucrânia se livrar "daquele açougueiro". Falou assim mesmo, sem rodeios, e Yefim não conseguia acreditar. Na terra deles, ninguém ousava nem pensar em derrubar o regime, muito menos fazer declarações assim na presença de testemunhas. Mas ali, a milhares de quilômetros dos ouvidos do NKVD, parecia que alguns se enchiam de coragem. Ele temia que Ivan se deixasse influenciar pelos panfletos, com sua desconfiança do regime soviético, mas o amigo aparentemente não se importava. De sua parte, achou melhor fechar a boca, embora não confiasse em Vlasov, naturalmente. Afinal, ninguém digno de confiança podia estar ao lado dos alemães, com seu ódio aos judeus. Além do mais, Vlasov só teria êxito se os alemães também tivessem, e não havia notícia de uma grande vitória dos alemães desde que haviam chegado a Stalingrado em agosto.

Mantendo uma das mãos no carrinho e tentando não se impacientar com o ar frio, Yefim ouviu Günther, um Fritz calvo e de ar cansado, na casa dos cinquenta, fumando um cigarro.

— Mesmo se Vlasov conseguir formar um exército com esses prisioneiros, não vai adiantar nada se não estivermos vencendo. Tenho a sensação de que as coisas em Stalingrado não vão muito bem. E se eles abrem um segundo front...

Houve uma pausa. Franz, o guarda mais jovem, devia estar calculando até onde devia ir na sinceridade. Hitler não gostava que seus soldados dissessem coisas negativas sobre o exército. Os jornais alemães, dos quais às vezes chegavam algumas páginas à fazenda, estavam cheios de propaganda.

— A prima da minha mulher está em Berlim — disse Franz em tom mais calmo —, o marido dela estava no Sexto Exército em Stalingrado. Parece que ela não recebia uma carta dele desde novembro, e ele costumava escrever toda semana...

A coisa andava mesmo feia! Se os alemães estavam preocupados com Stalingrado, era porque os soviéticos resistiam bravamente, o que significava que, mais cedo ou mais tarde, o Exército Vermelho chegaria ali e os libertaria da maldita fazenda. Ele sentiu o prazer de um sorriso.

Os guardas se calaram por um momento. Dava para ouvi-los soprando a fumaça do cigarro.

— Se Vlasov juntar alguns desses caras, teremos sangue novo por aqui — disse Günther. — Talvez eles estejam sabendo das últimas da frente.

— Ele vai aceitar qualquer um que queira aderir?

— Não parece. Ouvi dizer que estão buscando artilheiros e operadores de tanque.

Yefim ouviu Günther esmagando um cigarro com o pé e dizendo:

— Bem, vamos entrar. Minhas bolas estão congelando.

Quando os guardas entraram, ele correu ao encontro de Ivan. Eles eram os únicos artilheiros na fazenda e aparentemente estavam para ser recrutados para o Exército Russo de Libertação. Ele precisava avisar o amigo. Assim, Ivan sacudiria aquele desânimo.

Encontrou-o no hangar, descarregando feno para as vacas. Yefim sussurrou:

— Precisamos conversar.

Ivan ficou olhando para ele, franzindo as sobrancelhas invisíveis. Conduziu Yefim para o outro lado do hangar, onde não seriam ouvidos.

— Os recrutadores de Vlasov estão vindo atrás de artilheiros. Acabei de ouvir os guardas. Precisamos sair daqui.

— E como diabos vamos conseguir? — perguntou Ivan, piscando muito.

— Ando ruminando aí umas ideias — mentiu Yefim.

— Mesmo?

— Vai dizer que nunca pensou em se safar daqui?!

— Claro que sim, mas sem levar muito a sério — respondeu Ivan, com um brilho de sarcasmo nos olhos cinzentos. — Digamos que a gente consiga sair de Müller Leinz. Ainda estaremos em plena Alemanha e do lado errado do Elba. Aonde você acha que chegaremos até sermos apanhados?

— Aposto que mais longe do que você pensa — retrucou Yefim com fingida confiança. — Os guardas disseram que os alemães estão se dando mal em Stalingrado.

Ele ficara tão mexido com as notícias sobre Stalingrado e a necessidade de fugir que nem pensou muito em como dois homens em idade de combate, um deles judeu e o outro mal falando um alemão elementar, conseguiriam se safar num país obcecado em acabar com gente como eles. Só sabia que tinham encarado muita coisa juntos; ele não iria sem Ivan.

— Pela primeira vez temos uma informação que nos permite agir, em vez de ficar alimentando vacas alemãs enquanto a guerra acontece sem nós — disse Yefim. — Os guardas disseram que as coisas não vão bem em Stalingrado, e eles temem que um novo front possa surgir. Se sairmos da Alemanha, podemos nos juntar ao exército ou encontrar um grupo de *partisans*. Finalmente poderíamos viver, em vez de sobreviver. Você não quer? Se ficarmos aqui, seremos obrigados a entrar para o exército de Vlasov.

— E daí? Qual o problema, a uma altura dessas?

— Ficou maluco? Agora vai querer lutar pela Alemanha?

— Não quero lutar por ninguém. Nem por alemães, nem por soviéticos. É tudo a mesma coisa, não entende? Eles estão cagando para mim ou para você ou qualquer um. A gente é gado descartável para o abatedouro ou o trabalho.

Yefim tentou uma tática diferente.

— Você não quer voltar para casa?

Ivan abriu um sorriso de deboche.

— Voltar para casa? Para o meu pai bêbado e a minha mãe morta? Eu não tenho uma família grande e legal como a sua, Fima. Não tenho ninguém para defender. E estou cansado. Cansado dessa vida.

Yefim o sacudiu pelos ombros, mas Ivan se sentia um fantoche sem vida. Mesmo assim, ele não acreditava que o amigo estivesse dizendo aquelas coisas. Ivan estava pior do que ele pensava.

— Você tem vinte anos! Não pode estar cansado da vida. Só está passando por uma dessas fases estranhas que todo mundo enfrenta aos vinte anos. Meu irmão Yakov me avisou. Tipo uma minicrise em que a gente se sente velho sem estar. Temos a vida inteira pela frente. A gente vai sair daqui. Você vai voltar para a Ucrânia e quem sabe até minha mãe deixa você casar com Basya.

Ivan levantou a cabeça, e Yefim achou que tinha visto a ponta de um sorriso. Até que de repente Ivan soltou uma risada.

— Ah, já entendi. Você só está com medo do exame médico.

Empolgado com as notícias, Yefim esquecera do exame que ainda tinham pela frente, embora quase tivesse sido apanhado da última vez em que os médicos apareceram. Não gostava nada de se lembrar dos homens todos perfilados, completamente nus, enquanto ele se escondia debaixo do beliche e Ivan se apresentava uma segunda vez com o nome de Yefim, pois não havia hipótese de ele mostrar seu membro circuncidado aos médicos nazistas. O plano quase melou quando o brutamontes daquele russo de sabe-se lá qual aldeia perguntou a Ivan por que estava se apresentando de novo. Quantas vezes Ivan não o havia salvado! Agora ele é que precisava ser salvo, querendo ou não.

— Tem razão — concordou Yefim, embora não gostasse propriamente da ideia de Ivan acompanhá-lo apenas por piedade, por ele ser judeu. — Não aguento mais ficar com medo de levar uma bala na cara toda vez que eles quiserem checar se temos doenças venéreas. Então, vem comigo ou não?

Por um instante, Yefim imaginou Nikonov no lugar de Ivan e pensou que ele não hesitaria na hora de se arrancar dali.

— Não estou em condições de ficar batendo perna pela Alemanha — disse Ivan calmamente.

Yefim já se sentia culpado por ter pensado em Nikonov, quando o capataz veio na direção deles.

— Pense no assunto — sussurrou Yefim. — Não saio daqui sem você.

— Algum motivo para estarem aí sem fazer nada? — perguntou Herr Fischer. — Voltem ao trabalho.

Ivan voltou às vacas para encher a gamela de água, enquanto Yefim recomeçava a descarregar a lenha. Com certeza Ivan não seria capaz de negar, agora que sabia que o destino de ambos dependia da sua decisão.

Naquela noite caiu uma tempestade de vento, e, pela manhã, antes que pudessem voltar ao assunto, Ivan saiu em campo para recolher os detritos, e Yefim foi ao hangar limpar e lubrificar a colheitadeira.

Yefim tentava bolar um jeito de convencer Ivan a fugir com ele, quando Piotrek entrou no hangar, arrastando a perna esquerda. Piotrek era um comunista polonês transferido para Müller Leinz de uma mina na Pomerânia, onde seu pé havia sido esmagado em um acidente. Embora às vezes usasse uma vara comprida como bengala, tinha o mesmo físico vigoroso que Yefim e o sorriso sempre pronto. Costumava animar Yefim dizendo que a fazenda era uma *"pension"*. Carregava divertidamente na pronúncia francesa, batendo com a bengala e levantando o gorro puído como se fosse uma cartola reluzente. Adorava carros e sonhava ter um se um dia voltasse para casa, em Łódź. Nos últimos meses, Piotrek ensinara um pouco sobre motores a Yefim. Passava as horas de trabalho consertando tratores no hangar e alimentando os porcos no chiqueiro.

Yefim o chamou.

— Ivan e eu vamos nos mandar daqui — sussurrou. — Quer vir conosco?

Piotrek olhou para ele, um sorriso maroto se formando no rosto amistoso.

— Claro, e depois vou tranquilamente mancando até Łódź. Ficou maluco? Já não expliquei que as coisas vão muito bem para nós aqui na *pension*?

— Os recrutadores de Vlasov estão vindo para levar artilheiros.

Piotrek congelou enquanto tirava o gorro. Os olhos castanhos começaram a oscilar, como sempre acontecia quando maquinava algo. Yefim já vira aquele olhar matreiro quando Piotrek surrupiava rações duplas de Vasilina, que trabalhava no refeitório, para ajudar outro prisioneiro polonês que estava com febre. Sentiu-se um cretino ao ver Piotrek pensando na possibilidade de fugir. Percebeu que não pretendia realmente convidar o amigo a se juntar a eles — pois não iria muito longe com aquele pé —, e só tocara no assunto por esperar contar com a ajuda de Piotrek.

— Não dá para fugir no auge do inverno — disse Piotrek com convicção. — Seria suicídio.

— O que você faria? — perguntou Yefim.

— Ficaria escondido aqui até abril — respondeu Piotrek, como se fosse a coisa mais óbvia.

— Aqui na fazenda? Está maluco?

— Shhhh — fez Piotrek, olhando ao redor. — Pense bem. É o último lugar onde eles procurariam. E, quando tiverem esquecido de você, você dá no pé.

— E onde acha que podemos nos esconder?

— No sótão do chiqueiro. Os guardas nunca vão lá. Muito fedor. Tem muita palha para se aquecer, e, com a barulheira dos porcos, ninguém vai ouvi-los. Posso levar comida para vocês quando for cuidar deles.

Não era um mau plano, ainda mais considerando-se o estado de ânimo de Ivan. Sem desperdiçar suas calorias em trabalho pesado, eles poderiam recuperar forças para a longa jornada. Naquela tarde, Yefim foi falar com Ivan.

— Você falou dessa loucura com mais alguém?

— É o Piotrek, não é *mais alguém*.

— Você confia demais.

— Ora, por favor. Ele é mais esperto que nós dois, você sabe. Achei que poderia ajudar.

Ivan acabou reconhecendo que o plano era melhor do que tentar fugir agora.

Na mesma noite, enquanto os outros tentavam tragar a ração de sopa de nabo no refeitório, Yefim ingeriu algumas colheradas e se retirou, como se fosse esvaziar a bexiga. A hora do jantar era o melhor momento para escapulir. Os dois guardas descansavam em sua cabana perto do portão da fazenda, pois ninguém imaginaria que os prisioneiros criassem problema na hora da boia.

O céu estava negro, e os lampiões pendurados na fachada das construções principais — o refeitório, os alojamentos e a cabana dos guardas — lançavam muitas sombras na fazenda. Yefim deu a volta no refeitório e se agachou para esperar Ivan, que deveria segui-lo. Esperou e esperou, mas o amigo não aparecia. Yefim se perguntava o que fazer. Se Ivan amarelasse, ele iria sozinho? Não, não deixaria Ivan ali, para ser arrastado à missão suicida de Vlasov. Levantou-se para retornar ao refeitório. Conversaria com ele e encontrariam outro jeito de fugir juntos.

Quando ia virar no ângulo, ouviu alguém abrir a porta do refeitório. Passos se apressaram na sua direção.

— Ivan? — murmurou.

— Não, é a mamãe vindo te dar uma palmada — respondeu o amigo, e Yefim sorriu, aliviado. Ao se aproximar, ele disse: — Não é uma boa ideia.

Yefim teve vontade de lhe dar um soco no nariz. Não muito forte. Só para sacudir aquele medo e aquele egoísmo. Afinal, ele sabia que, se voltasse atrás, Yefim não teria escolha senão continuar ali também.

— Não desista agora. Os homens de Vlasov podem chegar amanhã. E depois...?

— Vá sozinho. Não quero ser um peso.

Yefim ia responder quando ouviu que alguém saía do refeitório e sussurrou:

— Vamos.

Foi empurrando Ivan pelos fundos, seguindo pelo descampado, na direção do chiqueiro, na outra extremidade da fazenda. Abriu a tranca da porta, e os dois entraram.

Não se enxergava nada em meio ao cheiro de terra e adubo. Yefim ouvia os porcos se movendo no feno. Piotrek avisara que os animais podiam se assustar com estranhos, e por isso Yefim levou cascas de nabo. Segurou-as entre as ripas da cocheira e esperou. Ouviu um animal se levantar e se aproximar. Um focinho espinhento roçou na sua mão, as cascas se foram: o porco mastigava ruidosamente, resfolegando. Passos se distanciaram no escuro, e o bicho tombou de novo. Quando os porcos se distraíram, Ivan e ele seguiram pelo perímetro de madeira do curral até encontrar uma escada que levava ao sótão. Piotrek garantia que ninguém os procuraria naquela noite, mas Yefim tinha a sensação de que cada estalo da precária escada ribombava como um megafone pela fazenda inteira. Imaginou Günther e Franz acorrendo com lanternas, puxando-os escada abaixo e espancando-os até sangrar.

O sótão estava quente — mais que o galpão. Agachando-se no escuro, Yefim sentiu uma camada de feno por cima do piso de madeira. Ivan e ele engatinharam em silêncio, em busca de um lugar para ficar. Não diziam nada. No canto mais distante da escada, deitaram-se e rapidamente afundaram na palha. Yefim tentou ficar o mais imóvel possível. Esperava que alguém desse o alerta de que estavam desaparecidos. Os guardas dariam busca por todo lado, verificando no perímetro da cerca de arame farpado, quem sabe até chamando a polícia, com seus cães. Mas, em vez disso, Yefim ouvia os ruídos distantes dos outros prisioneiros. Até que a fazenda mergulhou em silêncio.

Ainda assim, não conseguiu dormir. Algo fazia um barulhinho no canto. O vento uivava sobre a mata. A madeira do chiqueiro rangia no frio. E o tempo todo ele precisava se convencer de que não eram os guardas chegando para conduzi-los à SS. No canto superior do sótão, havia uma janelinha, e ele quis olhar lá fora, mas seria muito arriscado se mexer. Ficou deitado ali, teso, ouvindo a respiração agitada de Ivan e preocupado com o que andava na cabeça do amigo. Como poderiam ficar naquele lugar durante semanas? Deviam simplesmente ter deixado logo a fazenda ou então desistido daquela maldita ideia. E se Ivan piorasse e precisasse de um médico? Claro que ele não tinha pensado nisso antes, tinha? Às vezes era mesmo um idiota egoísta.

Estava começando a adormecer quando um dos porcos grunhiu, e ele estremeceu de susto. Mas Ivan respirava calmamente, e Yefim ficou feliz de ver que o amigo afinal caíra no sono. Foi quando caiu a ficha de que talvez ele é que precisasse de Ivan, e não o contrário. E se aquele papo de salvar Ivan fosse conversa fiada? Talvez ele não quisesse fazer aquilo sozinho, simplesmente. Ou melhor, não pudesse. Ele ainda era o Fimochka, o neném da família, que havia saído de casa para o exército e depois para o campo e ainda tinha medo de fazer qualquer coisa sozinho.

Logo ao amanhecer, Yefim foi despertado pelo som de botas passando às correrias pelo chiqueiro. Sentou-se. Na fraca luminosidade, viu Ivan ao lado, com pedaços de feno presos nos cabelos louros. Tinha um olhar de medo nos olhos inchados. Ele não disse nada, ficou sentado em silêncio, olhando para a parede. Lá fora, gritavam. Um motor foi ligado, engasgando no ar frio da manhã, e o caminhão do guarda avançou pela estrada de terra na direção do povoado.

— Estamos fodidos — murmurou Ivan.

Yefim se recostou sem responder. Esperava que Piotrek estivesse certo: eles jamais pensariam em dar busca na própria fazenda. Olhou para a janelinha por onde entrava um raio de luz, acima do feno estocado no alto do canto sudoeste do sótão. Ela iluminava uma grande teia de aranha no cume do telhado de madeira, e Yefim se viu contemplando a aranha pendurada. Lembrou-se de Mikhail passando a vassoura nas teias de aranha do teto por cima do fogão de tijolos, onde Mamãe não alcançava. Fechou os olhos e desejou estar em casa.

Foi como se tivessem transcorrido horas até Piotrek aparecer.

— Os guardas acham que vocês fugiram — sussurrou ele lá de baixo, e Yefim ficou aliviado de ouvir o familiar sotaque ucraniano do amigo, misturado com polonês. — Foram dar parte à polícia, mas não se preocupem, não virão procurar aqui. Só vão dar busca nas aldeias próximas.

Pelas brechas do soalho de tábuas, Yefim via o chapéu puído de Piotrek e seus ombros, enquanto ele alimentava os porcos. Piotrek falava sem olhar para cima.

— Deviam ver o inferno que eles armaram de manhã. Mas eu espalhei o boato de que Vlasov está atrás de artilheiros, e agora todo mundo acha que vocês fugiram.

Ele trouxe da cozinha purê de rutabaga para os dois e escondeu no canto do curral, longe dos porcos. Disse que esperassem o anoitecer para descer e apanhá-lo.

— Só precisam ficar invisíveis — insistiu, antes de se retirar de novo.

Passados uns dois dias, as coisas pareciam voltar ao normal, e eles azeitaram o esquema com Piotrek, começando a se acostumar àquela estranha vida nova de espera. Continuavam na fazenda Müller Leinz, mas sua vida agora era completamente diferente, em comparação com o último ano: não tinham que trabalhar, podiam dormir o dia inteiro, sem guardas gritando com eles, nem precisavam dividir o alojamento com dezenas de homens, só com os porcos, que sabiam perfeitamente guardar seu segredo. Mas também havia desvantagens: embora o sótão tivesse altura para ficarem de pé e comprimento suficiente para alguns passos, eles não podiam caminhar à vontade, como estavam acostumados. Pior ainda, só podiam ver o exterior por aquela minúscula janela, precisando subir no ombro um do outro para alcançá-la. A janela dava para os fundos do terreno, onde havia um pequeno alpendre. Vez por outra ouviam sons de conversa entre prisioneiros ou guardas que estavam de passagem, mas não dava para vê-los.

Yefim percebeu que a pausa no trabalho diário estava fazendo um certo bem a Ivan. Os olhos cinzentos ganharam vida de novo, e ele ficou menos ranzinza. Os dois discutiam sobre a melhor maneira de fugir, e certa vez Ivan até reconheceu:

— Seria bom para mim sair daqui.

Ele começou a acompanhar Yefim numa rotina diária de alongamentos, abdominais e flexões, e juntos eles ganhavam força para o momento de entrar em ação.

A parte mais emocionante do dia era a visita de Piotrek pela manhã. Bastava ele ir embora, e o humor de Yefim azedava. Tinha pela frente um dia longo, chocho e sem forma como a névoa. Antes do chiqueiro, muitas vezes ele fantasiava que não precisava fazer nada, como nos sábados da meninice, boiando no lago de águas tépidas coberto de lentilhas-d'água ou brincando de esconde-esconde entre os girassóis, com Naum e Georgiy. Mas agora muitas vezes se perguntava se não deveriam ter se mandado logo dali. Talvez não fosse prudente partir no meio do inverno, mas esperar a chegada da primavera era uma tortura. Mesmo assim, ele via que era bom para Ivan e tentava não se queixar.

Certa manhã, cerca de três semanas depois de terem "desaparecido", Piotrek estava contando as últimas quando ouviram passos e, em seguida, a voz de Günther, o guarda mais velho.

— Piotrek?

— *Ja.*

Yefim ouviu os passos de Günther entrando. Um calafrio percorreu sua espinha. Se fossem encontrados pelo guarda, estariam mortos. Deitado no piso do sótão, ele mal conseguia respirar.

— Está falando com quem?

— *Nein, nein* — respondeu Piotrek. — Com os porcos.

Fez-se uma pausa. Yefim imaginou Günther passando os olhos pelo teto.

— Você fala com os porcos? — fez ele finalmente, dubitativo.

— Claro. Na Polônia a gente sempre falava com nossos porcos.

— Que tal eu passar a te chamar de porco polonês? — Riu Günther, o riso se transformando em tosse. — Venha, os homens de Vlasov estão aqui.

Piotrek limpou as mãos nas calças e foi atrás dele. Yefim ficou deitado lá, incapaz de se mexer.

Tiveram que esperar até o dia seguinte para saber o que acontecera. Piotrek contou que os dois recrutadores brindaram os prisioneiros com uma preleção sobre os males do regime de Stalin.

— Disseram que o Exército Russo de Libertação tem chances muito concretas de derrubá-lo. Mas precisam de soldados mais preparados, para um resultado seguro. A maioria não se convenceu. Vocês tinham que ver... vaias, cusparadas. Notei que alguns ficaram tranquilamente sentados. Até que, de noite, vi os recrutadores indo embora com Lev, de Lviv, e mais dois.

— Então não obrigaram ninguém a aderir? — perguntou Ivan.

— Fomos exortados com insistência, mas acho que os Fritz não os autorizaram a escolher quem eles quisessem.

Yefim e Ivan não falaram mais pelo resto do dia. Ivan se enroscou no canto, fingindo dormir. Estava evidentemente furioso com Yefim por isolá-los ali, por medo de serem obrigados a se alistar com Vlasov. Yefim não sabia como dizer que, mesmo sem isso, uma simples mudança para evitar que Ivan definhasse já era uma forma de salvar seu melhor amigo. O silêncio fazia o sótão parecer ainda menor.

Na manhã seguinte, Ivan devia ter mudado de ideia ou se conformado com a situação, pois as coisas voltaram ao normal. Não se tocou mais no assunto dos recrutas de Vlasov.

Por fim, chegou o mês de abril, e estava na hora de partir. Piotrek traçou o resto do plano, e, no dia seguinte, eles desceram do sótão, por volta da meia-noite. Os porcos dormiam nas baias. Yefim se agachou no canto, esperando o sinal. Sabia que Piotrek não deixaria de aparecer. Só esperava ainda ser capaz de correr. Virou-se para Ivan, agachado ao lado, os ombros dos dois se tocando.

— Nunca mais voltaremos para cá.

— Nunca mais — confirmou Ivan, e apertaram as mãos no escuro.

Ao longe teve início uma agitação, e eles rastejaram até a porta. Yefim firmava um pé, depois outro, aquecendo os músculos.

Até que irromperam gritos na fazenda.

— *Pojar!* Fogo! Fogo!

— Vão nos queimar vivos! — berrou alguém.

Yefim e Ivan caíram fora do chiqueiro, correndo em direção ao terreno do alpendre. Piotrek tinha dito que era fácil provocar pânico no meio da noite. E tinha razão. Enquanto todo mundo ainda estava descobrindo que o incêndio não passava de uma labareda na lata de lixo atrás do galpão, Yefim corria. O ar frio lhe entrava pela boca. Os olhos lacrimejavam. A cerca de arame farpado parecia incrivelmente longe. Até que, de repente, estava bem à sua frente.

Ele pegou uma faca que Piotrek furtou da cozinha e começou a cortar o arame enquanto Ivan vigiava. As latas penduradas na cerca faziam barulho. Mas ele já esperava: por isso o plano consistia em causar tumulto, em vez de fugir na calada da noite. Ainda assim, a estridência o deixou alarmado.

— Continue cortando — disse Ivan.

Só que a faca não era mais tão afiada, ou então o arame era mais grosso; de qualquer maneira, levava tempo. A distância ele ouvia xingamentos em alemão misturados com queixas em russo. Conseguiu romper o primeiro fio e fez força para não se distrair. Para os guardas e os prisioneiros, os dois estavam longe havia muito tempo.

Enquanto cortava mais adiante, o arame farpado escapou-lhe da mão e prendeu na manga da camisa. Ivan o ajudou a se desvencilhar, e ele abriu outra brecha na cerca, no momento em que o barulho em torno do galpão diminuiu. Não podiam se demorar mais. Ele chutou a parte da cerca que havia cortado, e juntos os dois passaram a puxar e empurrar, para forçar uma abertura.

Espremeram-se para o outro lado e saíram correndo. Primeiro, na direção do Elba, mais próximo do que Yefim imaginava. Ele já sentia o cheiro desagradável das águas. Depois viraram para a direita e correram pela margem oeste do rio.

Seus pulmões queimavam.

Numa curva onde o rio se estreitava, tiraram as roupas e as socaram nos sacos de batata que traziam. Yefim respirou fundo e avançou na escuridão gelada e rumorejante.

Por isso Mamãe os obrigava, os irmãos e ele, a tomar aqueles banhos frios. Dizia que os ajudaria na vida. Se ela soubesse...

Do outro lado, enxugaram-se com os sacos, cada um esfregando a pele dormente do outro na aspereza da aniagem, até formigar e arder. Depois de se vestirem de novo, Ivan disse:

— Dois meses atrás eu não conseguiria de jeito nenhum.

— Nem eu — mentiu Yefim.

Fugir, afinal, revelava-se mais fácil do que ele esperava. Mesmo assim, ficava feliz por ter esperado o tempo necessário para Ivan recobrar as forças. Nem podia imaginar deixá-lo para trás.

Correram a leste, afastando-se do rio. Os campos estavam sossegados na escuridão. Ivan voltava-se para trás o tempo todo, julgando ter ouvido algo.

— Estão atrás de nós!

— Não tem ninguém atrás de nós. Relaxe. É o estresse.

— Relaxar? Se nos apanharem, acabou. Temos que achar um lugar para nos esconder.

No início, Yefim também esperava que um guarda pulasse atrás deles a qualquer momento, gritando "*Halt!*", mas quanto mais avançavam, mais ele sentia um espaço se abrindo por dentro, como se a respiração presa há muitos meses finalmente se liberasse.

Nem se dera conta do quanto estava acostumado ao cativeiro. Era eletrizante e assustador estar num mundo sem guardas nem cercas. A noite era fria, mas ele não sentiu. Estava tomado pela sensação da fuga, a rápida passagem de um pássaro, as folhas do ano passado esmagadas sob os pés e o vento trazendo os cheiros fortes e livres do campo.

Ao alvorecer, tinham chegado a uma floresta. Acharam que ali estariam protegidos da luz do dia, mas a floresta no fim das contas era um bosque esparso. Uma hora depois, saíam do outro lado. No meio da campina, viram um vilarejo, de onde casas de fazenda de estilo alemão, bem cuidadas e floridas, com suas vigas marrons entrecruzadas, olhavam para os dois intrusos sob as nuvens das primeiras horas. Mais uma vez ele se perguntou por que os alemães arriscavam a vida para ir para a Ucrânia, se tinham tudo aquilo no seu país. Por que não era suficiente?

Eles recuaram para a floresta, para esperar o anoitecer. Yefim queria poder acender uma fogueira e preparar uma refeição quente, mas fogo seria suicídio. Tiveram que comer cada um seu pequeno pedaço de uma metade de pão de centeio, presente de despedida de Piotrek, que devia durar dois ou três dias até encontrarem alimento.

Ele pensou na fazenda Müller Leinz. Era tão difícil imaginar-se confinado lá, agora que livremente percorriam terras desimpedidas, quanto se dar conta de que tinham conseguido fugir. Depois do desjejum, cavaram uma trincheira por trás de um arbusto, cobriram-se com galhos e, para surpresa de Yefim, adormeceram.

Ele acordou com os primeiros pingos de chuva. Nuvens baixas de primavera haviam se formado, e a floresta gotejava ao redor. Esperaram escurecer. A essa altura a chuva cessara. Juntaram as poucas coisas que traziam e caminharam em direção norte, para evitar o povoado. Mas, ao saírem da floresta, viram luzes fortes refletidas nas nuvens.

— Parece que é uma cidade — disse Ivan. — Precisamos contornar.

— Ou então daremos um passeio dizendo: "Somos prisioneiros de guerra querendo lindas *Fräuleins* e um pouco de *schnitzel*."

As bochechas de Ivan se alargaram, e ele caiu na gargalhada. Yefim se deu conta de que há muito, muito tempo não ouvia aquela risada. No fim das contas, os dois intermináveis meses no chiqueiro tinham valido a pena.

— Não está feliz por ter vindo comigo? — perguntou Yefim.

— Sim. Só não deixe subir à cabeça, meu destemido amigo.

Eles retomaram o caminho, dando uma longa volta para contornar as luzes da cidade.

— O que você acha que a sua irmã está fazendo agora? — perguntou Ivan, o que também era um bom sinal.

Tinha começado a chover de novo, e, com os pés afundando na lama, ficava difícil visualizar Basya. Só vinha a imagem dela tricotando, os delicados ombros recurvados sobre o trabalho, a grossa trança negra descendo pelas costas.

— Tricotando — disse ele. — Em algum lugar dos Urais. Mas, se quiser ver Basya de novo um dia, é melhor nos apressarmos.

Avançando com dificuldade na chuva agora mais pesada, eles chegaram a uma ferrovia que levava para o leste. Seguiram os trilhos por algum tempo. Logo ouviram um trem se aproximar e se esconderam numa vala.

Yefim ficou vendo os vagões do trem passarem estrepitosamente e se lembrou de como evitava olhar para os corpos que ficaram no vagão de transporte de gado em que haviam chegado ao campo. Era do fedor que ele não conseguia esquecer. Tentou imaginar quantas pessoas, mortas e vivas, estariam espremidas naquele trem passando por cima deles.

Quando o trem se foi, eles saíram do fosso e continuaram caminhando para o leste. Ivan disse:

— Se nos pegarem, vamos dizer que somos *ostarbeiters* e que escapamos de um trem.

Em geral, os *ostarbeiters* eram da Ucrânia ou da Bielorrússia. Na fazenda, Piotrek contou a Yefim sobre os jovens ucranianos, alguns de apenas catorze anos, que tinha visto na mina. Com certeza era mais seguro se apresentarem como civis. Seria menos provável que os alemães os abatessem do que se fossem prisioneiros de guerra em fuga.

Enquanto caminhavam pelos trilhos, Yefim fantasiava um encontro com um dos irmãos — Mikhail ou, quem sabe, Yakov, que sempre fora bom para ele. Na fazenda, as lembranças dos irmãos eram atrapalhadas pela vergonha de estar ali como burro de carga dos alemães, mas, agora, fugindo, ele não se sentia tão culpado. Agora tinha uma boa história para contar: uma fuga heroica. Sentia prazer em imaginar todos eles rumando juntos para o leste. Conversariam a noite toda, como faziam quando pequenos, passando mensagens sussurradas na brincadeira do telefone sem fio, deitados no chão da cabana enquanto o pai rezava num canto, e Basya, junto a Mamãe do outro lado da cortina, mandava fazerem silêncio. Ela sempre ficava com inveja por não participar da brincadeira dos meninos. Se eles estivessem ali, junto com Ivan, cochichariam sobre tudo que lhes aconteceu desde a última vez em que estiveram juntos em casa.

Ao longo da semana seguinte, enquanto Ivan e ele se escondiam de dia e caminhavam à noite, a fantasia foi ganhando corpo e forma. Um dia, Yefim imaginou que encontrava os quatro irmãos de uma vez e os recolhia como migalhas de pão, no caminho de volta para casa. Ele aparecia como um dos "garotos Shulman", como eram chamados na aldeia, fortes e cheios de vida, os cabelos negros e o olhar penetrante, sentados ao redor da fogueira com as meias de lã feitas pela mãe, uma colher em cada mão, comendo, comendo, comendo.

— Ei! — Ivan o sacudiu, acabando com o devaneio. — Ouviu o que eu disse? Não podemos continuar assim. Precisamos encontrar comida, caso contrário não duraremos muito.

Ele tinha razão. Os dois haviam comido o último pedaço do pão de Piotrek há três dias, e, embora tivessem bastante água, a fome já fazia efeito. Os músculos doíam no corpo todo, e ele estava mais impaciente e desconcentrado, como nos maus dias no campo.

Encontraram o vilarejo mais próximo e esperaram até as luzes se apagarem. Era uma noite sem lua, nada fácil descobrir se havia algo crescendo. Avançando com cautela pelas carreiras de plantio do primeiro campo que encontraram, Yefim não viu brotos. Na esperança de achar uma batata ou algum outro bolbo para comer, começou a cavar a terra fria com as mãos. Sentia aumentar a ansiedade de encontrar alguma coisa para comer. Mas não havia nada que prestasse no solo, apenas sementes.

Em seguida, penetraram no jardim da casa mais próxima, que nem tinha uma cerca, prova ostensiva da honestidade alemã. Ivan vasculhou os canteiros, mas só encontrou gnomos de cerâmica. Sua frustração aumentava quando Ivan se aproximou, sussurrando:

— Venha! Tem rabanetes ali.

Ivan o conduziu na direção de um canteiro no limite do jardim. Yefim os apalpou, frescos e macios. Apressado, desencavou um deles. Era a coisa mais minúscula, do tamanho do seu mindinho. Tendo espanado a terra, levou-o à boca.

Doce e crocante, o rabanete trouxe numa vertigem lembranças da salada primavera que sua mãe fazia. Rapidamente, ele os desenterrou um a um, tentando mastigar, mas às vezes engolindo-os inteiros.

As outras fileiras eram de morangos, mas os frutos ainda não haviam crescido. Eles resolveram provar as folhas, mas não eram boas. A casa ao lado, depois do jardim, era uma construção grande, estrutura de madeira com um segundo piso se projetando numa varanda cercada. A janela de cima estava acesa, e Yefim viu que havia um grande jardim. Bem que eles podiam tentar. Rabanetes não botavam ninguém de pé.

Ele fez menção de avançar, mas Ivan o deteve.

— Muito arriscado.

— Ninguém está vendo — retrucou Yefim, contrariado com aquele súbito acovardamento. — Estou achando que vamos encontrar algo. Venha. — Mas Ivan não se mexia. — Quer morrer de fome?

— Isso tudo foi ideia sua, Shulman, faça como quiser.

Nunca antes Ivan o chamara pelo sobrenome. Yefim estava faminto demais para discutir.

— Tudo bem — disse. — Vou sozinho. Espere aqui.

Ele rastejou na direção do casarão, pulou a cerca e entrou no quintal, onde havia uma fileira de árvores e uma pequena estufa. De início, não encontrou nada — apenas sementes e alguns brotos amargos. Até que se deparou com um canteiro de cebolas. Yefim meteu as mãos na terra para arrancar um bolbo.

Um cão latiu do outro lado da casa.

Ele congelou.

No silêncio da noite, o latido soava tão alto que parecia que o cão ia lhe arrancar a orelha. Devia estar correndo na sua direção. Ele puxou a cebola com força e saiu desembestado. Chegando à cerca, começou a escalar, mas o animal mordeu a sola do seu sapato, rosnando. Ele chutou. O cão ganiu e soltou a presa. Ele pulou a cerca e saiu correndo.

Ivan acenava no escuro. Os dois dispararam campo afora. O cão continuava latindo, acordando outros cães e provavelmente metade do maldito povoado. Eles continuaram correndo até os pulmões não aguentarem mais. Quando já se haviam distanciado bastante, tombaram debaixo de um choupo-tremedor, resfolegando.

— Que diabos… aconteceu? — perguntou Ivan quando conseguiu falar.

— Maldito cachorro… deve ter me ouvido cavando.

— Achou alguma coisa?

— Sim! Aqui.

Ele tirou a cebola do bolso e a depositou cuidadosamente na mão de Ivan. O coração ainda batia forte.

— Arriscou a vida por uma cebola?

— Pode me chamar de maluco. — Yefim arreganhou os dentes.

— Maluco mesmo.

Ivan limpou a terra do precioso vegetal, tirou a casca e mordeu.

— A melhor cebola que eu já comi — disse, com lágrimas correndo pelo rosto. Yefim olhava para o amigo, imaginando-se sentado com ele daquele mesmo jeito na Ucrânia. Um dia, quem sabe...

Durante mais três semanas eles andaram e se esconderam e roubaram o que houvesse de comestível no caminho. Depois do incidente com o cachorro, procuraram ter mais cuidado. Uma vez, encontraram aspargos não colhidos. De outra feita, pegaram um peixe num regato ao amanhecer e o comeram cru; um verdadeiro banquete. Fora isso, a Alemanha não tinha territórios bravios como a Ucrânia. Ali, a terra raramente oferecia alimento que não tivesse proprietário, e, assim, sempre mais numerosos os dias de fome, a jornada dos dois rumo ao leste foi perdendo força, quase parando.

Yefim passou a ter frequentes dores de cabeça e só com dificuldade se concentrava, mas ainda se saía melhor que Ivan. Esforçava-se por elevar o moral com histórias da época dos dois no exército, mas muitas vezes Ivan não reagia.

— Lembra daquele último baile? — começou, querendo puxar conversa. — Todas aquelas garotas lituanas? Antes da briga. — Ivan não respondeu, e ele foi em frente. — Foi quando conheci a Eva. Ela queria muito dançar. Tentei explicar que eu não sabia dançar e ficava me perguntando: "Onde diabos o Ivan aprendeu?" Não vai contar?

A coisa funcionou.

— Mamãe — respondeu ele baixinho, apontando para o escuro, como se a visse. — Ela gostava de dançar comigo quando eu era pequeno. — Até que um galho estalou sob seus pés, e sua voz mudou. — Papai odiava.

Ivan não falava da mãe desde antes da guerra. Yefim esperava que a mente do amigo não estivesse enganchada em recantos obscuros do passado.

— Temos que reconhecer que isso aqui pode não ser nenhuma maravilha, mas ainda é melhor que a fome — disse Yefim.

Ivan não respondeu. Continuaram andando lentamente pela floresta, e o outro murmurou alguma coisa sobre peixes.

— O quê? — perguntou Yefim.

Ivan parou.

— Uma vez, durante a fome, consegui pescar um peixe e ia levá-lo para casa. Estava todo empolgado para mostrá-lo à Mamãe, cheio de orgulho por alimentar minha família. Mas no caminho fui parado por um cara do governo que o tomou de mim.

— Calhorda. Talvez a família dele também estivesse passando fome.

— Não, Fima. Ele disse: "Sem isso você morre mais rápido." Entende o que eu estou dizendo? A fome não foi uma catástrofe natural. Stalin queria que a gente morresse de fome. Ele nunca se importou com ninguém... nem vai.

— Por que nunca me contou essa história antes?

— Achava que você não estava preparado para ouvir.

— E agora?

— E agora estamos ambos fodidos, de modo que talvez seja bom você saber, caso volte para casa.

Ele não queria acreditar em Ivan. Na época, eram crianças; ele não devia ter entendido direito por que o sujeito tomou o peixe. E agora, delirando de fome, via maldade em tudo. Nenhum governante seria capaz de matar seu povo de fome só para dar uma lição. Era apenas a fome dele falando.

Naquela noite, Ivan encontrou frutinhas silvestres escuras e estupidamente decidiu comê-las.

— Você não sabe o que é — advertiu Yefim. — Minha mãe sempre dizia para não comer coisas sem ter certeza.

— Sua mãe é mais inteligente que a minha. A minha só dizia: "Trate de sobreviver." É o que eu estou fazendo.

Ivan levou à boca um punhado das frutinhas, com ar de satisfação. Mas uma hora depois começou a sentir dor no estômago. Agachou-se, e Yefim, também se sentindo fraco, tentava decidir o que fazer. De manhã, era clara a intoxicação alimentar.

Ivan não parava de expelir líquidos, parecia um porão de navio vazando. Yefim andou pela floresta até encontrar um regato e constantemente trazia água para o amigo. De início, Ivan mal conseguia estender os lábios pálidos e ressecados para bebericar um pouco, mas, depois de um certo tempo, o rosto ficou vermelho de febre. Ele perdia e recobrava a consciência. No segundo dia, parou de vomitar e ficava deitado de olhos fechados, com a respiração curta.

Yefim ajoelhou-se junto dele, segurando sua cabeça e forçando-o a abrir a boca para beber golinhos d'água. Para mantê-lo aquecido, improvisou uma cama com ramos de pinheiros. Ao se pôr o sol nesse dia, Yefim caiu no sono ao lado de Ivan, ambos cobertos com galhos. Toda vez que acordava, levava o ouvido ao peito do outro para sentir os batimentos. Lembrou-se da morte de Oleg bem ao seu lado, sem que sequer notasse. Não podia permitir que o mesmo acontecesse com Ivan.

De manhã, saiu em busca de ajuda. A leste da floresta havia uma fazenda. Voltou para buscar Ivan e, juntando as forças que lhe restavam, levantou-o nos ombros e o carregou em direção ao perímetro da fazenda. Lá, depositou-o por trás de um arbusto e esperou. Passado um tempo, chegou um grupo de homens e mulheres *ostarbeiter* para lavrar a terra, e Yefim os espiou atentamente por trás do arbusto, tentando decidir quem deveria abordar.

Passada uma hora, um dos *ostarbeiters* veio arar não longe de onde ele se escondia. Era muito jovem, no máximo dezesseis anos, com um bigodinho louro de adolescente no largo rosto inocente. No bolso direito da camisa tinha um distintivo azul-escuro com a palavra OST. Não parecia fraco e abatido, o que indicava que as rações eram boas na fazenda. Yefim o observou por um minuto. Tentava descobrir até que ponto podia confiar no garoto, pela maneira como arava. Seu pai dizia que sempre se pode entender a alma de um homem pelo jeito de tratar a terra, mas Yefim nunca entendeu direito o significado. Além disso, não podia se dar ao luxo de ficar matutando.

— *Hey, paren'!* — chamou, num cochicho mais alto.

O rapaz olhou na sua direção e começou a se aproximar, sem medo nem surpresa na expressão, como se diariamente aparecessem estranhos naquela mata.

— O que está fazendo aqui? — perguntou.

— Os alemães estavam nos matando de trabalho numa mina, e nós fugimos — mentiu Yefim, sabendo que seria mais seguro se passar por um *ostarbeiter* como ele, e não um prisioneiro de guerra.

— Você é de onde?

— Perto de Vinnytsia — disse Yefim. — E você?

— Slutsk — respondeu o garoto, um bielorrusso. — O que você quer?

— Meu amigo está com intoxicação alimentar e não come há uma semana — explicou Yefim, apontando para Ivan, estirado debaixo do arbusto, os olhos fechados. O rosto estava pálido, quase esverdeado. — Pode nos ajudar?

O garoto olhou bem para os dois durante uma eternidade. Yefim ficou nervoso. Teria sido um erro confiar naquele cara?

— Sem problema — disse afinal o *ostarbeiter*, e Yefim ficou aliviado. — Com certeza encontro um pouco de pão ou leite sobrando.

— Leite?! — exclamou Yefim, que tomara leite pela última vez em março, quando Piotrek conseguiu subtrair um pouco para levar ao chiqueiro. Sua boca salivou à simples palavra *moloko*.

— Claro. Aqui nos tratam muito bem.

— Não vá arranjar problema por nossa causa.

— Não se preocupe — disse o bielorrusso. — Volto aqui assim que conseguir pegar alguma coisa.

Yefim o viu se afastar na direção do celeiro, do outro lado do descampado, e se sentou junto a Ivan.

— Ouviu isso? — disse, dando tapinhas no rosto do amigo. — *Moloko!*

Ivan moveu os lábios, mas não saiu nenhum som. Yefim lembrou-se do primeiro dia da guerra, quando Ivan se postou por cima dele, dizendo algo que ele não ouvia.

— Aguenta só mais um pouco — acrescentou, erguendo o tronco de Ivan para fazê-lo beber um pouco.

O sol os esquentou. Yefim não sabia ao certo quanto tempo o garoto bielorrusso levaria para voltar sem ser visto e resolveu descansar os olhos enquanto esperavam. Lembrou-se do leite ondulando no balde que Mikhail trazia do celeiro da vizinha Kateryna, enquanto ele corria atrás para se certificar de que o irmão não deixasse cair nem uma gota. Sua mãe então o servia com uma concha, num canecão, e Yefim bebia o leite ainda quente e deliciosamente aromático, acompanhado do pão preto fresco da manhã. Ele ainda era pequeno, antes da fome.

— Vocês estão aí? — chamou o bielorrusso do outro lado do arbusto. — Trouxe leite!

Yefim deu um salto tão precipitado que a tontura e o sol forte lhe toldaram a visão por um momento, e ele não via o garoto. Foi quando algo pontudo e frio encostou nas suas costas. Uma voz rosnou:

— *Hände hoch!*

Yefim levantou as mãos e se voltou. Por trás, um policial alemão apontava um fuzil, com o sorriso de satisfação de um caçador de recompensas. A seu lado, o bielorrusso bebia um copo de leite.

Capítulo 9

Abril de 1965
Donetsk (antiga Stalino), R.S.S. da Ucrânia

O sol brilhante de abril batia direto no quadro-negro onde Yelena Vasilyevna escrevia "Grande Guerra Patriótica", em sua caligrafia perfeita. Vita adorava as aulas de literatura. Em parte, porque sentava ao lado de V. N. na carteira e sentia seu cheiro e de vez em quando dava um jeito de os cotovelos se esbarrarem, e aí desciam arrepios deliciosos pela espinha. Mas também gostava por causa da própria Yelena Vasilyevna, uma jovem e animada professora que contava anedotas e fofocas da vida dos escritores, que assim deixavam de ser apenas homens sábios e mortos.

Vita anotava as palavras da professora no caderno e observava suas mãos delicadas, de unhas perfeitamente ovais, quando as limpava com o paninho que sempre repousava na mesa. Hoje ela usava um dos seus famosos xales ucranianos sobre um elegante vestido azul-noite, parecendo saído das páginas da *Fashions*. Vita mal podia esperar para se livrar daquele uniforme de algodão marrom que nenhuma garota de catorze anos que se respeitasse deveria ser obrigada a usar.

— Turma — disse Yelena Vasilyevna, um toque de ruge cintilando nas maçãs do rosto pronunciadas. — No dia 9 de maio, nosso país vai comemorar o vigésimo aniversário do Dia da Vitória. Para nos preparar, vamos ler *The Young Guard*, de Alexander Fadeiev, um romance sobre um grupo de *partisans* adolescentes que combateram os alemães aqui mesmo, em Donbass.

Vita nunca lera a respeito de algo acontecido em Donbass. Em geral, os livros do curso de literatura se passavam em Moscou ou Leningrado, ou algo como a "cidade N" da obra de Gógol. Pensar que a região de mineração de carvão e usinas metalúrgicas onde eles viviam merecesse ficar registrada por escrito quase lhe dava um calafrio. Ela se virou para V. N., querendo ver se ficara tão emocionado quanto ela, mas ele olhava para fora da janela, os sonhadores olhos azuis ligados no doce balanço de uma árvore ao vento da primavera. Filho de metalúrgico, ele não era muito de leituras, mas aqueles olhos maravilhosos mais que compensavam. Ainda por cima, era mais classudo que qualquer dos garotos que Lenka fugia dali para encontrar. Vita ouvia Lenka rabiscando na carteira de trás. A guria era tão sirigaita que uma vez a mãe, que trabalhava longas horas na fábrica de salame, trancou-a no quarto para que não arrumasse mais problemas, e, ainda assim, ela deu um jeito de fugir pela janela e caiu cinco andares. Se fosse Vita, claro, estaria mais que morta, mas Lenka conseguiu se agarrar a alguma coisa na queda, foi parar nos arbustos e ainda saiu andando atrás de algum garoto. Que nem uma gata. E agora Vita tinha que ajudar Lenka com os deveres e servir de influência positiva, embora estivesse perfeitamente claro que a menina não tinha jeito. Só sabia falar de propostas indecorosas para Vita dar um jeito de conseguir que V. N. a notasse.

— Vita Shulman — chamou Yelena Vasilyevna, e ela entrou em alerta. — Venha falar comigo depois da aula.

Vita sentiu que os olhares se voltavam para ela, talvez até o de V. N., mas não teve coragem de verificar. O peito ficou quente por baixo do uniforme. Dava para sentir as bochechas vermelhas.

Depois da aula, quando todos saíram, Yelena Vasilyevna fechou a porta.

— Fiquei sabendo que o seu pai entrou em Berlim — começou. — Como este ano temos um importante aniversário da guerra, gostaria de convidá-lo a falar para a nossa turma.

Vita não tinha ideia do quanto Yelena Vasilyevna sabia a respeito do seu pai. Não se lembrava de algum dia ter falado dele na aula. O que sabia com certeza era que Papai não ia gostar nada.

Ele nunca falava da guerra, nem com ela nem com Andrei, até onde sabia, nem mesmo com Mamãe. A única pessoa com quem provavelmente tocava no assunto era o camarada de guerra que visitava de vez em quando em Yasinovátaya. Mas Vita nunca viu esse amigo, de modo que não havia como saber. E com certeza não voltara a tocar no assunto desde o fora que Andrei e ela levaram anos atrás, quando o pai disse que eram "muito pequenos para saber dessas coisas".

Ela não sabia quando teria idade suficiente. Todo dia 22 de fevereiro, véspera do Dia do Exército Vermelho, fazia planos de puxar o assunto de novo. Mas na manhã do feriado ficava intimidada, como se a intrusão no tema proibido pudesse revelar-se dolorosa demais para ambos. Então lhe escrevia um cartão falando vagamente do orgulho que sentia pelos serviços prestados por ele.

Assim, dava para contar nos dedos da mão o que sabia dos anos de soldado do pai: ele era da artilharia, dois dedos haviam sido mutilados, certa vez comeu uma cebola crua e estava entre os que entraram em Berlim. Não havia fotografias, cartas nem lembranças, à parte uma feia caneguinha de metal que aparentemente ficou com ele até chegar a Berlim e agora repousava numa prateleira. Até suas medalhas tinham desaparecido — roubadas no trem.

— Vou perguntar a ele, claro — respondeu Vita a Yelena Vasilyevna, já temerosa. — Ele viaja muito, não sei se estará aqui nesse dia.

Depois da aula, Vita voltou para casa caminhando com Lenka. Enfrentaram aquele vento que pinica no nariz, sempre mais forte na Praça Lenin. O céu de aço aos poucos ia se apagando. Em algum lugar por trás das nuvens espessas o sol já declinava. A praça estava mais vazia que de hábito, com umas poucas figuras lutando contra o vento perto do chafariz. Até os pombos tinham desaparecido.

— Está animada para chamar o seu pai? — quis saber Lenka.

— Espera, como você sabe do meu pai?

— Ora, pois se fui eu que falei dele para Yelena Vasilyevna! Você sabe que eu amo seu pai! Queria ter um pai como ele.

Vita parou junto ao chafariz.

— Você fez isso? Sem nem falar comigo? E pode-se saber por quê?

Lenka arregalou os olhos azuis. Piscava lentamente, feito uma boneca burra.

— Por que não? Você tem um pai que foi até Berlim e está tentando impressionar um certo garoto. Só que não quer saber dos meus métodos mais… diretos. Então eu dei um jeito de fazer V. N. prestar atenção em você.

— Por causa do meu pai? Você é uma idiota, Lenka!

Lenka apertou os lábios frios. Os olhos começaram a lacrimejar. Vita se sentiu mal por tê-la chamado de idiota. Lenka só era obcecada com garotos porque o pai havia ido embora quando tinha dois anos. O padrasto também se mandou, e agora a mãe vez por outra trazia um "amigo" que podia durar entre alguns dias e alguns meses. Dava para entender por que Lenka não sabia direito como um pai funciona, porque não sabia que, quando ele não dá luz verde para falar de um assunto, você tranca a porcaria da boca.

— Talvez você não saiba, mas meu pai nunca fala da guerra. Nunca. E agora, graças a você, vou ter que pedir a ele que fale na frente da turma toda.

— Puxa — suspirou Lenka. — Eu não sabia.

Elas continuaram caminhando e passaram em silêncio por Vladimir Ilitch Lenin. Vita queria que Andrei estivesse ali, em vez de Lenka. Ele entenderia melhor que ninguém o seu dilema, embora tivesse apenas doze anos e às vezes ainda fosse muito criança. De qualquer maneira, ainda estava na ginástica e só voltaria para casa mais tarde.

No fim da praça, onde em geral se separavam, elas pararam.

— Seu pai é um herói de guerra — disse Lenka, séria, com a mão no ombro de Vita. — Não é pouca coisa. Aposto que ele adoraria uma oportunidade de te deixar orgulhosa.

— Certo.

— Vai dar tudo certo. Tenho certeza. Ele é tão legal.

Vita não discordou. Seu pai era legal. Mas, considerando-se que Lenka só o via de passagem, certamente estava com uma ideia exagerada da benevolência dele. Mesmo assim, alguma coisa na situação dava a Vita uma certa esperança. Se Papai fosse à sua classe, ela finalmente extrairia algo dele sem parecer intrometida.

— Estou com frio — disse Vita, e rapidamente deu um beijo no rosto de Lenka. — Nos vemos amanhã.

Ela se apressou por uma ruela estreita, flanqueada de arbustos espinhosos cujos minúsculos brotos pareciam congelar. Só pensava em chegar à cozinha quentinha e estalar na língua a sopa de Mamãe. Ela é que saberia a melhor maneira de falar com Papai sobre a palestra na escola.

Vita já via lá adiante o prédio de apartamentos onde moravam, depois do chafariz retangular, do outro lado da avenida, quando um bêbado trajando uma túnica militar rasgada apareceu trôpego no caminho. Ele parou alguns metros à sua frente, oscilando. Seu rosto — rubro, inchado, com uma grande cicatriz no queixo — era repugnante. Vita retardou o passo, mas continuou a caminhar na direção dele, esperando que desaparecesse de volta ao lugar de onde viera e a deixasse passar. Já estava sentindo o mau cheiro do homem. Quando estava a alguns passos apenas, de repente ele abriu os braços e as pernas como uma aranha e balbuciou:

— Aonde vai?

Ela congelou. Ele começou a se adiantar na direção dela, apertando os olhos inchados para examiná-la de alto a baixo. Ela não sabia o que ele queria. A respiração ficou presa na garganta. Deu um passo atrás, e mais outro.

— Vem cá, minha *jidizinha* — fez ele, abrindo as mãos vermelhas e inchadas.

Vita deu meia-volta e saiu correndo na direção da praça.

Nem se voltou para ver se ele a seguia. Avançava direto para o Lenin de granito, como se ele pudesse protegê-la. Nada parecido jamais lhe acontecera. Lenka não estava mais na praça. Ela tentou se lembrar se tinham passado por algum policial ao saírem da escola, mas não conseguiu. Além do mais, o bêbado não fizera nada, além de assustá-la. De jeito nenhum iria atrás de um policial para se queixar de um sujeito embriagado que a chamara de *jid*. Não, precisava apenas dar outro jeito de chegar em casa.

Vita decidiu dar a volta na praça para alcançar o prédio de apartamentos passando pela sua antiga creche. Não parava de pensar que devia ter se virado e dito alguma coisa ao bêbado. Mas o quê? Lenka saberia, pois era da rua. Mas Vita não. Filha de professora, aluna exemplar, jamais teria coragem de dizer uma palavra feia em voz alta. Enquanto atravessava a rua e se afastava da praça, a voz pastosa e lasciva ecoava nos seus ouvidos: *minha jidizinha*.

Ela nunca se via como uma judia. Nem sequer sabia o que isso significava. Para ela, os judeus de verdade eram estrangeiros que viviam na longínqua e exótica terra de Israel. Já os judeus soviéticos eram apenas pessoas com sobrenomes diferentes que, fora isso, podiam ser tão estudiosas quanto ela ou tão imaturas quanto Andrei, mas, no fim das contas, eram simplesmente cidadãos soviéticos. Claro que sabia que a família de Papai era judia, mas era outro assunto em que nunca se tocava. Tinha a impressão de que ele também não sabia o que era ser judeu, embora sua mãe, Baba Maria, fosse a pessoa mais judia que Vita conhecia. Baba Maria tinha um jeito engraçado de misturar palavras iídiches no ucraniano, nunca comia porco e, por algum motivo que ninguém sabia, tinha horror de coelho. Mas, sobretudo, Vita temia que um mar de tristeza se derramasse de seus olhos severos e enlutados se ela fizesse alguma pergunta inconveniente. Talvez fosse isso o que significava ser judeu. Vita nem de longe se achava parecida com Baba Maria, como então o bêbado sabia que tinha sangue judeu? Talvez todo mundo soubesse, mas nunca dizia.

Felizmente o céu estava escurecendo, pensou. Adiante, um ônibus elétrico lotado freou ruidosamente na parada, despejando adultos cansados. Eles passavam apressados por ela, numa onda confusa de bolsas, botas, sobretudos e fumaça de cigarro. Ela se perguntava como Papai reagiria se alguém o chamasse de *jid*. E lhe ocorreu que em algum momento alguém provavelmente chamara. Talvez quando ele era pequeno, na sua aldeia, de população majoritariamente não judia. Ou quem sabe no exército, onde os caras diziam essas coisas estúpidas. Era difícil imaginar a reação de Papai então e mais difícil ainda prever o que ele faria quando ela contasse o incidente de hoje. Por isso é que não contaria. Precisava que ele estivesse com o melhor humor possível para aceitar o convite de Yelena Vasilyevna.

Ao entrar no prédio, Vita ficou aliviada. No terceiro andar, sentiu o cheiro da sopa — de batata — ao apertar a suave campainha de metal, que mal tilintou por um segundo, e a porta já se escancarava, com a mãe gritando:

— Onde é que você andou?

Mamãe estava mais rigorosa com os horários desde que a silhueta de Vita começou a ficar mais curvilínea. Em geral, Vita sentia um secreto prazer de deixar a mãe apavorada e vê-la bater teatralmente no peito como uma *bábuchka* senil, embora tivesse apenas quarenta e um anos. Mas hoje não.

— Tive que ir à casa da Lenka depois da aula — disse, tirando displicentemente as botas com forro de pele que papai lhe trouxera de uma das viagens a trabalho.

— E desde quando você vai lá na sexta-feira? Venha para a cozinha. Vou ter que requentar a sopa para você.

Vita se apressou atrás de Mamãe. Sentiu que a explicação planejada não ia funcionar. Decidiu arriscar uma meia verdade.

Enquanto a mãe acendia o fogão com um fósforo, Vita contou que um homem se plantou na sua frente quando voltava para casa e que não havia mais ninguém por perto, e assim ela saiu correndo e pegou um caminho mais longo. Não mencionou que foi chamada de *jid*.

— Mas onde estava Lenka?

— Já tinha ido embora. — Vita hesitou, preocupada em manter a lógica da história. — A gente discutiu na praça, mas, quando eu fugi do bêbado, ela já tinha ido. Se ela estivesse comigo, saberia o que fazer.

Mamãe olhou para ela preocupada.

— O homem te disse alguma coisa?

A pergunta não surpreendeu Vita. Mamãe era como um detetive. Sempre que Andrei se metia em confusão, ela descobria a mentira nos olhos dele, ou então porque alguém o denunciava; podia ser um vizinho, um colega, um estudante ou qualquer outra pessoa, pois ela conhecia metade da cidade. Mesmo sem os informantes, contudo, Mamãe tinha uma bizarra intuição da verdade. Costumava dizer que sentia toda vez que Papai enfrentava algum problema nas viagens, mesmo que ele tentasse acobertar. Como da vez em que sofreu um acidente de carro e disse que estavam mandando-no em outra viagem de trabalho, e ela sabia que era mentira porque sonhou que ele estava coberto de sangue. Ou pelo menos era o que se contava. Vita não se lembrava desse episódio, mas Mamãe gostava de mencioná-lo para alimentar a fama de feiticeira.

Como Vita nunca foi boa de dissimulação, cedeu rapidinho.

— Ele me chamou de… "minha *jidizinha*" — disse, e, ouvindo as palavras horríveis da própria boca, começou a chorar.

Nina se sentou num banco e, quando Vita olhou para ela, viu que a mãe também tinha desmoronado, com dois laguinhos se formando nos olhos cinzentos.

— Pois, então, preste atenção, menina. Não será a última vez que você vai ouvir um comentário antissemita. A Ucrânia sempre teve uma relação difícil com os judeus, parece que vai e vem em ondas. Felizmente você ainda era bebezinha quando a coisa ficou feia para valer. Na verdade, eu estava mesmo para te dizer uma coisa… Minha colega recomendou que mudássemos seu sobrenome antes de você se candidatar às universidades. Existem quotas para judeus.

Vita parou de chorar.

— Mas no requerimento para o Komsomol eu declarei etnia ucraniana. Não é o que deve estar no meu passaporte também?

— A comissão de admissão não olha o passaporte, querida. Eles vão ver "Shulman" e riscar você. Já conversei com seu pai. Você vai ficar com meu sobrenome e não terá problemas para entrar, especialmente se mantiver as notas boas e conseguir a medalha de ouro.

— Quer dizer que as universidades também não gostam de *jidizinhas*?

Mamãe soltou um suspiro e encheu a tigela de sopa.

— Toma, Vitochka, vem comer e me conte da Lenka. Por que estavam discutindo?

Vita comeu com pressa, tentando se acalmar. A cota para os judeus não era culpa de Mamãe. Ela só se achava burra por não saber ainda. Por pensar que notas boas e a entrada para o Komsomol garantiam um futuro de portas abertas. Mas aparentemente o sobrenome do pai punha tudo em risco. Com ele, ela era uma cidadã de segunda classe. E, no entanto, Papai passara a vida inteira com esse nome, ao que parecia, sem problemas.

— Lenka sugeriu a Yelena Vasilyevna que convidasse Papai para falar da guerra. Sem me avisar antes. Você sabe que ela o idealiza.

— Ah, toda vez alguma história envolvendo essa garota — disse Mamãe. — Seu pai não vai querer.

— Eu sei. E o que eu faço?

Mamãe pensou por um momento.

— Tenho certeza de que seu pai vai dar um jeito. Mas não conte a ele sobre o homem da praça.

Quando Papai chegou, Vita serviu-lhe a sopa enquanto Mamãe corrigia os deveres dos alunos no quarto. Para se acalmar, começou a cortar pão para ele e disse, no tom mais distraído possível:

— Papai, a professora de literatura mandou ler *The Young Guard* e, como vai ser o vigésimo aniversário da vitória, perguntou se você pode falar para a turma.

— Falar de quê? — perguntou ele entre colheradas, enquanto ela lhe entregava a tigela do pão.

— Do que você fez na guerra.

Ela ficou parada, nervosa, debaixo da luz crua da lâmpada da cozinha. A mão do pai parou acima da tigela.

— E para que isso?

Vita tentou manter o tom de voz. Por algum motivo, não queria mencionar o papel de Lenka na história.

— Ela disse que seria bom para entendermos melhor a guerra. Talvez esteja querendo que alguém fale da ação conjunta do exército e dos *partisans* para expulsar os alemães da Ucrânia.

— Mas eu não estava na Ucrânia.

— Não? — fez ela. Como não sabia? Alguma vez ele dissera?

— Eu estava na Lituânia — cortou Papai, como se ela tivesse dito algo ofensivo. Seu corpo todo se tensionou. — Além disso, não posso simplesmente largar o trabalho para ir à sua escola e dar uma "palestra".

Vita entendeu que só lhe restava a cartada final.

— Mas eu acabei de ser aceita no Komsomol, Papai. Seria ruim para mim se você não fosse. *Pojaluysta!*

Ele pôs a colher de lado e olhou pela janela. Ela seguiu seu olhar. No espelho, entre os quadrados amarelos das janelas do prédio em frente, viu seus olhos tristes e perdidos e ela própria de pé junto a ele, dura feito tábua. Sentia-se culpada por forçá-lo daquele jeito.

Ele disse:

— Você sabia que Stalin acabou com o Dia da Vitória porque todo mundo queria seguir em frente e deixar a guerra no passado? Agora parece que estamos precisando que ela volte. — Ele parecia contrariado, e ela não sabia o que responder. — Tudo bem, Vita, vou falar com o meu chefe.

Nas duas semanas seguintes, para não cruzar a praça, Vita fazia um caminho mais longo em direção à escola, passando pelo recém-inaugurado Hotel Ucrânia. Enquanto esperava que Papai confirmasse se poderia comparecer, apaixonou-se por *The Young Guard*.

Torcia pelos *partisans* e ficava indignada com as atrocidades dos fascistas alemães. Mas eram os colaboradores ucranianos, covardes e falsos, que mais a chocavam. Como podia alguém se voltar contra o próprio povo e trabalhar para o inimigo? Era de cair o queixo. Ela carregava o livro da cozinha para o banheiro e para o quarto, lendo em qualquer lugar, sempre que podia. Nunca lera um livro — nada menos que um romance de guerra! — tão comovente, tão enfurecedor e que falasse de coisas tão próximas de casa. Seus pais nunca tinham explicado como haviam sido as coisas na época. Ninguém explicava aos filhos. A guerra era algo muito onipresente para se falar a respeito.

O fim, quando os alemães jogaram os *partisans* vivos no poço de uma mina, logo antes do retorno do Exército Vermelho, era de dar engulhos, e Vita teve um pesadelo em que era enterrada viva. Acordou gritando, e Papai acorreu alarmado, parecendo que ia matar alguém que estivesse machucando sua menina. Apertou-a então contra o peito por um tempão. Ela ouvia seu coração bater e, pouco depois, não estava mais com medo. Afinal, Papai tinha chegado a Berlim. Se houvesse outra guerra, ele a protegeria.

Caindo de novo no sono, Vita pensou que teria que escrever algo muito especial no cartão dele no Dia da Vitória, para dizer como se orgulhava por ele ter arriscado a vida pelo país.

No dia seguinte, no café da manhã com Andrei, Mamãe disse que tinha ficado sabendo do seu pesadelo e para não levar aquele romance tão a sério.

— Lembre-se de que é uma obra de ficção, Vita. Não vá repetir isso na escola, claro, mas é... exagerado.

Andrei interveio:

— Disseram que vai ter uma excursão ao Museu do Young Guard no próximo semestre.

Papai revirou os olhos.

— Então vocês vão e ficarão conhecendo o museu — disse. — Mas, quando voltarem, mudem de assunto.

Nos dias seguintes, Vita tentou se distanciar do romance, mas não era fácil esquecer as imagens dos jovens *partisans* torturados, fossem ou não "exageradas".

Até que, no último dia de abril, Papai disse ao chegar em casa:

— Essa Yelena Vasilyevna de vocês no fim das contas é a sobrinha do nosso reitor. Parece que vou ter mesmo que dar a tal palestra.

Vita não fazia ideia da relação de uma coisa com a outra, mas não importava. Ele iria! Ficou aliviada e animada. Seu pai sabia contar histórias e com certeza faria sucesso na turma. Pensando bem, era bom para todo mundo. Ela não seria desmoralizada no Komsomol, V. N. ficaria impressionado e finalmente daria para saber algo do passado do seu pai.

Dois dias antes do Dia da Vitória, Papai a acompanhou a pé até a escola. Era uma manhã de sol, e uma brisa quente percorria as ruas. Eles seguiram o caminho habitual pela Praça Lenin porque ela não queria explicar o motivo de preferir o percurso mais longo. Passaram pela ruela dos arbustos espinhentos — em cujos brotos agora germinavam folhinhas minúsculas — e caminhavam na direção de Lenin quando ela percebeu do outro lado da estátua a já conhecida túnica militar rasgada. O bêbado estava recostado num degrau de granito. Vita engoliu em seco quando Papai disse "Espere aqui" e engatou uma reta na direção do homem.

— Papai, não! — chamou ela, mas ele já se aproximava do bêbado.

Horrorizada, ela o viu se curvar, trocar algumas palavras e estender a mão para ajudá-lo a se levantar. Mesmo distante, via o rosto avermelhado do homem e quase ouvia "minha *jidizinha*" saindo da boca dele. Como é que Papai não tinha medo de um animal daqueles?

Ele ergueu o bêbado e lhe entregou algum dinheiro. Voltando ao seu encontro, disse:

— Aquele, sim, é um veterano dos bons. Seria melhor que Yelena Vasilyevna o convidasse para falar.

Ela não sabia o que dizer. Não se dera conta de que o homem era um veterano de guerra. Presumira que fosse apenas um vagabundo que havia colocado as mãos numa túnica militar.

— Mas, se ele lutou na guerra, por que está nas ruas?

— E você acha que todos os veteranos ganharam medalhas, empregos e apartamentos?

— Ué, eu...

— Sabe quantos veteranos havia nas ruas quando você era pequena? Eram mutilados com medalhas em toda a Ucrânia. Alguns não tinham braços ou pernas e se locomoviam em tábuas sobre rodas. Eram chamados de "samovares". Até que um dia Stalin mandou fazer uma limpa nas cidades, e eles desapareceram. Todos. Jogados num navio para uma ilha no Norte.

Era mesmo terrível, mas ela estaria mentindo se dissesse que não queria que aquele veterano também fosse mandado para longe. Mesmo assim, se Papai soubesse como a chamara, provavelmente não se apressaria a ajudá-lo. Os dois percorreram o resto do caminho calados.

Ao se aproximarem da escola, ela percebeu o maxilar contraído do pai. Imediatamente as palmas de suas mãos ficaram úmidas. E se ele dissesse algo constrangedor ou, pior ainda, alguma coisa sobre Stalin ou os veteranos que causasse algum problema? Ele gostava de fazer piadas com o Partido. Ainda outro dia, contou em casa a anedota política do momento: "As sobrancelhas de Brejnev são o bigode de Stalin, só que num nível superior." E emendou numa história sobre o dia em que convenceu um oficial a lhe dar uma licença, elogiando as políticas de Brejnev. No ano passado, quando Mamãe foi obrigada a entrar para a câmara municipal, Papai toda hora zombava dela por ter que levantar a mão junto com os outros para aprovar as iniciativas "corretas" do governo. Nenhum dos dois tinha o Partido em muito alta conta. Se Vita tivesse que resumir, as regras da família eram: não matar, não roubar e não ser comunista. E não repetir em público o que Papai diz.

Eles atravessaram o corredor da escola e subiram ao segundo andar para chegar à sala de aula. Diante da porta, ela ajeitou a gravata dele.

— Papai, você não vai dizer nada esquisito, né? — arriscou, numa vozinha amedrontada.

Ele olhou para ela, e seus lábios se curvaram num sorriso travesso.

— E alguma vez eu digo? Vamos, o show vai começar.

Ao entrarem, ela foi direto para sua carteira sem olhar para ninguém, nem mesmo Lenka. Os olhos de todos estavam grudados no seu pai, que cumprimentava Yelena Vasilyevna num tom que deixou claro para Vita que ele ficou bem encantado com a bela professora. Seu pai sabia ser sedutor quando era o caso.

Vita se afundou na carteira. Dali, ele parecia imponente em seu terno cinzento diante do quadro-negro, onde se lia *Grande Guerra Patriótica* em letras ainda maiores que da última vez. Ele se voltou para a turma, para ser apresentado por Yelena Vasilyevna.

— Como sabem, esta semana comemoramos o vigésimo aniversário do dia em que a União Soviética venceu a guerra contra os fascistas alemães. — Ela falava no devido tom de celebração oficial. — Como estamos lendo *The Young Guard*, que fala sobre o que os valorosos rapazes e moças faziam aqui em Donbass para rechaçar os alemães, é importante saber também o que acontecia na frente de batalha. Hoje, nosso convidado é Yefim Shulman, um veterano de guerra que participou do Dia da Vitória em Berlim.

Embora Vita já tivesse ouvido o pai fazer brindes na presença de parentes e amigos, agora era diferente. A maioria dos colegas nunca sequer o vira, pois ele sempre viajava para lugares distantes no país. O que ele dissesse ali influenciaria a maneira como a viam, ela, Vita, uma das melhores alunas, gente boa o suficiente para ser eventualmente convidada para o cinema, as noites de poesia e outros eventos sociais. Era melhor que ele não a decepcionasse.

— A Grande Guerra Patriótica foi longa e difícil — começou ele, e Vita prendeu a respiração. — Vimos e sobrevivemos a muita coisa naqueles quatro anos: houve dias de perdas cruéis, dias de vitórias empolgantes, e depois mais perdas, embora menores, finalmente seguidas de uma grandiosa vitória que abalou o mundo inteiro.

Ela nunca ouvira Papai falar daquele jeito. As frases arrumadas, aquelas palavras — "cruéis" e "grandiosa" — pareciam estranhas na boca de um homem que nunca fazia pronunciamentos grandiloquentes, a menos que fosse para soltar uma piada ou frase de efeito. Aquilo ali era uma performance. Estranho, mas também estimulante. Claro que o pai não ia fazer nada para comprometer sua reputação.

— Hoje, não quero falar da vitória, mas do que aconteceu bem no começo.

Vita ficou tensa. Ela sabia que nada de bom tinha acontecido no início, pois a Ucrânia havia sido ocupada. Mamãe tinha falado um pouco sobre a vida na época da ocupação: fome, cartazes em alemão nas ruas, a espera pela chegada do exército soviético enquanto soldados inimigos andavam pela cidade com metralhadoras. E depois o humilhante carimbo "viveu em território ocupado" em seu passaporte. Todo aquele período inicial da guerra era uma lembrança constrangedora, raramente mencionada. Por que Papai não falava das comemorações da vitória em Berlim?

— O nosso regimento de artilharia estava estacionado perto da fronteira entre a Lituânia e a Alemanha. Apesar do pacto entre a União Soviética e a Alemanha, dava para sentir no ar o cheiro da tempestade se aproximando. Mesmo assim, tínhamos certeza de que, ainda que viesse a guerra, combateríamos em solo inimigo, sem ceder um centímetro sequer do nosso. Lembro que à noite perambulávamos cantando marchas patrióticas. Mas às quatro da manhã do dia 22 de junho, começou a guerra. O espírito de luta dos soldados e comandantes do Exército Vermelho nos garantia que o inimigo seria prontamente esmagado. Nenhum de nós podia imaginar que a guerra duraria quatro anos.

"Quando nosso acampamento foi atingido pelos aviões alemães, eu acabei debaixo de um monte de escombros. E posso dizer que não estaria hoje aqui se não fosse pelo meu amigo do peito. Ele me salvou. No segundo dia de guerra, já estávamos cercados. A situação militar era tão terrível que não havia possibilidade de uma retirada em ordem. Tivemos que bater em retirada em pequenos grupos. E, assim, eu, meu amigo e nosso pequeno grupo rumamos para o leste para tentar nos juntar ao resto das nossas tropas. Era uma corrida contra o tempo: tínhamos que os alcançar antes que os alemães chegassem até nós. Mas nunca perdemos a convicção de que nossa situação melhoraria. Sofríamos e xingávamos, mas continuávamos acreditando."

O problema era que Vita não acreditava. Não totalmente. Às vezes, Papai parecia relatar sua experiência concreta, mas, em outras, parecia estar lendo um script. Era confuso. Ela se deu conta de que apertava a caneta com tanta força que os dedos ficavam brancos. Precisava relaxar. O importante era que seu pai não ia dizer nada que causasse escândalo. E, em casa, ela poderia pedir que contasse uma versão menos fajuta da história.

— Até que, certa noite, perto de um pântano, fomos emboscados pelo inimigo. Eles estavam em vantagem numérica. Resistimos bravamente com tudo que tínhamos, mas no fim…

Essa parte parecia verdadeira, e Vita se perguntava se ele estava para contar como fora capturado ou algo terrível assim. Viu que Yelena Vasilyevna cruzou as pernas e olhou com nervosismo para a turma, como se também temesse que o convidado dissesse algo inadequado.

— No fim, meu amigo e eu fomos os únicos a sair vivos. Os outros companheiros morreram. Continuamos avançando para o leste e afinal conseguimos localizar nossas tropas e nos juntamos a elas. Nem posso dizer o alívio que senti ao reintegrar o Exército Vermelho. Agora podíamos combater de novo e expulsar o inimigo traiçoeiro da nossa pátria.

Yelena Vasilyevna se levantou.

— Muito obrigada — disse, e Vita sentiu o corpo liberando ondas de tensão. — Poderia responder a algumas perguntas? Provavelmente os rapazes, ou, quem sabe, Vita, têm coisas a perguntar?

Oh, não. Não é possível que ela tenha acabado de pronunciar seu nome. Normalmente, não seria problema para Vita ser chamada, mas não nesse caso. Ela não tinha a menor ideia do que perguntar. Estava esperando que alguém na turma dissesse alguma coisa, quando o pai interveio:

— Vou contar a história de guerra favorita da Vita.

Ele contou a história de uma fábrica de laticínios abandonada, onde ele e os camaradas encontraram um depósito de queijos redondos que rolavam pelo chão. Ela lembrava de tê-lo ouvido falar dos queijos que rolavam, mas sempre achou que acontecera na infância dele. A história soava como a coisa menos programada que ele havia dito e dissipou a tensão na classe.

Yelena Vasilyevna dirigiu o olhar para um ponto além de Vita e disse:

— Sim, Lenka, quer fazer uma pergunta ao nosso convidado?

Vita voltou-se e viu Lenka se levantando atrás da carteira dela. Com o rosto rosado e suado, a menina tinha nos olhos um brilho de veneração.

— Pode contar o que aconteceu com o seu amigo? — perguntou.

Vita se impacientou. Ela é que deveria ter pensado nessa pergunta. Voltou-se para ver o pai. O maxilar dele estava novamente contraído.

— Ele recebeu a Ordem da Estrela Vermelha e uma medalha pela liberação de Varsóvia, mas infelizmente morreu antes do fim da guerra — disse Yefim, e fez uma pausa. — Antes de me despedir, gostaria que lembrassem de uma coisa. As três coisas mais importantes numa guerra são: coragem, sorte e amizade. Mas, sobretudo, amizade. Sem ela, estamos perdidos.

Vita ouviu Lenka suspirar alto atrás. Um nojo.

— E agora preciso voltar ao trabalho — disse Papai. — Espero ter dado uma pequena ideia de como era a guerra.

— Muito bem, turma — interveio Yelena Vasilyevna. — Por favor, levantem-se e cumprimentem nosso veterano.

Vita se levantou ao som de dezenas de cadeiras arrastadas e disse a saudação recomendada por Yelena Vasilyevna à turma na véspera: "Feliz Dia da Vitória!"

Seu pai, parecendo embaraçado ou atônito — não dava para saber —, deu um aceno de cabeça para os colegas dela, apanhou a pasta e o casaco e, sem olhar Vita nos olhos, saiu da sala.

Ela passou o resto do dia perambulando, meio atarantada. A escola parecia menor, como se a história de Papai, ou talvez apenas a presença dele, tivesse encolhido o seu mundo. O que a incomodava era não saber ao certo o que era verdade na história dele e o que era invenção. Ela sentia que já deveria conhecer a história real. Afinal, era filha dele. E, no entanto, sabia tão pouco do próprio pai quanto os colegas de turma.

Ao terminarem as aulas, Vita saiu correndo, com a intenção de caminhar sozinha para casa. Já tinha passado pela porta quando ouviu Lenka chamar:

— Me espera! — Vita rapidamente reprogramou a expressão do rosto para disfarçar a contrariedade. — Você está bem? — quis saber Lenka quando se encaminhavam para a Praça Lenin.

— Claro. Por quê?

— Deve ter sido incrível finalmente ouvir seu pai falar da guerra.

— Pois é. Quer dizer, já ouvi essa história antes.

— Mas você não disse que ele nunca fala disso?

Lenka bem que podia saber quando calar a boca… O que ela e o pai falavam em casa não era da conta dela.

— Eu disse que ele não fala *muito* do assunto porque foram coisas realmente terríveis, mas eu sabia da história do dia em que ele quase foi capturado. E muito mais.

— Ah, não sabia — disse Lenka. — Então você sabe desse amigo dele?

Vita olhou em volta para ver se encontrava um jeito de desviar daquela conversa, mas só havia pombos e transeuntes entediados na praça. Passou a pasta para a mão esquerda e disse:

— Morreu logo depois que entraram em Berlim. Gangrena, acho.

Não tinha a menor ideia de onde havia tirado aquela gangrena, mas um detalhe específico assim fazia parecer que sabia do que estava falando.

— Terrível — disse Lenka.

Até que chegaram ao fim da praça e se separaram. Só ao alcançar seu prédio é que Vita se deu conta de que nem lhe ocorrera ter medo de dar de cara com o veterano sinistro.

Nessa noite, quando Papai chegou em casa, pareceu-lhe diferente, como acontecia quando voltava dos longos meses de viagem. Ela percebeu vincos na sua testa, viu que recurvava os ombros ao lavar as mãos.

Ele perguntou se Yelena Vasilyevna tinha feito algum comentário sobre a palestra, e ela disse que não, o que era verdade.

— Ótimo — respondeu ele. — Então de preferência paramos por aí.

Ela queria saber por que ele nunca contara essa história a Andrei e ela. Mas, em vez disso, perguntou:

— E esse seu amigo… Como ele morreu?

Ele tombou no assento como se tivesse passado o dia correndo e respondeu:

— Não tinha amigo nenhum.

— Como assim?

— Eu inventei. Ou você esperava que eu contasse exatamente o que aconteceu?

— Mas e a retirada?

— Isso foi tudo verdade.

— Então você foi o único que não foi capturado?

— Exatamente.

Ela tentava imaginar como lhe arrancar algo mais, mas ele pegou um jornal e sorriu.

— Eu dei a palestra, Vita. Mas ficar falando do passado vai me deixar careca, e para dizer a verdade eu gosto bem da minha cabeleira.

E ela entendeu que a conversa tinha acabado. Foi para o quarto, confusa. Não sabia o que fazer com as histórias de Papai. Era como se ele a protegesse de alguma coisa, mas ela não conseguia entender por que precisava inventar um amigo.

Sentou-se à escrivaninha e pegou uma folha de papel grosso para escrever um cartão do Dia da Vitória. Amanhã haveria uma grande parada com fogos de artifício na Praça Lenin, e os veteranos receberiam medalhas. Ela olhou para o papel em branco, pensando no que escrever. E aí caiu a ficha do motivo de Papai ter inventado um amigo. Ele não queria ficar parecendo o único valentão que não havia sido capturado. E assim minimizou a própria coragem, como sempre fazia.

Vita pensou no *The Young Guard* e no personagem ucraniano dedo-duro que trabalhava para os alemães e imediatamente lhe ocorreu o que escrever. Papai podia não querer aparecer como o único herói, mas não tinha como negar que havia sido realmente muito corajoso em não se entregar aos alemães.

Ela apontou um lápis vermelho e escreveu: "Papochka, Feliz Dia da Vitória! Fico muito orgulhosa por você ter lutado contra os inimigos em vez de trabalhar para eles como o traidor em *The Young Guard*. Que você seja sempre corajoso. Vita."

E escondeu o cartão embaixo do travesseiro. Na cama, nessa noite, pensou no poema de Ievtuchenko que havia copiado recentemente em seu diário. Chamava-se "Não existem pessoas chatas neste mundo" e tinha esta estrofe:

O que sabemos dos nossos amigos, dos nossos irmãos,
Dos nossos amados, do nosso grande amor?
O que sabemos do nosso próprio pai?
Aparentemente tudo — e no entanto absolutamente nada.

Capítulo 10

*9 de abril de 1944
Karow, Alemanha*

Yefim brincava com o gorro no fundo da pequena igreja barroca de Karow. Os alemães iam chegando, ocupavam os bancos de madeira, seus perfumes se misturando ao cheiro já bem forte das flores que ornamentavam a frente do templo para a celebração da Páscoa.

Ele nunca havia entrado numa igreja e, mesmo da pequena sinagoga da aldeia, não tinha muitas lembranças. Recordava-se dela como um lugar escuro que cheirava a algo antigo e que lhe dava a sensação de que era meio ilícito estar ali. Nessa igreja, pelo contrário, o enorme vitral projetava muita luz na alegre congregação de alemães.

— *Frohe Ostern!* Feliz Páscoa! — disse o velho açougueiro gordo, parecendo curiosamente civilizado num terno cinzento, no lugar do habitual avental ensanguentado. A Alemanha andava ultimamente num regime mais duro de racionamento, com as perdas sofridas pelo exército de Hitler, mas ninguém diria pela aparência da bem nutrida mulher do açougueiro, com seu chapéu de plumas tremelicando enquanto ela se pavoneava entre os bancos.

— *Frohe Ostern!* — confirmou a Frau de rosto vermelho do armazém do vilarejo, empurrando à frente um garotinho sardento enquanto buscava na nave central um lugar para se sentar.

Yefim tentava se manter bem ereto, mas o que queria mesmo era desaparecer dali. A todo momento via olhares enfezados na sua direção e receava que, não sabendo o que fazer numa igreja, acabasse confirmando o que eles já desconfiavam: que não era um mero "porco russo", mas um judeu. Depois de quase três anos na Alemanha, perguntava-se quanta sorte ainda lhe restava até ser descoberto.

Ele não se sentia nervoso assim desde o último verão, quando conheceu o burgomestre, seu atual proprietário — ou patrão, como preferia defini-lo. Depois de serem delatados à *Polizei* pelo garoto bielorrusso, Ivan e ele foram levados a uma delegacia de polícia, onde alegaram ser *ostarbeiters* fugidos de um trem. Deram à polícia nomes falsos, para não serem identificados como foragidos do campo de prisioneiros ou de Müller Leinz: ele passou a se chamar Yefim Lisin, e Ivan adotou Gurov como sobrenome. Foram jogados numa masmorra gelada e úmida, e durante uma semana ele teve certeza de que nunca mais voltariam a ver a luz do dia. Até que, certa manhã, foram conduzidos a um caminhão e levados a um grande prédio vazio onde cerca de trinta *ostarbeiters*, em sua maioria adolescentes soviéticos de quinze e dezesseis anos, perfilavam-se de olhos arregalados em duas fileiras, para serem comprados. Um gerente de vendas presidia os trabalhos a uma mesinha no canto, enquanto um tradutor explicava que eles tinham que ficar parados e fazer o que lhes dissessem, quando os clientes chegassem.

Ivan e ele se juntaram à segunda fileira, e homens e mulheres alemães bem-vestidos entraram para comprar trabalhadores. O ambiente era de calma, tudo feito ordenadamente. Um casal mais velho foi o primeiro a aparecer. Olharam para Yefim, mas foram em frente, e sem querer ele ficou se perguntando por que não o consideravam adequado. Escolheram dois rapazes e uma menina e foram embora. Chegou então o dono de uma fábrica de vidro com uma encomenda grande: precisava de dez garotas. Escolheu-as rapidamente, apontando para cada uma com o dedo, assinou papéis, entregou um maço de marcos alemães ao gerente e levou para fora a tropa de mocinhas assustadas, deixando para trás no salão menos de duas dúzias de *ostarbeiters*.

Yefim tentava imaginar o que lhe aconteceria se ninguém o escolhesse. Embora não conversassem enquanto esperavam, era como se pudesse ler os pensamentos de Ivan. Aquele mercado humano com certeza era mais uma prova de que o amigo estava certo: eles não passavam de gado descartável. Mas não, era essa a diferença entre a Alemanha e o país deles: o governo soviético jamais faria algo assim. A vida humana não era comerciável, exatamente aí estava o fundamento do comunismo. Mas Ivan provavelmente responderia que as pessoas não eram postas à venda porque não valiam nada, e por isso os soldados do "glorioso" Exército Vermelho eram largados à morte nos campos.

Yefim estava nessa discussão mental quando o alto e corpulento burgomestre foi entrando e anunciou que procurava três homens fortes para sua fazenda em Karow. O burgomestre passou pelos adolescentes, as bochechas roliças e vermelhas debaixo de uma grenha encanecida que precisava ser aparada, e parou diante de Yefim. Curvou-se para olhar as pernas dele, apalpou os músculos dos braços com os dedos rechonchudos. Yefim não pôde deixar de se arquear.

— Abra a boca — ordenou o burgomestre, a voz retumbando no ambiente silencioso. Yefim queria mandar o filho da mãe rastejar de volta ao buraco dos infernos de onde nunca deveria ter saído.

Mas a verdade é que não queria voltar para o calabouço úmido e, assim, abriu a boca, sentindo-se como um dos cavalos que o pai inspecionava no estábulo. O burgomestre examinou-lhe a boca tão de perto que Yefim sentiu o hálito de cerveja dele. Chegou a imaginar que lhe perguntaria sobre o buraco no lugar do dente superior que havia caído logo depois que ele conseguiu fugir do campo. Mas o burgomestre olhou para cima e perguntou:

— *Jude?*

Yefim teve a sensação de ser transparente para todos ali presentes — o gerente de vendas, o tradutor, os adolescentes da sua terra.

— *Nein* — respondeu, sustentando o olhar do burgomestre. — *Russisch*.

O burgomestre virou-se para o gerente de vendas.

— Tudo certo — disse. — Fico com ele.

Yefim saiu da fila enquanto o burgomestre escolhia um adolescente magro e rijo de pomo de adão proeminente, Anatoly. Como continuava em busca de um terceiro, Yefim arriscou:

— Meu amigo Ivan, aquele ali, era fazendeiro.

O burgomestre olhou para Ivan.

— Mal consegue ficar em pé — objetou.

— Ele só precisa comer — garantiu Yefim.

— Calado! — berrou o burgomestre, estremecendo o ambiente com a voz tonitruante. Aproximou-se de Ivan para examinar melhor. Tocou-lhe os braços e passou em revista os dentes enquanto Yefim se roía de raiva, vendo o amigo ser inspecionado. Por fim o burgomestre decidiu, assinou, pagou, e os três foram conduzidos de volta à carroça em que tinham sido trazidos, rumo a Karow.

O burgomestre revelou-se do tipo genioso. Se algo o contrariava, chutava-lhes a canela, mas, quando aprenderam a manter distância, trabalhar na fazenda em geral não era um problema, com certeza melhor que na Müller Leinz. Não havia guardas, nem cercas de arame farpado, e eles até ganhavam diariamente um copo de leite trazido pela filha do burgomestre, que trabalhava na ordenha. O trabalho já era conhecido de Yefim e Ivan: arar, semear, alimentar os animais, ampliar o novo celeiro antes da próxima colheita, limpar a estrebaria e o curral. Nas estações de maior movimento, havia tanto trabalho que os três *ostarbeiters*, a esposa do burgomestre e a filha ordenhadora mal davam conta. Surtiria mais efeito, claro, se o burgomestre sujasse as mãos nas tarefas da fazenda, mas ele estava sempre ocupado com a "gestão da cidade", embora ninguém soubesse direito o que isso significava.

Yefim, Ivan e Anatoly foram acomodados num depósito de ferramentas adaptado e dormiam em colchões murchos. No início, o burgomestre os trancava toda a noite, mas, depois de um tempo, deixou de se importar. Às vezes os mandava fazer alguma coisa perto da aldeia durante o dia, e à noite eles dormiam sem tranca nem vigilância. Não havia por que se preocupar com uma eventual fuga, pois o problema, como Yefim sabia muito bem, não era como escapar, mas para onde ir. Eles estavam nos cafundós da Alemanha, sem a menor ideia do quanto havia de distância até a frente oriental.

Ivan parecia ganhar peso, o rosto recuperava a cor original. Até que, certa manhã, cerca de dois meses depois da chegada, o burgomestre veio procurá-lo. Disse que precisava que Ivan o acompanhasse até a aldeia vizinha para carregar os sacos de cereais que ia comprar. Yefim queria que o patrão o levasse também — gostaria de conhecer melhor a região próxima de Karow —, mas sabia que não adiantava pedir. Resolveu então sair para o trabalho no campo. Ficou meio preocupado quando o burgomestre não voltou na hora do almoço, pois ele sempre preferia almoçar em casa. Ao anoitecer, Yefim entendeu que algo estava errado. Tentou perguntar à mulher do burgomestre, mas ela repetiu o que o marido já dissera. O burgomestre voltou tarde. No seu caminhão havia um novo trabalhador polonês, e Ivan não estava.

— Devolvi o seu amigo ao mercado — comunicou ele ao ser abordado por Yefim na cozinha. — Eu avisei que ele estava muito fraco.

Ele nunca os havia castigado fisicamente, embora ameaçasse, e Yefim decidiu insistir para saber onde Ivan fora parar.

— Ele é como um irmão para mim. Por favor, me diga.

O burgomestre bocejou.

— Quase não consegui convencer o vendedor a aceitá-lo de volta. Não tenho a menor ideia de quem vai comprá-lo. Agora me deixe em paz. Estou exausto.

Yefim retornou ao galpão, onde o trabalhador polonês sacudia o velho cobertor de Ivan.

Ele queria ver uma última vez o rosto redondo do amigo, com suas sobrancelhas invisíveis, para lhe agradecer por ter ficado ao seu lado durante aqueles quatro anos loucos e ouvir a resposta sarcástica dele. Os dois armariam um plano para se encontrarem se um dia conseguissem escapar da Alemanha.

Mas o fato era que Ivan simplesmente se fora. Yefim nem sequer se lembrava das últimas palavras que haviam trocado. Algo banal, provavelmente. Ele agora perdia seu último elo com o passado, a única pessoa que sabia seu verdadeiro nome. Para todos ali em Karow, ele era Yefim Lisin, um trabalhador russo que veio em um trem de transporte de gado para servir, ao bel-prazer dos senhores alemães.

De pé, ali na igreja, ele gostaria que Ivan estivesse a seu lado. Mas à sua direita estava Anatoly com aquele gogó protuberante, os braços cruzados, os pequenos olhos verdes observando com a apatia dos adolescentes a chegada dos fiéis. Junto dele, o bochechudo e careca substituto de Ivan, Kuba, o polonês, que crescera frequentando as igrejas de Lublin e agora se ruborizava de contrição ante a promessa de assistir ao seu primeiro serviço religioso de Páscoa desde o começo da guerra.

Yefim olhou na direção do que se chamava de altar, como sussurrara Kuba. No banco da primeira fileira, mais devoto que nunca, sentava-se o burgomestre. Era impossível deixar de notar a cabeleira de Mozart, sacudida em cumprimentos efusivos toda vez que outro morador ilustre vinha dar bom-dia. Ele devia estar dizendo *Gut! Gut, mein Mann*, como sempre fazia ao se dirigir a seus três trabalhadores eslavos.

Os portões se abriram, e mais gente veio se espremer na igreja. Os homens usavam terno, as mulheres, vestidos pela altura dos joelhos, com luvas e brincos se destacando dos cachos bem torneados.

Ele reconheceu o carteiro manco, o velho barman de rosto comido pela varíola e que sempre cheirava a cerveja, o garoto ruivo que entregava os jornais de bicicleta e provavelmente não tinha muito mais tempo de despreocupação pela frente, se a guerra ainda se arrastasse por muito tempo. Yefim viu a preocupação nos olhos deles quando a Itália mudou de lado, conforme cresciam os rumores de que os americanos enviavam mais tropas, e o exército alemão perdia Stalingrado e, depois, Kursk e Kiev. A auspiciosa notícia da liberação de Kiev chegara cinco meses antes, trazida por outro *ostarbeiter*, que vinha a Karow para trabalhar na fazenda atrás da velha destilaria. Desde então, Yefim pensava com mais frequência em fugir, embora dessa vez não pretendesse fazer planos até que o Exército Vermelho se aproximasse.

Quando já parecia que Karow inteira estava ali dentro, o órgão começou a tocar. Todos se calaram ante a sonoridade extraordinária do instrumento. O burgomestre costumava se vangloriar de que um dos mais importantes fabricantes de órgãos havia nascido aqui, embora isso não significasse grande coisa para Yefim. Era um colossal monstro dourado formado por vários tubos, logo à entrada da igreja. E o som que emitia se espalhava instantaneamente por todo lado: descendo do teto abobadado, projetando-se pelos vitrais e voltando a subir pelas finas colunas. Ele nunca ouvira música assim, vívida e imensa, em majestosos acordes prolongados que não deixavam espaço para pensamentos mundanos.

Pela atenção concentrada dos paroquianos — até as crianças — voltados para a frente, ele sentiu que estavam todos tomados do mesmo espanto. E embora Yefim nunca tivesse falado com aquelas pessoas e elas nunca reconhecessem sua presença, exceto num eventual olhar de repulsa ou desconfiança, o fato de estar ali, ouvindo o órgão com elas, fez com que ele se sentisse estranhamente em família, como se fossem os *seus* concidadãos, e não seus inimigos ou guardas. Mas aí pensou em Mikhail e se encheu de vergonha. Que diria o irmão se o visse postado ali, entre alemães, numa igreja?

Quando cessou a música, o pastor deu início ao sermão. Falou do despertar da vida na manhã da Páscoa, depois do árduo inverno, de bondade e regeneração. Ao concluir, convocou o burgomestre.

O patrão de Yefim levantou-se e se dirigiu ao púlpito.

— Nesta manhã de esperança — começou, com sua característica voz de cantor de ópera —, acreditamos na vitória e na liberdade da Pátria. Lembrem-se, Deus está ao lado dos corajosos. É o que tem sido comprovado repetidas vezes nos momentos de dificuldade do nosso país. Está chegando o dia em que nosso povo sofrido vai se impor vitorioso ao inimigo.

Povo sofrido. Yefim balançou a cabeça.

O burgomestre sentou-se de novo, e o órgão voltou a tocar. Quando ressoaram os triunfais acordes finais e a música terminou, Yefim ouviu os passos de alguém vindo de trás do órgão. Uma delicada mocinha de cerca de dezessete anos, um raio de sol refletido nos cabelos ruivos, fez rápida mesura diante do público e se retirou esvoaçante, como uma borboleta em seu vestido azul-escovinha. Yefim nunca a vira antes e se perguntou como ainda ignorava a existência de semelhante criatura, depois de oito meses na aldeia. Esticando o pescoço, viu-a sentar-se num dos bancos dianteiros, quando então a cabeça dela — coroada por tranças presas em um coque — desapareceu na multidão.

Encerrado o culto, os paroquianos começaram a se retirar, e Yefim foi ficando, de olho pregado na porta. Achou que não a vira sair, mas olhou para trás, na direção do altar, e deu com ela conversando com o pastor. Ele sorria satisfeito, provavelmente agradecendo-lhe por um trabalho bem-feito. Yefim queria olhá-la melhor e se encaminhou na direção do altar, passando por trás da colunata ao longo da parede, detendo-se para supostamente contemplar a grande pintura de uma mulher de vestido vermelho que olhava enlevada para o céu, com anjinhos rechonchudos e nus brincando aos seus pés.

Dali, dava para ver o rosto da menina de perfil — os cílios longos, o nariz reto, a curva dos lábios. Ela riu de algo que o pastor disse, e a música do seu riso ecoou pela nave como se fosse um minúsculo órgão. Por um momento, voltou a cabeça na direção dele, e a respiração de Yefim ficou presa na garganta. Ela disse alguma coisa ao pastor e, então, como se tivesse percebido algo incomum, virou-se, e seus olhos de reflexos dourados bateram direto em Yefim.

— *Pochli!* Vamos! — chamou Anatoly, cutucando o braço de Yefim. — O patrão está atrás de você.

E o arrastou na direção da saída. Logo antes de sair, Yefim olhou para trás. Mas a menina e o pastor já se dirigiam à porta lateral.

— Acho bom não tentarem roubar nada aqui — soltou o burgomestre. — Eu os trago a uma autêntica Páscoa alemã, e vocês me fazem esperar? Vocês, eslavos, são uns ingratos.

O burgomestre continuou a repreendê-lo o tempo todo no caminho de volta à aldeia, mas Yefim estava acostumado com os excessos do patrão e não dava ouvidos. Pensava, isso, sim, na garota e no olhar que lhe lançara — como se fosse um homem, e não um cão vira-lata.

O burgomestre disse que tinha que participar da caçada ao ovo de Páscoa, mas, quando Yefim perguntou se poderia acompanhá-lo — pois sabia que a mocinha lá estaria —, ele se limitou a responder que não era lugar para *ostarbeiters* e se retirou.

— Para que você quer ver crianças alemãs caçando ovos? — perguntou Anatoly, mas Yefim apenas deu de ombros, desejando que Ivan estivesse ali como confidente.

— Na verdade, eu também gostaria de ver a caça aos ovos — confessou timidamente Kuba, o polonês.

Yefim gostava de Kuba porque sua seriedade e seu temperamento brando compensavam a personalidade cáustica de Anatoly, que gostava de aparentar mais que seus dezesseis anos, mas muitas vezes era apenas pretensioso, e Yefim não sabia — e não queria — bancar o irmão mais velho, para pôr o garoto na linha. Embora fosse filho único, Ivan de algum jeito conseguia lidar melhor com as atitudes de Anatoly, botando-o no devido lugar com autoridade, mas sem ofender. Mas Ivan não estava ali.

— Essa missa bastou para mim em matéria de Páscoa — sentenciou Anatoly num bocejo teatral. — Ainda bem que nos livramos dessa baboseira religiosa inútil.

Kuba suspirou.

— Na Polônia, a Páscoa era meu feriado favorito…

Ao chegar em casa para o almoço de Páscoa e algumas cervejas, o humor do burgomestre estava melhor. Levou até um pedaço de assado de carneiro para a mesa dos trabalhadores, verdadeira iguaria naqueles tempos de restrição.

— Na Alemanha, temos muitas grandes tradições — disse-lhes, agitando os braços como um maestro. — E não falo apenas dos nossos compositores, filósofos e líderes militares, mas das tradições que estão no sangue de cada homem no Reich.

Os olhos injetados do burgomestre ondulavam por cima das cabeças deles, como se o seu público fosse muito maior que os três trabalhadores. Yefim olhava fixamente para ele, os dedos esperando a centímetros do suculento carneiro enquanto o patrão passava seu sermão.

— Somos um povo refinado e benevolente, e nosso papel é ensinar a vocês, eslavos, o que significa levar uma vida de trabalho, determinação e prazer. Por isso decidi que amanhã… — ele fez uma pausa, aparentemente em busca do efeito dramático, mas arrotou com vontade e foi em frente: — … amanhã vocês participarão com o resto do povoado de uma comunhão com a natureza. É a tradição da nossa segunda-feira de Páscoa, quando honramos Cristo, nossa pátria e a nós mesmos.

Yefim não tinha a menor ideia do que fosse uma "comunhão com a natureza", mas não se importava, desde que tivesse uma chance de voltar a ver a garota. Naquela noite, sentiu que ainda ouvia os sons do órgão levados pelo vento.

Na manhã seguinte, o burgomestre tomou a frente de seu pequeno rebanho de domésticos e *ostarbeiters* à saída do casarão de dois andares, no centro do vilarejo. Era um dia fresco. Nuvenzinhas redondas passavam por eles, escondendo e revelando o sol de abril. Na rua principal, todo mundo tinha fechado as venezianas, dando a estranha impressão de que a população inteira tinha fugido. Yefim se perguntou se aquilo seria o que aconteceria se o Exército Vermelho conseguisse entrar na Alemanha.

Eles chegaram ao gramado da mansão, onde ocorrera na véspera a caçada aos ovos de Páscoa. Aqui e ali medravam tufos de relva novinhos querendo crescer. Além do casarão ficava um pequeno bosque de abetos. Yefim nunca estivera ali, e entrar no bosque foi como se estivesse atravessando a fronteira de outro país.

Os moradores se acomodavam em toalhas de piquenique enquanto crianças corriam e brincavam entre as árvores. Uns passeavam pela floresta, outros paravam para conversar com amigos. Vários aldeões passaram por eles de bicicleta, e duas mulheres na faixa dos quarenta vieram em caminhada acelerada, como se se preparassem para uma corrida. Yefim agora entendia o que o burgomestre quis dizer com "comunhão com a natureza", embora houvesse tanta gente na floresta que talvez as pessoas estivessem mais em comunhão entre elas. De todo modo, ele nunca vira alemães tão despreocupados e amantes da vida e não sabia o que pensar. Por um lado, sentia raiva por desfrutarem daquele luxo, enquanto na Ucrânia ninguém podia fazer piqueniques. Por outro, a paz do ambiente o fazia ansiar pelo fim da guerra, para que todo mundo, aqui e lá, pudesse retomar sua vida.

Caminhando atrás do burgomestre, Yefim olhou ao redor em busca da garota da igreja. Viu que o pastor vinha na direção deles.

— Olá, Friedrich! — cumprimentou o sacerdote.

— *Guten Morgen*, pastor — respondeu o burgomestre.

Yefim deu um passo para se aproximar.

— Apreciando as festividades? — perguntou o pastor, com as mãos para trás.

— Muito, muito. É quase como se não houvesse guerra!

— Diariamente nós rezamos pelo fim da guerra… Gostou do culto ontem?

— *Ja, gut!* A sua Ilse é mesmo uma mocinha muito talentosa.

Ilse! Yefim ficou ruborizado ao descobrir o nome.

— Sim, já é uma organista de mão-cheia. — O pastor sorriu.

— Gostaria de lhe falar de uma certa questão — emendou o burgomestre. Vendo Yefim por ali ao se voltar, fez um gesto para despachá-lo.

— Vão para lá com os outros — ordenou a seus três trabalhadores. — Mas não desapareçam. Não quero ter que ir buscá-los na polícia.

Eles nunca tinham se afastado da aldeia desde a chegada, mas, assim que deixaram o caminho de terra na direção das árvores, Anatoly quis se sentar.

— Aqui dá para entrar em comunhão com a natureza — disse, estatelando-se ao pé de um arbusto.

— Vou dar uma caminhada — anunciou Yefim.

— Vou com você — ofereceu-se Kuba.

— Prefiro ir sozinho, se não se importa.

Kuba nunca se ofendia: deu de ombros e se sentou ao lado de Anatoly.

Yefim se afastou, contornando árvores e apreciando a paisagem com o ar mais distraído possível. A garota não estava por ali. Talvez tivesse vindo de outra aldeia para tocar o órgão. E, mesmo que estivesse ali, o que aconteceria? Ele vira panfletos advertindo as mulheres alemãs a ficarem longe de *ostarbeiters*, pois representavam uma ameaça para a pureza do seu sangue. Como era então que ele se aventurava a pensar nela? Já devia estar há muito tempo preso, para começar a sonhar com garotas alemãs.

Ele circundou a área do bosque e subiu uma pequena colina. Dali, via os grupos de aldeões sentados ou caminhando. Se não ouvisse as conversas nem prestasse atenção na ausência de pais e filhos mais velhos, até poderia achar que não estavam em guerra. Aquela segunda-feira de Páscoa era uma estranha miragem de paz, e por um momento Yefim teve a impressão de que estava contemplando um cartão-postal. Mas o instante se esvaiu, e, aguilhoado por um sentimento de culpa, ele se viu perambulando sem rumo entre os inimigos do seu país, enquanto, lá, os seus quatro irmãos e milhões de homens soviéticos lutavam contra eles. Como poderia um dia olhar nos olhos dos irmãos?

Yefim continuou subindo e contornou um abeto dos mais altos. Adiante não havia mais moradores, apenas árvores se elevando na relva fresca, banhada aqui e ali pelo sol. Pássaros chilreavam a distância. Ele caminhou na direção deles, deixando-se guiar pelos pés. Sabia que em algum lugar, lá atrás, o burgomestre tagarelava com todo mundo enquanto Anatoly e Kuba faziam piadas de alemães em voz baixa. Mas não quis se preocupar com o que aconteceria se continuasse andando. Em vez disso, inspirava o cheiro forte dos abetos e sentia no rosto o sol de abril à medida que as vozes se distanciavam. Longe dali, na Ucrânia, esperava que sua família ainda estivesse viva. Nesse caso, talvez um dia pudessem se reunir todos de novo, apertados naquela cabaninha.

Alguém tossiu à sua esquerda. Yefim congelou. Sentada num toco de árvore, a uns dez passos, estava Ilse. Ela olhou para ele e inclinou de lado a cabeça, sob um raio de sol. Assustado, ele deu meia-volta na direção dos aldeões.

— Aonde vai? — ressoou a voz dela entre as árvores.

Ele se deteve, sem saber o que fazer. Sentia as pontas dos dedos que faltavam, mesmo sabendo que não estavam lá. Voltou-se e deu alguns passos na direção dela, tentando parecer tranquilo, como se não tivesse medo do que ela poderia lhe causar. Afinal, havia visto que ele estava se afastando da aldeia. Poderia dizer ao burgomestre que ele tentou fugir.

— Você entende alemão? — perguntou ela.

— *Ja* — arriscou ele.

Ilse levantou-se e deu dois passos na direção dele. Ele não se mexeu. Ela usava um casaco bege sobre o vestido amarelo. Seu cabelo estava preso em tranças à volta da cabeça, o que quase a deixava parecida com as meninas da Ucrânia. Ele viu que tinha na mão caderno e lápis.

— Você também fala ou só diz *Ja*? — fez Ilse, deixando um sorriso irônico iluminar o rosto em forma de coração. Ela era fascinante. Não, aquela garota não ia dar com a língua nos dentes para o burgomestre. Pelo menos ele não queria acreditar.

Mas ele não entendia como ela não tinha medo de falar com ele. Ela devia ter lido os panfletos. E, no entanto, já estava tão perto que ele via os minúsculos pontinhos dourados flutuando em seus olhos castanhos, a suave penugem sobre as sobrancelhas, a pinta no pescoço. Seu rosto estava levemente rosado devido ao ar fresco da primavera, e ele não parava de se perguntar se seria liso como um seixo do mar ou aveludado como pêssego.

Olhou ao redor. Ninguém para vê-los.

— Também sei dizer *Nein* — respondeu. E acrescentou, mais destemido: — Mas nunca à Fräulein Ilse.

Agora ela é que estava surpresa.

— Quer dizer que andou espionando por aí, entendi — disse, balançando a cabeça e rindo com gosto. Seu riso o deixou desconcertado. — E como se chama?

— Yefim. Meu patrão, o burgomestre, a elogiou quando tocou o órgão e mencionou o seu nome.

— O burgomestre? Faço o possível para evitá-lo — disse Ilse, revirando levemente os olhos. Algo naquele gesto fez Yefim ter a sensação de que se conheciam havia algum tempo.

— Por quê? — perguntou.

— Essa guerra foi a melhor coisa para ele. Com todos os outros homens longe, ele se sente o galo do galinheiro.

Yefim lembrou-se do burgomestre se referindo a ela como uma "mocinha talentosa" e sentiu uma ponta de repulsa.

Um galho estalou atrás deles. Sem se dar conta, ele agarrou o braço de Ilse e a puxou para si, para se esconderem melhor atrás de um abeto. O caderno caiu na relva, num murmúrio de folhas. O braço dela era leve, mas surpreendentemente forte, e ele pensou naqueles dedos fazendo música no órgão.

— Olha lá! — exclamou Ilse, soltando-se. Um pássaro saiu voando de uma árvore, e ele ficou embaraçado com a própria audácia.

Não queria que ela visse como ele estava emocionado com ela e aquele encontro.

— Achei que alguém poderia nos ver — explicou. Em sua palma calejada, ficou a lembrança da flexibilidade do braço dela. Ela apanhou o caderno.

— Se estiver com muito medo... — disse ela.

— Você não está?

— Não me importo com as regras deles — respondeu, provocadora. — Quero que todo mundo em Karow vá para o inferno. Ficaram completamente malucos com essa guerra. Você ouviu o que o burgomestre disse? "Povo sofrido", "Deus está ao lado dos corajosos". Os alemães estão começando a perder e, de repente, somos um povo sofrido. Mas não interessa. Você não estava indo embora de Karow?

— Não — respondeu ele, de novo com medo. E se ela o denunciasse?

— Ah, que bom. É bom poder conversar com um ser humano de verdade, e não apenas com meu diário.

— Você não tem amigos?

— Em quem confie? — Ela deu de ombros. — Só mesmo o meu diário.

Ele entendeu. Também não tinha ninguém desde que Ivan se fora.

Ilse fez menção de pegar sua mão aleijada e perguntou:

— Como foi?

Os dedos finos dela roçaram na pele áspera do coto do seu polegar. Havia muito tempo ele não era tocado com aquela delicadeza. Ficou arrepiado. E, assim, de guarda baixa, soltou:

— Nossa unidade estava...

Ilse olhou para ele, surpresa.

Ele se calou, dando-se conta do erro, o peito tomado de pânico. Estava em Karow sob o disfarce de *ostarbeiter*, não como soldado capturado. Era uma diferença muito grande para os alemães. Todo esse tempo Yefim conseguira sustentar a mentira, mesmo depois que o burgomestre devolveu Ivan. Não havia contado nem a Anatoly ou Kuba, e agora, como um perfeito idiota, deixava escapar na frente de uma garota alemã. Seus dedos ficaram dormentes. Se ela o denunciasse, estava perdido.

Os dois se olharam. E Ilse falou:

— Eu estava com a sensação de que havia alguma coisa mais — disse tranquilamente.

— Ilse! — Os dois ouviram uma voz de homem chamando do prado, lá embaixo. — Ilse! Onde você está?

— O pastor Otto — murmurou ela, virando-se apressada. — Eu vou te achar. E não se preocupe, sei guardar segredo.

E saiu correndo. Yefim a seguiu com os olhos, sem conseguir acreditar que algo tão bom estivesse acontecendo com ele depois de tanto tempo.

Passou-se uma semana sem notícias de Ilse. Nada nem sequer para indicar que a lembrança da segunda-feira de Páscoa não era um sonho — o sonho mais proibido no Reich: um judeu soviético conversando com uma garota alemã.

De início, ele só tentava imaginar se ela o entregaria. Toda vez que ouvia alguém entrando pela porta da casa do burgomestre, temia que fosse a *Polizei*. Depois de alguns dias, como ninguém havia ido procurá-lo, Yefim se permitiu confiar em Ilse e percebeu que, por sinal, era o que queria desde o início. Transcorreu então mais uma semana, e a confiança se transformou em impaciência. Ele queria voltar a vê-la, ouvir a voz dela, sentir os dedos macios.

Toda noite, deitado no colchão magro, Yefim sonhava com as coisas que poderia ter dito a Ilse se a tivesse conhecido em momento e lugar diferentes. Imaginava-a na aldeia dele, de pé, junto ao lago, correndo pelos campos de girassóis, balançando sob a macieira no quintal da casa. Encaixou-a tão bem nas lembranças de casa que logo, sem que se desse conta, ela já falava ucraniano, como se de fato fosse apenas mais uma garota da sua aldeia.

Chegou o domingo. O burgomestre lhes dava folga quinzenal aos domingos, e assim Yefim passou a tarde percorrendo a rua principal de Karow nas duas direções, na esperança de encontrá-la, mas, depois de um tempo, os transeuntes começaram a olhar com desconfiança, e ele voltou para a casa do burgomestre.

A segunda semana começou se arrastando.

Até que, certa noite, Kuba entrou correndo no barracão, os olhos arregalados de agitação.

— Vocês não vão acreditar no que acabei de ouvir! O patrão foi convocado. Yefim e Anatoly se sentaram nos colchões.

— Como assim, "convocado"? — perguntou Anatoly.

— Eu estava passando pela cozinha e ouvi o burgomestre discutindo com a patroa. Ele disse: "Se estão precisando de mim, é porque estão mesmo e ponto final. Não precisa se debulhar em lágrimas por causa disso, mulher." E ela disse: "Mas como é que eu vou ficar aqui sozinha?" Aí ele deu um murro na mesa, e eu levei um susto.

— E por que concluiu que ele está sendo convocado? — insistiu Yefim.

— E o que mais poderia ser?

— Kuba tem razão — interveio Anatoly, esfregando as mãos de satisfação. — Me parece que o traseiro gordo do nosso querido patrão finalmente foi convocado! E vocês sabem o que isso quer dizer: os rapazes de Hitler estão fraquejando.

Yefim não se convenceu. O Exército Vermelho podia ter reconquistado Kiev, mas os alemães estariam tão desesperados que precisavam convocar um sujeito de cinquenta e cinco anos que não estava em condições de marchar nem atirar?

Mesmo assim, e se fosse verdade? E se o poder de fogo dos alemães estivesse mesmo esmorecendo e os russos os obrigassem a recrutar até o último homem apto? Nesse caso... nesse caso... Num piscar de olhos, a empolgação esquentou no barraco, e os três *ostarbeiters* se viram sonhando com a volta para casa: Kuba para Lublin, Anatoly para Oryol e Yefim para a Ucrânia.

A noite inteira Yefim se revirou no colchão raquítico. Talvez fosse um sinal de que chegara a hora de tentar fugir de novo. Se o Exército Vermelho estivesse se aproximando, haveria real chance de chegar até ele. Seria maravilhoso voltar para casa não como *ostarbeiter*, mas como um soldado. No escuro do barraco, de repente ele sentia saudade dos treinos matinais e do mingau que Ivan e ele tomavam no exército antes da guerra. Tentava imaginar como ele seria se sua experiência de soldado se resumisse à sensação do uniforme recém-engomado no peito, ao peso do fuzil no ombro, às curvas de Uska nos dedos. Poderia então se considerar valioso ou apenas mais um corpo a ser usado, como Ivan dizia?

Enquanto Kuba e Anatoly roncavam, Yefim não conseguia dormir. O exército ficara para trás havia tanto tempo que ele não imaginava voltar a ser um soldado, no entanto ali estava agora, mentalmente expulsando alemães da Ucrânia e liberando seu povoado ao lado de Ivan. Basya sairia correndo da cabana para abraçá-lo, chorando e grata ao valoroso irmão. As imagens se sucediam diante dele como os filmes de propaganda que passavam no cinema antes da atração principal, mas ele não resistia à doce emoção de sentir como as coisas poderiam ter sido.

Por fim, mentalmente exausto, já caía no sono quando se ouviu algo arranhando a porta. Anatoly virou-se no beliche e continuou roncando, Kuba nem se mexeu, com seu sono mais pesado. Yefim sentou-se. O barulho cessou. Passos se afastaram do barraco. Ele se levantou e foi na ponta dos pés até a porta. Abriu-a e olhou lá fora. Ninguém. Foi quando notou um pedaço de papel que devia ter caído das ripas, junto ao seu pé. Pegou-o e o desdobrou. Viu que era um bilhete, mas estava muito escuro para ler as palavras, e então o escondeu debaixo do travesseiro para esperar amanhecer.

Quando afinal clareou, desdobrou o bilhete, escrito numa folha de papel pautado de caderno, e leu: "Junto ao carvalho do leste está a verdade do alvorecer de amanhã. Eu."

Pelo resto do dia, ele só pensou em Ilse — não podia ser mais ninguém. Volta e meia, trabalhando, olhava para o velho e grosso carvalho que marcava o limite leste da propriedade do burgomestre, meio que esperando vê-la. Mal podia acreditar naquela ousadia de se esgueirar durante a noite para deixar bilhetes por baixo da porta de *ostarbeiters*. E se ela estivesse apenas preparando uma armadilha? Arrumando um jeito de atraí-lo para fora durante a noite para fazer o quê, exatamente? Ele não sabia. O fato de ela reaparecer poderia ter alguma coisa a ver com a notícia da partida do burgomestre? Também não sabia. Era tudo muito estranho. Mas, toda vez que começava a se preocupar com as intenções dela, lembrava-se dos dedos delicados em sua mão mutilada e se convencia de que ela não podia ter más intenções. Mesmo assim, encontrá-la amanhã ao amanhecer seria loucura.

Ao longo do dia, Yefim dava olhadelas no bilhete escondido sob a camisa, esperando o pôr do sol.

Nessa noite, foi cedo para a cama, ainda incerto quanto ao que deveria fazer. Dormiu mal, pensando que era uma ideia terrível arquitetada por uma colegial e acordando de repente com medo de ter deixado passar a hora, de que ela estivesse sozinha no ponto de encontro, humilhada e certamente pretendendo agora denunciá-lo. Quando afinal começou a se dissipar a escuridão da noite, levantou-se e saiu de fininho.

Uns poucos pássaros chilreavam preguiçosos debaixo de um céu azul-escuro sem estrelas. Yefim se encaminhou para o carvalho, tentando pisar leve para não deixar uma trilha no solo recém-revolvido com o ancinho. Apertava os olhos no esforço de distinguir a forma de Ilse em alguma direção, mas ainda estava tudo indistinto. Momentos depois, reconheceu o carvalho alguns metros à frente. Junto dele, viu algo pequeno e branco. Seus batimentos se aceleraram. Ele moderou o passo. E se fosse mesmo uma cilada? Talvez devesse dar meia-volta e sair correndo. O barraco não estava muito longe. Ele hesitava. Foi quando a forma branca se partiu em duas, e ele se deu conta, à medida que se aproximava, de que eram as meias brancas nas panturrilhas finas de…

Ilse correu para Yefim, pegou a mão dele e o levou para trás da árvore. Os dedos dela estavam gelados. Respirava com dificuldade. O rosto em forma de coração parecia monocromático no escuro. Ela dava risinhos nervosos, até que parou, como se estivesse se dando conta de que não planejara o que viria em seguida. E o que veio em seguida foi que Yefim levou à boca os delicados dedos dela e, protegendo-os com as mãos calejadas, soprou-os para aquecê-los.

— Você veio — sussurrou ela.

— Suas mãos estão geladas.

— Mão de menina está sempre gelada — retrucou ela.

Ainda estava escuro para enxergar o horizonte. Quando as mãos dela estavam aquecidas, ele continuou a retê-las.

— Como conseguiu escapulir? — perguntou.

— O pastor Otto dorme feito um urso no inverno.

— Alguém te viu?

— Não, não. Está preocupado?

— Bem… — Fez ele, sem concluir. — Vamos nos sentar.

Ele tirou a jaqueta e a depositou na terra junto ao carvalho.

— Não vai sentir frio? — perguntou ela.

— Não ao seu lado — respondeu ele, mas logo ficou pensando como seria interpretado.

Ilse não pareceu ofendida, e os dois se sentaram, encostados na velha árvore. Os ombros se tocaram, e ele sentiu o perfume floral dos cabelos dela, que caíam soltos sobre o casaco. Por um momento, ficaram em silêncio. Yefim não sabia muito bem o que dizer. Não se aproximava assim de uma garota desde a conversa com Eva na véspera do dia em que a vida virou de cabeça para baixo. Por fim, perguntou:

— Por que resolveu me encontrar?

— Eu já disse: precisava de alguém para conversar.

— Mas é correr muito risco só para conversar — ponderou ele. — E por que nunca te vi antes? Já estou em Karow há oito meses.

— Eu tento ficar longe da aldeia. Não consigo falar com essa gente depois do que fizeram conosco.

— "Conosco"?

— Meu pai e eu. Minha mãe morreu de tuberculose quando eu era pequena, fui criada pelo meu pai. Ele era professor. Uma noite, quando eu tinha oito anos, ele não voltou para casa.

Ilse falava tranquilamente, num tom sério que ele ainda não conhecia na voz dela. Yefim ouvia com atenção, evitando se mexer. Era como se ela fosse um pássaro mágico — não podia assustá-lo.

— Na época eu não sabia, mas ele era comunista e foi levado pela Gestapo. Não sei quem o traiu, mas Karow é pequena, de modo que só pode ter sido alguém daqui, talvez um pai de aluno, não sei. Eu fui adotada pelo irmão da minha mãe, o pastor Otto.

— Como ele é?

— Ele é... — Ela hesitou e acabou soltando, num risinho preso: — Digamos que tem medo do mundo. Você pode achar ridículo, estando tão longe de casa, mas eu já tenho dezessete anos e nunca saí daqui do município.

— Eu também não tinha saído até entrar para o exército — emendou ele, feliz por terem encontrado algo em comum.

— Certo, agora é minha vez de fazer perguntas — disse ela, e ele se contraiu. — Conte o que aconteceu com seus dedos.

Ele hesitou.

— Eu estava estacionado na fronteira, e nós fomos atacados — começou, lentamente, querendo ser sincero, mas sem fazê-la sentir pena.

— E aí?

— Nós fugimos.

Ele achava estranho falar da guerra com ela, do seu povo subjugado pelo povo dela. Ilse deve ter percebido, pois disse:

— Eu sempre me pergunto como deve ser numa batalha. Quer dizer... é preciso ser homem para aguentar?

Ele achou a pergunta bem ingênua, algo que uma garota soviética nunca perguntaria. Devia ser o excesso de proteção da educação do pastor Otto. Deu-lhe vontade de abrir os olhos dela para o mundo, só um pouco.

— Tem muitas mulheres no exército também — respondeu.

— Eu sei. Ano passado uma garota de Karow foi para Berlim trabalhar nas transmissões de rádio. Mas não consigo me imaginar participando dessa loucura. Não tenho temperamento.

— Acho que a maioria não tem temperamento para isso. Tem pessoas que querem experimentar; outras não têm escolha.

— E você?

— As duas coisas, acho — respondeu ele, aproximando-se.

O corpo dela pressionava o seu flanco, e ele sentia o movimento da caixa torácica dela respirando o ar frio da manhã. Queria abraçá-la com força, mas não podia assustá-la. Passou então a respirar em consonância com ela.

— Falam tantas coisas sobre o modo de vida dos outros povos, mas eu nunca sei se devo acreditar — disse Ilse. — Meu pai me deu um pequeno globo pouco antes de ser levado. Disse que um dia ia percorrer o mundo comigo. Eu adoro olhar para ele e sonhar com os países que poderia visitar.

— Espero que o seu pai comunista não lhe tenha ensinado que a URSS é a terra das maravilhas — retrucou ele.

— Você não ama seu país?

— Ah, claro que sim — respondeu ele, tentando ignorar que estava imitando a pose de indiferença de Ivan para impressioná-la. — Mas temos lá nossos problemas.

— Tipo o quê?

— É só um modo de vida diferente. Aposto que você dormiu numa cama a vida inteira, certo?

— Claro.

— Eu cresci dormindo num colchão de palha estendido no chão de terra.

— É por isso que nem liga para esse frio? Olha as suas mãos: agora estão congelando! — Espantou-se ela, tomando-lhe as mãos e levando-as aos lábios.

O hálito de Ilse em seus dedos enrijecidos era como o primeiro dia quente de primavera na Ucrânia, quando os lilases floresciam e as garotas descobriam os braços delicados, e todo mundo ficava até tarde na rua, cantando.

— Sabe, o jeito como você me olhou na igreja… — sussurrou ela. — Ninguém nunca olhou para mim assim.

Ela soltou as mãos de Yefim e repousou a cabeça no ombro dele. Era tão leve que foi como se ele estivesse equilibrando a pena de um pássaro raro. Com todo o cuidado, para não perturbar aquele precioso tesouro, Yefim passou o braço ao redor de Ilse. Agora estava com calor, apesar do ar fresco e da terra fria.

— Nunca fiquei tão feliz de estar num serviço religioso — disse, levantando-lhe o queixo com o dedo. E, então, aos primeiros reflexos de luz no horizonte, pressionou os lábios nos dela.

Durante uma semana, Yefim e Ilse não perderam um só alvorecer. Diariamente, durante uma hora, antes de se delinearem os contornos da fazenda aos primeiros raios de sol, aconchegavam-se atrás do carvalho.

De início, Yefim presumiu que ela se sentia atraída por ele porque talvez parecesse um homem maduro e experiente nos seus vinte e um anos, capaz de lhe mostrar as coisas que tanto ansiava conhecer. Mas, à medida que se entendiam, percebeu que ela precisava, sobretudo, de um ouvido atento. Criada por um comunista e depois um sacerdote, Ilse cresceu com ideias grandiosas sem poder expressá-las, bem no coração da Alemanha de Hitler. Ela falou do absurdo da guerra, dos dirigentes que esqueciam que, por trás das línguas e das bandeiras, todos eram iguais, apenas gente que só queria se vestir, se alimentar e ser amada. Muitas vezes havia em sua voz uma admiração infantil, como se se surpreendesse com as próprias ideias. Ele concordava, aceitando a visão rósea que Ilse tinha das coisas. Na dura realidade em que viviam, eram ideias reconfortantes. E, enquanto ela falava, ele passava os dedos nas mechas macias do cabelo dela e, fechando os olhos, transportava-a da fria fazenda alemã para o calor de um campo de girassóis, mais de mil quilômetros a leste.

— Você não acha que, depois da guerra, nossos povos podem ser amigos? — dizia ela, sonhadora, levantando a cabeça do ombro dele. E ele, fascinado, esquecendo tudo que sempre vira o povo dela fazer, respondia:

— Claro. Somos mais parecidos que diferentes. — E pousava de novo a cabeça dela em seu ombro, apertando-a nos braços.

Ah, se Ivan estivesse ali! Adoraria se vangloriar da sua conquista, muito embora, no fim das contas, não tivesse passado muito, fisicamente, dos beijos nos lábios tímidos e deliciosos de Ilse. Ele havia acariciado a linha curva da espinha dela por cima do casaco; chegou perto dos seios; deslizou os dedos pelo joelho delicado, subindo pela coxa enquanto ela falava. Mas a certa altura parava. Era dissuadido pela inocência dela e por saber que a punição, se fosse mais longe, era a morte e, no caso dela, segundo um dos panfletos que vira, ser conduzida pela aldeia com a cabeça raspada e um cartaz anunciando a todo mundo que fora desonrada por um *ostarbeiter*.

Graças a Ilse, ele ficou sabendo que o Exército Vermelho estava combatendo bem, mas longe de entrar na Alemanha. E assim abandonou a ideia de tentar nova fuga, acomodando-se no lugar do ouvinte que ela precisava que ele fosse. Embora uma hora juntos não fosse muita coisa, a cada dia a separação ficava mais difícil. Com Ilse, Yefim se sentia um homem. Sem ela, não passava de um trabalhador com um segredo.

Na manhã anterior à partida do burgomestre, Yefim, sentado ao lado de Ilse, não juntava força de vontade para se despedir. Contemplando o céu nublado que retardava o alvorecer, concedeu-se mais cinco minutos. Com o braço, envolvia Ilse, que cobria os joelhos com o casaco, enroscada. Ela usava um chapéu de feltro que cheirava a cera de vela, o que o impregnava de certa melancolia, sem que entendesse por quê.

— O que você vai fazer quando a guerra acabar? — perguntou ela.

— Entrar para a universidade.

— Para estudar o quê?

— Não sei. Alguma coisa para trabalhar ao ar livre. Preciso me movimentar e respirar para não me sentir um animal enjaulado.

Ela virou a cabeça e, olhando bem à frente, perguntou:

— Sabe por que o burgomestre vai embora amanhã?

Yefim não entendeu o que a partida do burgomestre tinha a ver com seus planos para depois da guerra.

— Ele foi convocado — disse.

— Convocado? Não. Ele vai resolver algum negócio em Genthin. Não sei bem o quê, mas vai se ausentar por menos de uma semana e eu acho...

Ela hesitou, apertou a mão dele com renovada coragem e prosseguiu:

— Acho que é a melhor chance que você tem.

— Melhor chance de quê?

— De fugir.

Yefim sentiu como se um tiro tivesse sido disparado no silêncio da manhã. O burgomestre não fora recrutado e agora Ilse queria que ele fugisse. Além da cerca de madeira que delimitava a propriedade, um espantalho ria para ele com a boca de feno.

— Eu te ajudo — continuou Ilse.

— Por que você quer me ajudar a fugir? — perguntou ele.

— Você não quer voltar para entrar para a universidade? Você mesmo disse...

— Sim, mas você não respondeu por que *você* quer que eu vá embora. Agora tem medo de que nos peguem?

— Sim — disse Ilse, olhando para o chão e remexendo no casaco. — Isso também.

— O que mais?

De repente ele ficou desconfiado. E se ela não gostasse dele realmente? O flerte, o bilhete poético, os beijos clandestinos — e se fosse tudo para salvar a alma? A raiva lhe foi subindo pela garganta e chegou à boca. Ele queria gritar com aquela menina beata que o enganara. Levantou-se, num ímpeto.

— Você está achando que não vai ter que sentir culpa por essa guerra, quando os alemães perderem, porque ajudou um prisioneiro a fugir? É por isso que vem aqui toda noite, que deixa que eu te beije?

Ela sacudiu a cabeça e disse, quase inaudível:

— Aqui você não está seguro.

Ele agarrou com força o rosto dela, meio azulado à luz da manhã.

— Você disse a alguém que eu sou um soldado? — quis saber, sentindo o prazer de apertar o maxilar frágil da pequena inimiga.

Ele viu brilharem nos olhos dela as lágrimas que pareciam âmbar derretido e deixou cair a mão de lado. Tombou então junto à árvore, cheio de remorso por ter desejado machucá-la.

Ilse disse com toda a calma:

— Assim que o burgomestre for embora, tem gente querendo vir aqui provar que você é…

— Que eu sou o quê?

— Um *jude* — disse ela, e lágrimas rolaram pelo seu rosto.

Yefim se retesou. Pronto, era isso: sua maldição, seu grande segredo, seu veredito fatal. Aquela palavra imunda, ao mesmo tempo trágica e doce na boca de Ilse, ressoando no ar da manhã, lembrando quem ele era, a ela e a todos ali.

— Pois que venham! Não tenho nada a esconder — tentou Yefim, mas imediatamente viu como era inconvincente.

Ilse olhava para o chão, balançando-se para a frente e para trás. Um galo cantou. Os dois ficaram em silêncio.

Era ele quem pensava em fugir antes de Ilse entrar na sua vida, por que então hesitava agora? Sim, sabia que eram praticamente nulas suas chances de se juntar ao Exército Vermelho. Com sorte, uma segunda fuga acabaria em outra delegacia, e ele seria mandado de novo para uma feira de *ostarbeiters*, onde algum empreendedor alemão o compraria como se fosse um animal de tração. Se não tivesse sorte, aí… bem, não adiantava pensar nisso agora. Simplesmente precisava ter sorte, ponto final. Qualquer coisa era melhor que ser apanhado como judeu numa aldeia alemã.

Yefim voltou delicadamente o rosto dela para o seu. À luz alaranjada do crepúsculo, ela parecia mais velha, como a esposa que poderia vir a ser. Ele afastou os fios de cabelo molhados que esfriavam no seu rosto e disse:

— Vou embora esta noite.

Capítulo 11

*Junho de 1975
Crimeia, R.S.S. da Ucrânia*

Nina se sentou no sofá-cama e chorou. Não entendia por que as autoridades não aprovavam sua viagem à Polônia. Ela deveria apresentar seu comunicado sobre a paleogeografia mundial dos fósseis corais na conferência internacional da Academia de Ciências da Polônia. Seria o momento mais importante da sua carreira. Durante meses, preparou os documentos para o visto de saída, respondendo em várias repartições do governo a perguntas humilhantes sobre sua família e a época da ocupação. Mesmo assim, não tinha dúvida de que seria autorizada. Eles não iam fazê-la passar por aquele aperto todo para depois recusar. Assim, deixou-se levar pelo entusiasmo. Imaginava os aplausos dos grandes cientistas da Polônia, da Inglaterra, da França e dos Estados Unidos. Via-se passeando em Varsóvia, desfrutando de sua primeira viagem fora das fronteiras soviéticas.

Nina passou os olhos pelo quarto de Yefim. Era como via o cômodo, desde que as crianças bateram asas e ela se mudou para o antigo quarto delas. Yefim e ela nem precisaram discutir. Dormir separados era conveniente para ambos. Mas, agora, sentada na cama do marido, precisava desesperadamente de companhia, dele ou dos filhos. Só que Yefim estava no trabalho, como sempre. Vita, de repente adulta, se mudara para um vilarejo distante do Uzbequistão para trabalhar numa expedição geológica com Vlad, seu marido alto e bonitão, que havia conhecido no terceiro ano do ensino médio. Andrei estudava psicologia em Moscou, apesar do tanto que Yefim e ela insistiram para que escolhesse uma profissão mais prática do que ficar ouvindo os problemas das pessoas num país em que o problema da maioria era o próprio país. Foram ignorados. Ele parecia ter herdado o temperamento rebelde do pai.

Nina ouviu o rangido do balanço no pátio. A porta da varanda estava aberta, e a brisa quente de verão trazia o perfume da acácia em flor. Um pombo começou a arrulhar. Tudo tão tranquilo. Tão tedioso. Varsóvia provavelmente fervilhava de vida cosmopolita, e ali estava ela, sozinha, em casa, insuficientemente merecedora de confiança para sair do país. Um velho medo de menina órfã voltou-se para ela: sentiu-se oprimida pela mesma solidão dos primeiros meses depois da morte dos pais, quando teve que abrir caminho sozinha numa Kiev ocupada pelos nazistas. Tentou afastar as lembranças dirigindo-se à varanda, de onde poderia ver quais crianças estavam no balanço. Já começava a se acalmar quando viu Yefim virando a esquina. Nina correu para o banheiro para secar as lágrimas do rosto.

Quando ele abriu a porta, ela quis perguntar o que ele fazia em casa tão cedo, mas foi logo soltando:

— Não querem me deixar ir a Varsóvia.

Ele jogou o gorro no chão.

— Filhos da mãe.

— Talvez porque vovô era polonês. Ou por causa das minhas piadinhas nas aulas. Você me conhece, falastrona que só eu. Mas provavelmente é porque andei de gracinhas com os alemães e, portanto, devo ser uma desgraçada de uma espiã.

— Tome como um elogio — disse ele. — Te acham tão importante que é melhor que você fique por perto.

Ela olhou para o marido, querendo que ele de algum modo a defendesse, como fizera o professor em Kiev quando não queriam permitir que ela se matriculasse na faculdade, por causa das ordens de Stalin de não aceitar alunos da zona ocupada.

Mas Yefim ponderou:

— Olha, melhor esquecer a Polônia. Vamos para a Crimeia. Me deram dez dias de folga.

Nina olhou ao redor, desorientada. Em vinte e cinco anos de vida em comum, eles nunca tinham saído de férias sozinhos. Tiveram Vita antes mesmo de se casar, e desde então a vida era só trabalho, filhos, longas expedições no caso dele e escavações de verão ou conferências de paleontologia no dela. Passaram mais tempo separados que juntos. E agora que tinha quase cinquenta anos... a Crimeia, só eles dois? Ela nem sabia como reagir.

— Vamos, arrume suas coisas — pressionou ele.

— Você quer ir já?

— Por que não? Vai sair um trem para Simferopol às seis.

Por que não? Ela olhava para aquele seu marido incapaz de planejar, que abria caminho pela vida improvisando segundo o instinto do momento. Aquele marido que ela conhecia intimamente e, no entanto, não conhecia. Um marido cuja vida muitas vezes parecia avançar paralelamente à sua, sem muitos cruzamentos. Podia ser interessante, pensou. Quem sabe um novo começo para eles.

Enquanto ela juntava as roupas de verão na mala, Yefim disse:

— Mas quero que me prometa uma coisa. Nada dos seus eternos planos, nada de preocupações e organização. Só dessa vez, você vai ter que deixar comigo. *Ladno*?

— *Ladno* — concordou ela.

Ao chegarem à estação ferroviária, não havia filas nos guichês. Mau sinal.

— Bilhetes para Simferopol? — perguntou Yefim, num dos dois que estavam abertos.

— Esgotados.

— Então...

— Para todos os destinos — cortou a atendente.

Nina resistiu à tentação de dizer que era o que acontecia quando não se planejava. Em vez disso, ficou se perguntando o que fariam em casa durante dez dias, os dois sozinhos.

— Espera aqui — disse Yefim, encaminhando-se para o último guichê, reservado a veteranos e militares da ativa.

Ela observava, cética. Em geral, ele fazia de tudo para não recorrer a privilégios de veterano, mas aquela viagem aparentemente significava muito. Seus ombros largos se recurvaram diante do guichê, com a determinação de alguém que sempre estava convencido de que o mundo tinha que ceder à sua vontade. Quando é que ele aprenderia? Só restava agora voltar para casa. Estavam velhos demais para aquelas estrepolias de supetão.

Yefim virou-se do guichê e veio na direção dela com um sorrisinho nos lábios.

— Comprei duas passagens para Simferopol — informou, como se fosse o único resultado possível.

— O quê? Como?

— Um soldado desistiu.

A sorte do marido sempre a surpreendia. O cara podia sofrer um acidente de carro numa estrada do interior, sangrando de morrer, e do nada aparecia um policial que o levava magicamente para o hospital. Podia combater na pior guerra da história da humanidade e sair com apenas dois dedos cortados. Enquanto caminhavam para a plataforma, Nina bateu três vezes na madeira do corrimão, para afastar pensamentos de mau agouro.

Nessa noite, depois que o condutor apagou as luzes, Nina se revirava na cama de baixo do beliche, incapaz de cair no sono. Amanhã deveria estar num voo para Varsóvia. Não conseguia parar de pensar no público da Academia de Ciências da Polônia aplaudindo seu colega Simonov, que estaria encarregado da exposição dela. Simonov, naturalmente, era mais digno de confiança e menos suscetível de desertar ou ser transformado em espião ou qual fosse o grande temor das autoridades. Tudo porque, três décadas atrás, a jovem órfã Nina não teve como deixar Kiev. Era um absurdo culpar uma pessoa por acontecimentos de política internacional.

Quando o trem chegou a Simferopol na manhã seguinte, Yefim e Nina tomaram um ônibus elétrico para o litoral. O ônibus subiu por uma estrada montanhosa, e, quando chegaram ao topo, ela viu encostas verdejantes que desciam em ondas até o reluzente mar Negro. Pela janela aberta, a brisa trazia o cheiro do mar, dos ciprestes e de tomilho crescendo no sol quente. Cheiro de férias.

— Por que nunca fizemos isso antes? — perguntou, de um jeito que até a surpreendeu. Yefim entrelaçou a mão na dela, e ela sentiu o conforto do peso da mão dele.

Com os filhos crescidos e fora de casa, eles podiam dar uma nova chance ao casamento. O caso extraconjugal de Yefim, o vai e volta com o professor, os anos passados no apartamento comunitário — tudo isso agora parecia bem distante. Quem sabe até ela deixasse passar as habituais mentiras de Yefim e seus eclipses durante as longas viagens a trabalho, sem telefonar nem escrever, como se ela não existisse.

O ônibus chegou à cidade costeira de Alushta no início da tarde. Na parada, mulheres ofereciam quartos de hóspedes, e eles acompanharam uma delas até uma casa com quintal onde havia videiras, os cachos de uvas pendendo ao alcance da mão. O quarto ficava num anexo nos fundos, não longe do galinheiro, com duas camas estreitas e um lavatório do lado de fora.

Vestiram a roupa de banho, pegaram as toalhas e foram para a praia. A caminhada era mais longa do que sugerido pela mulher, mas Nina não se importou. Compraram esfirras doces de queijo, as tradicionais *vatruchkas*, e caixas triangulares de leite gelado e foram consumindo no caminho, como faziam quando eram estudantes em Kiev.

Saciados e felizes, caminharam pela esplanada ao longo das praias de seixos. À esquerda, as praias eram separadas por píeres de concreto, todas idênticas: cheias de famílias comendo juntas, crianças fazendo farra na água, gente se bronzeando, fumando, jogando cartas e lendo nas espreguiçadeiras de madeira. Nina estava com calor e queria entrar na água, mas Yefim preferiu prosseguir. Ela acompanhou o marido, tentando deixá-lo tomar as decisões. Ficou feliz quando enfim ele entrou numa das praias, e eles estenderam as toalhas em espreguiçadeiras, não longe da água. Tempos depois, ela sempre lembraria que ele escolhera aquela praia específica.

Yefim correu para a água, e Nina entrou com cautela. Ele se voltou, ameaçando respingar nela, mas ela fez que não com as mãos.

— Nem ouse!

Ela não era boa nadadora e, assim, ficou perto da areia enquanto Yefim nadava mar adentro. A água fria era uma bênção depois da caminhada sob o sol, e, por um momento, ela sentiu uma vertigem por estar no mar. Passados alguns minutos, contudo, desejou que estivesse ali depois da conferência de Varsóvia, e não em seu lugar. Balançava nas ondas entre as avós voltadas para a areia, com suas toucas de natação, os seios robustos flutuando na superfície como balões, enquanto ficavam de olho nos netos, gritando periodicamente "Não joguem seixos!" e "Olha a onda".

Era evidente que nenhuma delas estava perdendo o maior acontecimento de sua carreira. Era aquilo que as autoridades queriam para ela? Tornar-se apenas mais uma *bábuchka*, privada de tudo aquilo que havia construído?

Nina nem conseguia se imaginar como avó, mas, agora, com Vita casada, tinha que estar preparada. A vida parecia se acelerar. Talvez fosse isso mesmo que acontecia com a idade, ou talvez nada mais estivesse mudando em torno deles. Há uma década, viviam sob Brejnev. Talvez o país também estivesse cansado de lutar, de mudar e se reinventar. Talvez também precisasse de férias à beira-mar.

Alguma coisa lhe agarrou as panturrilhas e puxou. Entrou água pelo nariz e pela boca. Seus braços se debatiam. Os sons humanos da praia desapareceram. Ela chutou até liberar as pernas. Voltando à superfície, tossiu, os olhos e a garganta ardendo por causa do sal.

— Te peguei! — Yefim estava rindo.

Ela cuspiu a água do mar e afastou o cabelo molhado dos olhos.

— Ficou maluco? — berrou, assim que conseguiu. Às vezes não entendia como aquele homem acabara se tornando seu marido. Já passava dos cinquenta anos, mas ainda se comportava como um menino que só pensava no momento presente.

— Relaxa! — disse ele. — Estamos de férias!

Nina sentiu o olhar de curiosidade das avós. Por um instante pensou em botar banca, mas, embora detestasse reconhecer, Yefim tinha razão. Precisava tirar a cabeça de Varsóvia.

— Relaxar, né? — gritou, e, dando as costas a Yefim, começou a jogar água nele com toda a força. Ele devolveu, e, apesar de saber que as avós continuavam olhando, ela não se importou mais.

Ao saírem da água, os dois se estenderam nas espreguiçadeiras. Ela sentia uma dor agradável nos braços. Cobriu o rosto com o chapéu, e ele pôs a camisa sobre os olhos. Não demorou, e Yefim estava cochilando, mas Nina não conseguia dormir. Sua mente captava pedaços de conversa ao redor, em ucraniano e russo. Ela se sentou para contemplar o mar. Três gaivotas pairavam sobre a água. Alguém lhe dissera um dia que os melhores momentos para nadar no mar Negro eram a primeira e a última hora de sol. Quando Yefim acordasse, ia sugerir que voltassem ao nascer do sol.

— Nina Pavlovna? — Ouviu ela numa voz familiar e, sem acreditar que aquilo estivesse ressoando naquele mundo de mar, seixos e avós, agarrou a mão do marido, em pânico.

Yefim sentou-se.

— O que foi?

Meio esperando que tivesse adormecido e estivesse apenas sonhando, Nina se levantou para cumprimentar o professor.

Ele estava de pé à sua frente, não tão alto quanto fora um dia, parecendo estranhamente indecente numa bermuda, de camiseta e as pernas de fora. Sua mulher, Olga Yurievna, a cabeleira já quase toda grisalha, segurava-o pelo cotovelo, como se temesse que ele viesse a cair.

— Nesse mundão sem fim, tínhamos que nos encontrar em Alushta! — dizia o professor, enquanto Nina tentava desesperadamente arrancar a toalha debaixo dos pés de Yefim para se cobrir.

— Minha nossa, Osip Yefremóvich, o que está fazendo aqui? — gaguejou ela. — Olga Yurievna, não sei se se lembra de mim. Que bom vê-los de novo. Meu marido, Yefim.

Nina ficou em dúvida se tinha acertado na etiqueta de quem devia ser apresentado a quem. Achava que a pessoa menos importante devia ser apresentada à mais importante, mas não sabia decidir quem ali era mais importante.

O professor e Yefim apertaram as mãos.

— Chegamos hoje mesmo — disse Nina, sem conseguir olhar para as mãos dos dois se tocando.

Olga Yurievna olhava de Nina para Osip Yefremóvich e de volta, e, por um momento, Nina viu a cena pelos olhos dela: o jeito como o marido se inclinava um pouco ansioso demais na direção da antiga pupila, a atrapalhação de Nina com a toalha, dando as costas ao marido. Nina tentou soltar os ombros e se comportar mais informalmente. Afinal, não tinha nada a esconder.

Ela vira o professor pela última vez há mais de um ano. Fora a Kiev a trabalho e soube que ele estava internado para uma operação no olho. Pegou emprestado o jaleco branco da amiga médica e correu para o hospital. Ninguém a deteve, e ela entrou no quarto dele. Havia um curativo no seu olho direito. Quando ela apertou a mão dele, ele riu.

— E Olga Yurievna não conseguiu dar um jeito de entrar.

Não aconteceu nada escandaloso — havia muito tempo eles eram amigos e não falavam das velhas paixões —, mas ainda assim ela não mencionou a visita a Yefim, e imaginava que o professor tampouco dissera nada à esposa. Era o segredo deles, inocente e precioso.

— O que está fazendo aqui? — perguntou Osip Yefremóvich. — Você não deveria estar em Varsóvia? Eu posso estar aposentado, mas continuo sabendo de tudo.

Ela percebeu um fundo de admoestação na voz dele e sentiu como se tivesse sido flagrada matando aula com um garoto. O professor depositara muitas esperanças nela ao longo dos anos, orientando-a na pesquisa, na pós-graduação, na dissertação, no trabalho em Donetsk — e ela ali, de galhofa na praia, sem credenciais para ser mandada para a Polônia.

— As crianças saíram do ninho, e eu tive alguns dias de férias para variar — interveio Yefim, e Nina ficou grata por sua animada naturalidade.

— E a exposição?

— Será lida por Simonov — respondeu Nina, esperando que ele pudesse interceder em seu favor, como fizera tantos anos antes. — Não consegui autorização...

— A exposição é o mais importante — disse o professor. — Todo mundo vai saber que é seu. Não se sinta atingida por essa mesquinharia burocrática.

Ela riu.

— Até que as praias da Crimeia não são más como opção — disse, agora menos desconcertada com o súbito encontro. — Eu nunca tinha vindo. Yefim, como sempre, deu sorte, e até conseguimos duas passagens de trem.

— Eu soube que estava tudo esgotado. Parece que o país inteiro veio para a Crimeia.

— Um soldado devolveu duas passagens — explicou Yefim.

— Ah, sim, agora lembrei que você é um veterano — emendou Osip Yefremóvich, e voltou-se para a mulher, que ainda lhe sustentava o cotovelo, enquanto Yefim fazia o gesto de sempre, significando que não é nada de mais ser um veterano. — Olechka, Yefim também foi aluno do nosso departamento. Nosso rei dos coletores, lembro bem.

A esposa assentiu, com a indulgência das mães preocupadas com algo mais importante, e Nina de novo se sentiu diminuída ante aquela mulher de lábios finos e expressão severa, os cabelos grisalhos presos num coque *à la* mulher de Lenin, a reticência precavida. Elas não tinham nada em comum. E, vendo o cotovelo de Osip Yefremóvich preso em seus dedos já envelhecidos, Nina entendeu com inédita clareza que jamais poderia ter sido mulher dele.

— Onde estão hospedados? — perguntou o professor enquanto Nina se aproximava mais de Yefim. — Estamos no Hotel Krymski, na colina junto ao parque. Que tal nos encontrarmos para o jantar? Tem uma cafeteria com vista.

— Você precisa dar uma descansada, querido — interferiu a esposa. — Foi um pouco de sol demais para um dia só.

— Sim, sim — concordou ele. — Amanhã, então?

Nina fez que sim. O professor e a mulher se despediram e se afastaram, com os seixos rangendo sob os pés.

Nina e Yefim se calaram. Atrás deles, o sol descia para as montanhas. O mar estava mais calmo, as ondas lambiam suavemente a areia. Uma tira delgada de nuvens pairava no horizonte. Nina estava embaraçada, como se tivesse combinado o encontro. Temia que Yefim dissesse algo desagradável sobre o professor. Podia chamá-lo de "velho sedutor safado" ou, pior, perguntar se andavam se encontrando esses anos todos.

— Amanhã vamos a Lazurnoye. — Ele acabou propondo. — Dizem que é um vilarejo com uma enseada agradável. Não deve estar apinhado de gente como aqui. Mas, se quiser, podemos ficar mais uma noite para jantar com eles.

Ela mantinha os olhos no mar, ainda não estava pronta para lhe mostrar o rosto. Ele correu para a água e desapareceu.

**

Eles não ficaram uma noite a mais. Nina telefonou para o hotel e deixou mensagem, comunicando ao professor que tinham que partir para Alushta. Sentia-se ao mesmo tempo culpada e aliviada. Yefim não voltou a falar do professor. Talvez tivesse esquecido aquela primeira briga com ele, no verão em que se conheceram. Um pouco mais tarde, ela se achou boboca, uma mulher de cinquenta anos embaraçada por causa de uma paixonite antiga.

De manhã, tomaram o ônibus para Lazurnoye, e foi como Yefim havia dito, um povoado tranquilo com uma pequena enseada. Comeram lagostins e beberam cerveja. Nina se perguntava se o professor estaria aborrecido com ela por ter ido embora ou se, pensando bem, também não se arrependera do convite para o jantar.

Não havia hospedagem em Lazurnoye, e, assim, à tarde, eles caminharam até um tranquilo lago na montanha, cercado por uma floresta e gigantescas rochas arredondadas, e ali passaram a noite. Era um paraíso de pássaros, grilos, rãs coaxando e peixes em abundância nas águas cor de esmeralda. Os picos das montanhas ao redor se refletiam na superfície do lago. Yefim estendeu as roupas deles num ponto não longe da água e disse que podiam se cobrir com as toalhas à noite, quando esfriasse.

Muitas vezes os dois tinham passado a noite ao ar livre nas respectivas expedições, mas nunca juntos. Deitada ao lado dele, vendo o céu escurecer, com a Via Láctea perceptível entre os galhos, Nina lembrou-se do primeiro verão que passaram juntos na escavação em Stany e pensou como era estranho que se tivessem se passado vinte e cinco anos. Um quarto de século. E agora estavam ali, juntos e sozinhos sob as estrelas.

Voltaram-se um para o outro, e Nina sentiu o calor da respiração de Yefim na ponta do nariz, até que a mão dele desceu pelo quadril dela, e ela estava unida aos pinheiros, aos grilos e ao homem que não era exatamente desprendido e sincero como ela pensava, mas que *estava* ali, era seu e, ao contrário daquela primeira noite na Colina dos Amantes, mostrava-se entregue, afetuoso e presente. Nem por um momento ela pensou no professor.

Dois dias depois, tendo visitado Ialta, com suas palmeiras onipresentes, e mandado cartões-postais para Andrei, que estava no dormitório em Moscou, e Vita, na aldeia uzbeque, eles pegaram a barca para Kerch, cidade antiga outrora ocupada pelos antigos gregos. No porto, pegaram uma brochura sobre as recém-inauguradas pedreiras de Adjimushkay, onde os alemães cercaram mais de dez mil soldados e civis soviéticos. Ela achou que Yefim não ia querer fazer a visita, mas, para sua surpresa, ele concordou.

Era a manhã de um dia de semana quente, e havia mais quatro pessoas no grupo. O guia, um rapazola sardento de voz nasalada, distribuiu lanternas e os conduziu por uma das mais de mil entradas usadas pelos soldados durante os cinco meses do cerco alemão.

As grutas eram frias e úmidas. Apesar da experiência em escaladas, depois de tantos anos trabalhando em pedreiras e sítios de escavação, ali no escuro Nina se permitiu buscar o apoio da mão de Yefim. Desceram algumas escadas e passaram por uma longa e estreita galeria, onde foram obrigados a se agachar. A respiração dificultosa dos visitantes ecoava no escuro.

O corredor os levou a um espaço quadrado cujo teto cinza-escuro roçou o alto da cabeça de Yefim. No centro havia uma mesa de metal com um mapa das catacumbas.

Nina estava de pé junto a Yefim, e o guia começou a explicar que a pedreira foi usada inicialmente pelos *partisans*, em 1941. Até que, durante a ofensiva da Crimeia em 1942, os alemães cercaram um importante regimento. Desde o primeiro dia da operação de defesa, o maior problema dos soviéticos foi a água. No início, eles saíam das grutas para extrair água dos poços, apesar de fortemente guardados, e as tentativas sempre acabavam com baixas. Mas, em dado momento, os alemães decidiram encher os poços de cadáveres e equipamentos inutilizados, e assim os soviéticos aprisionados se viram obrigados a extrair água das paredes das grutas, usando pedaços de cabos telefônicos alemães para sugar gotas de água da rocha calcária.

Nina ouvia a voz decidida e nasalada do guia falando dos milhares de pessoas que tinham morrido ali sufocadas, de fome ou esmagadas por rochas que caíam. Era difícil respirar direito diante de tanto horror. Não podia haver nada pior do que ser enterrado vivo naquelas cavernas.

Ela ainda estava abalada muito depois de terem retornado à superfície e tomado o ônibus de volta à cidade, onde entraram num hotel e perguntaram se havia quarto. A recepcionista disse que estavam todos ocupados, mas deve ter percebido a mão mutilada de Yefim, pois perguntou:

— Veterano?

E, quando ele assentiu, magicamente ela encontrou um quarto disponível no fim do segundo andar.

Nina ficou feliz por finalmente pôr os pés para cima, mas não conseguiu dormir.

— Vamos ver as ruínas gregas à tarde — propôs Yefim. — Para nos animar um pouco.

Do jeito como ele falou, não parecia que precisasse se animar. Nina não podia deixar de pensar que a experiência da guerra o tornara insensível. Ele só sabia viver o momento. Jamais falava do futuro ou do passado. Nem dos pais e irmãos, nem da guerra, nada. Como se tivesse simplesmente fechado a porta e seguido em frente. Até Andrei e Vita sabiam alguma coisa da fome, da repressão e da guerra por meio dela, e não por ele. Mas ela não era como ele. Queria que ele revivesse com ela o sofrimento dos anos de guerra.

Ela olhou para uma mosca que estava caminhando no teto e perguntou:

— Já te contei a história da galinha?

— Da galinha preta que você tinha na infância?

— Não, essa foi depois, em 1943. Eu trabalhava numa usina de processamento de carne de aves. As galinhas iam para os alemães, mas nós podíamos ficar com cabeças, pés e tripas. O guarda ficava de olho para nenhuma de nós levar uma galinha debaixo do vestido. Aí, exatamente nessa época, meu amigo Vásia Varavva se envolveu com os *partisans*. Como eu morava sozinha, ele escondia pacotes comprometedores no meu armário. À noite, alguém ia buscar. Às vezes havia fuzis alemães nesses pacotes. Não sei onde ele os conseguia nem a quem entregava. Um dia, minha amiga Galina, que distribuía as galinhas, disse que queria ajudar os *partisans*, mas que não conhecia nenhum, e eu falei dela para o Vásia. Ele disse que não seria ruim conseguir material para curativos. Sabe o que a Galina fez? Da vez seguinte que chegou um alemão para a coleta, ela inventou uma história de que a mãe estava doente e precisava muito de materiais de curativo e que, se ele conseguisse, ela lhe daria uma galinha a mais. Aí o alemão e vários amigos dele começaram a nos levar remédios, ataduras e gaze, e ela pagava com uma ou duas galinhas extras. Nós então levávamos tudo aquilo e escondíamos no meu armário. Foi o mais perto que eu cheguei dos *partisans*.

A mosca levantou voo do teto e ficou zumbindo em volta da lâmpada.

— Você nunca me contou que se envolveu com os *partisans* — comentou Yefim, parecendo um pai reprovador. — Podia ser perigoso.

— Eu não me envolvi de fato. Podia ter feito mais, mas não fiz. Não tinha coragem.

— Por que se lembrou disso agora?

— Porque entendi que Vásia e Galina podiam ter vivido naquela pedreira horrível, mas eu não.

Yefim se calou, a expressão grave, e ela não sabia ao certo se ele tinha entendido.

O que Nina realmente gostaria de lhe contar era o que havia acontecido logo antes do trabalho na fábrica. Depois da morte da sua mãe, a vizinha Zina a ajudou a encontrar trabalho. Estava tudo nas mãos dos alemães, e, embora faltasse um pouco para concluir o segundo grau, ela conseguiu um emprego de secretária numa pequena construtora. No escritório havia dois sócios alemães e vários trabalhadores poloneses que entravam e saíam. O sócio principal parecia a Nina o perfeito Fritz: a barriga de cerveja pousava feito uma bola no alto da perna pela metade, amputada por causa de uma explosão na Primeira Guerra Mundial. O trabalho era fácil, pois ela dominava bem o alemão escrito. E além do mais tomava um prato cheio de sopa de ervilha com os trabalhadores poloneses, uma verdadeira dádiva naqueles meses de fome. No fim das contas, era um bom emprego para uma menina órfã.

Quando o dono apareceu com um pudim trazido da Alemanha, Nina não recusou. Doces eram algo inconcebível na época, e ela não se preocupou muito com o fato de ele estar oferecendo a ela. Afinal, era uma boa secretária. Até que um dia o chefe levou uma barra de chocolate, e, quando ela a pegou, a mão dele esbarrou no seio dela, como se tivesse sido sem querer. No dia seguinte, quando se cruzaram, ele lhe deu uma palmada na bunda, de brincadeira. Zina disse que era assim que os alemães tratavam as secretárias e que ela aguentasse as pontas: o trabalho era limpo, a comida era farta e Nina precisava do dinheiro.

Depois de algumas semanas disso, contudo, o alemão chamou Nina. Disse que tinha recebido uma carta da mulher, no Reich, autorizando que Nina se tornasse sua amante. Ele agitava a carta, nervoso, e Nina, ali na frente dele, pensava que só podia ter entendido errado.

— Eu escrevi para ela dizendo que você é uma menina boa e educada, uma órfã, muito trabalhadeira — disse ele, entregando a carta a Nina. Enquanto ela lia, ele meteu a mão por baixo do seu vestido e começou a apalpar; em seguida, abriu um sorriso afetado e disse que ela voltasse à noite, quando o sócio não estaria mais na sala ao lado e eles poderiam ficar sozinhos. Ela correu para casa e contou a Zina. Elas decidiram que ela teria que encontrar outro emprego, mas, dois dias depois, ela foi convocada à agência de empregos do governo. Estava sendo recrutada como *ostarbeiter* para trabalhar na Alemanha.

Ela não contou nada disso a Yefim. Não queria que a imaginasse sendo bolinada pelo alemão manco e aguentando, assustada e faminta demais para dar um tapa na mão dele. Pensar que ela chegou tão perto de se transformar num "saco alemão", como chamavam as garotas que saíam com oficiais inimigos... Nina ainda se sentia suja pela simples lembrança.

Como foi capaz de pensar que o governo a deixaria ir a Varsóvia?

Yefim se sentou na cama. Seus olhos escuros fulminavam-na, como se ela estivesse obrigando-o a confessar a própria covardia. Nina vacilou, pois — e isso a perturbou ainda mais — não queria ouvir. Era como se o casamento deles dependesse de ele não lhe contar o que quer que estivesse lembrando.

Yefim levantou-se e caminhou até a janela. Ficou olhando para a rua atrás do hotel, onde uma árvore projetava sombra numa lata de lixo.

Até que se virou e disse:

— Você está dizendo que se acha covarde, Nina. Mas é besteira. Coragem é uma questão de oportunidade. Se fosse obrigada a se esconder naquela pedreira para sobreviver, não pensaria duas vezes. E, se os seus pais não tivessem morrido, talvez tivesse feito mais pelos *partisans*. Ou talvez ficasse com medo pela sua mãe e não escondesse nada no armário.

Aliviada por ainda estarem falando dela, ela persistiu:

— Você não entende. Você não era um civil. Era um soldado cumprindo seu dever. Mas nós... nós éramos mulheres indefesas esperando que o Exército Vermelho viesse nos salvar, enquanto limpávamos tripas de galinha para nossos captores. E não interessa se estávamos ou não colaborando com o inimigo, pois depois o código no nosso passaporte informava a todo mundo que estávamos mesmo.

— Cumprindo nosso dever. — Ele abriu um sorriso forçado. — Ora, por favor. As coisas não eram tão diferentes no exército.

Ela não entendeu muito bem o que ele quis dizer, mas ele pulou na cama e disse:

— Não vou deixar você ficar aí justificando por que não merece viajar para o exterior. Você sempre entende muito bem o que está por trás dessas merdas deles, é uma das coisas que eu sempre admirei em você. Mas dessa vez está se deixando levar. Dá para ver claramente. Está se culpando.

Ele lhe estendeu as mãos e sorriu.

— Chega. É o último dia das nossas férias, e você prometeu que faria o que eu dissesse. Vamos sair.

— Tudo bem, mas só se prometermos mais uma coisa.

— O quê?

— Que não vai mais haver mentiras no nosso casamento — disse ela.

Yefim baixou os olhos. Em seguida, ajoelhou-se junto à cama, pegou a mão dela e a beijou.

— Trato feito — disse, e ela sentiu uma vertigem de esperança.

Lá fora, começara a ventar, a cidade se refrescava, e Nina ficou aliviada de sair daquele quarto de hotel.

Nessa tarde, caminharam pelas ruas de paralelepípedos de Kerch e comeram melancia. Observaram os navios entrando e saindo do movimentado porto. Não falaram das grutas nem da guerra, tentando imaginar se Andrei se adaptaria em Moscou e quanto teriam que esperar até Vita e Vlad lhes darem um neto. À noite, voltaram de ônibus para Donetsk.

Nina ficou feliz de estar em casa. Instalou-se de novo no quarto de Yefim, onde eles dormiam no sofá-cama. Depois de anos vivendo juntos em função dos filhos, ela sentia que podia confiar nele, o que fazia o vínculo parecer mais generoso e verdadeiro.

Com um entusiasmo que não sentia desde que haviam decorado a primeira casa nas imediações de Kiev, antes do nascimento de Vita, Yefim e ela se dedicaram à tarefa de limpar o ninho deles. Separaram e puseram de lado as coisas velhas de Vita e Andrei, abrindo espaço para seus livros, suas roupas e lembranças das expedições. Certa tarde, limpando a pasta de couro com os documentos de Yefim, que acumulava poeira debaixo da cama sabe-se lá havia quanto tempo, Nina o viu ir até a varanda para bater o pó dos tapetes. Seu tronco ainda forte estava nu e bronzeado, e ela pensou: *"Tenho um marido em quem posso confiar."* Era como se visse a nova vida deles se estendendo confortavelmente à sua frente.

Uma semana depois, contudo, Yefim disse ao chegar em casa que estavam mandando-o para a taiga. Haviam descoberto um novo lençol de petróleo na Sibéria, e ele teria que traçar a rota dos dutos. Fez-lhe uma carícia no rosto e disse que ficara muito feliz de terem ido juntos à Crimeia.

Então pegou o avião, e Nina não teve notícias dele durante dois meses.

Capítulo 12

*Janeiro de 1945
Niegripp, Alemanha*

Quase um ano depois de fugir da fazenda do burgomestre, Yefim ainda sonhava com Ilse. Quando caía no sono em sua cama elástica, na cabana de madeira atrás da oficina mecânica de Herr Mayer, ela surgia, os cabelos castanho-ruivos soltos, a voz sussurrando na noite. O rosto dela sempre estava mergulhado no escuro, e ele sabia, com a certeza que só se tem em sonhos, que, se pudesse pelo menos ver o âmbar dos seus olhos na luz, eles estariam em segurança e seriam felizes. Mas, quando encontrava uma lanterna, ela havia ido embora, e ele acordava enrolado no cobertor velho e comido pelas traças que seu novo patrão alemão tivera a bondade de providenciar.

Yefim não voltou a ver Ilse depois que ela avisou que estava na hora de fugir de Karow. Embora se perguntasse muitas vezes o que lhes teria acontecido se houvesse ficado, ele não se arrependia de ter ido embora. Inicialmente, depois da fuga, rumou para a Frente Oriental, para o caso de o Exército Vermelho ter entrado na Alemanha. Pensou que, sob certos aspectos, seria mais fácil viajar sozinho, sem precisar se preocupar com Ivan: podia avançar com mais rapidez, fazer silêncio e evitar tomar decisões que o levassem a ser capturado. Mas, à medida que avançava pelo centro da Alemanha, ficou evidente que a parte mais difícil de fugir sozinho era não precisar cuidar de ninguém. Sem as provocações de Ivan e a lealdade naqueles olhos cinzentos, quase não fazia sentido voltar ao exército. Afinal, ninguém o entendia tão bem quanto Ivan.

Depois de três dias caminhando, Yefim foi capturado pela *Polizei*. Felizmente, dessa vez não o espancaram. Pelo que dava para perceber, eram tantas as fugas que eles não se davam mais ao trabalho de punir ninguém. Ele foi mandado para o mercado de mão de obra, onde mais uma vez teve sorte. Em vez de ser escolhido para uma fábrica ou mina, foi vendido a Herr Mayer, dono de uma oficina mecânica em Niegripp, onde há oito meses aprendia a trabalhar com máquinas. Era conhecido como Yefim Lisin, e ninguém parecia se preocupar se era judeu, talvez porque, àquela altura da guerra, fosse inconcebível que um judeu de vinte e dois anos caminhasse pela Alemanha sem ter sido apanhado.

Muitas vezes ele ainda fantasiava um reencontro com Ilse. Afinal, Niegripp ficava apenas quarenta quilômetros a oeste de Karow, e, se os dois sobrevivessem à guerra, talvez… Talvez o quê? Yefim não sabia. Tentava imaginar um mundo em que fosse possível estar com Ilse, mas não conseguia. Mesmo assim, se pelo menos a guerra acabasse, haveria um *talvez*.

Ele ficou sabendo que o Exército Vermelho rechaçara os alemães na Bielorrússia, nas repúblicas bálticas e até em Varsóvia. Enquanto isso, os Aliados haviam liberado Paris. Os alemães não tinham como sobreviver ao cerco das duas forças inimigas, e ele se perguntava quando o seu exército chegaria àquela aldeia às margens do Elba.

Embora Niegripp fosse relativamente calma quando ele chegou no verão anterior, ultimamente, nessas primeiras semanas de 1945, o grasnido dos gansos que hibernavam nessa região ribeirinha dava lugar cada vez mais aos silvos ameaçadores dos bombardeiros britânicos e americanos.

Por sorte, Niegripp propriamente não era um alvo. Com apenas três ruas, uma igreja encimada por uma longa torre escura, uma escola de tijolo aparente com abrigo antiaéreo e uma mercearia onde os moradores faziam fila com seus cartões de racionamento, o povoado não tinha importância para os Aliados. Yefim temia que a oficina de Mayer, um dos raros estabelecimentos comerciais de Niegripp, atraísse a ira do inimigo, mas o patrão lhes garantiu que eram muito pequenos para despertar interesse.

A oficina era uma longa construção de tijolos de apenas um andar, que cheirava a madeira, óleo e alcatrão. Situada num beco sem saída, tinha três janelas amplas que davam para um pátio cercado por um muro de tijolos, fazendo-a parecer uma pequena fortaleza. Yefim trabalhava nas peças de metal enviadas a uma outra fábrica para serem montadas — sem dúvida por outros prisioneiros, talvez até Ivan, quem sabe? — e transformadas em máquinas para matar seus compatriotas. Talvez essas máquinas fossem um tanque, talvez um bombardeiro. Nunca lhe disseram. Em suas mãos, naquele fim de mundo, as pequenas peças pareciam inocentes, meros pedaços de metal. Mas ele sabia. Objetos fabricados com tanta precisão não seriam usados em bicicletas.

Nos três anos que passou trabalhando para os alemães, foi a ocupação mais dúbia que teve. Mesmo assim, num momento em que o Exército Vermelho fazia os alemães recuarem, ele mantinha o sentimento de culpa sob controle, pensando que as pequenas peças que fabricava não mudariam muita coisa. Se estivesse ali, Ivan concordaria. Com certeza era melhor que trabalhar diretamente para o exército de Hitler ou lutar com Vlasov contra soldados soviéticos.

Os Mayer moravam do outro lado da rua, em frente à oficina, numa casa com uma janela de telhado que a Yefim parecia um gigantesco olho. Um casal estranho. Herr Mayer era alto, de ombros largos, com resquícios da força da juventude nos braços, mas cerradas costeletas grisalhas e um barrigão volumoso que o puxava para a frente como o velame de um barco. Sua mulher, Marie, era pelo menos dez anos mais jovem e muito mais baixa, com grandes olhos cinzentos e maternais.

Tinham dois filhos: Wilhelm, de dois anos, que vivia espirrando e fungando, e Marcel, de seis anos e cabeleira escura, sempre muito interessado no vaivém da oficina. A única coisa que Marcel tinha do pai eram os cabelos negros; o resto — o focinho de ratazana, a pouca altura — era de Marie. Mas o que não tinha em força física ele compensava em perseverança. Volta e meia tentava se introduzir na oficina, apesar da proibição dos pais — provavelmente, desconfiava Yefim, por não quererem o menino por perto de trabalhadores soviéticos.

Embora nunca interagisse com Marie ou os filhos, Yefim acabou acompanhando suas vidas com interesse. Os meninos o lembravam da infância, quando suas preocupações juvenis muitas vezes se sobrepunham aos acontecimentos graves e assustadores do mundo exterior. Ultimamente, Yefim tinha mais dificuldade de se recordar da voz dos irmãos, do rosto dos pais ou do jeito como Basya cantava à noite, mas observar os Mayer trazia recordações inesperadas. Certa manhã, vendo Marie na sacada a escovar o cabelo desgrenhado de Marcel, veio-lhe a lembrança das vezes em que sua mãe, quando ele estava com piolho, colocava-o sentado e catava os insetos, para em seguida envolver sua cabeça numa toalha embebida em querosene. Lembrou-se do calor do corpo dela debruçada sobre ele e da alegria daquele raro momento de intimidade, sem mais ninguém por perto.

De outra feita, na temperatura amena de uma manhã de janeiro, Marcel saiu de casa para chutar uma bola de couro curtido contra a parede de tijolos da oficina. Observando-o pela janelinha empoeirada, Yefim se lembrou do dia em que jogava futebol com Naum e Georgiy, e os três saíram correndo descalços pela plantação de batatas, atrás do curral. Jogavam com uma bola feita com uma velha camisa de trabalho retorcida e endurecida na lama. Na época, Mikhail estava no exército, e Yakov lia alguma coisa num toco de árvore, recusando-se a entrar no jogo, embora fosse melhor se jogassem os quatro. Agora, ali na oficina, ele gostaria de poder sair para jogar com Marcel.

Yefim ouviu o ronco de motores de avião se aproximando. Marcel tirou os olhos da bola e viu dois B-17s americanos em formação com uma escolta de quatro aviões de combate, que de repente foram atacados pela Luftwaffe. Yefim saiu correndo para o pátio. O menino estava paralisado, em meio ao estrépito dos aviões, que tentavam se desviar uns dos outros. Yefim disse-lhe que fosse para casa, e o menino saiu correndo.

A formação americana rapidamente se desfez. Três dos aviões tentaram atrair os alemães para longe dos B-17s, em direção ao outro lado do Elba. Parecia estar funcionando, até que Yefim viu fumaça saindo de um dos bombardeiros, que embicou em queda sobre os dois laguinhos a leste do povoado. Instantes depois, uma figura saltou do bombardeiro, um ponto negro no céu cinza-claro. Um piloto alemão atirou no aviador, mas ele caía muito rápido, e na queda Yefim distinguia seus braços e pernas se agitando inutilmente no ar. Ele não conseguia tirar os olhos do homem que caía para a morte, mas, de repente, a não mais que quarenta metros do solo, o paraquedas cáqui do aviador se abriu, puxando-o num solavanco para o alto e levando-o na direção do Elba. Ele viu que alguns moradores corriam na direção do rio.

Mais tarde, soube que não tinham encontrado o americano, presumindo-se que se afogara. Yefim desejou que o aviador tivesse sobrevivido e escapado. De qualquer maneira, era o mais perto de Niegripp que a guerra havia chegado, o que mudou o clima no vilarejo. Agora a guerra era travada por cima deles, e Yefim via o medo nos olhos dos habitantes.

Para sua surpresa, não foi agradável para ele ver os alemães provando do próprio remédio. Ele também ficou tenso. Há três anos alimentava a esperança de se safar daquela emboscada alemã. Agora, em vez disso, com a guerra finalmente se aproximando, podia ser estraçalhado por fogo amigo.

Nas semanas seguintes, Yefim ouviu quase diariamente o ronco dos aviões dos Aliados passando em direção a Magdeburgo, no sul, ou Berlim, a nordeste, e outras missões. Os americanos ficavam com o turno diurno, os britânicos voavam à noite, e a assustadora trilha sonora não dava muito descanso.

Uma noite, no início de fevereiro, a sirene do povoado foi acionada. Yefim pulou do beliche, tropeçando no escuro, o coração disparado. Saiu correndo do barraco. Na rua, os moradores corriam para o abrigo antiaéreo da escola. A sirene gemia. Ao longe, holofotes furavam o céu escuro. Ele tinha esquecido os sapatos, mas era tarde para voltar. Não sobrevivera três anos no Reich para acabar morrendo num bombardeio aéreo. Correu na direção da escola. Por cima do guincho da sirene de furar os tímpanos, ele ouvia o estrondo dos aviões.

Tratou de correr mais depressa. Seus pés queimavam no calçamento congelado.

Ao virar a esquina, viu os Mayer correndo à frente. O patrão carregava o pequeno Wilhelm nos braços, enquanto Marie e Marcel corriam de mãos dadas atrás dele. De repente, Marcel escorregou numa poça congelada e caiu, arrastando a mãe na queda. Herr Mayer, que estava alguns metros à frente, não se deu conta. Yefim chegou até eles, puxou Marie pela mão, levantou o menino e, carregando-o nos braços, disparou na direção do abrigo.

Estavam quase na entrada quando se ouviram as primeiras explosões a leste. Uma erupção laranja tomou conta do céu. Yefim pensou: "*Não morra agora, não morra agora.*" Correu na direção da entrada e, segundos depois, desceu aos saltos a escada estreita e se viu em segurança.

O interior estava frio e superlotado. Com seu teto baixo, o porão cheirava a lama e medo. Yefim depositou o menino no chão. A energia fora cortada, mas a diretora da escola segurava um lampião, cuja luz se refletia nos aros dos seus óculos. Mais adiante, ele viu um velho casal acendendo um longo castiçal. Passou os olhos pelos moradores sentados no chão, ao longo das paredes rústicas de tijolos, abraçando os joelhos, tentando adivinhar em pânico o que estaria acontecendo lá em cima. Yefim foi atrás dos Mayer, passando por cima dos pés dos outros até encontrarem um lugar onde coubessem. Marcel o puxou pelo braço, e ele se acocorou junto à família do patrão.

— *Danke* — disse Herr Mayer.

Marie se balançava com Wilhelm choramingando no colo, os olhos cinzentos arregalados e úmidos, o outro braço em volta de Marcel.

Lá fora, a sirene uivava, e, embora ali o guincho agudo não fosse tão ensurdecedor, parecia ainda mais sinistro por estarem sentados debaixo dele. Espremido entre Marie e Yefim, Marcel vestia um pijama de algodão branco e meias, e Yefim sentia o menino tremendo ao contato do frio úmido e arrepiante da parede detrás. Queria ter trazido alguma coisa para cobri-lo, embora talvez ele estivesse tremendo de medo. Do outro lado, na parede em frente, recostavam-se as gêmeas desengonçadas que moravam duas casas adiante da oficina com a mãe idosa.

Ainda trajando longas camisolas brancas, traziam na agitação dos olhos negros a ansiedade enquanto mais e mais moradores chegavam. Ele se perguntava por que a mãe não estava com elas.

De repente, a parede por trás dele se agitou e tremeu. Ele se abaixou, debaixo de uma chuva de poeira caída do teto. O pó arranhava sua garganta, e ele tossiu violentamente. Wilhelm começou a choramingar. As irmãs se agarraram uma à outra. Era só o que faltava, pensou: alemães e soviéticos mortos pela mesma bomba. Por um momento, desejou que Ilse estivesse ali. Ele a abraçaria, beijaria as lágrimas no rosto dela, com ela agarrada a ele. Juntos, morrer não seria tão apavorante.

Mas, não, Ilse merecia sobreviver àquela guerra e se tornar uma dessas velhas senhoras alemãs de aparência refinada mesmo aos setenta.

A tosse cedeu, mas ele sentia o atrito da poeira nos dentes. Marcel pegou a mão dele. O menino disse algo que Yefim não conseguiu ouvir, em meio aos gritos de pavor dos moradores ressoando no porão. Ele se inclinou mais.

— O quê?

— O campo de pouso — disse Marcel, com o rostinho cinzento.

Yefim não sabia de qual campo de pouso ele estava falando. Por um momento se perguntou se a informação lhe fora negada de propósito, mas veio outra explosão, mais distante, e Marcel voltou a segurar a mão dele, enquanto Marie tentava acalmar o pequeno Wilhelm.

Permaneceram ali sentados por um tempo, até que a sirene foi desativada. O porão ficou em silêncio.

— Tudo bem agora, mamãe? — sussurrou Marcel.

— Não sei — respondeu ela, espanando a poeira do cabelo do menino. — Temos que esperar.

As pessoas começaram a falar, de início timidamente, e, então, com mais liberdade. Uma das gêmeas se levantou e, recurvada sob o teto baixo, sacudiu a camisola, enquanto a irmã permanecia sentada sem se mexer, o olhar perdido. Yefim ouvia fragmentos de conversa.

— Devem ter bombardeado o campo de pouso — dizia alguém.

— Espere só os russos chegarem.

— Ficou sabendo dos estupros?

— Se eles tomarem Berlim...

O Exército Vermelho devia ter entrado na Alemanha, pensou Yefim. Nas vozes ao redor, havia medo e raiva e mais alguma coisa que parecia arrependimento. Finalmente a guerra os fazia baixar a crista. Ele sentiu pena, de todos ali no abrigo e de tantas pessoas em outros semelhantes pelo continente afora e além.

Marcel deu um puxão na mão de Yefim.

— O que aconteceu com os seus dedos? — perguntou.

Yefim ficou feliz de poderem se distrair com algo diferente. Melhor que esperar a volta da sirene.

— É um machucado muito antigo. Um dia eu fiquei zangado com a minha mamãe e saí correndo para a floresta. Ficou escuro, e eu não consegui voltar para casa. Sabe quem eu encontrei por lá?

Marcel sacudiu a cabeça.

— Herr Wolf — disse Yefim em tom conspiratório.

— Um lobo?

— *Ja*. Herr Wolf não era um lobo qualquer. Disse que eu corria perigo por causa dos amigos lobos dele. Disse que, se eu lhe desse algo meu, ele me mostraria o caminho de casa.

— E o que você deu?

— Não dei nada, e Herr Wolf disse: "Me dá o seu dedo." Eu disse que precisava do meu dedo, mas ele respondeu: "Você precisa mais da sua vida." Então eu entreguei pedaços do meu polegar e do indicador. Em troca, ele me salvou de ser comido.

— Doeu?

— Não muito. Ele disse que, quando eu aprendesse a fazer coisas importantes com as mãos, poderia voltar à floresta e receber os dedos de volta.

— Poxa! Achei que você tinha perdido os dedos na guerra — disse Marcel.

Com cara de sono, ele recostou a cabeça no ombro da mãe. Yefim não sabia quanto tempo ainda ficaram ali depois disso. Devia ter adormecido, pois a certa altura uma das gêmeas se transformou na mulher de cabelos negros, com um bebê morto no colo, que de vez em quando lhe aparecia nos sonhos. Sentiu um arrepio, querendo que a noite acabasse.

Ao amanhecer, vieram dizer lá de cima que já dava para sair. Marie levantou as crianças sonolentas. Yefim também se pôs de pé, com as articulações enrijecidas de frio e medo. Os moradores se perfilaram na direção da saída. Uma estranha luz amarelada entrava pela porta. A diretora da escola abriu caminho. Atrás dela, as gêmeas pareciam fantasmas flutuando, em suas camisolas.

Lá fora, o céu matutino era de um alaranjado sujo. O ar tinha um cheiro ácido, mas o vilarejo propriamente não parecia ter sofrido grandes danos. Na oficina, uma camada de pó de tijolo cobria tudo, e várias ferramentas tinham caído no chão. A pilha de lenha estava toda bagunçada. Junto à sua bancada de trabalho, Yefim ouviu algo estalar sob os pés e viu que pisava num copo quebrado. Começou a arrumar tudo, mas logo se sentiu muito cansado e voltou ao barraco para descansar.

O Exército Vermelho tinha atravessado a fronteira alemã! Nem dava para acreditar. Havia quanto tempo esperava essa notícia… Mas o alívio vinha misturado a uma estranha ambivalência. Nos seus vinte e dois anos de vida, jamais conhecera fronteiras permanentes ou seguras: a União Soviética inchou, a Ucrânia mudou de forma, a vizinha Polônia era jogada daqui para lá feito uma bola, e a voraz Alemanha tentou engolir meio mundo. Tanto alvoroço, e para quê? Se conseguisse sair dali vivo, gostaria de entender o que tornava a terra tão desejável que as pessoas se dispunham a matar e morrer por ela. Lembrou-se de Anton Lisin, cujo sobrenome agora usava. Tinha zombado dele por querer estudar geologia, mas talvez devesse fazer exatamente isso, se sobrevivesse: ir para Kiev e se tornar um geólogo.

Mas primeiro a Alemanha teria que se render. Ele estava ali havia tanto tempo que era difícil imaginar o que aconteceria naquela terra tão bem cuidada e ao seu povo quando seus companheiros chegassem. Ilse e Marcel eram motivo de preocupação. Não queria que vissem os horrores da guerra. Eles não mereciam.

Yefim foi despertado por batidas à porta. Herr Mayer entrou no barraco pela primeira vez desde que Yefim chegou. Ele se levantou de um salto e se postou diante do patrão na semiobscuridade.

— Vim agradecer pela sua ajuda ontem à noite — disse ele. — Foi… amável.

Mayer se calou, olhando sem jeito para o canto. Para aliviar a tensão, Yefim perguntou sobre os danos.

— O campo de pouso foi arrasado — disse o patrão em tom grave, como se não entendesse que para um *ostarbeiter* podia ser uma notícia boa. — E Frau Müller, a mãe das gêmeas, foi esmagada por uma viga. Teremos um funeral.

Nos dias seguintes, Yefim voltou ao trabalho e tentou não se descontrolar toda vez que ouvia bombardeiros se aproximando.

Herr Mayer vinha com menos frequência à oficina. Muitas vezes Yefim o via dentro de casa, andando de um lado a outro diante da janela ou carregando suprimentos para o sótão, nos fundos. Marcel não podia mais jogar bola do lado de fora.

Yefim continuava indo à oficina toda manhã. Entretanto, como as peças de metal que produzia não eram mais enviadas a lugar nenhum, começou a trabalhar em seu projeto pessoal, uma canequinha que esperava levar para casa quando tudo acabasse.

Certa manhã, no início de março, ele procurava uma chave inglesa para consertar a serra elétrica, que ultimamente espalhava um gemido lancinante no espaço reverberante da oficina, com seu telhado em declive. Ao passar pela bancada próxima da porta, percebeu algo fora do lugar na confusão de pedaços de metal, pó de serra, pranchas, hastes e chapas.

Parou e voltou um pouco atrás. Junto à bancada, abaixou-se. E viu Marcel tapando as orelhas com as mãozinhas.

— O que está fazendo aqui? — perguntou Yefim.

Marcel olhou para ele com os olhos arregalados de susto e espiou na direção da porta, para avaliar se dava para sair correndo. Yefim se perguntava se ele ia chorar. Lentamente, Marcel foi afastando as mãos da cabeça. Por fim, disse:

— Eu queria ver as ferramentas.

— Posso te mostrar com prazer, mas desse jeito nós dois podemos ter problemas.

— Por quê?

"*Por quê?*", pensou Yefim. "*Porque, apesar de termos passado uma noite juntos num abrigo antiaéreo, tecnicamente os seus pais ainda são meus inimigos, só por isso.*" Mas, em vez disso, explicou:

— Que tal eu falar com o seu pai para ver se você pode vir aqui aprender?

— Eu vou ter problemas?

Yefim não tinha a menor ideia, mas pensou no seu próprio pai e rapidamente respondeu:

— Vamos esperar que não, se eu falar com eles. E agora corra para casa, antes que fiquem preocupados.

No dia seguinte, quando Herr Mayer apareceu, Yefim disse que queria conversar sobre algo em particular e pediu que saíssem por um momento. A mudança de ventos na guerra era palpável, e Yefim não via sentido em continuar fingindo que eles não eram apenas duas pessoas num mundo de forças maiores. Queria se comportar como um ser humano, sentir-se humano de novo. E, assim, no vento frio que soprava sob a arcada, disse:

— Queira me desculpar, mas tenho visto Marcel observando a oficina. Pretende lhe transferir o comando algum dia?

— Sim — respondeu Herr Mayer. Havia surpresa em sua voz.

— Posso ensinar a ele. Talvez ajude a distraí-lo.

— Distraí-lo? — fez o outro. — Bem, acho que sim. Hmm.

Mayer então se virou para ir embora. Yefim deu um passo atrás, para deixá-lo ir, e o viu se afastar de volta para casa. Nada mais ouviu pelo resto do dia e imaginava se teria cometido um erro, achando que podia transgredir sua condição de trabalhador forçado. Talvez estivesse "misturando as coisas", como diria Mikhail: talvez o patrão não estivesse preparado para vê-lo como um ser humano.

No dia seguinte, contudo, Herr Mayer entrou na oficina trazendo Marcel pela mão. Eram seguidos por Marie. O garoto vinha elegante em suas calças pretas, com paletó xadrez e camisa branca. Herr Mayer comunicou a Yefim que Marie o traria por uma hora toda manhã, para que lhe mostrasse como as coisas funcionavam. Ele não poderia expor Marcel a nenhum risco e deveria lhes comunicar se o comportamento do menino desse motivo para que se preocupassem com a própria segurança dele ou com o bom funcionamento da oficina.

E Herr Mayer se retirou.

— Hoje vou ficar para ver se ele se comporta bem — disse Marie a Yefim, afagando com os dedos graciosos a grenha escura do filho. — Ele é um rapazinho muito curioso, e não vamos querer que se precipite, não é?

Passou então a segui-los enquanto Yefim conduzia Marcel pelas bancadas.

— Aqui fazemos a solda dos metais — explicou Yefim. — Aqui é a fresagem. As ferramentas são guardadas aqui, e as sobras de metal vão para ali.

Ele ensaiava um tom de autoridade na voz e sentia certa satisfação por ser seguido por um menino alemão, como se não fosse um vira-lata estrangeiro qualquer trabalhando de graça para o pai dele. Levou então Marcel à bancada com várias caixas identificadas em alemão.

— Sabe ler esta palavra? — perguntou, apontando para uma delas.

— Ainda estou aprendendo — disse ele.

— Sabe como é, com a guerra, a escola foi fechada — desculpou-se Marie.

— Tudo bem. Também estou aprendendo. Está escrito "calibrador". E aqui temos hastes, bitolas, cortadores, barras de carboneto e cunhas que nos ajudam a dar ao metal a forma que queremos.

Enquanto o menino examinava as peças, fazendo perguntas sobre cada uma, Yefim se deu conta da sensação gostosa de estar junto de uma criança. Uma sensação de tempos de paz que ele havia esquecido. Quando chegou o momento de Marie e Marcel se despedirem, ele queria que voltassem.

Mais tarde, no mesmo dia, perfurando e lixando, Yefim matutava como seria ser pai. Era simplesmente mágico ver um rostinho adorável olhando para você como se você fosse tudo no mundo: provedor e protetor. Começou a fantasiar que, quando a guerra fosse apenas uma lembrança terrível, casaria com Ilse e teria filhos — não seis filhos, como seus pais, mas dois, talvez três, mas pelo menos dois. Aprenderiam com ele a usar as ferramentas. Ele os levaria nos ombros a um lago, onde poderiam brincar e rir, mergulhando à luz do sol. Ensinaria a jogar bola, alimentar as galinhas, plantar uma árvore. Todas as coisas importantes. E finalmente poderia viver sem segredos.

Sua mãe adoraria ter outro neto, depois de Lyubochka, que a essa altura devia estar com — Yefim teve que fazer uma pausa para pensar — oito anos. Oito! Incrível. Ele não conseguia imaginar a pequena sobrinha sardenta como aluna da segunda série. Ainda trazia a lembrança daquele corpinho rechonchudo e ondulante nas suas costas, as mãozinhas agarradas ao seu pescoço, ele andando de quatro pela casa, balançando a tromba feito elefante. Esperava que Lyubochka ainda estivesse viva — que todos estivessem —, mas temia não ser muito provável. Eram muitos, e muito claramente judeus.

Na manhã seguinte, Marie e o menino voltaram a se apresentar.

Yefim testou Marcel, para ver de que ferramentas se lembrava, e o menino se revelou um bom aluno, atento aos nomes da maior parte delas. O mestre ficou orgulhoso, do jeito como imaginava que devia acontecer com um pai.

No fim da segunda visita, já os conduzia até a porta quando Marcel perguntou:

— Onde você aprendeu a ser mecânico?

— Principalmente aqui.

— E o que fazia antes?

— Chega de perguntas por hoje, filho — interveio Marie, empurrando-o para a porta. Mesmo assim, Yefim respondeu.

— Eu era agricultor — disse. A mentira esvoaçou até o menino com a leveza de uma pluma, e ele sentiu uma ponta da satisfação do adulto que salva uma criança da dura verdade. — Nos vemos amanhã.

No resto da semana, Marcel e a mãe continuaram visitando a oficina. Yefim se perguntava o que Ivan pensaria de estar assim tão próximo de uma família alemã. Se voltassem a se encontrar, Yefim não tinha certeza se lhe falaria de Marcel. Mas, no fim da semana, Marie veio sozinha dizer que não traria mais o filho. Yefim sentiu uma súbita ânsia de rejeição, mas tentou não deixar transparecer.

— *Vielen Dank* — disse ela. — Foi uma boa distração para ele.

— Para mim também.

— Depois daqui vai voltar para casa?

Para casa. Que expressão mais estranha, carregada de esperança. A vida com a família na cabana parecia distante como um sonho meio esquecido. Mas a pergunta de Marie significava que agora até os alemães achavam que a guerra estava acabando e que ele voltaria para casa para retomar sua vida, novamente um homem livre. Quer dizer, livre até onde seu país permitisse.

— Sim, se depender de mim — respondeu.

Depois que ela se retirou, Yefim raramente voltou a ver os Mayer do lado de fora da casa. Enormes placas de gelo desciam o Elba nessa época do ano, e todos se preparavam para o que estava por vir.

Não demorou, e bandos de civis alemães começaram a passar pelo povoado em direção oeste. Traziam notícias do Exército Vermelho avançando para Berlim. Corriam boatos de vinganças e estupros, e Yefim tratou de ficar na sua, pensando em Ilse e no medo que devia estar sentindo. Esperava que o pastor Otto tivesse encontrado um jeito de garantir a segurança dela. Não queria acreditar que seus companheiros de fato tivessem declarado guerra às mulheres alemãs. Muitos eram brutos, é verdade, mas não cruéis assim. De todo modo, ele tinha que reconhecer que agora pensava mais como prisioneiro do que como soldado. Talvez uma guerra tão longa os tivesse tornado cruéis realmente.

Yefim continuava indo à oficina só para se manter ocupado. Precisava dar melhor acabamento à pequena caneca metálica, e o empenho de conseguir a forma desejada mantinha os pensamentos afastados do que aconteceria quando seu exército chegasse. No fim das contas, a caneca saiu meio atarracada, com uma alça irregular parecendo uma orelha, mas ele gostava dessas imperfeições. Decidiu que seria seu amuleto da sorte.

No início de abril, já dava para ouvir o estridor distante das Katyushas. Os habitantes se agitavam como camundongos antes da tempestade. Faziam malas, fechavam as venezianas e fugiam para oeste, para escapar das forças soviéticas. Quem não tinha para onde ir estocava água e cobertores nos porões. Atrás da prefeitura, funcionários queimavam pilhas de documentos. O barulho dos bombardeios chegava mais perto.

Os Mayer ficaram mais uma semana. Mas, em meados de abril, sentindo já o solo tremer à aproximação dos tanques, Herr Mayer escondeu as ferramentas e várias máquinas que poderiam ser requisitadas pelos russos e acorrentou as portas da oficina. Do lado de fora, estendeu a mão, e Yefim a apertou, dando-se conta, surpreso, de que pela primeira vez apertava a mão de um alemão. Se pelo menos Ivan estivesse ali para ver. Seu amigo seria obrigado a parar de dizer que nenhum deles tinha a menor importância. Era possível levar a vida decentemente e merecer respeito, mesmo numa guerra.

O aperto de mão de Mayer era firme, mas o olhar traía constrangimento.

— Boa sorte. — Foi tudo que disse, para em seguida descer a rua em direção à garagem. Yefim esperava que ele agradecesse pelos serviços prestados ou talvez até se desculpasse em nome do seu país, mas Herr Mayer não era homem de muitas palavras.

Da casa em frente, Marcel veio correndo na direção de Yefim.

— Os russos vão nos matar? — perguntou, os olhos arregalados.

Yefim se agachou e disse:

— Não. Eles não vêm matar meninos. Eles querem acabar com a guerra.

— Papai vai nos levar para a casa dos nossos avós. Diz que lá teremos segurança. Você vai para onde?

— Eu vou com o meu exército.

— Combater em Berlim?

— Talvez — respondeu ele, querendo parecer mais certo do próprio futuro.

Com um sorriso melancólico, Marcel acrescentou:

— Eu queria ir para Berlim com você!

Yefim bagunçou os cabelos do menino e se lembrou das próprias expectativas quando havia acabado de entrar para o exército. A coragem dos inocentes. Como estava enganado.

— Está na hora, Marcel! — chamou Marie, depositando uma maleta no chão.

O menino virou-se e correu para casa. No meio do caminho, parou e voltou correndo.

— Você vai voltar lá para encontrá-lo? — perguntou.

— Encontrar quem?

— Herr Wolf, para consertar seus dedos.

Yefim sorriu.

— Você já sabe.

Herr Mayer estacionou o Opel bege em frente de casa. Yefim ficou ali enquanto a família punha as bagagens no carro e finalmente partia. Marcel acenava do banco traseiro. O carro deixou para trás uma coluna de fumaça. E o vilarejo ficou em silêncio. Ele só ouvia as explosões do Exército Vermelho se aproximando.

Capítulo 13

Setembro de 1984
Donetsk, R.S.S. da Ucrânia

Ele jamais esqueceria o raio de sol da tarde que bateu no porta-canetas de granito preto no canto da sua escrivaninha quando o telefone tocou. Do outro lado, ouviu a voz tranquila e sinistra de Jdánov, o chefe do Primeiro Departamento do Instituto de Projetos e Fiscalização dos Transportes Ferroviários de Donetsk.

— Továrich Shulman, temos uma questão urgente. Por favor, desça aqui sem demora.

Com a cabeça em turbilhão, Yefim atravessou o corredor do instituto onde há oito anos trabalhava como inspetor de campo e desceu a escada até o temido gabinete do Primeiro Departamento.

— Surgiram incoerências no seu relatório — disse Jdánov ao vê-lo entrar, entregando-lhe uma pequena folha de papel branco *off-white* de bordas pretas.

Uma intimação da KGB.

Havia quase quarenta anos ele esperava esse dia. Todo esse tempo, constantemente falsificava formulários de emprego e domicílio, mantinha distância das organizações de veteranos, fechava a boca quando se falava da guerra e tentava não se sentir culpado por enganar a família. Quase se convencera de que sua grande mentira não viria atrás dele. Mas lá estava ela. Ficou aterrorizado, envergonhado e — foi esta parte que o surpreendeu — aliviado.

Havia sido intimado para se apresentar no escritório administrativo da KGB da Região de Donetsk dali a dois dias, na sexta-feira, 28 de setembro, às nove e meia, Sala 104, para ser interrogado pelo funcionário Kislykh. A hora marcada e o seu nome tinham sido preenchidos à mão, em tinta preta. Abaixo, lia-se: "Em obediência ao Art. 73 do Código de Processo Penal da URSS, seu comparecimento é obrigatório."

Finalmente chegara o dia do acerto de contas.

De certa maneira, era surpreendente que tivessem levado tanto tempo: ele tinha sessenta e dois anos, quase aposentado. Durante anos esperara ser apanhado pela KGB. E, no entanto, quanto mais passava o tempo, mais a coisa parecia enterrada. Agora aquele medo quase esquecido voltava, e os dedos mutilados de Yefim formigavam com uma intensidade de outros tempos. Ele dobrou a intimação e a colocou no bolso da camisa. Quando deu meia-volta para se retirar, Jdánov disse:

— Posso dar uma sugestão?

Yefim assentiu. Vinte anos mais moço que ele e ainda escravo da carreira, Jdánov não parecia ser um homem ruim, apesar de trabalhar no execrado Primeiro Departamento.

— As pessoas em geral esperam até o interrogatório para ver até onde *eles* — e inclinou a cabeça para os oniscientes deuses da KGB lá no alto — sabem. Não faça isso. Escreva uma declaração e a leve consigo. Vai causar boa impressão.

De volta à sua sala, Yefim engoliu o remédio de pressão e foi dar uma caminhada na Universitetskaya. Andava depressa, para um homem na casa dos sessenta, as pernas tentando ganhar velocidade, como se pudesse passar à frente *deles* (e aqui pensou no gesto de Jdánov apontando para o alto). Sentia-se vigiado, assim como uma formiga é observada por um menino com uma lente de aumento.

Era uma manhã incomodamente bela. Yefim observava cada detalhe, do jeito como fazia nas batalhas. O sol de outono era filtrado pelas folhas amarelas dos álamos, dourando tudo ao redor: os Volgas e Zhigulis que passavam resfolegantes, a roupa lavada estendida nas varandas dos prédios de apartamentos de cinco andares, os bancos cercados de pombos ciscando cascas de sementes de girassol jogadas no chão, o vendedor entediado da carrocinha de sorvete à espera do fim da estação e o cinema com suas colunatas, onde três jardineiros limpavam os cravos amarelos plantados em forma de Gena, o Crocodilo, e Cheburachka.

Com o olhar agitado, Yefim tentava mentalmente matar uma charada insolúvel: o que a KGB sabia? Apesar de se dispor a seguir a recomendação de Jdánov de se adiantar com uma confissão, não queria enfrentar mais problemas, além dos que já tinha. Se soubesse o que eles sabiam, poderia estruturar com mais cuidado a declaração. Mas claro que eles eram muito mais espertos. A palavra "incoerências" era o jeito deles de se mostrarem propositalmente vagos, uma técnica de interrogatório clássica.

No caminho para o parque aonde Vita levava os filhos quando eram menores, Yefim pensava nas possíveis consequências da sua confissão para a família.

Não se preocupava tanto consigo mesmo: já era um homem de idade, e, até onde sabia, eles praticamente tinham parado de mandar cidadãos comuns para colônias de trabalho forçado. Embora tivesse lido recentemente um artigo sobre um escritor e a mulher, presos por guardarem manuscritos "difamatórios" dos amigos dissidentes, esperava não ser considerado nenhum desses peixes grandes. Ainda podiam metê-lo na cadeia, mas já não tinha passado por coisa pior?

Mas a família era outra história. Eles ficariam sob suspeita como parentes de alguém que falsificou documentos militares, de Estado, de emprego e residência, além de encobrir o próprio paradeiro em tempo de guerra, de um modo que deixava sob suspeita sua lealdade à Pátria. O Estado não gostava de ser enganado, muito menos durante quatro décadas.

Eles podiam tirar da família de Vita o apartamento do nono andar na Rua Universitetskaya, no centro, atribuído a Yefim como veterano de guerra. Podiam impedir Andrei de apresentar sua dissertação e se tornar professor de psicologia, como pretendia. Os quatro netos também eram motivo de preocupação. Ainda eram muito pequenos para sofrerem repercussões diretamente, mas Yana, a mais velha, ia se formar até o fim da década. Se continuasse com boas notas, não teria dificuldade de ser admitida em qualquer universidade, mas, com um histórico familiar comprometido, podia acabar numa escola técnica de formação de motoristas de ônibus.

Mas o pior de tudo é que ele passaria para eles a sua vergonha.

Yefim estava sem fôlego ao chegar ao parque, onde ainda floresciam as últimas rosas vermelhas. Sentou-se num banco e secou com um lenço o suor da nuca. Estava na hora do almoço, mas o cheiro de gordura dos *piroshki* de carne fritos do quiosque da esquina só lhe dava náuseas.

Ele imaginava o choque nos olhos de Nina ao saber da intimação. Ela ficaria furiosa com ele por expô-los a tal risco — exatamente no momento em que a relação dos dois começava a se acomodar num agradável companheirismo, desde as férias na Crimeia. Mas a reação de Nina não seria nada em comparação à dos filhos. Seu estômago revirava, só de pensar na decepção e na humilhação de Vita e Andrei. Todo ano, no Dia do Exército Vermelho, eles escreviam cartões para o pai, por ter entrado em Berlim. Não mereciam descobrir que seu herói na verdade era um prisioneiro mentiroso que ficou parado quase o tempo todo durante a guerra. Não mereciam a indignidade de precisar explicar aos filhos que a história do avô como herói de guerra, que contavam com tanto orgulho, não passava de um embuste.

Um jardineiro chegou e começou a podar as rosas na alameda central. Não demorou, e havia montes delas no asfalto. O perfume meloso tomava conta do ar. Observando o amontoado de pétalas vermelhas e espinhos perdidos para sempre, Yefim se deu conta de que a única esperança era dizer à KGB toda a verdade que pudesse e, em troca, pedir — implorar, na verdade — que não contassem à sua família. Uma coisa era as autoridades saberem quem ele era realmente. Outra muito diferente era ver sua desgraça refletida nos olhos da família.

Yefim perguntou ao jardineiro se poderia levar algumas flores. No dia seguinte, Nina completaria sessenta anos, como se ele já não tivesse motivo suficiente para se preocupar.

— À vontade — respondeu o jardineiro. — Vamos jogá-las fora.

Ele pegou cinco rosas e voltou para o escritório. Esperou que todo mundo fosse para casa, trancou-se e escreveu a carta de confissão. No dia seguinte, teria que faltar ao trabalho e ir a Yasinovátaya mostrar a carta a Nikonov. O amigo passara por muitos interrogatórios na sua época e podia aconselhá-lo sobre a melhor maneira de falar com a KGB. Infelizmente, teria que mentir para Nina mais uma vez — e, ainda por cima, no dia de um aniversário importante. Mas tinha escolha? Estava em questão não só a sua segurança, mas a dela também.

Ao acordar, Nina deu com Yefim ajoelhado junto a sua cama, com uma dúzia de rosas vermelhas. Nunca antes ele lhe trouxera rosas. Por um momento, ficou confusa. Até que ele disse "Feliz aniversário, Ninochka", e ela se lembrou: hoje fazia sessenta anos.

Ao receber seu beijo no rosto, ela notou que ele já fizera a barba e estava de terno.

— Queria que você ajudasse com a festa — disse. — É às seis horas.

— Hoje tem muita coisa no trabalho — justificou-se ele, pegando a pasta e saindo do quarto. — Mas o Andrei pode te ajudar. Vou tentar sair o mais cedo possível.

— Pode trazer *salo* da feira? — pediu ela, de longe.

— Claro — respondeu ele, e, se voltando do corredor, deu uma piscadela. — Tudo para o aniversário da linda.

E saiu pela porta.

Nina não se levantou. Havia muita coisa a fazer, mas ela queria ficar um pouco mais na cama em homenagem a todos que não estavam mais ali para comemorar com ela. Papai e Mamãe não tinham chegado aos sessenta. Vera e a mãe de Yefim morreram ambas de derrame. O professor faleceu este ano. A última vez que o viu havia sido no enterro de um colega, no outono de 1981. No fim, ele se aproximou dela e disse: "O próximo sou eu." Parecia que todos os conhecidos da juventude tinham ido embora. Agora Nina era a matrona da família e ainda não se acostumara a essa condição.

Levantou-se e alongou as panturrilhas. Sua amiga Tamara, a pediatra do andar de baixo, havia dito que se alongar seria bom para os dedos dos pés, que começavam a se enroscar, subindo uns sobre os outros como crianças que brigavam. Pelo menos as costas não a incomodavam hoje. Mas não havia como negar: estava oficialmente velha. Gostaria que seus pais estivessem ali, desejando-lhe feliz aniversário, dizendo seu nome: Ninochka.

Nina foi ver como estava Andrei. Ainda dormia. Seu pobre filho provavelmente estava exausto depois de meses de malabarismos com o bebê recém-nascido, Macha, e a dissertação. Moscou acabava com qualquer um. E ela estava feliz porque ele havia dado um jeito de vir comemorar o aniversário dela.

Sem fazer barulho, Nina fechou a porta e foi para o banheiro, onde examinou o rosto no espelho. Mais redondo que nunca, igualzinho ao resto do corpo. Sua mãe ficaria orgulhosa: Ninochka não era mais aquela órfã magrela e esfomeada que só pensava em ficar bonita para agradar a um homem. Hoje, tinha muito mais que isso. Era professora, uma paleontóloga de renome, avó. E, em comparação com outras *bábuchkas* soviéticas da mesma idade, tinha mais disposição, além de dinheiro guardado para viajar quando se aposentasse, dali a alguns anos. Seus sessenta até que iam muito bem.

A campainha tocou. Vita estava no corredor, vestindo uma blusa magenta que acentuava o contraste entre a cinturinha de vespa e os quadris largos, que haviam se expandido depois de dois filhos. Um dia Nina precisaria dizer à filha que começasse a cuidar da silhueta, se não quisesse que alguém como Cláudia roubasse o seu marido. Mas, na verdade, Vita e Vlad pareciam muito mais apaixonados do que Yefim e ela jamais haviam sido, de modo que talvez ela não precisasse se preocupar.

— Feliz aniversário, Mamochka! — esganiçou-se Vita, entregando à mãe um buquê de gladíolos cor de crepúsculo.

— Mas que lindos, Vitochka! *Spasibo*.

Nina podia não ter ali os pais nem a irmã, mas estava feliz porque Vita voltara daquele povoado nos cafundós do Uzbequistão e agora morava a poucos quarteirões de distância, com uma bela vista para o pôr do sol por trás dos montes de escória. Nina se consideraria um fracasso de mãe se os dois filhos morassem longe de Donetsk.

— Fiz salada russa — anunciou Vita. — Achei que você não teria espaço na geladeira, então vou trazer mais tarde, junto com o seu presente. Consegue dar conta de tudo até eu voltar?

— Seria mais fácil se o seu pai não tivesse fugido, mas Andrei vai me ajudar.

— Achei que papai fosse tirar folga.

— Eu também... — disse ela. — Você sabe, ninguém pode dizer ao seu pai o que fazer.

Vita deu-lhe tapinhas no ombro.

— Nos vemos de tarde — disse, e saiu para o trabalho.

Yefim deslizava o indicador mutilado pela borda da carta de confissão que estava em seu bolso enquanto discava para o trabalho de uma cabine telefônica, na esquina da Universitetskaya. Caprichando na falsa tosse, disse que não se sentia bem e que ficaria em casa. Em seguida, telefonou para Nikonov, mas deu ocupado, e assim não teve escolha senão aparecer sem avisar. Tomou um ônibus até a estação ferroviária, bem a tempo de pegar o trem das dez horas para Yasinovátaya. Yefim calculou que devia estar de volta a Donetsk a tempo de pegar o começo da festa de aniversário de Nina.

Há mais de um ano ele não ia ver Nikonov. O trabalho o ocupava muito, além das viagens a Moscou para ajudar com a pequena Macha enquanto Andrei trabalhava numa clínica psiquiátrica e escrevia a dissertação. Mas agora estava precisando muito do amigo. Nikonov era o único que sabia a verdade a seu respeito e o único capaz de dizer se o que escrevera na confissão era uma boa ideia. No trem, que sacolejava lentamente pelos trilhos, Yefim esperava encontrar seu camarada em casa, na cabana verde e amarela, exatamente como nas visitas dos últimos trinta anos.

Em Yasinovátaya, ele passou pelos prédios municipais próximos da estação, por uma hospedaria que apareceu alguns anos antes e uma mercearia com vistosos desenhos de pães e de diferentes tipos de carne nas janelas, mas prateleiras basicamente vazias. As ruas também estavam vazias, e o único movimento era um vira-lata que explorava um terreno baldio.

Yefim atravessou a rua e virou à direita. A parte asfaltada da cidade acabava ali, e, na periferia, Yasinovátaya continuava igual aos anos 1950: um povoado grande de estradas de terra batida e cães ladrando. O ar cheirava a folhas queimadas. Junto à cerca da esquina, uma velha com um lenço branco fixava nele um olhar de espanto, como se ele estivesse invadindo a propriedade dela.

Ao chegar ao portão de madeira da cerca da casa de Nikonov, Yefim secou o suor da testa e tirou o gorro de lã para pentear os cabelos grisalhos, tomando cuidado com o lipoma que havia surgido no alto da cabeça nos últimos anos.

Então bateu três vezes e estendeu a mão por cima do portão para destravá-lo por dentro, como fizera antes uma dúzia de vezes. Mas deu com uma nova e complicada tranca que precisava de uma chave. Estranho. Yefim passou os olhos pelo terreno entre o portão e a choupana e se deu conta da ausência da casinha de cachorro de madeira e do vira-lata que Nikonov chamava afetuosamente de Fachistka. Em seu lugar havia uma plantação de tomates. E notou cortinas brancas rendadas nas janelas.

Deu alguns passos para trás, a fim de se certificar de que não estava no endereço errado. Mas, não, era realmente o número 17, ainda assinalado claramente na cerca bamba. Olhou de novo para a cortina rendada. Não havia chance de que seu amigo houvesse se mudado. Não sem contar a ele.

A outra possibilidade, mais sombria, delineou-se no crescente abafamento do fim da manhã. Nikonov parecia saudável, mas também estava chegando aos setenta…

Yefim não se sentira tão sozinho desde a guerra. Nem mesmo ficar perdido na taiga era tão solitário quanto estar em frente à casa de Nikonov se perguntando se a única pessoa no mundo que sabia a verdade sobre ele havia partido.

Tentava imaginar se podia perguntar aos vizinhos, mas Nikonov não tinha feito muitos amigos no vilarejo. Yefim já ia embora quando a porta verde da choupana se abriu, e uma mulher na casa dos quarenta atravessou o jardim na sua direção, apertando as pálpebras. Era mais para magra, com os cabelos presos num coque e chinelos de plástico nos pés. Usava calças de moletom cinzentas e uma camisa cor de ameixa. Atrás dela, um cãozinho ridículo sacudia o rabo, olhando para a dona, sem saber se estavam lidando com um amigo ou inimigo.

— Desculpe incomodar. — Yefim acenou com o gorro por trás do portão, tentando afastar suspeitas.

— Precisa de alguma coisa? — perguntou a mulher, sem deixá-lo entrar.

O cão continuava olhando para a dona à espera de um sinal e, vendo que ela botou a mão na cintura, latiu. Yefim ignorou e foi em frente.

— Veja bem, é que eu queria fazer uma visita surpresa a um velho amigo. Ele morou aqui durante muito tempo, mas eu não sei o que aconteceu com ele.

Ela olhava para ele por trás do portão baixo com uma mistura de desconfiança e desinteresse. Ele se esforçou para parecer mais um avô. O cão continuava latindo.

— E quem seria essa pessoa? — perguntou ela.

— Camarada Nikonov. Por acaso o conheceu? — arriscou Yefim.

— Seryoja? — disse a mulher, e um sorriso se abriu no seu rosto como a alvorada após uma noite de tempestade. — Sim, conheço, sim!

Yefim levou um momento para se dar conta de que o amigo não tinha morrido. Nunca ouvira ninguém chamá-lo pelo apelido, nem tinha ideia de quem seria aquela mulher. Nikonov não tinha filhos, e ela parecia muito jovem para ser a companheira de um homem que estava chegando aos setenta.

— Somos amigos há muito tempo — explicou Yefim, caso fosse necessário mais para convencê-la, mas ela já estava destrancando a nova fechadura do portão e delicadamente afastava o cachorro com o pé.

— Seryoja foi ao mercado, mas deve voltar logo — disse ela, convidando-o a segui-la até a casa. — Me chamo Svetlana.

No interior, Yefim pendurou o casaco e o gorro no gancho junto à porta. O compartimento da frente fora modificado. Era um antro escuro na época de Nikonov, agora estava tão claro que parecia ter o dobro do tamanho. Uma toalha rendada combinava com as cortinas de renda, e sobre a mesa havia um buquê de cravos. O retrato de Nikonov na guerra da Crimeia continuava pendurado perto da janela, mas agora havia outros objetos decorativos: um relógio de cuco, uma natureza-morta bordada e um galo de pano cobrindo o bule.

Svetlana já trazia à mesa três xícaras, uma tigela de *baranki* e um pote de geleia de pétalas de rosa.

— Feitas em casa — disse, visivelmente feliz por ter um convidado inesperado para apreciar sua culinária. — De onde conhece Seryoja? — quis saber, levando a chaleira ao fogão a gás.

— Da guerra — respondeu ele, esperando que fosse o bastante, como em geral acontecia.

— Crimeia ou Alemanha?

Yefim ficou perplexo. Alemanha? Nas quatro décadas em que conhecia Nikonov, jamais o amigo falara a ninguém sobre o período no Reich. Na verdade, ele nunca encontrara alguém que se declarasse prisioneiro de guerra ou *ostarbeiter*. O país inteiro preferia fingir que eles não existiam. E, no entanto, eram milhões, o que significava que estavam em toda parte. Apenas ficavam calados, como ele. A posteridade não saberia o que fazer com a sua verdade.

Svetlana deve ter percebido a hesitação dele, pois emendou:

— Seryoja me contou muitas coisas da guerra. Eu vejo que é bom para ele falar do que aconteceu.

A voz dela ficou meio melosa, como se convidasse Yefim a também confessar seus segredos. Talvez fosse uma psicóloga, como Andrei, pensou ele, e decidiu desviar a conversa para a geleia de pétalas de rosa. E então a campainha tocou. Um toque breve, depois outro levemente mais longo, e Svetlana disse:

— É ele. Que surpresa maravilhosa vai ser!

Eles ouviram passos pesados do lado de fora, e a porta se abriu. Nikonov parecia horrivelmente debilitado. A pele do pescoço se enrugava como um acordeão, e os ombros, outrora largos, estavam recurvados e assimétricos. Da sua mão direita pendia uma *avoska* marrom com batatas e um pão de centeio.

— Yefim? — ofegou ele, quase deixando as compras caírem.

— Továrich Commissar — saudou Yefim, levantando-se e oferecendo um sorriso ao amigo.

— Oh, sente-se, sente-se — disse Nikonov, e levantou a voz ao se voltar para Svetlana. — Mulher, por que não me avisou que havia alguém?

— Você disse que era para avisar se fosse alguém suspeito, e esse senhor não parecia… — começou ela.

— Bobagem! Eu nunca disse isso! Como é que você vai saber quem é suspeito ou não? Isso aqui é a minha casa, e eu quero saber quem está aqui dentro, droga. Por isso criei o sistema de alerta.

Nikonov teve um acesso de tosse. Os olhos azul-gelo ficaram vermelhos e cheios de lágrimas. Svetlana lançou a Yefim um olhar de quem pede desculpas e conduziu Nikonov até uma cadeira. Yefim se sentia mal por ter provocado a cena, mas logo a tosse cessou, e Nikonov disse:

— Desculpe, amigo. Muito bom te ver. Só estou tentando mostrar a Sveta que ela precisa ter cuidado. Ela não viu o que nós vimos e é muito crédula. — A última frase foi dita com aparente ternura. — Mas tem me ajudado muito desde o derrame.

— Você teve um derrame? — perguntou Yefim. Estava explicado por que Nikonov havia envelhecido tanto em tão pouco tempo.

— Cerca de um mês depois da sua última visita. Meu braço esquerdo ainda não voltou completamente ao normal, mas fora isso estou em perfeita forma. Graças a Sveta. Ela foi minha enfermeira no hospital, e eu decidi ficar com ela.

Svetlana sorriu, e Yefim ficou aliviado com o fim da tempestade.

— Mas, então, o que o traz a Yasinovátaya?

Yefim meteu a mão no bolso, mas hesitou, constrangido de falar na presença de Svetlana. Nikonov deve ter percebido, pois rapidamente disse:

— Svetik, pode nos dar uns minutos por favor?

Quando ela saiu, Yefim explicou que tinha recebido uma intimação.

— Até que demoraram bem — observou Nikonov, pegando o papel que Yefim lhe estendia. — O que é isso?

— Minha carta de confissão. Alguém me disse que era melhor redigir uma declaração. Quero saber o que você acha.

Enquanto Nikonov lia, com o papel tremendo ligeiramente na mão salpicada de pequenas manchas, Yefim bebia seu chá. E ouvia os ruídos da casa: a chaleira soprando, uma serra gemendo lá fora, o tique-taque do cuco no canto. Até que Nikonov levantou a cabeça e devolveu a carta.

— Vão querer que você dê nomes — disse. — Mencione apenas os mortos.

— Mas fora isso? A carta está boa? Não estou falando demais?

— Tudo bem. Só me preocupo com esta frase: "Meus filhos e netos me amam muito, e para eles seria um grande trauma psicológico descobrir o que vou relatar." Você está pedindo à KGB que não informe a sua família, quando deveria encarar isso como um sinal de que está na hora de contar à Nina e às crianças.

Yefim afastou a xícara, que fez um barulho desagradável no atrito com o pires. Como é que ele ousava! Aquela frase, que fora a mais difícil de escrever, soava quase patética na boca de Nikonov. Quantas vezes eles não tinham jurado jamais compartilhar aquele passado opressivo com qualquer outra alma? E agora ele, que não tinha mulher nem filhos, dizia-lhe que fizesse o contrário? O derrame devia tê-lo deixado senil.

— Quer que eles sejam envolvidos nisso? — perguntou Yefim.

— Eles vão descobrir de qualquer maneira — respondeu Nikonov, num tom que a Yefim pareceu condescendente. — Você não pode acreditar que a KGB vá mantê-los fora disso.

— Prefiro arriscar.

— A essa altura, só os está protegendo de saber quem você realmente é.

— Não se trata de mim! — exclamou Yefim, e se levantou para dar uns passos no ambiente, agora parecendo pequeno como sempre fora, antes de Svetlana. Os dois tinham discutido, ponderado e recordado muito naquela casa, e agora, exatamente como acontecera quando se conheceram no campo, Yefim sentia que no fim das contas não encaravam as coisas do mesmo jeito.

— Não quero que passem o resto da vida com vergonha de mim e de boca fechada, como eu precisei fazer — desabafou. Ele estava com raiva porque viera atrás de conselhos e agora precisava se defender. — Tudo bem, é verdade, eu menti. Mas minha mentira não fez mal nenhum. Serviu para me salvar e também a eles. Ninguém sofreu.

— Só você — atalhou Nikonov. — Eu contei a Svetlana tudo que me aconteceu. E sabe o que mais? Finalmente parei de me sentir um leproso. Agora estou em paz. Talvez um dia você irá entender.

Nina inspecionava a mesa do jantar. Vita trouxera uma grande tigela de salada russa e pasta de berinjela, sua especialidade. Nas extremidades havia dois potes de repolho em conserva que Yefim estava deixando fermentar há uma semana, na janela da cozinha. Pratos e copos estavam devidamente dispostos, e uma jarra de licor caseiro de cereja, o favorito de Nina, marcava presença na mesa. No centro, o vaso de cristal com as rosas de Yefim.

Só faltava uma coisa: *salo*. Ela não tivera tempo de ir buscar e não queria ser vista na cidade. Ultimamente, andava com a estranha sensação de estar sendo seguida. Muito provavelmente não era nada, com certeza nada concreto que merecesse ser mencionado a Yefim ou aos filhos, mas de qualquer maneira não queria pensar no assunto no dia do seu aniversário.

— Onde diabos anda o seu pai? — perguntou a Andrei quando Vita estava na cozinha. — As pessoas vão chegar a qualquer momento.

— Mamochka, tenho certeza de que ele vai chegar logo — respondeu o filho, com a voz calma.

Andrei sempre foi um amor de menino, mas desde que se formou em psicologia adotou essa voz serena e meio condescendente que a fazia se sentir como se estivesse sempre exagerando as coisas. Ela não entendia como ele podia achar que a ausência do pai meia hora antes da festa não fosse nada de mais.

Nina esperava que Andrei fosse de mais ajuda. Pela manhã, mandou-o pegar os laticínios no quintal com o leiteiro. Na volta, ele disse que gostaria de poder jogar futebol como nos velhos tempos, esticar um pouco os músculos, não ser tão adulto o tempo todo, mas que "a dissertação não vai se escrever sozinha". Ela percebeu que ele queria tirar o corpo fora, mas não ia permitir que outro homem se livrasse dela para fazer "coisas mais importantes". Hoje, não.

— As regras da casa não mudaram: obrigações primeiro, diversão depois — sentenciou.

Ele sempre fora eficiente na hora de botar a mão na massa, como ela, e, assim, concluído o que precisava fazer, trancou-se no quarto, onde ela havia visto uma Bíblia de bolso esquecida entre os seus papéis. Onde a teria arranjado e que ideia fora aquela de trazê-la no trem? Um aluno dela havia acabado de ser expulso da universidade porque descobriram que fora batizado. Era o que Andrei queria? Com sua voz calma, contudo, ele disse que tomou todo o cuidado, mas que precisava dela para a dissertação. Acrescentou que não esperava que ela visse o livro.

— Ah, mas que ótimo! — disse Nina.

Agora, no entanto, percebia que estava descarregando seu nervosismo — com a festa, com Yefim e possivelmente com a impressão de estar sendo seguida — no filho, que agora reaparecia pronto para o jantar, bem bonitão com sua camisa xadrez enfiada para dentro das calças cinzentas.

Nina tinha decidido usar o vestido azul-marinho com losangos brancos. Ela havia comprado no ano passado, durante a conferência internacional de paleontologia em Ialta, e guardara para esta ocasião especial. O corte disfarçava a robustez dos seus antebraços, ao mesmo tempo acentuando a cintura e os seios, e a cor tornava mais intenso o cinza dos seus olhos. No pescoço, passou um colar de pérolas brancas, um dos seus bens que mais valorizava. Estava passando batom — a única maquiagem que usava — quando a campainha tocou. Por um átimo de segundo, pensou "*Yefim!*", mas se deu conta de que ele não tocaria a campainha. E ouviu Andrei abrir a porta.

— Cheguei um pouco cedo, mas não aguentava mais os cheiros deliciosos que estavam invadindo meu apartamento — disse Tamara, toda risonha.

— Tamara Aleksandrovna, bem-vinda! — exclamou Andrei.

— Mas olha só esse bigode! Que coisa incrível, Andrei! Nem quero que me diga sua idade, eu não aguentaria. Só lembro como o nosso teto tremia quando você pulava do piano quando tinha essa altura.

Nina ouviu que Vita ia ao encontro deles e saiu do banheiro para receber a amiga.

— Ninochka, feliz aniversário! Você está linda!

A campainha tocou de novo. Era Irina, a melhor amiga de Nina na universidade, de braços dados com o marido. Nina não conseguiu deixar de pensar que o marido de Irina jamais seria capaz de desaparecer no aniversário dela, mas se recriminou por estar comparando. Então, pediu ao filho que os acompanhasse até a mesa.

— Andrei vai contar as histórias da clínica psiquiátrica onde trabalha — disse, enquanto permanecia no corredor, junto ao telefone bege. Quando eles não podiam mais ouvi-la, discou para o trabalho de Yefim.

— Gostaria de falar com Yefim Iosifóvich — pediu, quando uma secretária atendeu.

— Ele não se encontra.

— Por acaso sabe a que horas saiu?

— Ele não veio hoje. Acho que avisou que estava doente. Quer deixar recado?

— Não, obrigada — disse Nina, e desligou.

Da sala de estar, ela ouviu Irina exclamar:

— Andrei, você está tão lindo com esse bigode!

Havia muito tempo que Nina não apanhava Yefim mentindo, desde a Crimeia. Achava que ele tinha parado com isso. Ela voltara a confiar, e a relação pôde evoluir para um tipo de companheirismo que se costuma ver entre avós. E agora isso. Que diabos teria a esconder dessa vez?

Talvez ela devesse se preocupar, mas não dava para imaginar que ele fosse se perder em Donetsk. Lembrou-se da vez em que ele pegou um avião para a Sibéria e desapareceu. Um colega telefonou perguntando se Nina tinha notícias, e ela gritou no fone: *"O que vocês fizeram com meu marido?"* No fim, ele se perdera na taiga dois dias antes. Algum problema de comunicação, mas Nina não se convenceu. Passou o resto da semana imaginando o corpo de Yefim bicado por pássaros da Sibéria, até que telefonaram para dizer que ele conseguira se salvar sozinho.

Mas hoje ele não estava perdido. Só estava sendo egoísta. Ela sentia de novo aquela velha e conhecida mágoa.

Se fosse antes, jogaria no lixo as rosas vermelhas oferecidas por ele, mas estava velha para esse tipo de drama. Pegou, então, uma pilha de cartões-postais de congratulações que estavam junto ao telefone. Tinham sido enviados por amigos e colegas de todos os cantos da URSS — de Vilnius a Vladivostok. Com tantos votos de felicidade, ela era lembrada de que, naquele mundo, inspirava amor e respeito.

A campainha tocou mais uma vez. *Yefim*, pensou ela sem querer.

Mas era seu genro Vlad. Nina entrou na cozinha e disse a Vita que esquecesse o *salo*.

— Juro que um dia vamos ter um derrame com tanta gordura de porco — disse.

— Mamãe! Corta essa! — protestou Vita, batendo três vezes embaixo do tampo de madeira da mesa da cozinha.

Nina mexeu na panela do guisado. Ia ser um jantar maravilhoso, com ou sem marido.

Yefim estava correndo. O trem devia entrar em seis minutos na estação de Yasinovátaya. Se conseguisse alcançá-lo, chegaria justo a tempo para o jantar de aniversário. Caso contrário, Nina levaria anos para perdoar. Inferno! Com aquela memória, não lhe perdoaria até um deles baixar ao túmulo.

Apesar de tentar fazer com que as pernas avançassem, ele não era mais tão rápido. Maldita velhice. Era quase como se a força da gravidade tivesse aumentado na última década.

Suas botas batiam pesadas na rua sem calçamento. Ele havia tirado o gorro da cabeça e o trazia dobrado na mão. Alguns transeuntes olhavam ostensivamente para ele, um velho correndo. Não demorou, e seu coração batia como um animal selvagem, o peito cuspia fogo, provocando um acesso de tosse. Adiante ele via a estação ferroviária de tijolos vermelhos e brancos. Um velho Lada parou ao lado.

— Quer carona? — perguntou o motorista de meia-idade.

— Sim, até a estação — murmurou Yefim, tentando recuperar o fôlego.

— Entre!

Yefim entrou no carro e em menos de um minuto estava em frente à estação ferroviária.

— Boa sorte — desejou o motorista, estacionando o carro para esperar novos passageiros.

Yefim entrou correndo na estação e deu com uma multidão no saguão de espera. Alguém resmungou atrás dele:

— Disseram o motivo do atraso?

— Problemas nos trilhos — respondeu uma jovem.

— Em outras palavras, o condutor estava bêbado demais para vir trabalhar — comentou com um amigo, que usava óculos de armação redonda, um sujeito bronzeado, de bigode caído. Os dois soltaram risinhos abafados.

Yefim olhou para o painel e viu dois traços brancos onde deveria constar o horário de chegada.

Nesse momento, uma voz feminina nasalada proclamou pelos alto-falantes:

— Atenção! Atenção! O trem para a Estação Central de Donetsk não vai parar na estação de Yasinovátaya devido a problemas mecânicos.

Aquele povo todo arfou de contrariedade no saguão. Os alto-falantes estalaram, ficaram mudos e segundos depois foram reativados. Os passageiros aguçaram os ouvidos.

— O próximo trem chegará às... — a locutora fez uma pausa dramática, comentando algo incompreensível com alguém na cabine, como se quisesse brincar com os nervos dos passageiros, e concluiu: — ... às dezessete e cinquenta.

Yefim desabou num banco próximo. Em circunstâncias normais, iria até o escritório da administração para descobrir o que estava acontecendo. Afinal, não era à toa que passara oito anos supervisionando cadastros para a companhia ferroviária. Mas estava sem forças. Já sabia que chegaria duas horas atrasado ao aniversário de sessenta anos da mulher, e a história nunca mais teria fim.

Mas o pior era que precisaria mentir. Outra vez. Como poderia explicar que tinha ido a Yasinovátaya hoje ou por que motivo seria interrogado pela KGB amanhã de manhã?

Paz, ironizou Yefim com seus botões, lembrando-se das palavras de Nikonov no fim do encontro. Devia ser Svetlana acabando de vez com o juízo do velho. Ele não entendia que Yefim tivera exatamente isso, paz, durante todos aqueles anos? Seu segredo não privara a família de absolutamente nada. E daí, se no fundo não o conheciam de verdade? De todo modo, o que significa conhecer alguém? A única coisa importante era que tinham segurança. Se estivesse aqui, Ivan entenderia.

Mas o fato é que as palavras de Nikonov o incomodavam.

Os alto-falantes da estação não voltaram a crepitar. Yefim ficou grudado no banco, tentando inventar uma história para explicar por que havia saído tarde do trabalho. Em torno, o rebuliço tinha cessado; alguns passageiros se dirigiam aos guichês para trocar as passagens e voltavam para casa, outros esperavam o trem atrasado. Acomodavam-se, desembrulhavam o pão com mortadela, descascavam ovos cozidos e batatas e os mergulhavam em minúsculos montinhos de sal sobre as dobras do *Pravda* da véspera.

Então lhe veio a lembrança do olhar de Svetlana para Nikonov, um olhar a um tempo de respeito e proteção, e ele pensou: *E se eu disser a Nina que amanhã de manhã vou confessar à KGB algo que nunca lhe confessei? Ela entenderia? Teria alguma empatia?* Talvez a verdade fosse sua única saída.

Nina tomou um trago de licor de cereja para acalmar algum resto de nervosismo e até contou uma piada, querendo aliviar no ambiente o peso da ausência de Yefim.

— Um conde introduz um criado ao serviço da casa e diz: "O jantar é servido pontualmente às oito." O criado responde: "Se eu me atrasar, podem começar sem mim."

Todos caíram na gargalhada, e aparentemente a questão foi deixada de lado. Eles estavam acostumados às ausências de Yefim e seus estranhos percalços ao longo dos anos. Tamara até comentou que mal podia esperar para saber o que acontecera dessa vez.

De qualquer maneira, Nina desfrutava do jantar com prazer. Os filhos estavam ali, os amigos mais próximos de Donetsk estavam ali, e, na ausência do marido, ela sentia que estava no comando, do jeito como sempre fora em sala de aula. Contou mais piadas e se certificou de que todos estavam provando todos os pratos.

Já iam tirar a mesa para a sobremesa quando ela ouviu a chave de Yefim na porta. Imediatamente ficou de mau humor. Quando Yefim entrou, a testa dele brilhava, como se tivesse corrido.

— Parece que cheguei bem na hora do bolo! — disse, enquanto todos se levantavam com exclamações e o barulho tomava conta da festa.

— Mas onde você andava, Papai? — quis saber Vita.

— Está sabendo que sua mulher fez sessenta anos hoje, certo? — ironizou Irina.

Yefim abriu os braços e disse:

— Podem crer que preferia de longe estar aqui com vocês. Fui convocado ao Primeiro Departamento. Logo hoje! Dá para acreditar? Acho que queriam dar um motivo para minha mulher me matar.

Houve alguns risos, e Irina se espantou:

— Primeiro Departamento? Minha nossa, por quê?

Nina não disse nada, ocupando-se com os pratos sujos.

— Mas, antes que ela me mate — continuou Yefim, inclinando-se em frente ao armário onde guardava sua velha pasta de couro e pegando uma caixinha azul —, vou lhe dar isto.

Foi passando entre os convidados e entregou a Nina um frasco de Climat, da Lancôme, um perfume francês difícil de conseguir na Ucrânia.

— Feliz aniversário, Ninochka! — disse, dando-lhe um beijo no rosto.

Ela achou que ele cheirava vagamente a trem — uma mistura de creosoto e lençóis engomados — e se perguntava se estaria imaginando coisas. De qualquer maneira, ele havia se livrado na frente dos convidados, e no momento era o que importava.

— Agora sente-se e coma alguma coisa — disse ela. — Vai ter que correr atrás enquanto tiramos a mesa para servir a sobremesa.

— Pegue a minha cadeira, Papochka — ofereceu Andrei, entregando-a. — Vou pegar um prato limpo para você.

— E agora conte o que o Primeiro Departamento anda querendo com você — inquiriu Tamara, cujo falecido marido tivera problemas com o Primeiro Departamento depois que o irmão dele emigrou para os Estados Unidos.

— No fim, não era nada, um mal-entendido ridículo — começou Yefim. — Desapareceu um mapa, e eles acharam que eu tinha levado. E por aí vai. Vocês sabem como eles são paranoicos com mapas. Não vou incomodá-los com essa história. Hoje é o dia da Nina!

Fez, então, um brinde que Nina mal conseguiu ouvir. Ela tentava imaginar como ele conseguia. Como era capaz de inventar daquele jeito sem nem pestanejar?

As visitas foram embora por volta das nove horas. Nina acabou de lavar a louça, deu boa-noite a Andrei e foi para a cama. Yefim entrou no quarto, tirou a roupa e se deitou a seu lado. Ela estava enroscada de costas, voltada para a parede.

— Nina.

Ela não queria ter que o ouvir mentir. Achava que já tinham deixado isso para trás.

— Está dormindo? — insistiu ele. — Eu não queria estragar o seu aniversário. De verdade. Aconteceu uma coisa estranha hoje.

Nina tentava respirar regularmente, como se estivesse dormindo. Não queria se decepcionar mais. Não era a lembrança que gostaria de guardar desse dia. Afinal, tudo na sua vida ia bem: Andrei e Vita estavam casados e tinham seus filhos; Yefim e ela eram relativamente saudáveis; suas pesquisas em paleontologia eram bem reconhecidas; tinha uma multidão de amigos e recebera uma montanha de cartões. Em suma, era amada. Tudo aquilo não era mais importante do que uma promessa que o marido não cumpriu?

Mesmo assim, ainda parecia ressentida ao dizer, sem se voltar:

— Você mentiu para mim e agora vai mentir de novo. Vou te poupar do esforço se me disser só uma coisa.

— O quê?

— Me perdoaria se eu fizesse o mesmo com você?

— Perder o jantar de aniversário?

— Não, mentir depois de prometermos que não íamos mais mentir.

Ele ficou calado por muito tempo.

— Não sei — disse então, na voz uma mágoa que agradou a ela. — Você não costuma quebrar suas promessas.

— Gostaria que você também não quebrasse — retrucou Nina.

E não se falaram mais.

Na manhã seguinte, Yefim inquietava-se com o chapéu. Estava sentado numa cadeira dura na estreita sala 104, no subsolo. Seus joelhos batiam na mesa de madeira, em que não havia nada em cima. No alto, uma lâmpada amarela parecia contaminar o ambiente com icterícia. O funcionário que o trouxera da checagem de passaportes e desceu dois lances de escada, passando pelo corredor até chegar a esta sala acanhada, disse que o funcionário civil Kislykh logo chegaria para dar início ao interrogatório, mas Yefim já estava ali havia tanto tempo que suas costas começavam a doer. A umidade ambiente parecia atravessar as paredes.

Com a carta no bolso do casaco, Yefim pensava no medo. Pensava que aquele lugar, as paredes, a iluminação — as próprias letras *KGB* — serviam para intimidar todo rato de laboratório azarado o bastante para acabar ali. Hoje, o rato era ele. E, apesar de saber que a função da espera era triturar os nervos, gerar confusão e induzir arrependimento — embora conhecesse as técnicas de interrogatório, pela leitura clandestina de Soljenítsyn, e mesmo se convencendo de que em 1984 nem a KGB poderia acreditar sinceramente no futuro radioso do comunismo —, ainda assim, estava com medo. Era como se tivessem bombeado no ambiente um produto químico gerador de medo.

E, no entanto, apesar de todo o medo, uma parte sua estava ansiosa por finalmente se livrar do segredo, louca para sair dali sem a companhia dele.

Quando a pesada porta de metal se abriu para dar passagem a um funcionário alto, de um louro queimado, Yefim teve que se conter para não ficar de pé imediatamente. O servidor civil Kislykh estava na casa dos quarenta e tinha um rosto reptiliano cansado, com olhos castanhos redondos e lábios grossos inusitadamente grandes. Sentou-se na cadeira do outro lado da mesa e largou sobre ela uma pasta de papéis.

— Muito bem, então — começou, lambendo o indicador e levantando a aba do arquivo. — Yefim Iosifóvich Shulman, *tak*?

— *Tak* — assentiu Yefim, querendo espiar a papelada debaixo do braço do sujeito.

— Passamos em revista seu histórico militar para a pensão de veterano que está para ser concedida... Você está quase se aposentando, certo? — Yefim fez que sim. — E detectamos certas discrepâncias.

Ele bateu com a ponta do dedo ossudo na papelada e fez uma pausa. Yefim olhava fixo para ele. Quarenta anos se sentindo vigiado o tempo todo, e só na hora da aposentadoria iam examinar seu histórico adulterado? Que ironia.

— Então, gostaria de entender: onde estava exatamente entre 22 de junho de 1941 e 9 de maio de 1945? — perguntou Kislykh.

Era precisamente a pergunta que esperava, mas de repente Yefim sentiu uma vontade doida de dar um murro na mesa. Que direito tinha aquele babaca de lhe perguntar isso? Provavelmente não passava de um espermatozoide enquanto Yefim tentava sobreviver na Alemanha.

Claro que o sujeito tinha todo direito de perguntar por que encontrava registros do artilheiro Yefim Shulman servindo na Lituânia no início da guerra e do praça Yefim Shulman combatendo em Berlim quatro anos depois, mas nada de Yefim Shulman nesse intervalo. A indignação de Yefim murchou. Ele engoliu em seco.

— Eu trouxe uma declaração — disse.
— Ah, trouxe? — fez Kislykh, lambendo os lábios grossos. — Vamos ver.

Yefim levou a mão ao bolso e hesitou. E se a confissão fosse um equívoco? Ninguém confessava à KGB — a menos que não houvesse outra saída. Ele ainda tinha escolha? Não podia inventar algo? Ou fingir que tinha esquecido?

Mas a carta já estava saindo do bolso na direção de Kislykh, que estendia o longo braço para pegá-la.

O funcionário da KGB desdobrou a carta e começou a ler. Yefim tremia como se estivesse completamente nu para o exame médico, como tinham ficado na fazenda Müller Leinz, quando o pobre Ivan teve que se apresentar duas vezes para lhe dar cobertura. O coração dava pinotes, feito um cavalo enlouquecido. Ele receava até sofrer um ataque cardíaco: levando a mão ao peito, cairia de cara no frio tampo laminado da mesa, bem ao lado da confissão.

Mas, não, ainda não chegara sua hora. Primeiro precisava garantir que a família não ficasse sabendo do seu passado.

Ao terminar de ler, Kislykh levantou-se e começou a andar lentamente pela sala, as mãos para trás, como um professor. Yefim não tinha coragem de se virar. Apenas ouvia o bater de calcanhares no piso de concreto: um, dois, um, dois.

— Vamos ver se entendi direito. Você, cidadão Shulman, ficou parado a guerra inteira e depois mentiu durante quase quarenta anos, e agora quer que a família não fique sabendo dessa vida de desonra. Foi mesmo o que eu entendi?

Tinha chegado o grande momento de Yefim. Nikonov avisara que a KGB estava acostumada com mentiras, tergiversações, piadas, alegações de insanidade e todos os outros truques usados pelos cidadãos que não queriam confessar o que o Comitê de Segurança do Estado precisava que confessassem. Eles só não estavam acostumados, acrescentou, com uma sincera e inesperada confissão de culpa.

— Posso falar com franqueza, Továrich Kislykh? — perguntou Yefim, botando o chapéu na mesa.

— Não poderia haver melhor momento — retrucou o outro, continuando a caminhar do lado esquerdo de Yefim, ligeiramente fora do seu campo visual.

— Eu era mais jovem que o senhor quando agarrei a oportunidade de mudar minha história na guerra. Parecia fácil: omitir alguns detalhes e pronto, futuro resolvido. É como os jovens pensam, não é mesmo? Mas eu também era muito jovem para entender as consequências indesejáveis de uma mentira.

Ele ouviu que Kislykh se detinha dois passos atrás.

— Quais, por exemplo? — perguntou o outro, e a batida surda dos sapatos recomeçou.

— Não vou mentir num formulário oficial. Não, tem toda a razão. Não é disso que eu estou falando. Me refiro à mentira que sustentei para não revelar a verdade à minha família, como nós, homens, somos obrigados a fazer tantas vezes. Não queremos que as esposas e os filhos fiquem sabendo de certas coisas condenáveis que fizemos no passado ou que fazemos no trabalho, ou das concessões que o Estado fez para chegar aonde chegou. Isso geraria bolsões particulares de dúvida, e como geólogo eu sei que pequenas fissuras rapidamente se transformam em grandes fendas. Não podemos permitir que isso aconteça com a sagrada memória da vitória contra o fascismo. É o tipo de coisa em que cada cidadão soviético acredita firmemente. Se começarmos a dizer a verdade sobre milhões de prisioneiros de guerra e *ostarbeiters*, que seria do moral das nossas famílias, da nossa nação? O senhor há de reconhecer, nesses tempos de incerteza, que simplesmente não podemos nos dar ao luxo.

Kislykh voltou à mesa e se sentou. Olhou direto nos olhos de Yefim, parecia que pela primeira vez. Sob a lâmpada, o branco dos olhos era amarelo.

— Quer dizer que agora sua fraude é um dever patriótico, né? Muito esperto. Por isso é que ainda não foi para Israel, por ser tão patriota?

Yefim olhou para o magricela amarelo de sobrenome esquisito, que um dia devia ter sido um menino cheio de sonhos de se tornar forte e corajoso — um bombeiro, talvez, ou capitão do time de futebol do Shakhtar — e que, apesar disso, foi subindo a escada comunista até dar naquele calabouço, submetendo um judeu idoso a interrogatório sobre o que havia feito quarenta anos antes.

— Israel? Não. É que eu prestei serviço no deserto e não gostei do clima.

Kislykh piscou.

— Deviam tê-lo deixado apodrecer na Sibéria — disse, e os joelhos de Yefim estremeceram à menção da taiga.

O oficial introduziu a carta de confissão no arquivo.

— Entende que não vai receber pensão de veterano, Shulman?

— Entendo — respondeu Yefim, embora ainda não soubesse como explicaria à Nina. — O que me importa é saber se vai contar à minha família.

— Sua família é problema seu. Nosso departamento tem mais o que fazer do que ficar revirando a sua roupa suja.

Ele se levantou e se encaminhou para a porta. Quando ia pegar a maçaneta, voltou-se e disse:

— De qualquer maneira, sabemos tudo sobre Nina...

Bateu a porta, e o barulho ficou ecoando nos ouvidos de Yefim. Ele permaneceu sentado, imóvel, tomado de uma apreensão que parecia invadir o ambiente como fumaça espessa. E se convocassem Nina para interrogatório? E se arrastassem Andrei para a Lubianca? Olhando para as mãos, ele percebeu o tremor nos dedos.

Atentou para algum som que pudesse ouvir: uma conversa na sala ao lado, passos pesados dos guardas, até o tinido de algemas — qualquer coisa que indicasse o que aconteceria em seguida. Mas não era à toa que tinham ali paredes tão espessas. A única coisa que conseguia ouvir era a própria respiração pesada.

Yefim se levantou e tratou de se acalmar. Não podia permitir que entrasse em pânico, justamente agora. Era fundamental manter a clareza. Caminhando de um lado a outro na sala estreita, logo começou a sentir que voltava ao normal. Havia até uma certa leveza: depois de quatro décadas temendo ser apanhado, não podia negar que uma parte sua estava aliviada por finalmente ter aberto o jogo.

A porta se abriu, e Kislykh entrou de novo. Pareceu surpreso por encontrar Yefim de pé. E lhe devolveu a carta de confissão.

— Guarde esta cópia — disse. — Daremos notícia se houver mais alguma pergunta. Por enquanto, pode ir.

Yefim mal se deu conta e já percorria o longo corredor, ladeado por pesadas portas de metal que podiam se abrir a qualquer momento para engoli-lo. Moderou o passo, como se quisesse deixar claro para alguém que pudesse estar à espreita que não estava correndo, que não estava com medo. Mas só olhava à frente, na direção da escada que o levaria para cima e para fora do prédio.

Sem saber muito bem como, viu-se do lado de fora, num dia quente de outono. Inspirando o perfume agridoce das folhas caídas, sentiu que os pulmões se abriam tanto que, em vez de voltar para casa, foi sentar-se numa praça arborizada, com um pequeno playground. Dois meninos subiam uma escada, uma menina se balançava com um coelhinho de pelúcia e uma outra colhia folhas amarelas de um bordo, formando um buquê. As vozes infantis ressoavam na praça. Yefim se sentou num banco, tirou o chapéu e chorou.

Capítulo 14

*Abril de 1945
Niegripp, Alemanha*

Pela primeira vez em cinco anos, Yefim estava livre. Até que o Exército Vermelho entrasse em Niegripp, ele não tinha nada a fazer nem lugar algum onde estar.

Era um dia nebuloso de abril. Levando numa pequena mochila a sua caneca de metal, ele desceu o caminho de paralelepípedos do povoado até o rio e se sentou na grama fresca, vendo o vento encrespar a água, ouvindo a agitação dos gansos mais abaixo, esperando. Esperando o momento de ser assimilado de novo no regaço soviético. Se Ivan estivesse com ele, seria mais fácil enfrentar a mudança iminente. Ele sentia falta do amigo. Agora, pelo menos, com a aproximação do exército, tinha uma chance concreta de encontrá-lo. E depois, quando terminasse a guerra, poderiam voltar juntos para casa.

Ele tentou pensar na sua casa, mas a imagem não se firmava. Era algo escorregadio, como um peixe, como um sonho. Meros instantâneos: Basya prendendo as tranças, Mamãe acendendo o fogão, o cheiro de vela apagada enquanto acomodava o corpo entre os irmãos no chão. O resto era uma mistura de preocupação e expectativa, borbulhando e se desviando, como o rio ali à frente.

Ele deveria estar ansioso para voltar para casa, mas a ideia de retornar com o macacão de *ostarbeiter* dava a sensação de uma pedra pesando no peito. Sua mãe ficaria aliviada de voltar a vê-lo, de qualquer jeito, mas o pai... Dava para ver o velho apertando os olhos castanhos e dizendo "*Shande*" por trás da barba. Vergonha. Seu filho mais moço, um prisioneiro imobilizado durante toda a guerra, um judeu trabalhando para os alemães. Ele tentava pensar em termos mais razoáveis, mas quanto mais o Exército Vermelho se aproximava, mais voltava aquele medo conhecido: se não voltasse para casa como um verdadeiro soldado que havia cumprido seu dever, seria para sempre o pequeno e imprestável Fimochka. Participar da tomada de Berlim e continuar vivo era a única maneira de evitar a desonra.

Os gansos se aproximaram no seu gingado, mordiscando com os bicos negros. Eram bichos grandes e sérios, e ele se lembrou da vez que conduziu o bando do vizinho Mykola até o lago. Devia ter sido antes da fome, portanto ele devia ter uns sete anos. Recordava muito bem o orgulho de comandar sozinho o bando de gansos. Até Papai disse: "Você ainda pode vir a ser algo que preste."

Se Ivan estivesse ali, lembraria que nada do que lhe aconteceu fora culpa sua, que haviam sido apanhados nessa guerra entre duas forças que não queriam saber se continuariam vivos ou não. Talvez até fizesse alguma gracinha de não ganhar medalhas para não ser obrigado a ir àquelas chatices dos encontros e paradas dos veteranos do Exército Vermelho depois da guerra.

Mas Ivan não estava ali. O que estava ali, ou logo estaria, era o próprio Exército Vermelho. E, embora ele não tivesse propriamente vontade de matar ninguém — era mais difícil matar pessoas com quem havia convivido —, Berlim era sua última chance de recuperar pelo menos um pouco de dignidade.

Ele se perguntava como seriam as coisas na volta ao exército depois de tanto tempo. Marchar pelas florestas até os pés doerem. Dormir no meio de um coro de roncos. O gosto de mingau do exército ao acordar. Ele não sabia se seria capaz de se integrar de novo ao convívio dos soldados. Depois dos últimos quatro anos, não tinha mais a convicção deles. Encontrara pessoas boas e más dos dois lados da guerra. Mas no exército não se pode pensar assim. Não há espaço para nuances. O objetivo — esmagar Hitler — era maior que todos eles. Acaso seria capaz de pensar do jeito como pensava antes, de se atirar na batalha "por Stalin, pela Pátria"? Tinha certeza de que os soldados do Exército Vermelho se consideravam conquistadores, heróis que tinham medalhas à sua espera na volta para casa, ao passo que, para eles, ele era um ninguém, se não pior: um vagabundo. E até que dava para entender. O seu velho eu provavelmente olharia para ele agora com repulsa: um trabalhador forçado sentado à beira de um rio na Alemanha, esperando ser resgatado, como uma ridícula princesa de um conto de fadas.

E, no entanto, quando Niegripp finalmente se encheu de soldados soviéticos — cobertos de lama ressecada, o olhar apático —, Yefim ficou surpreso de ver que não pareciam heróis. Berlim ficava a dois dias de caminhada, e era evidente que eles só pensavam em chegar lá e recuperar o fôlego antes da última grande batalha. Não estavam nem aí para Yefim ou os outros *ostarbeiters* e prisioneiros de guerra que foram recolhendo pelo caminho. Também só tentavam sobreviver.

Foi fácil juntar-se a eles. A unidade dos "repatriados", como eram chamados os cidadãos soviéticos que estavam em território inimigo, foi posicionada entre dois escalões de infantaria. Como sardinha misturada no cardume, Yefim se limitava a acertar o passo com quem estivesse em volta, saindo com eles de Niegripp e de uma vida de prisioneiro.

Naquela noite, chegaram a uma aldeia abandonada, onde ele teria que se apresentar ao SMERSH, a repartição móvel de contrainteligência que fazia a triagem dos repatriados. SMERSH era uma abreviatura de "morte aos espiões". O nome em si bastou para deixá-lo apreensivo.

Ele não sabia se aos olhos dos caçadores soviéticos de espiões seria melhor ser um *ostarbeiter* ou um prisioneiro de guerra. Um lado seu se perguntava se não era melhor se esconder por trás da identidade falsa mais recente, apresentando-se como "*ostarbeiter* Yefim Lisin". Mas nesse caso não ficariam sabendo que ele era um artilheiro, e, se quisesse combater, precisava que tomassem conhecimento do seu treinamento. Mentir para os alemães podia ter funcionado, mas não era uma boa ideia tentar passar para trás a inteligência soviética.

O escritório do SMERSH fora instalado na residência abandonada de uma família alemã. Ao se aproximar da porta, Yefim estava nervoso e determinado ao mesmo tempo. Ele tirou o gorro e bateu.

Dentro, um oficial com bolsas debaixo dos olhos estava sentado a uma mesa de refeições coberta de papelada. Seu assistente trabalhava perto, carimbando uma pilha de papéis. Pairava no ar um cheiro de repolho frito.

Yefim se aproximou da mesa. O funcionário cansado apontou para um banco de madeira e continuou escrevendo. Acima da mesa, três mariposas esvoaçavam em torno de uma lâmpada pendurada. Quando o sujeito finalmente levantou os olhos, soltou um leve suspiro e, botando mais um pedaço de papel à frente, disse em tom grosseiro:

— Nome, ano e local de nascimento.

— Yefim Iosifóvich Shulman. 1924. Nepedivka, Ucrânia.

Era tão estranho dizer o próprio nome depois de três anos, que ele quase pensou que não acreditariam. O funcionário coçou o olho direito e perguntou:

— *Ostarbeiter* judeu?

— Não exatamente.

— Como assim "não exatamente"? Não exatamente judeu ou não exatamente *ostarbeiter*?

A voz soava mais tensa que antes. Yefim sentiu que estava ficando vermelho. Era um prisioneiro de guerra, um trabalhador forçado e um judeu que tinha sobrevivido quatro anos no Reich, o que podia ser considerado muita sorte ou *muito* suspeito. Como não desconfiou que tinha a palavra "colaborador" escrita na testa? Iam acabar com ele. Dava para sentir.

— Explique-se! — rosnou o funcionário. O assistente levantou os olhos.

Yefim tentou se acalmar. Precisava apenas explicar tudo, só isso. Eles então acreditariam. Não havia motivo de pânico.

— Eu era artilheiro do Exército Vermelho, Regimento 96, estacionado na fronteira e capturado em agosto de 1941.

Falou, então, do campo de prisioneiros e da fazenda de trabalhos forçados, em termos breves e factuais. Sem emoções. Procurava não se deixar abalar pela caneta do interrogador que se movia para dar alguma forma à sua história.

— No início de 1943, correram boatos de que Vlasov buscava artilheiros para o seu exército, e por isso eu fugi.

O interrogador parou de escrever e olhou para ele.

— Sozinho?

Yefim hesitou. Detestava dar nomes, mas não podia mentir.

— Um amigo foi comigo, Ivan Didenko, outro artilheiro do meu regimento.

— Onde ele está?

— Não o vejo há quase dois anos — respondeu Yefim, esperando que Ivan pudesse corroborar sua história.

— Muito bem — disse o homem, anotando o nome de Ivan. — E depois?

— Fomos capturados e achamos que a melhor maneira de não levar uma bala na cabeça seria fingir que éramos *ostarbeiters*, e assim... bem, aqui estou.

Enquanto sua história pairava no ar carregado de traças da cabana alemã, Yefim se sentia estranhamente culpado, embora sem saber exatamente por quê. Matutava se acreditariam nele. O interrogador coçou atrás da orelha esquerda com a caneta, como se não soubesse muito bem o que escrever no relatório.

Foi quando o assistente, todo esse tempo ocupado com o carimbo e sem dizer uma palavra, atirou-se para Yefim e o agarrou pelo colarinho.

— Por que você sobreviveu?

A súbita proximidade e o hálito do outro desconcertaram Yefim. Por quê? Acaso não deveria? Queriam que ele morresse? Ficou tão encalorado que parecia que sua garganta ia trancar.

— Você colaborou com os alemães, seu *jid* de merda, enquanto nossos rapazes morriam pela Pátria? Fale!

Sua cabeça ficou tumultuada com todas as maneiras pelas quais sua história poderia ser interpretada como colaboração. Ele esquecera aquela arte soviética de reinterpretar, insinuar, distorcer as palavras de alguém num novo significado. Precisava pensar rápido e apresentar uma versão blindada. Mas, nesse momento, pelo canto do olho, percebeu que o interrogador principal levava a mão à boca para disfarçar um bocejo.

Tudo aquilo era puro teatro.

Recompôs-se e, olhando bem nos olhos do assistente, como ensinara sua mãe, disse:

— No campo, eu usava um nome falso. Depois, como não há muitos *ostarbeiters* judeus, ninguém suspeitou de mim.

Fez uma pausa, olhou para o interrogador principal e prosseguiu num tom de voz bem calibrado entre franqueza e bravata:

— Eu tive muita sorte. Mas também tenho quatro irmãos no exército, e, o tempo todo que passei aqui parado feito um babaca, só pensava em voltar a combater. Por isso tentei fugir. Duas vezes. Não gosto dos alemães, exatamente como vocês. Na verdade, adoraria ter a oportunidade de acabar com eles em Berlim. Tenho certeza de que o exército vai gostar de contar com mais um artilheiro.

O assistente largou o colarinho de Yefim e voltou ao seu monte de papéis como se nada tivesse acontecido.

— Alguém pode corroborar sua história? — perguntou o interrogador principal.

Yefim mencionou uns poucos rapazes do regimento, embora soubesse que tinham morrido, e alguns *ostarbeiters* encontrados em Karow e Niegripp. Sentia-se sujo por dizer os nomes, mas esperava que não fossem prejudicados por sua confissão.

— Muito bem, Shulman. Você ainda deve dezoito meses de serviço ao exército, portanto vou designá-lo para a Divisão 22 do batalhão de assalto. Apresente-se imediatamente ao comandante.

— Eu esperava ser lotado na artilharia.

O sujeito virou-se para o assistente com um riso de deboche.

— Ouviu isso? Ele esperava. Estou lhe dando uma oportunidade de se redimir, Shulman. Pode considerar que tem sorte de não estar num trem para a Sibéria. E agora desapareça daqui.

— Obrigado — disse Yefim.

— Agradeça à sua Pátria por ainda precisar de você — soltou o assistente em tom seco.

Ao sair, Yefim olhou para as primeiras estrelas que surgiam no céu. Curtiu a sensação boa do ar fresco no rosto quente. O interrogatório fora muito bem, apesar de não o terem mandado para a artilharia nem demonstrado a menor empatia por um judeu sobrevivente. Mas agora nada disso importava. Estavam precisando de soldados, e ele precisava de uma batalha, então eram objetivos bem alinhados. Conseguiria chegar a Berlim e depois, ao voltar para casa, retomaria sua vida e esqueceria todos os horrores e o absurdo dos últimos quatro anos.

Yefim se apresentou à nova divisão e notou que os soldados "de verdade" usavam os novos uniformes do Exército Vermelho, com dragonas nas túnicas verdes, capacetes verdes e botas impermeáveis, mas não havia uniformes para os novos soldados do batalhão de assalto, como ele. Em vez disso, recebeu um capote alemão cinzento, calças soviéticas e botins puídos.

Uma hora depois, estava na fila do jantar. A fila era longa, serpenteando faminta pelo vilarejo alemão vazio, mas Yefim não se importava de esperar. Estava feliz por se encontrar entre compatriotas. O ouvido se adaptara ao alemão fazia tanto tempo que ele havia esquecido como era bom ouvir piadas, queixas e até xingamentos familiares. Sorria o tempo todo feito bobo, querendo abraçar todos eles, como se fossem irmãos. A maioria dos homens falava russo, mas vez por outra ele entreouvia a melodia mais suave do seu ucraniano natal. Não a escutava desde Ivan. Seu coração apertava à ideia de que talvez tivesse finalmente, agora, a chance de encontrar o amigo.

A fila dobrava a esquina, e seu estômago roncava ante a promessa de comida. Ele só pensava em comer e cair no sono. No dia seguinte, caminhariam muitos quilômetros na direção de Berlim. De repente, seus joelhos se dobraram ao impacto da bota de alguém. Por trás, uma voz grave disse:

— Morte aos judeus, viva a Mãe Rússia!

Ouviram-se, então, passos pesados fugindo no escuro. Quando ele se recompôs e olhou para trás, os circunstantes ficaram apenas observando em silêncio. Yefim tremia de raiva. Alguém tinha espalhado sua verdadeira identidade, e, agora, na linguagem já conhecida, vinham os insultos igualmente conhecidos. Ele se sentia uma aberração entre os compatriotas. O sujeito à sua frente disse tranquilamente:

— Não dê bola para esse idiota. Está bêbado.

A fila avançou na direção da gororoba noturna.

***

Sua divisão estava estacionada em Teltow, a sudoeste de Berlim, e, embora fosse um vasto acampamento com milhares de soldados, ele não tinha com quem conversar. Depois do incidente da véspera, sentia mais que nunca a falta de Ivan. Seu amigo nunca deixava essas coisas passarem. Teria ajudado a encontrar o filho da mãe. Yefim passou a noite tentando esquecer, mas o gosto amargo na boca não desaparecia.

Ao se levantar pela manhã, tudo parecia cinzento e interminável, como se estivesse de volta ao campo. Ele se movia como um autômato, procurando não pensar. Recebeu um fuzil e foi mandado para Berlim com os outros soldados recém-arrebanhados, sem o menor treinamento.

Yefim marchava pela estrada, o fuzil balançando no ombro. A ponta dos dedos sentia falta das curvas tranquilizadoras da Uska. Ele gostaria de estar mais adiante, com os rapazes da artilharia. Teria sido recebido como um deles, e ninguém o atormentaria, como na noite anterior.

Mas ali estava, na retaguarda, junto com a bucha de canhão. Dava para sentir o desejo de vingança no passo pesado daquelas botas. Mas ele passara muito tempo entre os alemães para encará-los apenas como o Inimigo. Sim, havia guardas bêbados e chefes sádicos, mas também havia pessoas como Ilse e os Mayer, gente normal com seus medos e preocupada com o sustento dos filhos, e uma retórica nacional que deixava todo mundo de cabeça quente. Exatamente como no seu país.

O sol estava a pino no céu claro quando eles chegaram a um amplo descampado cercado de fazendas, atrás das quais Yefim distinguiu, por cima de uma fileira de árvores, o campanário de uma igreja bombardeada. A campina fora tomada pelos soldados, sentados em grupos na grama fresca da primavera. Alguns fumavam; outros comiam suas rações. Exceto pelo estrondo distante dos bombardeiros sobre a capital alemã, aquele prado lhe lembrou um pouco a segunda-feira de Páscoa em Karow, quando falou com Ilse pela primeira vez. Se chegasse vivo ao fim dessa guerra, precisaria encontrá-la.

Yefim se aproximou de um grupo de quatro homens com o uniforme do Exército Vermelho e perguntou por que tinham parado ali.

— Eles abriram um caminho para atravessar o Canal de Teltow — disse um deles, olhando de soslaio para Yefim. — Estamos esperando os engenheiros fazerem uma ponte.

O sujeito olhou para ele com ar de cautela e perguntou:

— Você é um desses repatriados?

Antes que Yefim pudesse responder, um outro cuspiu uma guimba e soltou:

— Descansou bem enquanto a gente se matava na guerra?

Yefim queria dizer que era um artilheiro, que tinha fugido, duas vezes, e que queria acabar com aquela guerra tanto quanto qualquer um ali. Mas o cara não estava errado. Então, preferiu dizer:

— Deu para descansar bem. — E foi saindo.

— Komarov, é você? — gritou alguém atrás. Yefim levou um susto. Não usava esse nome desde a primeira fuga.

E aí um sujeito se postou diante dele.

— Nikonov — lembrou-lhe o outro.

O azul gelado daqueles olhos levou Yefim de volta à *Appellplatz*, onde os guardas da SS buscavam judeus na multidão. No fim das contas, o bom e velho Nikonov tinha sobrevivido.

— *Jivyokhonkiy*! — gritou Nikonov, como se Yefim estivesse voltando do outro mundo. — E eu apostei que você não durava mais de um mês!

Em torno deles, comentava-se o trovejar da artilharia.

— O que aconteceu com você? — perguntou Yefim.

— Longa história. Tem cigarro?

Yefim balançou a cabeça, e Nikonov suspirou, decepcionado. Os dois se sentaram na grama, longe dos outros. Yefim tirou um pedaço de pão da mochila.

— Fui mandado para uma mina — começou Nikonov, baixando ligeiramente a voz. — Um buraco do cacete! Rações quase tão ruins quanto no campo. Os guardas nos escoltavam por um povoado, na ida e na volta da mina, e, quando passávamos batendo os cascos na rua, a criançada da aldeia atirava pedras em nós, os escrotinhos. No início me puseram para trabalhar no turno da manhã, mas depois me mudaram para o noturno, e eu decidi que não dava mais. Eu, um maldito oficial soviético, ralando como um escravo. E fugi. Com mais dois. Cavamos um túnel por baixo do arame farpado e escapamos. Mas não durou muito. Fomos apanhados por dois adolescentes de bicicleta. Dá para acreditar? Simplesmente demos de cara com eles uma noite. Não conseguíamos correr direito, magros e fracos. Pois bem, fiquei apodrecendo numa prisão durante um mês. Foi quando perdi esses aqui — Nikonov puxou o lábio, e Yefim viu a falha na arcada inferior —, mas pelo menos não me mataram. Depois, me mandaram para outro campo. Onde havia toda uma vida clandestina, com regras próprias, mercado paralelo, até uma resistência.

— Ficou quanto tempo?

— Até o nosso exército aparecer. Quer dizer, na verdade, os escrotos dos alemães nos puseram em marcha para oeste quando souberam que nossos rapazes estavam chegando.

Yefim se surpreendeu com a franqueza de Nikonov. Parecia outro homem. Nenhuma arrogância, longe do velho ardor propagandista. Ele falava como se fossem iguais.

— Você teve problemas com o SMERSH? — perguntou Yefim.

— Estou aqui, não estou? — Nikonov deu de ombros. — As informações da minha captura batiam e, bem…

— O quê?

Nikonov olhou rapidamente ao redor, como se quisesse se certificar de que não estavam sendo ouvidos. Gesto estranho, para um comissário.

— Eu omiti a parte da mina. Assim eles não registraram que eu trabalhei para os alemães.

Yefim se perguntava se Nikonov se lembrava da discussão que tiveram sobre trabalhos forçados, quando se conheceram. De qualquer jeito, ele parecia ter mudado de atitude.

— E você, Komarov?

Yefim bebeu alguns goles de água do cantil e falou da fazenda, das duas fugas, da separação de Ivan, de quem Nikonov não se lembrava. Não mencionou Ilse nem os Mayer ou qualquer outra coisa que não tivesse revelado aos funcionários do SMERSH.

Quando terminou, Nikonov perguntou:

— E também te liberaram?

— Estou aqui, não estou? — repetiu Yefim.

— Somos mesmo uns sortudos, Komarov. Podiam muito bem ter nos mandado para você sabe onde…

— Você acha? Para mim, eles precisavam de cada homem disponível no momento.

— O quê? Não ficou sabendo? Mandaram um trem de repatriados para a Rússia ontem à noite.

— Duvido que o SMERSH fosse despachar homens aptos para a Sibéria, a não ser colaboradores ou garotos incapazes de atirar.

Nikonov olhou para ele como se quisesse entender qual dos dois ali era ingênuo.

— Diga lá, Komarov, na sua opinião, qual é o objetivo do soldado do Exército Vermelho?

— Defender a Pátria — proferiu Yefim, a resposta que um comissário esperaria.

— Ora, por favor! Não me venha com essa bobajada. Não sou mais nenhum comissário e, depois de tudo que viu, você devia estar mais esperto.

Yefim não sabia dizer o que Nikonov queria.

— Pois então vou dizer. Um soldado do Exército Vermelho só tem dois objetivos: acertar balas no peito do inimigo ou absorver balas inimigas, para que elas acabem mais rápido. E digo isto como alguém que viu como o Partido pensa. Quando essa guerra acabar, será lembrada como o maior ato de coragem e sacrifício do nosso país, e quem não se encaixar na narrativa será um inconveniente. Gente como eu e você. E não preciso lembrar o que a nossa Pátria faz com o que é inconveniente…

Yefim olhava fixo para Nikonov. Não entendia como um antigo comissário podia dizer coisas assim. Só havia uma explicação. Nikonov era um agente provocador. Estava testando Yefim para ver se não fora cooptado pelo inimigo. Era mesmo de esperar que o SMERSH despachasse bandos desse tipo de escória humana para revelar quem era quem. Precisava se afastar dele, e rápido.

— Ainda não acredita em mim? — perguntou Nikonov com seu sorriso sedutor. — Pois então não acredite. Eles nos dão uma oportunidade de combater e, se voltarmos de Berlim vivos, talvez nos poupem. Quem sabe?

Começou um tumulto quando alguém deu voz de comando:

— Desocupar!

Em volta deles, os homens começaram a se levantar. Yefim se pôs de pé rapidamente, tentando disfarçar o alívio.

— Hora de partir — disse Nikonov, esfregando as mãos em animada expectativa, como se não tivesse acabado de externar todo o seu pessimismo. — Mal posso esperar para fritar aqueles porcos fascistas. E você tome cuidado, Komarov. Conseguimos chegar até aqui. Precisamos voltar inteiros.

E deu uma piscadela. Yefim se afastou ao encontro da sua divisão, sem perceber onde pisava nem quem estava ao redor. À espera da travessia do Canal de Teltow mais adiante, seus braços estavam pesados, largados ao longo do corpo. Se não fosse empurrado pelos outros na direção da estreita ponte flutuante, gostaria de poder deitar-se. As palavras de Nikonov respingavam como ácido em seu estômago. Preferia não o ter encontrado.

Até que se lembrou de que Nikonov não sabia seu verdadeiro nome e se sentiu muito melhor.

Lentamente a corrente humana atravessava a ponte flutuante. Yefim olhou para a água. Pedaços de madeira chamuscada desciam flutuando o largo canal, como gelo nos primeiros dias de primavera. Quando chegou à margem norte, as casas danificadas de uma cidadezinha ribeirinha ainda expeliam fumaça da batalha que havia sido encerrada naquela manhã. Enormes amontoados de concreto e alvenaria espatifada se espalhavam pelo que fora antes uma rua. De uma janela pendia, como se fosse roupa secando, um par de pernas imóveis, calçando botas alemãs.

À direita havia uma tenda de primeiros socorros, e por uma abertura ele viu três enfermeiras e um médico cuidando de duas dúzias de feridos. Vez por outra, a gemedeira geral era entrecortada pelos gritos da equipe indo e vindo. Mais adiante, um grupo de homens levava cadáveres para um caminhão. Alguém passou correndo com uma maca. Nela, um soldado expelia bolhas sanguinolentas pelos pulmões perfurados, a cada respiração. Yefim e os outros se calaram à sua passagem. Ele se sentiu culpado por saber que, enquanto falava com Nikonov, aquela tropa avançada combatia pela cidade à beira do canal, abrindo caminho para ele e o resto da divisão. As palavras "absorver balas alemãs" ecoaram em sua cabeça.

Logo ele se deparou com uma clareira nos edifícios e viu o céu enegrecido no horizonte, onde os aviões causavam devastação em meio à névoa de poeira sobre Berlim. Observando a névoa, foi tomado de ansiedade. Amanhã pela manhã estaria combatendo na cidade.

Naquela noite, eles acamparam num descampado logo depois dos arredores de Berlim. Yefim não queria voltar a encontrar Nikonov, mas estava escuro, e, assim que terminou o jantar, todos fizeram a cama no chão, exaustos. Não era fácil dormir com o silvo choroso dos foguetes Katyusha e o ronco profundo dos bombardeios. Debaixo do capote alemão, Yefim pensava no que o amanhã lhe reservaria. A mente ia e voltava entre aquela primeira batalha na Lituânia e as palavras de Nikonov. Ele se via disparando contra um inimigo, mas se dava conta de que os dedos mutilados não lhe permitiam puxar o gatilho, e pensava: *Imprestável, inconveniente*.

Quando finalmente entrava em repouso mais profundo, ressoou no descampado o toque de despertar. Ele abriu os olhos vermelhos. Nem chegara ainda o alvorecer. Suas panturrilhas doíam por causa das botas novas. Os dedos estavam rígidos de frio. Ele verteu água do cantil na caneca de metal, para dar sorte, e bebeu.

Ao clarear o dia, carregado e cheio de fumaça, seu batalhão entrou no subúrbio sudoeste de Berlim. Yefim ouviu fogo de artilharia e explosões de granadas adiante. Sob os pés estalava a alvenaria transformada em poeira pelos bombardeios. Prédios residenciais de cinco andares se perfilavam nas ruas amplas, percorridas por uma linha de bonde. Depois de três anos em regiões rurais da Alemanha, aquele vasto mundo construído pelo homem o deixava pequeno e embasbacado. Não conseguia afastar a sensação de que era uma mosca rastejando numa cidade-modelo, como a que ele e os irmãos desenhavam na terra, nos fundos da casa, quando brincavam de vermelhos e brancos. Só que, ali, as Katyushas tinham deixado sua marca: muitos prédios decapitados, com enormes feridas abertas, as tripas expostas de maneira indecente.

Dividiram-se em grupos menores e se dispersaram pelas ruas. Granadas explodiam mais à frente, e ficava difícil ouvir alguma coisa. O comandante do pelotão de Yefim, parecendo meio bêbado, sinalizou uma virada à esquerda. Seguindo-o, bem agarrado ao fuzil, Yefim tropeçou e caiu sobre dois cadáveres cruzados um sobre o outro. Levantou-se rapidamente, tentando não olhar para eles. Fixava logo à frente um prédio branco de onde se elevava uma coluna de fumaça.

De repente, caiu uma avalanche de granadas ao redor deles. Os dentes de Yefim batiam, ele ficou paralisado, não mais ouvindo o que o comandante berrava. Sentia as explosões ricocheteando fundo nos ossos. Ao redor, eram só estampidos fulminantes. A rua se quebrou em fragmentos:

um soldado de olhos arregalados sentado debaixo de uma tabuleta onde se lia FR SEUR

corte

uma granada descrevendo um arco no céu

corte

partículas quentes de terra e tijolo ferroando a pele de Yefim

corte

o soldado tombou feito um saco, com sangue pingando das orelhas

Yefim apertava a arma com toda a força, a pele retesada nas articulações dos dedos. Tentou se concentrar.

— Cuidado! — gritou alguém.

Do último andar do prédio em chamas, veio uma rajada de metralhadora. Ele correu.

Foi seguido por respingos das balas. Ouviu um camarada do pelotão bem atrás, mas o sangue dele jorrou em sua nuca. Continuou correndo, sozinho. Chegando ao cruzamento do outro lado, desviou na direção de um blindado alemão de reconhecimento que estava emborcado e que havia sido queimado e esmagado por um tanque. Yefim se agachou por trás. Sentiu o cheiro carnal do sangue e dos miolos de alguém e, tentando conter a náusea, limpou a nuca com a manga.

Seu joelho prendeu em alguma coisa, e ele olhou para baixo. Um braço queimado se projetava da janela do blindado. Uma aliança de noivado, de ouro, brilhava no dedo enegrecido.

Tomando cuidado para não expor a cabeça, ele perscrutou a rua pela janela do blindado. O corpo do camarada do pelotão estava estendido no asfalto. Yefim tentou localizar os outros, mas não via ninguém. O tiroteio, agora menos rápido e mais seletivo, dizia que sua unidade estava aniquilada ou escondida. Ele viu que os disparos partiam de uma varanda do segundo andar do prédio branco e mirou.

Disparou, firmando a arma com a mão direita, e de repente o veículo de reconhecimento foi sacudido por uma explosão e ele foi jogado no asfalto, olhando para o cinza amarelado do céu. Seus ouvidos zuniam.

Ele achava que essa batalha seria sua redenção, mas não passava de mais um corpo entre Moscou e Berlim. Yefim afastou esse pensamento. Tinha que fazer tudo para ficar vivo. *Levante-se*, pensou. *Mexa-se*.

Foi se arrastando até o prédio mais próximo. A metralhadora começou a matraquear de novo, mas ele seguiu em frente. O prédio já era apenas uma casca, quatro paredes cheias de escombros e sem telhado. Mas dava cobertura. Foi quando ele sentiu uma dor indefinida, mas funda atrás da cabeça. Havia sangue no cabelo. *Só um arranhão*, tentou se convencer. *Estou bem*.

Espiou pela borda destroçada de uma janela, mas levou pela frente uma saraivada de balas. Alguém devia tê-lo visto. Abaixou-se e rastejou para o canto mais afastado do prédio. Precisava achar outro jeito de sair daquela arapuca. Deu com um caixote com a inscrição *Kart* em letras pretas. Batatas. Ali devia ser uma mercearia. Continuou se arrastando nos escombros formados pelo telhado e vários andares tombados, até que, depois da dureza fria do entulho, seus dedos bateram em algo quente, polpudo. Ele rapidamente retirou a mão. Coberta de terra, era a coxa magra de um menino alemão, com o short cinza do uniforme da Deutsches Jungvolk cheio de manchas vermelhas. O braço esquerdo do menino estava preso numa grande placa de cimento. Ele encarava Yefim com grandes olhos azuis apavorados.

O menino não teria mais que doze anos, com um tufo de cabelos louros muito claros no alto da cabeça, raspada dos lados. Vendo as meias brancas dele puxadas até os joelhos, Yefim pensou em Marcel e ficou furioso. Aquilo não era lugar de menino com meias escolares. Os alemães deviam estar muito desesperados para mandar crianças para aquele inferno.

O menino acompanhava cada movimento de Yefim, olhando aterrorizado para a arma. Yefim se inclinou na sua direção e disse:

— Vou tirar você daí.

Passou as mãos ao redor da placa de cimento e começou a levantá-la. O menino gemeu. Com medo de deixá-la cair e esmagar a criança, Yefim ergueu e empurrou a pesada laje até conseguir que deslizasse para o lado. Viu o que restava do antebraço esquerdo do menino, retorcido e ensanguentado, e sentiu a esquecida dor dos próprios dedos. Agarrou-lhe a mão em bom estado e o puxou para cima. O menino soltou um protesto de dor. Yefim achou que o pobre garoto precisava se recompor um pouco, abriu a mochila e verteu água em sua caneca metálica. O alemãozinho levava os olhos da água para Yefim e vice-versa, piscando, hesitante. Até que a bebeu.

— Vai embora daqui — disse-lhe Yefim, apontando para a outra extremidade do prédio, longe do canto de onde viera.

O menino saiu trôpego na direção indicada, o braço esquerdo pendurado como uma asa quebrada.

Yefim tratou de se reorientar. De algum ponto atrás do prédio, ouviu uma explosão muito parecida com o ruído da boa e velha Uska. Rastejou, então, até uma parede com várias janelas, mantendo a cabeça baixa.

Com todo o cuidado, olhou por uma janela cuja vidraça estava quebrada. Abaixo devia haver antes um lindo jardim que dava para a rua em frente. Bem no meio postava-se uma nova versão da Uska. O canhão estava embaixo de uma macieira, e, toda vez que os três artilheiros soviéticos disparavam, levantando cortinas de fumaça e atirando pedras e madeira para o alto, a árvore estremecia, derramando pétalas brancas na grama.

Por um momento ele ficou paralisado ante aquela visão. Lembrou-se da primavera anterior, de Ilse. Ah, se ela pudesse vê-lo agora, um soldado de verdade, e não um pobre judeu que ela havia conseguido salvar. Num ímpeto de coragem, ele pulou para fora.

No exato momento em que tocou no solo, ouviram-se disparos, e dois dos artilheiros tombaram. Yefim deu meia-volta e atirou na janela de onde supunha terem vindo os tiros.

— Onde ele está? — gritou o terceiro artilheiro, detrás da roda do enorme canhão, onde buscara cobertura.

— Terceiro andar, segunda janela — berrou Yefim.

Nesse momento, o atirador botou a cabeça para fora, e instintivamente Yefim atirou. Só quando a cabeça com o tufo de cabelos muito louros caiu pendurada na janela, banhada em sangue, é que Yefim se deu conta de que matara o menino que tinha acabado de salvar.

Por um instante sentiu como se estivesse sendo tragado pelo chão, mas logo se viu correndo na direção do canhão, e o esforço da corrida ajudou a bloquear o que havia acabado de acontecer. Debaixo da árvore, o soldado sobrevivente, com o rosto vermelho, sacudia pela lapela os dois camaradas.

— *Serguei! Dimon! Vstavayte!*

Yefim pegou no visor do canhão.

— Que diabos está fazendo? — berrou o outro.

— Eu sou artilheiro! — disse Yefim, apalpando a forma conhecida do visor.

O canhão estava voltado para um prédio de tijolos de três andares, com grandes janelas arqueadas, que devia ter sido uma loja ou fábrica. Yefim não queria saber o que havia lá dentro ou por que ele devia ser destruído. Aquilo tudo era um absurdo de qualquer maneira.

Eles carregaram uma nova bomba, e Yefim disparou.

A seu lado, a macieira deixou cair as pétalas.

Yefim só chegou ao centro de Berlim nos primeiros dias de maio, quando já haviam cessado os combates mais brutais. Caminhando pelas ruas da cidade, varridas pelo vento, sentia cheiro de gasolina, estrume de cavalo e carros queimados.

Não tinha muita certeza do que esperava encontrar ali, agora que não estava mais na mira dos tiros. Contribuir para a tomada da capital da Alemanha supostamente devia conferir algum significado à sua fútil perambulação pelo Reich. Mas, embora visse nos outros soldados a satisfação da vingança, não a compartilhava, exatamente como não podia compartilhar tudo pelo que haviam passado para chegar até ali. Do seu ponto de vista, a batalha tinha sido apenas ruído e destruição, e ele não entendia por que fora o único da sua unidade a sobreviver.

Agora caminhava livremente em Berlim, assombrado com a gigantesca destruição de pontes, ferrovias, estações de metrô, catedrais, fábricas, palácios de colunatas e lojas. Nos subúrbios mais afastados de onde sua unidade combatera, Berlim não lhe parecera muito diferente de Vinnytsia, a cidade mais próxima de sua aldeia, que havia visitado antes de embarcar. Mas, agora que entrava mais fundo no coração da cidade, via que, ao passo que as ruas de Vinnytsia tinham começo e fim, as de Berlim nunca pareciam acabar. Mesmo com todos os escombros, cada rua simplesmente se transformava em outra, mudando ligeiramente de rumo e se alargando como um rio sinuoso.

Talvez ele não ficasse tão perplexo com a cidade se as ruas de Berlim não estivessem totalmente inertes naqueles primeiros dias de maio. Nada de bondes circulando, nem de portas de lojas se abrindo, nada de fumaça subindo das fábricas ou de trens apitando na saída das estações de metrô. Com o deslocamento para oeste dos últimos resquícios de combates, os bairros da zona sul estavam vazios e calmos, seus prédios arrasados deixando cair entulho como pele descascando. Os únicos sinais de vida eram as bandeiras brancas, lençóis, toalhas de mesa e farrapos pendurados nas janelas e varandas. Por trás delas, ele sabia, havia milhares de berlinenses, em sua maioria mulheres, escondidos em porões e sótãos, tentando sobreviver com suprimentos que estavam escasseando havia muito tempo. Ele não sabia o que era mais sinistro: o caos da batalha ou os cacos mudos da cidade que ela deixou para trás.

A certa altura, Yefim entrou num beco sem saída e deu com um redemoinho de folhas no ar. Achou estranho que houvesse folhas caindo em maio e se aproximou. E viu que eram marcos alemães pousando nos paralelepípedos e sendo sugados para a vala. Olhando para algo que tivera seu valor, sentiu-se um pouco como as cédulas: imprestável.

Na noite de 8 de maio, Yefim acordou no acampamento com o barulho de um tiroteio. Pegou o fuzil e saiu correndo da barraca. Devia ser a chegada de paraquedistas alemães para retomar a capital.

Em vez disso, o que viu foram soldados acorrendo de todos os lados e atirando para o alto, sem qualquer preocupação de poupar munição, enquanto o comandante corria na direção deles, agitando uma bandeira soviética e gritando:

— A guerra acabou!

Nessa noite, todos se abraçaram, dançaram e beberam vodca até amanhecer, com uma alegria tão grande que parecia que nunca mais acabaria. No meio das comemorações, Yefim saiu andando em busca de um lugar escuro e tranquilo atrás de uma árvore. Sentou e ergueu a caneca metálica. A guerra tinha acabado. Ele — prisioneiro, trabalhador forçado, judeu — havia sobrevivido. Em algum lugar, esperava que seus entes queridos também estivessem comemorando.

Nos dias seguintes, Yefim só teve autorização para voltar a Berlim uma vez. No caminho, passou por uma estação ferroviária onde um coronel soviético orientava soldados que carregavam um armário de carvalho, um piano, candelabros, uma bicicleta e rolos de tapete para um vagão de carga. Um reluzente Mercedes preto esperava a vez de ser posto no vagão raso.

A descarada ganância do coronel chocou Yefim. Era para isso que tinham lutado numa guerra? Para que os poderosos conseguissem o seu lindo Mercedes? Ao retornar ao acampamento nesse dia, descobriu que os saques tinham sido legitimados pelos comandantes do Exército Vermelho, que anunciaram que os soldados soviéticos estavam autorizados a mandar despojos de guerra para a família. Praças como Yefim podiam enviar um pacote de até cinco quilos. No acampamento todo, soldados agitados juntavam relógios de pulso, tecidos, carne enlatada… Quando alguém perguntou se pretendia mandar alguma coisa, ele deu de ombros. Yefim estava convencido de que, depois de quatro anos sem notícias, sua família o considerava morto. Latas de conserva não seriam a melhor maneira de dar a notícia de que conseguira sobreviver.

Assim, uma semana depois da capitulação alemã, ele escreveu uma breve carta, contando aos pais que havia entrado em Berlim e perguntando por eles. Foi à barraca de correios do acampamento para remeter a carta e perguntar se sabiam como poderia localizar Ivan. No caminho, tentava imaginar um jeito de fazer contato com Ilse sigilosamente, quando ouviu:

— *Zdorovo*, Komarov!

Era Nikonov. Estava acocorado do lado de fora, fumando. Tinha uma bandagem no braço esquerdo. Por um momento, Yefim quis mudar de direção, mas Nikonov já estava acenando para ele.

— Você se feriu? — perguntou Yefim, apontando para o braço do outro, na esperança de evitar conversa sobre política.

— É, estilhaços. Nada grave. Agora vou parecer um herói de guerra de verdade quando voltar. As garotas vão adorar. Rá, rá!

— Voltar?

— Tem um grupo sendo despachado amanhã — disse, com um toque de tristeza. — Você não?

— Pelo que ouvi, nossa unidade ainda ficará um tempo por aqui. E também estou devendo dezoito meses de serviço — respondeu Yefim. — Você então volta direto para a Crimeia?

Nikonov ajeitou a bandagem e desviou o olhar, parecendo envergonhado. Yefim nunca o vira assim. Era como se de repente não houvesse mais sangue no seu rosto.

— Não é para casa que eles estão me mandando, Komarov — respondeu, calmamente. — Eu não disse que para eles nós somos inúteis? Inconvenientes?

Sibéria, pensou Yefim. E se agachou ao lado de Nikonov, sentindo-se mal por ter pensado que ele fazia trabalho sujo para o SMERSH.

— Mas se foi reintegrado ao exército, não quer dizer que limparam sua ficha?

— Era o que eu esperava, até voltar ao escritório do SMERSH hoje de manhã para escrever mais uma vez minha maldita história: como fui capturado, onde andei etc.

— Ah! — fez Yefim, tentando entender por que não tinha sido chamado de novo também. — Quer dizer que também vão me mandar para lá depois de concluir o serviço?

— Não sei. Mas o fato é que eu era comissário. O seu caso é diferente. Talvez você seja poupado — disse Nikonov, sem parecer convencido.

Yefim não sabia o que dizer. Como podiam ser punidos pelos próprios compatriotas por terem sobrevivido? Era uma injustiça de deixar qualquer um atordoado. Sentou-se ao lado de Nikonov, que olhava ao longe.

Eles podiam ter sobrevivido à guerra, mas a paz não seria muito mais fácil. Pela primeira vez, Yefim tinha medo do que esperava por ele na volta para casa.

Uma campainha de bicicleta tilintou, e um praça passou por eles, acenando e tomando cuidado para não cair.

— Sabe andar de bicicleta? — perguntou Nikonov com ar estranhamente distraído.

— Não — respondeu Yefim, olhando para o ciclista. As bicicletas eram um dos itens mais visados pelos caçadores de despojos.

— Talvez aprenda se for ficando por aqui. Melhor ainda é ir para o oeste. Talvez sua última chance de fugir.

Yefim não olhava para Nikonov. Ele estava cometendo uma heresia, mas, apesar disso, Yefim se sentia estranhamente honrado com a preocupação que transparecia da sugestão do colega. Ouvira falar de outros soviéticos que não ficavam terrivelmente felizes com a perspectiva de repatriação e tinham ido para o Ocidente. Talvez ele pudesse pensar no caso. Nos Estados Unidos, tinha alguns tios que haviam migrado muito antes de ele nascer.

Yefim queria se mostrar gentil com Nikonov. Era um sujeito estranho, mas talvez houvesse um motivo para terem sido reaproximados pela vida.

— Olha só — começou —, pode me mandar uma carta quando chegar lá? Me avise onde você foi parar.

Nikonov ficou calado.

— Claro — disse por fim, dando de ombros. — Se deixarem.

— Por favor. Escreva para Yefim Shulman. É meu nome verdadeiro.

Nikonov olhou para ele.

— Está brincando! Quer dizer que o tempo todo eu estava certo de achar que você era judeu?

Deu uma boa gargalhada, os olhos lacrimejando, até que repuxou o braço sem querer e soltou um palavrão, de dor.

— Mas que filho da mãe sortudo, Shulman!

Capítulo 15

Novembro de 1989
Moscou

Andrei estava atrasado. Devia ter encontrado os pais na estação Pavelétsky dez minutos antes e ainda estava na parada anterior do metrô. Coçou a barba, queria poder apressar o trem. Mamãe e Papai provavelmente estavam esperando na plataforma fria, chateados por terem pegado o trem noturno de Donetsk para Moscou, e no fim o filho nem era capaz de ir buscá-los na hora. Considerando-se que praticamente os havia enganado para virem a Moscou, não era um bom começo.

Ele estava cansado e ansioso depois de uma noite agitada com Lina. Sua mulher dormira com irritante tranquilidade — mas não era ela que precisava mentir para os pais. Seus pais achavam que tinham sido chamados a Moscou para ajudar com as crianças enquanto Lina se ausentava para uma conferência. Mas, embora ela de fato tivesse pegado um avião para uma conferência, o motivo pelo qual Andrei os chamara era para dizer que Lina e ele queriam emigrar.

Lina foi a primeira a aventar a ideia. Andrei foi totalmente apanhado de surpresa, embora não devesse. Ir embora fazia todo sentido para Lina: ela falava inglês razoavelmente e nunca foi dada a cair de amores pela Pátria. Seu pai, tendo passado a guerra no Gulag, acostumara-a a ler *samizdats*, os panfletos políticos clandestinos, de modo que ela já conhecia muitos segredos inconfessáveis do país bem antes da maioria, e certamente antes de Andrei. Também era judia, o que a tornava uma candidata à emigração. Agora hordas de judeus iam embora, alguns para Israel, mas a maioria para os Estados Unidos, que eram, como ela gostava de lembrar, o grande viveiro da psicologia moderna. Psicóloga profissional e elemento pragmático do matrimônio, Lina se declarava farta de fazer fila para comprar comida, de baratas na cozinha e das viagens de uma hora em ônibus lotados até uma escola mais próxima possível que não fosse inculcar sandices comunistas na cabeça dos seus filhos.

Argumentar que as coisas estavam mudando no país não adiantou para dissuadi-la. Segundo ela, a glasnost podia ter começado a abrir os olhos das pessoas para todo o horror do regime de Stalin — da fome na Ucrânia, agora chamada de Holodomor, aos milhões de prisioneiros de guerra mandados para campos de trabalho forçado depois da guerra —, mas não faria a menor diferença. As longas décadas de negação dessas verdades serviam apenas para confirmar que a União Soviética estava podre até a raiz e só podia se decompor cada vez mais.

Mas Andrei não enxergava as coisas assim. Sentia mais sinceridade e menos medo no ar. A exumação de todo aquele passado ia lavar a alma do povo, ajudá-lo a se curar e se reconstruir. Claro que, ao contrário do pai de Lina, seu pai não tinha sobrevivido a um campo de trabalho forçado, de modo que talvez ele estivesse sendo ingênuo.

Eles sempre debatiam a questão da emigração no escritório, o compartimento mais afastado do quarto das crianças, e só à noite. Não podiam nem pensar na hipótese de que elas ouvissem. As paredes do escritório eram cobertas de livros, e doía olhar para eles, nas dezenas de prateleiras que seu pai o ajudara a instalar. Haviam conseguido esse apartamento apenas dois anos antes, e a mudança fora uma empreitada de tal ordem — com as crianças, o gato, os livros — que a simples ideia de abandonar as estantes e se mudar de novo deixava ambos exaustos. Ou talvez só ele. Lina muitas vezes parecia cheia de energia represada, como uma pantera à espreita.

Enquanto ela falava, Andrei abraçou temporariamente seu ponto de vista: mudar para os Estados Unidos, exercer a psicologia estadunidense, proporcionar um futuro melhor aos filhos. Ele assentia com a cabeça e tentava se convencer de que, de todo modo, nunca se sentira em casa em Moscou. Ainda era um estranho, com seu sobrenome ucraniano, o jeito macio de falar que contrastava com o pretensioso sotaque moscovita, as falhas na familiaridade com os bairros, as figuras culturais e as referências que só os nativos entendiam. Sentia falta dos cheiros e da liberdade da estepe, aonde os pais o levavam com frequência quando pequeno. Ante a pressão elitista de Moscou, contudo, ele não fazia alarde das próprias origens — Donbass. Claro que, nos Estados Unidos, também seria um estranho, mas nesse caso os detalhes não teriam importância. Seria simplesmente "um psicólogo soviético". Um novo começo, uma aventura. Ou pelo menos era o que Lina o levava a crer. Mas, à noite, enquanto ela dormia, provavelmente certa de que afinal o convencera, ele se debatia com a nua verdade: não queria uma aventura. Estava satisfeito com a vida que tinham.

Depois de algum tempo, as discussões começaram a girar em círculos, era de enlouquecer, até que Andrei bateu o martelo e disse que não emigraria sem os pais. Tudo bem, Mamãe e Papai viviam em outra república soviética, à distância de uma viagem noturna de trem, mas pelo menos podiam se encontrar quando quisessem. Emigrar significava que talvez nunca mais pudessem se ver.

Ele desconfiava que os pais não iam querer emigrar. Não que fossem patriotas — absolutamente. Mas também não tinham a ver com o tipo de gente que estava indo embora: os que eram infelizes ali por se sentirem oprimidos ou discriminados; os que achavam que o país ia para o buraco e que os Estados Unidos eram o único caminho para a felicidade; e os que adoravam a ideia de jogar fora o passado em nome do futuro. Gente como Lina.

Tendo declarado que não iria sem os pais e que não tinha certeza se eles aceitariam, Andrei achou que as discussões acabariam. Mas sua astuta mulher desencavou uma solução.

— Vamos dizer que iremos embora com ou sem eles — propôs —, e aposto que imediatamente vão começar a fazer as malas.

Primeiro, ele resistiu. Parecia desleal, e não estava acostumado a enganar os pais. Eles sempre eram sinceros com ele. Ainda assim, concordou. Era a única maneira de resolver a questão de uma vez por todas. Então os fez vir a Moscou, pois não era seguro falar de emigração pelo telefone.

O trem do metrô finalmente chegou à estação, as portas se abriram, e Andrei correu pela plataforma de arcadas, com suas foices e martelos dourados, subiu a escada rolante e atravessou os longos corredores ligando o metrô à estação ferroviária de Pavelétsky. A estação cheirava a bagagens e chá adocicado, e ele entendeu que os passageiros do trem de Donetsk já tinham se dispersado. Passou correndo pelas portas que davam para a plataforma e deu de cara com Papai, quase derrubando-o. Mamãe soltou uma exclamação; os dois riram, vendo Andrei se desculpar; e os três se abraçaram.

No metrô de volta para casa, Andrei se sentou entre os dois. Seu pai tinha passado na banca de jornal e mostrava uma matéria sobre a decisão do governo da Alemanha Oriental de abrir as fronteiras para a Alemanha Ocidental, enquanto a mãe contava que a colheita este ano tinha sido boa para os parentes. Eles haviam trazido geleias e conservas caseiras para as crianças.

— Vivemos numa época interessante, mas de fome — disse a mãe.

— Conhecem essa piada? — perguntou o pai. — Na loja: "Por acaso não teriam carne aqui?" "Não, não temos peixe. Onde não tem carne é no departamento de carnes."

Andrei ficou matutando se os pais não seriam mais sensíveis à ideia de emigrar do que supunha.

Conduzindo-os do metrô ao seu prédio, ele se sentiu ainda mais estrangeiro naquela cidade sempre apressada. Os pais não caminhavam rápido como os moscovitas, e a todo momento alguém esbarrava neles, resmungando. Lembrou-se da primeira visita que haviam feito, quinze anos antes, quando ele era estudante e tentou mostrar as maravilhas de Moscou, para entenderem por que era tão melhor que Donetsk. Foi muita falta de sensibilidade querer fazê-los acreditar que Donetsk, onde lhe haviam proporcionado o melhor que podiam, não era bom o bastante. Ficou se perguntando como seus filhos se sentiriam em relação à URSS se viessem a se mudar para os Estados Unidos: uma mistura de arrogância, comiseração e culpa.

À noite, quando as crianças foram para a cama, Andrei preparou chá na cozinha. Lina tinha assado uma fornada de pãezinhos de canela, sua única contribuição para a difícil missão do marido.

Ele se eximiu de dizer a oração em voz alta, para não deixar os pais sem jeito, e apenas fez o sinal da cruz antes de se sentar. Não esquecera o choque que lhes havia causado ao dizer que encontrara Deus e convidá-los para seu batismo. Achou que seria motivo de prazer, especialmente para Papai, que nunca tinha vivenciado a magia de uma missa cristã. Mas o pai tentou convencê-lo a não se batizar. De início, Andrei pensou que ele se ofendera ao ver o filho meio judeu optar pelo cristianismo, embora ele mesmo jamais tivesse demonstrado qualquer apego ao judaísmo. Mas não era isso. Aparentemente, Mamãe e ele se preocupavam porque os cristãos muitas vezes eram oprimidos pelas autoridades, tendo suas carreiras comprometidas. O que eles não entendiam era que Andrei não se importava com isso. Era um preço sem maior importância a pagar pelo conforto íntimo que sentia. Como se tivesse encontrado algo que lhe faltara a vida inteira. Num país em que era necessário dizer uma coisa apesar de pensar outra, voltar-se para Deus era terapêutico, para não sentir que a própria vida era uma grande fraude. Se pelo menos os pais pudessem entendê-lo. Ele não os reprovava por serem ateus, pois, na época deles, era a única alternativa, mas, agora, com maior liberdade, desejava que também pudessem descartar décadas de ideias antirreligiosas inculcadas pelo

Partido e se abrir para o divino. Ambos tinham sobrevivido a incríveis provações — Holodomor, os expurgos, a guerra —, mas nunca pensaram em agradecer a Deus por ter cuidado deles.

Agora, sentando-se com eles para o chá, sua garganta apertava. Ele era um cristão a ponto de mentir para os pais.

— Essa situação na Alemanha Oriental é muito interessante — começou Andrei, sabendo que o pai ia gostar de falar de política antes que ele entrasse no assunto. — Meu amigo Ignas me disse que os países do Báltico estão caminhando para alguma forma de independência. O que estão dizendo na Ucrânia?

— Acabam de tornar o ucraniano a língua oficial — disse o pai, com um brilho irônico nos olhos.

— Levou só algumas décadas — atalhou Mamãe.

— Não pense que vamos proclamar a independência — prosseguiu o pai, pegando um dos pães de canela de Lina. — Mas talvez seja bom melhorar o seu ucraniano da próxima vez que for lá.

Andrei levou o olhar do pai, bebericando o chá do jeito como sempre fazia — como se saboreasse cada gota —, para a mãe, com as grossas lentes redondas dos óculos repousando nas bochechas de vovó. Era difícil acreditar que em um ou dois anos fariam setenta. Era horrível jogar em cima deles essa história de emigração, mas não tinha jeito.

— Ouçam, Lina e eu estivemos pensando… que talvez esteja na hora de ir embora.

— Ir embora? — O pai olhou confuso para ele e botou os óculos bifocais, como se fossem ajudá-lo a ouvir melhor.

— Emigrar — soltou Andrei, embaraçado com a palavra.

Mamãe arfou, como se tivesse levado uma bofetada. Papai teve um acesso de tosse, assustando Andrei com o terrível som de mar profundo.

— Você precisa ir a um médico ver essa tosse, Papai.

— Só se você for ao médico ver a sua cabeça — retrucou finalmente o pai.

— Emigrar! — caçoou Mamãe. — E para onde iriam?

— Para os Estados Unidos, ou talvez a Europa — respondeu ele tão calmamente quanto pôde, feliz por terem superado o choque inicial, para entrar nos detalhes. — Temos amigos e colegas nos States, na Bélgica, na Alemanha, na Inglaterra. Mas queremos que vocês…

— Alemanha, com certeza — interrompeu o pai. — Lá eles gostam muito de meios-judeus.

Havia na voz do pai uma surpreendente amargura, e Andrei se deu conta de que ele jamais dissera qualquer coisa positiva ou negativa sobre os alemães. Não podia tê-los em boa conta, considerando-se que os havia combatido durante quatro anos, mas tampouco estivera em algum campo de concentração.

A mãe começou a chorar daquele seu jeito dramático: do nada, um berreiro horrível. Rios de lágrimas cobriam-lhe as bochechas gorduchas, o nariz ficando vermelho. Andrei precisava mudar o rumo da conversa, e rápido. E a felizarda da Lina em sua conferência, sem ter que ver tudo isso.

— Por favor, se acalmem — tentou. — Queremos que vocês venham conosco!

Isso pareceu tirar a mãe de sua histeria, e, em meio a lágrimas, fungando, ela conseguiu soltar tão resignadamente quanto pôde:

— Estamos muito velhos para isso. E também tem Vita e as crianças.

— Eles também poderiam vir.

— Nossa vida é aqui — cortou o pai, ríspido. — Não vamos largar tudo e nos mudar sabe-se lá para onde.

— Sua vida também é aqui — emendou a mãe, sacudindo decididamente a cabeça. — Emigrar é coisa de traidores.

Por essa ele não esperava. Era uma frase que frequentemente se jogava na cara dos que partiam, mas jamais imaginara ouvi-la da própria mãe. Ela era racional — e mesmo cética —, não era nenhuma comunista ferrenha que acreditava nessa história de traição.

O pai deu um murro na mesa, fazendo a xícara de chá tilintar no pires.

— Você sabe que eu odeio essa palavra, Nina — disse, e Andrei se retesou à lembrança de um medo infantil de que algum limite tinha sido ultrapassado com o pai. — O negócio é que sua mãe e eu vimos este país passar por coisa muito pior do que o que está acontecendo agora e continuamos aqui.

Mamãe interveio:

— Talvez nunca tenha havido um momento melhor para acreditar no futuro. É quase como nos sentíamos depois da guerra, não é, Fima? A fome misturada com a certeza de que o pior passou?

Mas o pai não respondeu. Seu olhar estava fixo na mesa, a bolota do lipoma brilhando sob a lâmpada da cozinha. Ele pegou o jornal com o artigo sobre a Alemanha Oriental. Debruçou-se em direção à outra extremidade da mesa, por trás do bule, e deu com o jornal na toalha, exclamando:

— Desgraçada!

Era uma barata. O pai levantou e levou o jornal com o inseto esmagado até a lixeira que ficava sob a pia. Era como se inventasse todo um número para demonstrar que aquela conversa não merecia sua atenção. Andrei virou-se para a mãe.

— Mamochka, você não queria sempre viajar para o exterior?

— Claro, mas viajar para o exterior não é a mesma coisa que emigrar — respondeu ela, limpando o rosto com a toalha de prato enquanto Papai voltava à mesa.

— Ao contrário de vocês dois, eu já estive no exterior — disse ele. — Estive na Alemanha, com aqueles prédios pomposos e as bicicletas e os relógios. E sabe de uma coisa? Houve um momento em que pensei como seria ficar por lá e viver no Ocidente.

Andrei se surpreendeu com a confissão de ideias de deserção, que na época de Stalin se equiparavam a traição. A julgar pelo olhar da mãe, ela tampouco estava ciente daquilo.

— E por que não ficou?

— Porque sabia como era ser um estrangeiro... não como você, um ucraniano em Moscou, mas estrangeiro de verdade. E entendi que estaria condenado a uma vida de insatisfação, saudade, perda de identidade.

Era estranho ouvir o pai, sempre tão prático e de pés no chão, falar de "perda de identidade". Andrei calou-se. Lá fora, ouvia o vento noturno de novembro percorrer a gigantesca cidade, cheia de prédios de apartamentos altos onde milhões de pessoas discutiam na cozinha o que ia acontecer com o país.

E então disse a frase que havia ensaiado tantas vezes:

— Entendo que seja difícil para vocês, mas decidimos ir embora... com ou sem vocês.

Pelos cálculos de Lina, era o que bastaria para botá-los na linha. Mas agora ele de fato se sentia um traidor. Perscrutava os pais: os braços rechonchudos da mãe no vestido cor de ameixa, o rosto ainda atraente do pai, parecendo mais aguçado, mais judeu que nunca. Andrei se perguntava se havia alguma chance de sucumbirem à sua chantagem.

Papai enfiou as mãos nas axilas e perguntou:

— Como é que você tem certeza de que vão nos deixar sair?

Seus olhos cintilavam, agitados. A voz estava diferente, estridente. Andrei se deu conta de que nunca antes vira o pai com medo.

— Por que não deixariam? Ninguém aqui detém nenhum segredo de Estado. Pelo menos não *eu*.

— Talvez *você* não, mas eu sei muita coisa sobre as reservas soviéticas de gás e petróleo, operações de mineração de carvão, ferrovias. Pode não ser o mais alto nível de segredos de Estado, mas mesmo assim… quer dizer, você sabe o que é que eles vão checar? Ou os critérios para conceder visto de saída?

Papai estava agitado, falando rápido, elevando a voz.

— Seu pai tem razão — disse Mamãe. — Você e Lina terão que largar o emprego para solicitar e, se o pedido for negado, vão acabar como os *refuseniks*, todos esses doutores e professores varrendo ruas.

Andrei queria entender mais de *refuseniks* e procedimentos de concessão de vistos para aplacar a paranoia dos pais. Lina deveria tê-lo preparado melhor.

— Não sei de ninguém que tenha recebido uma negativa — respondeu. — Não acho que seja motivo de preocupação.

O radiador fez um barulho por trás dele. De repente, estava muito cansado. Eles também deviam estar exaustos.

— Vamos pensar melhor, está bem? — propôs. — É uma decisão a ser amadurecida. Podemos voltar a conversar pela manhã.

A mãe assentiu de cara amarrada, como se já estivesse de luto pela partida do filho. O pai levantou-se e se retirou sem dar boa-noite. Andrei ficou por ali. Fora a conversa mais difícil da sua vida. Mais até do que quando lhes contara sobre a sua fé.

E, no entanto, à noite, na cama, estava aliviado: seus pais eram contra a emigração. Embora Lina tantas vezes o fizesse sentir-se um tolo por não querer ir embora — "Só um idiota acha que as coisas podem melhorar aqui" —, a reação negativa dos pais corroborava o seu sentimento. Sim, cidades como Londres, Paris, Nova York e até Berlim podiam oferecer muita sofisticação, experiências diversas e um futuro livre e brilhante para as crianças, mas isso não queria dizer que seu futuro ali estivesse fadado ao fracasso. As coisas andavam mudando, mudando de verdade. Eles viviam na era da Grande Confissão, e, assim como no cristianismo, encarar a história do seu país inevitavelmente traria perdão e renovação. Sua mãe tinha razão: era o momento de ficar.

Ele acordou com um rumor no corredor. Ao abrir a porta, viu os pais vestidos, arrumando a mala.

— O que estão fazendo? — sussurrou, pois as crianças estavam dormindo.

— Se você quer ir embora, é um direito seu — devolveu a mãe no mesmo tom, atrapalhando-se para fechar a mala. — Mas nós não vamos emigrar. Fima, me ajuda aqui a fechar isso.

Ele não esperava que os pais fossem ser tão dramáticos.

— Não, esquece — interveio, aproximando-se do pai, que se agachara junto à mala. — Ninguém vai emigrar.

O pai olhou para ele.

— Como assim? Mudou de ideia da noite para o dia?

— Eu... — Andrei não sabia como explicar. — Eu ia lhes contar hoje de manhã. Acho que mudei de ideia, sim. Larga essa mala. Vamos conversar na cozinha.

Lina ia ficar muito decepcionada, mas não importava. Ele não deixaria os pais voltarem para casa sem contar a verdade.

— Eu nunca quis emigrar, muito menos sem vocês — começou, quando todos se sentaram. — Vocês me botaram contra a parede.

— Por que então nos fez passar por tudo isso? — perguntou a mãe. — Não somos mais tão jovens, você sabe.

— Sinto muito. Eu precisava ter certeza. Não sabia como vocês reagiriam.

— Foi ideia da Lina, não foi? — perguntou o pai.

— Como sabia?

— Os pãezinhos de canela. Era evidente que ela estava tentando dourar a pílula.

Papai abriu aquele seu sorriso irônico. Não tinha mais medo nos olhos, que se iluminaram com uma bondade que sempre fez Andrei saber que o pai nunca faria nada que o magoasse.

— Nós realmente íamos embora, sabe? — emendou a mãe, ainda sentida.

Andrei se aproximou e beijou-a no alto da cabeça.

— Sinto muito, Mamochka. Deve ter sido muito duro.

— Bom dia! — ouviu-se a vozinha da sua filha de seis anos.

Macha correu para a cozinha, seguida por Dênis, ainda sonolento. Os avós os envolveram num abraço, e o peito de Andrei se encheu de afeto. Como podia ter ameaçado levá-los para o Ocidente?

Ao se desvencilhar, Dênis pegou o jornal com o artigo sobre a Alemanha Oriental, ainda dobrado sobre a mesa.

— Que língua é essa? — perguntou, apontando para as fotos de cartazes erguidos por manifestantes com dizeres em alemão.

— Você não sabe ler? — brincou Andrei, tentando espantar do ambiente as últimas sombras da discussão.

— Só se fosse inglês — respondeu o filho, que aos doze anos já falava um inglês melhor que ele, mais um motivo para que emigrar fosse uma má ideia. — Ah, acho que é alemão.

— O que está escrito, Deda? — perguntou Macha.

— O vovô não fala alemão — disse Andrei enquanto o pai assentia, distraído. — Aqui está dizendo: "Manifestantes exibem um cartaz em Berlim: 'Falar é de prata, agir é de ouro.'" Agora os alemães orientais podem viajar livremente e se mudar para outros países se quiserem.

— E por que eles iam querer? — quis saber Dênis. — Eu achava que a RDA era legal. O Artem da nossa turma disse que a mãe dele esteve lá.

— Talvez eles não queiram mais o que é "legal" — arriscou Andrei, sentindo o peso do olhar dos pais.

— O vovô é que sabe! Berlim é legal, Deda?

Andrei sentiu um nervosismo bem conhecido. Desde pequeno sabia — embora ninguém lhe tivesse dito com todas as letras — que ninguém deveria perguntar ao Papai sobre a guerra. Essa parte da vida do seu pai era misteriosa e sagrada, como algo que a gente ao mesmo tempo quer saber e tem medo de descobrir.

— Eu estive lá há muito tempo, meu querido — respondeu seu pai. Mas as crianças não desistiam. Andrei as invejava por não se sentirem tolhidas pela mesma apreensão.

— Oh, conte-lhes alguma coisa, Fima — pressionou a mãe.

Andrei se perguntava se o pai continuaria resistindo. Mas o olhar de Papai se iluminou, como quando contava suas velhas piadas.

— Berlim é uma grande cidade, uma capital, quase como Moscou. Lembro de avenidas muito amplas, com linhas de bonde, estações de metrô e lindos prédios residenciais. Mas sabe qual foi a coisa mais incrível que eu vi? Cédulas de dinheiro alemão flutuando no ar, como folhas caindo. Ninguém corria para pegá-las porque o marco alemão, como era chamado o dinheiro da Alemanha, estava totalmente sem valor.

— O que é sem valor? — perguntou Macha.

— Quer dizer que, para comprar um ovo, por exemplo, a pessoa tem que levar um caminhão de dinheiro — explicou Nina.

— Um caminhão? — As crianças caíram na risada.

Andrei nunca tinha ouvido essa história e achou estranho nunca ter perguntado sobre Berlim. Talvez até a sua família estivesse precisando de um pouco de *glasnost*.

— Papai, talvez você devesse escrever suas memórias — sugeriu, cauteloso.

— Para quem?

— Para os netos. Para a posteridade. E até para você mesmo. No espírito da *glasnost*, entende?

O pai pegou um pão de canela e disse:

— Sei que a posteridade terá coisas muito melhores para pensar do que em mim.

Encheu a boca com a guloseima e abriu um sorrisinho.

Capítulo 16

*Outubro de 1946
Polônia*

Ele estava indo para casa. O lugar que amava, o lugar que temia.
 No trem cheio de soldados desmobilizados que atravessava o interior da Polônia em direção leste, Yefim se perguntava o que encontraria ao chegarem à Ucrânia. Pelo vidro empoeirado, olhava os campos e florestas de folhas amarelas, parecendo tão regularmente traçados e cuidados que ele sabia, mesmo sem ler as placas, que ainda estavam na Europa. Lamentou que aquela noite eles passassem por Varsóvia, pois ouvira boatos de que a cidade tinha sido arrasada. Não conseguia imaginar uma cidade grande como aquela reduzida a ruínas. Volta e meia, cruzavam uma aldeia com casas queimadas ou uma construção de tijolos transformada em escombros, e Yefim mal podia esperar o momento em que chegariam à Ucrânia e ele poderia ver a sua vila.

Durante o dia, os soldados fantasiavam sobre o que encontrariam na volta. Alguns tinham namoradas ou esposas. O camarada na parte de baixo do beliche disse que seu filho tinha dois anos quando ele se foi, em 1942, e agora levava para ele um caderno escolar e uma caneta novinha em folha.

Yefim não falava muito. Não sabia o que o esperava em casa. Não recebeu resposta das cartas que havia mandado para a família. Talvez houvessem fugido para o leste e entrado na Rússia e não voltaram. Ele iria até seu povoado, perguntaria a quem ainda estivesse por lá e sairia em busca deles. Eles eram sete, além de duas cunhadas e de Lyubochka. Não era possível que todos tivessem desaparecido.

Ao cair da noite, estava fresco e silencioso. O apito do trem que avançava era o único som no escuro. Na parte de cima do beliche, Yefim se sacudia com a testa pressionada na vidraça fria, de onde contemplava a lua que se elevava sobre a paisagem enegrecida. Em sua mochila, presa numa rede rente à parede, estava a caneca de metal de Niegripp, junto a uma grossa barra de chocolate, um pedaço de pão branco e um quilo de manteiga de Berlim. Ele não sabia se essas eram as coisas certas a se levar para a família, mas estava decidido a não aparecer em casa de mãos vazias. Os parentes dos outros homens da unidade tinham mandado cartas dando a entender que passavam fome, e, assim, logo que chegaram a Berlim para uma parada de um dia, antes de darem baixa e serem mandados para casa, ele foi às compras.

Depois de um ano servindo numa base soviética no inóspito litoral báltico da Alemanha, com o vento cortante que perfurava o peito, Berlim parecia surpreendentemente agradável, até acolhedora. Ainda havia muitas ruínas que se projetavam como dentes quebrados entre prédios intactos, mas em muito menor número que um ano antes e, certamente, menos do que ele esperava. Ao contrário do que vira no dia em que perambulou pelas ruas no fim da guerra, muitos berlinenses circulavam, entregues aos seus afazeres, como se nada tivesse acontecido. Homens de sobretudo e chapéu, com olhar resoluto e jornais enrolados debaixo do braço, aguardavam nos pontos de bonde. Meninas alemãs sentadas nos cafés reagiam com risinhos aos jovens soldados que, da calçada, olhavam embasbacados para elas.

Yefim foi a uma agência dos correios e mandou um cartão-postal para Karow. Não sabia o endereço de Ilse, e assim o enviou para a igreja. Talvez o padre o jogasse fora, mas ele precisava tentar. "Fräulein Ilse", escreveu, "estou voltando para casa, na Ucrânia. Espero que um dia possamos nos encontrar de novo." Assinou simplesmente "Yefim".

Em seguida, quis voltar ao lugar onde quase chegara ao fim dos seus dias, mas ficava num dos setores dos Aliados, onde os soviéticos não podiam entrar. Continuou, então, vagando pelas ruas, olhando as lojas e barbearias reabertas por trás de fachadas fragilizadas e cheias de buracos de balas. De início, ouvia o eco dos tiros ricocheteando entre os prédios avarandados, mas, depois de um tempo, o eco desapareceu, e ele começou a se impregnar da sensação de renascimento que tomava conta da cidade. Mais uma vez se perguntava se deveria ter ouvido Nikonov e se mandado para o oeste, quem sabe até chegando aos Estados Unidos. Exatamente como antes, contudo, sabia que, se o fizesse, nunca mais voltaria a ver a família.

Agora, voltando para casa no trem noturno, passavam em sua mente flashes de cenas do pós-guerra em Berlim, amontoadas como uma pilha de cartões-

-postais — vendedores de jornais, garotas nos cafés, fachadas —, e, logo, com a cabeça deslizando da vidraça fria para o braço, no balanço do trem, sonhou que entrava numa barbearia com Ilse nos braços e descobria que lá dentro estava na casinha dos pais. A mãe devia ter acabado de dar uma bronca nos irmãos, pois estavam todos aos risinhos e se cutucando à mesa. Basya levava para a mesa um panelão fumegante e passava bem junto dele e de Ilse.

— Entre — disse Ilse. — Vou esperar lá fora.

Mas Yefim ficou parado, observando-os, com medo de causar confusão.

O trem deu um solavanco e parou com estrondo. Yefim abriu os olhos e viu uma nesga da plataforma vazia na modorrenta luz amarela do poste de iluminação. Esticou o pescoço e, na cauda do trem, viu dois guardas, cada um trazendo na coleira um pastor-alemão. Fronteira.

Ele ouviu o passo das botas e o resfolegar dos cães ao entrarem no trem e se aproximarem do beliche. Não demorou, e uma lanterna se deteve, escaneando seu rosto enquanto o cão farejava em volta. Os guardas checaram tudo rapidamente. Encontraram apenas soldados voltando para casa — nada de especial a fiscalizar —, mas Yefim continuava tenso. Em seguida, eles juntaram suas coisas e se transferiram para outro trem nos trilhos soviéticos, mais largos. Yefim ainda passou muito tempo sem conseguir dormir, mesmo depois de atravessarem a fronteira. Tentava imaginar como seguiria de Kiev para a vila, quem estaria lá para abraçá-lo, de que maneira encontraria Ivan.

De manhã, chuviscava. Yefim e os outros soldados estavam grudados nas janelas, loucos para ver seu país por trás das gotas em rebuliço. Passaram por uma floresta. As árvores tinham perdido a maior parte das folhas nas chuvas de outubro e agora balançavam, com os finos galhos expostos, esperando vestir-se de neve no inverno. O falatório no vagão do trem se animava cada vez mais, à medida que se aproximavam do destino.

— É bom que a minha Maria esteja esperando na plataforma.

— Não quero saber se é Maria ou Kátia ou Alena. Posso beijar todas!

— Queria que Kiev fosse a última parada. Ainda vou seguir para Kharkiv. Minha mãe e minha irmãzinha estão lá.

— Quando você foi embarcado?

— Inverno de 1942. Tempo demais, meu garotinho nem vai me reconhecer.

— Não se preocupe, assim que vir seu uniforme, vai correr atrás de você que nem um cachorrinho.

O trem passou por uma clareira, e todo mundo se calou. Era uma aldeia incendiada. Yefim viu uma fileira de uma dúzia de grandes fornos de tijolo, cada um deles exatamente como o que havia no centro do casebre da sua família. Pareciam solitárias lápides em terras queimadas e sem cultivo.

— Pobre Ucrânia — disse alguém.

Já era o fim da manhã quando finalmente chegaram a Kiev. A antiga e grandiosa estação de trem, da qual ele havia deixado o país em 1940, estava marcada pela guerra. No entanto, a plataforma estava cheia de gente, em sua maioria mulheres que quase corriam, acenando impacientes, o olhar ansioso. Ninguém sabia que Yefim ia chegar, mas por um momento ele imaginou que Basya estaria ali para recebê-lo.

Ele pulou na plataforma e inspirou o aroma adocicado e triste das folhas caídas das castanheiras, o cheiro de calcário da estação, o hálito quente das mulheres afoitas e sorridentes. Seu rosto era sondado por elas na tentativa de identificação — *Será o meu Petro?* —, e ele baixava a cabeça, sabendo que naquela multidão não era marido ou filho de ninguém. Foi se espremendo até a saída, onde deu com um gigantesco cartaz de um soldado do Exército Vermelho orgulhosamente montando guarda debaixo de VENCEMOS! em letras maiúsculas. Bem abaixo do cartaz, uma menina envolta num xale pedia esmola de pé ao lado do pai, um veterano com o peito cheio de medalhas, mas apenas um braço e sem pernas.

A chuva cessara quando Yefim chegou à sua aldeia naquela tarde. No caminho, viu casas queimadas e moradores em andrajos, tristes e recurvados. O embarcadouro onde Mikhail lhe ensinara a pescar tinha desabado. Até a escola frequentada por ele e os irmãos no *colcoz* próximo fora reduzida a um monte de vigas e entulho. O nível de destruição era chocante. Ele se sentiu um tolo por achar que alguns dias de combate em Berlim podiam compensar por ter estado tão longe de tudo aquilo.

Agora entendia melhor os soldados do Exército Vermelho que encontrara em Berlim: tinham marchado ao longo de centenas de quilômetros de ruínas como aquelas a caminho da Alemanha, onde encontraram casas impecáveis de dois andares, carros e bicicletas, gente bem-vestida. Não surpreende que quisessem saquear tudo. Talvez tivessem mesmo o direito de depredar e roubar, uma pequena compensação pelo que tinham perdido. Mas então se lembrou do reluzente Mercedes sendo carregado no trem em Berlim e teve de novo aquela sensação de repulsa. Não, Ivan tinha razão desde o início. Até mesmo o regime deles, o regime soviético, que supostamente se preocupava com o homem comum, não estava nem aí. A única maneira de viver ali era descobrir como aproveitar as regras para conseguir o que ele precisava.

Ao passar pela última curva da estrada e ver a distância as casinhas da aldeia, Yefim parou, pegou um graveto e limpou os nacos de lama endurecidos nas botas. Tinha que estar apresentável para quem viesse recebê-lo. Já imaginava a mãe abrindo a porta, uma concha na mão, começando a gritar para Basya vir correndo porque o irmão que eles achavam que tinha morrido estava vivo! Sua carta nunca fora entregue, ela explicaria quando todos se acalmassem. Ele alisou o cabelo debaixo do gorro, ajeitou a mochila nas costas e correu na direção da aldeia.

A larga estrada de terra, pontuada por grandes poças, estava vazia. Ao se aproximar das primeiras casas, ele se assustou com o silêncio. Sentiu um aperto no peito. Passou pelo poço, intacto, de onde ajudava Mikhail a carregar a água pela manhã. Perguntava-se o que o irmão tinha sentido ao voltar do seu tempo de serviço em 1935, com as medalhas tilintando no peito. A volta de Yefim com certeza não era nada parecida.

Passou pela casa do rabino Isaac: tábuas nas janelas, um monte de escombros no quintal. Yefim buscou com o olhar a grossa castanheira bem no centro do povoado, onde as crianças brincavam nas tardes quentes de verão. Mas o que viu foi um toco. Um velho estava sentado nele, balançando os pés descalços e sujos. Seria Papai?

Ao se aproximar e ver o rosto do homem — cinzento e encarquilhado —, Yefim levou um minuto para reconhecer Matveyich, o carpinteiro. Lembrou-se do dia em que, aos nove anos, seu pai mandou que buscasse um serrote emprestado com Matveyich. Quando Yefim apontou aleatoriamente para um dos muitos serrotes grandes e pequenos pendurados na parede do galpão, Matveyich o expulsou de mãos vazias, pois aparentemente escolhera o melhor da coleção. Desde então Yefim o evitava, mas, agora, olhando para aquele fantasma humano, não entendia o medo experimentado na infância. Era bom ver um rosto conhecido.

— *Zdorovo*, Matveyich — disse Yefim, mas o homem apenas assentiu distraidamente. — Yefim, filho de Shulman — tentou ele de novo, achando que o uniforme militar e o cabelo cortado rente por baixo do gorro dificultavam o reconhecimento, ainda mais para um velho que tinha visto sabe Deus o quê nos últimos cinco anos.

Matveyich repetiu o gesto, voltando os olhos castanhos para Yefim sem reconhecê-lo. Provavelmente estava senil, deduziu Yefim, e seguiu seu caminho. Se Matveyich estava vivo, era um bom sinal. Não podia ser o único ali.

À esquerda estava a casa verde de Baba Klavdiya, que nunca mais foi a mesma desde que o filho Vasil havia morrido engasgado com um pedaço de pão dormido durante a fome. As galinhas que normalmente ciscavam no quintal dela tinham desaparecido. Foi quando caiu a ficha do motivo de todo aquele silêncio no povoado: não havia cães correndo, nem galos cacarejando, nem gansos grasnando. Apenas o vento soprando nas janelas quebradas das casinholas em ruínas. E se a sua família tivesse mesmo ido embora e não houvesse ninguém ali para dizer para onde tinham ido? Sua respiração ficou curta.

Assim que avistou a casa dos pais, Yefim congelou. O telhado estava meio desabado, com a palha ressecada afundando. A janela da frente, onde sua mãe sempre mantinha um jarro de repolho em conserva, estava quebrada. Só a velha macieira se mantinha firme no quintal abandonado. E se todos eles... mas ele se conteve. Não podia ser.

Caminhou até a porta da frente e bateu, só para ver. Como ninguém atendeu, tentou abri-la, mas as dobradiças deviam ter enferrujado na chuva. Ele pousou a mochila no chão e empurrou a porta com o ombro. Ela cedeu um pouco e, depois de alguns empurrões bem fortes, finalmente se abriu com um guincho.

O cheiro de mofo e poeira o atingiu forte. A casinha vazia parecia minúscula. O piso estava coberto de palha, folhas mortas e estilhaços de vidro da janela. A mesa de jantar e o banco onde eles se apertavam para saborear a *kasha* da mãe tinham desaparecido. Restava apenas o *pich* da família, o fogão de tijolo caiado igual aos que ele vira do trem. Decorado com girassóis e malvas por Basya, quando tinha doze anos, ele esquentava a casa, cozinhava a comida e oferecia, na saliência superior, um lugar aquecido para dormir. Agora estava cinzento, com a porta do forno coberta de fuligem e fezes de rato se acumulando no lugar da lenha.

Yefim saiu para respirar o ar fresco e úmido e fechou a porta. Não podiam estar todos mortos. Não. Ele se recusava a acreditar. Tinha que haver uma explicação, algo racional e óbvio: seus pais provavelmente haviam sido evacuados, os irmãos trabalhavam na cidade, e Basya, bem, a essa altura já tinha idade para estar casada. Muita coisa podia ter acontecido nos seis anos desde que foi embarcado.

Ele andou pelo povoado em busca de alguém que pudesse dizer algo sobre sua família. Viu adiante dois meninos cutucando com varas uma grande poça à beira da estrada. Esqueléticos, esfarrapados e descalços, tinham cerca de seis anos. Lembravam a aparência que os irmãos e ele deviam ter durante a fome. Quando o viram, ficaram olhando, admirados, e ele se sentiu constrangido em seu uniforme militar.

— Vocês são de quem? — perguntou Yefim.

Eles se entreolharam.

— Rudenko — disse um deles. O outro não respondeu.

— Kateryna? — insistiu Yefim, lembrando-se dos olhos castanhos e largos da menina e de como a havia beijado certa vez, quando ela ordenhava uma vaca. Um beijo de criança que nunca aconteceu de novo.

— *Da*, é a minha mãe — disse o menino, parecendo surpreso que um estranho conhecesse sua família. — Quem é você, soldado?

— Eu morava aqui antes da guerra. Pode me levar até a sua mãe?

Sem mais uma palavra, o menino virou-se e começou a andar na direção de casa, do outro lado da aldeia. O outro o seguiu, examinando de alto a baixo o uniforme de Yefim.

Até que Yefim parou e perguntou:

— Vocês estão com fome?

Antes que respondessem, ele abriu a mochila, pegou o pedaço de pão embrulhado e o dividiu em dois. Eles agarraram o pão com os dedos sujos e encheram o máximo possível as pequenas bocas, quase sem conseguir mastigar.

Ao chegarem à casa de Kateryna, o menino arrancou o pão da boca e entrou correndo, chamando:

— Mamãe! Tem um soldado aqui te procurando.

E apareceu Kateryna. Seus cabelos estavam amarrados num lenço branco, o que destacava o par de olhos largos ainda mais que na lembrança que ele tinha. Ela nem sequer se casara ainda quando ele partiu e agora cuidava daquele menino faminto.

Kateryna olhou para Yefim hesitante, perscrutando o rosto dele. Até que de repente exclamou:

— Shulman?

Era um estranho alívio ouvir seu sobrenome pelos lábios pálidos e rachados de frio daquela mulher, que se abriram num sorriso atônito e caloroso, revelando uma falha na arcada dentária.

— Me apresentando para o serviço — brincou ele, prestando continência na viseira do boné.

Ela o beijou à tradicional maneira ucraniana, três vezes nas bochechas, e ele sentiu o rosto corar.

— Entre, entre — disse ela, enquanto o filho passava para dentro e o amiguinho saía correndo.

— Estou procurando… — começou Yefim, entrando na casa aquecida.

— A sua família, *da, da* — emendou ela, movendo-se com rapidez, tirando objetos da mesa para receber o convidado. Até que, olhando para o filho, perguntou em tom severo: — O que é isso na sua boca? Melhor que não seja nenhuma raiz esquisita de novo.

— *Khleb* — ele tentou dizer, embora não desse para entender, com a boca cheia.

Ela olhou para Yefim.

— Achei que ele ia gostar de provar pão alemão — disse ele com ar distraído, evitando subentender a situação de pobreza.

Os olhos dela começaram a lacrimejar, e ela se virou, para sentir a temperatura do samovar com o dorso da mão.

— Ainda está quente — disse Kateryna, sem olhar para ele. — Quer um pouco de chá de acácia?

— Adoraria.

Olhando ao redor, Yefim viu uma fotografia de Mykola, que era um ano mais moço que ele, e perguntou:

— Ele é filho de Mykola?

— Sim — respondeu ela. — Nós casamos antes de ele ser embarcado, e nove meses depois chegou o pequeno Mykola. Recebemos um comunicado de "desaparecido em combate" antes de ele completar um ano. Você sabe o que significa: morto em algum barranco, sabe-se lá onde.

Ela botou um punhado de flores secas de acácia numa xícara e fez sinal para que ele se sentasse.

— Nem acredito que você está vivo! — disse. — Não sabe o que aconteceu com a sua família?

— *Nyet*, nada — respondeu ele, preparando-se para o que ela ia dizer. — Você sabe?

— Sua mãe se mudou para Ivankivtsi depois da ocupação. — Yefim deu um suspiro de alívio. Ivankivtsi era o povoado vizinho. — Vai encontrá-la na casa do açougueiro — continuou Kateryna.

— Açougueiro?

— Sim, digo… — Ela fez uma pausa, botando a xícara sob a torneira do samovar e vertendo a água quente. — Seu pai… ele foi para o gueto. Sua mãe ficou sozinha, e acho que conseguiu trabalho com o açougueiro. Não sei realmente.

Ele percebeu que ela não queria deixá-lo chateado. Estava dizendo, na verdade, que seu pai tinha morrido e que sua mãe vivia com outro homem. Yefim sentiu uma coceira nas mãos.

Por trás dele, o menino puxou sua manga e perguntou:

— Soldado *továrich*, tem mais pão?

Kateryna bateu no menino com uma toalha de prato, gritando:

— Como ousa!? Ele veio de tão longe depois de derrotar a Alemanha, e você aí, mendigando. Deixe-o em paz antes que eu te dê uma surra!

Mykola recolheu-se a um canto, e Yefim se ruborizou. Derrotar a Alemanha. Era o que todo mundo ficaria pensando?

— Não ligue para ele — disse Kateryna, mas Yefim já estava tirando o pão da mochila.

— É para você — disse. — Melhor comer antes de ficar duro. Também tem um pouco de manteiga. — Ela ia objetar, mas ele interrompeu: — Por favor, uma faca.

Ao recebê-la, cortou um pedaço da manteiga e botou numa bandeja. Mykola veio se aproximando da mesa. Kateryna pôs uma fina lasca de manteiga num pedaço do pão e disse ao filho que se sentasse. Verteu água do samovar para ele e advertiu:

— Coma devagar para não ficar doente.

Enquanto o menino comia, Yefim perguntou se Kateryna sabia algo dos seus irmãos.

— Não sei nada dos seus irmãos, Yefim. Mas Basya…

E começou a chorar. Yefim entendeu a tolice que fora alimentar esperanças pela irmã.

— Ela levou um tiro.

Yefim olhou perdidamente para o pálido chá amarelo.

Ele passou a noite na casa de Kateryna e de manhã pegou sua mochila e seguiu para Ivankivtsi. Era um povoado maior a poucos quilômetros de distância, passando pela floresta estreita e o campo de girassóis e atravessando a Grande Estrada, que, apesar do nome pomposo, nada mais era que um caminho de terra, salpicado de buracos do tamanho de um boi e mais estreito que uma alameda de Berlim. Era um dia tempestuoso, e ele precisava tomar cuidado para não pisar em poças.

Ele se julgava preparado para descobrir que nem todo mundo da família tinha sobrevivido, mas como acreditar que seu pai e Basya se foram? Basya, com sua voz macia, a longa trança negra, o jeito como o aconchegava num xale quando ele era pequeno e passeava com ele numa carroça como se fosse um carrinho de bebê e ele fosse filho dela. Ela deveria ter casado, ter seus próprios filhos. Se ele estivesse ali, teria dado um jeito de impedir que o pai fosse mandado para o gueto e de dar segurança à irmã.

No silêncio perfumado da floresta que conhecia bem, lembrou-se das brincadeiras de esconde-esconde, ali, com Basya e os irmãos. Estava ansioso para encontrar a mãe e perguntar onde eles estavam. Mikhail provavelmente voltara a Kharkiv com a esposa e a pequena Lyubochka. Yakov estaria em Vinnytsia com a sua Ida. Georgiy e Naum podiam estar trabalhando em algum lugar. Depois de ver a mãe e resolver tudo na intendência militar, ele os visitaria, perguntaria onde haviam combatido.

Mas, quando deixou a floresta para trás, entrando no campo de girassóis, bateu-lhe um desânimo ao ver os discos negros das flores desfolhadas, vergados e balançando em silêncio nas hastes que tinham a altura de um homem. Eram fileiras e mais fileiras de girassóis, flanqueando o caminho como uma tropa morta, olhando com ressentimento para ele, o homem que caminhava pela terra que não precisara defender.

Ao chegar a Ivankivtsi, Yefim se sentia péssimo. Bateu à porta da primeira casa e perguntou onde podia encontrar o açougueiro. A velha que abriu a porta olhou para ele com ar cansado, e ele ainda sentia esse olhar nas costas muito tempo depois de se virar e andar em direção à casa de telhado vermelho que "só não acharia se fosse cego", como ela havia dito.

E de fato era difícil não ver a casa de telhado vermelho. Ficava no centro da vila e parecia bem cuidada. Saía fumaça pela chaminé, e um gato preguiçava no parapeito da janela. Ao lado da pequena varanda, havia coelhos numa gaiola. Era evidente que o açougueiro não passava fome, como o resto da região. Sua mãe de fato vivia naquela casa?

Antes que Yefim tivesse a chance de bater à porta, ela se abriu, e apareceu um homem de meia-idade com um espesso bigode cor de milho, enfiando a camisa para dentro das calças como se tivesse sido surpreendido no banheiro.

— O que foi, soldado? — perguntou, num tom de quem se acostumou a ser incomodado pelos necessitados.

— Estou procurando Maria — disse Yefim, meio que esperando que o outro dissesse que ela não morava ali.

— E o que quer com Maria?

— Sou filho dela.

— Filho? — fez o sujeito, com um sorriso estranho. — Ela nunca me falou de filho nenhum.

— Ela tem cinco filhos. Então, onde ela está?

O açougueiro ficou parado, calculando alguma coisa, passando os olhos pela estrada atrás deles. O gato chegou até a porta e foi direto para Yefim, esfregando-se em suas botas empoeiradas. O açougueiro apontou para os fundos e disse:

— Está lá fora, provavelmente perto do galinheiro. Não vá lhe causar um ataque do coração. Preciso dela forte e sadia.

Algo na maneira como ele disse a última frase fez Yefim sentir como se estivesse de novo na Alemanha, um *ostarbeiter* falando com o patrão.

Ele se dirigiu aos fundos da casa e viu Mamãe no quintal, debruçada sobre uma tina de roupa para lavar. Ela era menor do que lembrava. Ele ficou observando quando ela pegou um macacão masculino bege, torceu, as mãos vermelhas do esforço, e se pôs na ponta dos pés para pendurá-lo na corda estendida entre duas árvores. Seus cabelos negros, salpicados de cinza, estavam retorcidos num coque, e ele lembrou que à noite ela sempre soltava a cabeleira longa, penteando-a num ritual silencioso que nenhum deles ousava perturbar. E agora ali estava, sua mãe, aquela mulher orgulhosa de olhar franco, espremendo o macacão de um açougueiro.

Quando ela apanhou outra peça de roupa, Yefim chamou:

— Mãe.

Ela se voltou. A peça molhada em suas mãos caiu de volta na tina. Ele se viu acolhido em seu olhar vívido. Seu filho mais moço, o seu Yefim.

— Vivo!

Ela correu para ele segurando o longo avental, as lágrimas já descendo pelas angulosas maçãs do rosto. Ele se inclinou para abraçá-la, mergulhando no perfume diferente do sabão em pó e no cheiro de pão da sua mãe, ligeiramente ácido, que achava que tinha esquecido.

— Quero olhar para você — disse ela quando se afastaram.

Enquanto ela inspecionava o rosto dele, Yefim viu, numa mistura de pena e vergonha, o quanto sua mãe tinha envelhecido em seis anos. Rugas se irradiavam dos profundos olhos castanhos, agora sem vida por trás de uma espécie de pátina vítrea. Na cabeleira havia muito mais fios brancos do que ele notara de início. Sua pele, outrora bronzeada e vibrante, era agora mortiça e amarelada, com frágeis varizes se estendendo na bochecha direita.

— Estou velha, eu sei — disse ela, desviando-se do olhar dele. — E você não é mais um menino e se tornou um homem.

Ela tomou nas suas as mãos dele, aproximou-as dos olhos.

— Estilhaços — explicou ele, antes que ela pudesse perguntar sobre os dedos. — Podia ter sido pior.

Ela começou a chorar de novo.

— Seus irmãos...

— Onde estão?

— Oh, filho, só restou você.

Mortos? Os quatro? A garganta de Yefim ficou seca. Dos seis irmãos, ele era o único que restava? Impossível. Nem nas piores noites na Alemanha ele sentira um vazio tão avassalador.

— O que aconteceu com eles? — perguntou afinal.

— Mikhail, Yakov e Georgiy foram mortos. Naum desapareceu. A notificação de "desaparecido em combate" chegou em 1941. Também recebi uma a seu respeito, na mesma época.

Todos mortos. Deu um branco na cabeça dele. Até que ouviu a própria voz:

— E Basya?

Ela suspirou e o fez sentar-se num banco atrás da casa.

— Seu pai foi para o gueto de Berdichev no verão de 1941. Pediu que eu também fosse, mas eu disse que alguém tinha que ficar. Caso nossos filhos voltassem aleijados, quem cuidaria deles? Além disso, você sabe, ele sempre fazia o que mandavam. E assim Basya e eu nos escondemos no pântano. Seu pai conduzia de carro um oficial alemão, saindo do gueto e voltando, e, sempre que passava pelo lugar onde estávamos escondidas, jogava um pouco de pão. Até que um dia, em outubro, ele não apareceu, e logo ficamos sabendo que todo mundo no gueto tinha sido... Sua irmã e eu começamos a mendigar de porta em porta. Às vezes éramos acolhidas ao mesmo tempo por pessoas boas, mas em geral tínhamos que nos separar. Foi assim que aconteceu. Basya conseguiu emprego costurando para uma família em Kozyatyn... Lembra como ela era boa na Singer? E eu ficava duas casas adiante. Um dia, um policial daqui entrou quando Basya estava costurando e disse "Ah, sua *jid*, se escondendo, hein?" e atirou. Ela nem teve tempo de se levantar.

Yefim estremeceu numa careta. Estava vendo a cena em detalhes. Mas não conseguia acreditar que a irmã fora executada à queima-roupa — e ainda por cima por um ucraniano. Sua mãe começou a urrar, balançando para a frente e para trás.

— Por que ele não me encontrou e atirou em mim? Por que ela, tão jovem, tão…

Um lado seu queria abraçá-la, mas, sem entender por quê, ele não conseguia tocar naquela velha solitária. Queria gritar com ela por ter escolhido um marido tão fraco. Seu pai era o homem da família, deveria tê-la protegido quando todos os filhos foram para a guerra. E ali estava ela, sentindo-se culpada, quando deveria culpar o marido pelo abandono. Ele cerrou os punhos com força e olhou para as botas do exército, para não ser tragado pela culpa de ter estado longe de tudo aquilo.

— Onde ela foi enterrada? — conseguiu perguntar por fim.

— A família que a acolhia a levou para um descampado. Me deram a localização, e eu fui lá depositar um pedregulho. Faço uma visita sempre que posso. Vou levar você. Precisamos dar a ela um enterro digno.

— Vamos sim — disse ele, pousando a mão no joelho dela.

Ele ouviu os passos pesados do açougueiro na casa por trás e perguntou:

— Por que não voltou para nossa casa?

— Voltar para quê? Lembranças de todo mundo que se foi? Se eu soubesse que você estava vivo, teria ficado lá, mas não tinha mais ninguém. E o que teria para comer? Ainda bem que Nikolai Ivânovich foi bom e me aceitou, uma viúva.

Ele sentiu uma ponta de censura no seu tom de voz. Como se pudesse ter dado um jeito de fazê-la saber que estava vivo.

— Mas, diga, como conseguiu sobreviver? — quis saber ela, e a temida pergunta deixou Yefim mudo.

— Eu conto da próxima vez — respondeu. Disse que precisava voltar à aldeia deles para pôr em ordem a papelada. Estava sem documentos e tinha que tirar um passaporte e se apresentar à intendência militar regional na manhã seguinte, respeitando o prazo obrigatório de três dias desde a chegada.

— Nossa casa foi muito danificada — disse a mãe. — Vou perguntar a Nikolai Ivânovich se você pode ficar aqui. Tenho certeza de que ele não se importará, por alguns dias.

— Não. Eu dou um jeito.

— Mas você não tem onde dormir. E os camundongos…

— Prefiro ir para casa — disse ele, taxativo.

Ela ficou sentada ali, em silêncio, deixando a palavra "casa" pairar entre eles. Segurou-lhe a mão, e ele sentiu os dedos frios e ásperos dela nos dois tocos. Yefim prometeu a si mesmo que, assim que resolvesse suas questões, tiraria a mãe daquela casa.

Ela não queria deixá-lo ir, mas ele prometeu que voltaria assim que esclarecesse tudo na intendência. Antes do beijo de despedida, ela tomou o rosto dele nas mãos, como se quisesse gravá-lo na memória.

— Não acredito que você está aqui, Fimochka. Eu sabia que Deus não me tiraria os sete filhos.

— Seis, não é, mãe? — corrigiu ele.

— Não, sete — insistiu ela, com os dedos frios no rosto dele. — Eu nunca te disse, mas, dois anos antes de você nascer, veio uma menininha. Natimorta, uma coisinha azul minúscula. O médico disse que não devíamos ter mais filhos, que seria perigoso. Mas logo depois eu fiquei grávida e não suportava a ideia de me livrar de mais um bebê. Seu pai não queria que eu o tivesse. Ficou apavorado, com medo de eu morrer no parto. Mas eu não quis saber. Rezava todo dia para que aquele bebê vivesse. Quando você chegou, era forte e saudável, com um choro que era um verdadeiro estrondo, e eu te dei o nome de Haim.

— Haim? — repetiu Yefim, tirando-lhe as mãos do rosto, confuso.

— Você foi Haim durante um ano, até que a perseguição nos obrigou a mudar nossos nomes judeus. Foi assim que você virou Yefim, mas agora está claro que você é Haim.

— Por quê?

— Porque em hebraico *haim* quer dizer "vida".

Capítulo 17

*Agosto de 1995
Donetsk, Ucrânia*

Macha nunca tinha visitado os avós no fim do verão. Amanhã, primeiro de setembro, supostamente seria seu primeiro dia na quinta série em Moscou. Teria que ir à aula toda arrumada e bronzeada, com um buquê de flores para a professora. Mas, em vez disso, estava no trem noturno para Donetsk. E tudo por causa daquelas malditas baratas.

Foi o que a mãe lhe disse: o pessoal da desinsetização vinha borrifar um produto químico mortífero que levaria vários dias para evaporar, e por isso o apartamento tinha que ser completamente evacuado. Macha tinha horror de baratas, que saíam correndo em todas as direções quando ela acendia a luz do banheiro, mas alguma coisa não cheirava bem naquela história. Talvez porque a mãe tivesse usado a palavra "evacuado", ou talvez pela urgência com que tratou de juntar as coisas de Macha. À medida que o trem se aproximava da estação de Donetsk, Macha olhava para Papai, voltado para a janela, com os olhos fixos nos trilhos paralelos lá fora.

Dois dias antes, ele telefonara para casa, em pleno jantar de aniversário de Mamãe, e Macha correu até a sala das estantes de livros para atender. Do outro lado da linha, a voz de Papai soou estranha. Ele não disse nada especial, apenas perguntou se estava tudo bem e pediu que passasse o telefone para Mamãe, pois queria lhe desejar feliz aniversário. Mas não era a voz de alguém que queria dar parabéns à ex-mulher. Além disso, ele não tinha telefonado nos três aniversários anteriores. E aí, do nada, ela estava com Papai no trem de volta a Donetsk, apesar de ter estado lá dois meses antes, na visita anual.

Deda os esperava na plataforma, muito elegante em seu colete sobre a camisa bege de colarinho que disfarçava sua barriga protuberante, que, segundo ela, era a sua *arbuz*, sua melancia. Vovô estava com ar sério e afobado, como se tivesse pressa de levar a família moscovita dali para algum lugar seguro. Ela pulou na plataforma e beijou o rosto bronzeado e bem escanhoado dele, rapidamente examinando o nariz. Em geral, encontrava um pelo crescendo na ponta e o arrancava, mas hoje ele se prevenira.

Em seguida, Vovô tomou nas mãos o rosto barbudo de Papai e disse:

— Quero olhar para você.

Macha observava os dedos de Deda, aleijados na guerra, sobre a barba ruiva do pai, e por algum motivo o gesto lhe dava vontade de chorar. Aquela ternura. O jeito como seu papai ficava parecendo um filho em vez de um pai, com os enormes óculos meio tortos no nariz pequeno, os olhos cinzentos piscando, no constrangimento de ser examinado de tão perto.

Seguiram então para o ônibus, que cruzou o rio em direção ao centro da cidade. Macha nunca vira Donetsk tão perto do outono. Os álamos à beira da estrada já amareleciam, uma mãe carregava uma mochila vermelha novinha que devia ter acabado de comprar, e crianças corriam de bicicleta, ansiosas por extrair o máximo do último dia de liberdade. Ela se perguntava o que os colegas pensariam quando não aparecesse na escola no dia seguinte.

No pátio, Baba Nina acenava para eles da varanda. Ao entrarem, no frescor do ar úmido que subia do porão, Macha pensou que o saguão deles em Moscou bem que poderia ser limpinho assim. Por que tinha que cheirar a cebola frita, pontas de cigarro e mijo de gato, enquanto os painéis de madeira da parede do elevador viviam cobertos de xingamentos e nomes de bandas de rock? Ali, na casa dos avós, a única coisa errada era o primeiro degrau lascado da escada.

No terceiro andar, Vovó já esperava junto à porta aberta, cheia de apreensão.

— Entrem, entrem — disse, pegando Macha no colo e fungando.

— Por que está chorando, Bábuchka? A gente se viu em junho.

— Não é nada, *detochka*. Só estou feliz de te ver. Agora vá lavar as mãos e direto para a cozinha. Fiz o seu favorito!

No almoço, estranhamente tenso, Macha queria contar sobre o acampamento de crianças judias para onde Mamãe a mandara no mês passado, mas não podia falar do assunto na frente de Papai. Ele era um supercristão que a levava à igreja e gostava de lembrar histórias da Bíblia. Ela sabia que ele não aprovava o acampamento judaico, embora nunca tivesse dito isso.

Resolveu, então, contar aos avós que no semestre anterior sua escola havia recebido ajuda humanitária dos Estados Unidos: farinha, laranja fatiada em latas, coxas de galinha congeladas e queijo suíço.

— Se é para mandar queijo para alguém, por que escolher um com tantos buracos? — perguntou, e todos riram, aliviando um pouco a estranha tensão.

Por fim, ao terminarem, Vovó perguntou se ela não queria ver se encontrava os amigos no pátio. Em geral, era Macha quem pedia, sempre sentindo culpa por querer brincar com os amigos em vez de ficar com os avós, mas hoje ela percebeu que eles queriam que ela saísse de casa por algum motivo. Mais um mistério.

— Volte na hora do almoço — disse Baba Nina. — Vou precisar que me ajude a fazer o *pierogi*.

— Oba! — fez Macha, e correu escada abaixo.

O pátio estava vazio. Ela foi andando até o prédio vizinho, onde havia mesas de pingue-pongue, mas também não tinha ninguém. Voltou ao pátio e se sentou no banco, perto do lugar onde o avô plantara uma macieira. Podia bater à porta das irmãs ou de Lida, uma das suas melhores amigas em Donetsk. Mas como ia explicar que tinha voltado no início das aulas? De jeito nenhum contaria a elas sobre a desinsetização das baratas. Nenhuma das crianças que morava em torno daquele pátio tinha baratas. Sua reputação de garota de Moscou ficaria arruinada. Não, talvez nessa viagem ela precisasse mesmo ficar na sua, fazendo companhia a Baba e Deda.

Depois de algum tempo sentada ali, Macha subiu de novo. A porta não estava trancada, e ela a abriu em silêncio. Os adultos ainda estavam na cozinha. Papai dizia alguma coisa sobre um carro.

— Ela disse à polícia que eu estava dirigindo um carro novo. Sabe o que eles disseram? "Então é mesmo um caso perdido."

Macha não se mexia. Sabia que, no instante em que entrasse na cozinha, eles mudariam de assunto.

— Como sabiam? — perguntou Vovô.

— Experiência — respondeu Papai. — Moscou está uma loucura. Não são mais apenas as gangues metidas em tiroteios. Agora qualquer um pode levar um tiro. Meu amigo Saplin foi assaltado ao voltar para casa no mês passado. Levou uma pancada na cabeça e levaram sua carteira. O infeliz teve uma concussão.

Macha conhecia Saplin. Ele tinha se vestido de Papai Noel anos atrás, quando seus pais ainda estavam juntos. Ela lembrava que, depois, ele tirou a barba e bebeu vodca na cozinha.

De pé junto ao cabideiro, ela se sentia culpada, mas também curiosa. Por que os adultos não podiam simplesmente lhe dizer o que estava acontecendo? Não era cega nem surda. Sabia perfeitamente que as coisas tinham sido difíceis na Rússia desde o fim da União Soviética. Havia oligarcas de paletó magenta e prateleiras vazias nas lojas, e no ano passado apareceu um corpo no rio, perto da escola. Ela não desceu para ver, mas disseram que tinha sido decapitado.

De pé no corredor, com a mão na porta de entrada, Macha sentiu que estava para descobrir o porquê daquela viagem repentina. Bem que eles podiam voltar ao que Papai disse sobre seu carro e ter sido considerado um caso perdido.

Mas ela ouviu Deda dizer:

— Não é só em Moscou. Eu também quase fui assaltado em Kiev.

— O quê? — espantou-se Vovó. — Como é que você não me disse nada?

— Não queria que se preocupasse.

— Seu velho bobo — fez ela. — Ainda não aprendeu que, quando esconde alguma coisa, acaba vindo à tona de qualquer jeito?

Deda começou a contar que não encontrava um salão de festas e pediu ajuda a um rapaz de boa aparência.

— Ele não parecia nenhum bandido — explicou. — Mas, quando entramos numa ruela escura, comecei a ficar meio nervoso.

— Agora entendi por que sua pressão andava subindo — disse Vovó.

— É verdade, Papai?

Antes que ele pudesse responder, o telefone tocou logo atrás de Macha. Rapidamente ela abriu a porta e desapareceu no patamar, com o coração aos pulos.

Quando o telefone tocou, Yefim foi atender, ainda chocado com a história de Andrei. Ser sequestrado daquele jeito por quatro criminosos armados com facas, sem o menor motivo, e amarrado a uma árvore numa maldita floresta… como numa daquelas telenovelas que Nina amava. Felizmente Andrei teve a presença de espírito de mandar os bandidos para seu novo apartamento, e não para o apartamento onde os filhos moravam. Imagine se tivessem sequestrado os netos também! Onde é que eles iam buscar tais ideias, esses animais que ficam perambulando em Moscou? Não que fosse muito melhor em Donetsk. Ainda no mês passado, ele viu dois carros importados novos abordarem um velho Moskvich verde e forçá-lo a parar. Começou uma gritaria, e os motoristas saltaram, com as calças da Adidas e as jaquetas de couro típicas dos marginais *nouveau riche* que agora se achavam donos de tudo. Arrancaram os retrovisores do Moskvich e espancaram o motorista. Como eles tinham sido estúpidos de pensar que haveria liberdade e felicidade quando a Ucrânia se livrasse do domínio soviético! Agora a liberdade era espancada em plena luz do dia.

Quem telefonava era a nova mulher de Andrei, de Moscou. Estava com a voz exaltada e estridente. Yefim passou o telefone para o filho. Depois, Andrei anunciou:

— Eles foram apanhados!

— Inacreditável! — exclamou Nina.

— Eu achava que ninguém pegava esses crápulas — disse Yefim.

— Eu também — confirmou Andrei, dando de ombros.

— Devem ser os contatos do seu sogro.

O novo sogro de Andrei tinha trabalhado na KGB antes de se aposentar, o que deixava Yefim ressabiado. Ano passado, ao encontrar brevemente os novos membros da família em Moscou — o pai da KGB olhando para ele com desconfiança, enquanto a esposa segurava sua xícara com ar taciturno —, Yefim não pôde deixar de se perguntar se teriam vasculhado seu histórico. Às vezes até desejava que o fizessem, para poder falar a Andrei do seu passado e poupar-se do constrangimento de confessar.

— Terei que voltar amanhã para identificá-los — disse Andrei.

— Então telefone para o meu amigo que trabalha na ferroviária. Ele pode trocar sua passagem pelo telefone, para você não precisar ir agora até a estação.

Enquanto Andrei telefonava para falar do bilhete, Macha retornou. Disse que não havia encontrado nenhum dos amigos por perto, e Nina a fez se sentar para ajudar com o *pierogi*. Ele nem podia imaginar o que teria acontecido se os bandidos tivessem botado a mão nas crianças. A que ponto chegou esse país! Durante décadas eles viveram em apartamentos comunitários, trabalharam longas horas, precisando entrar em filas para tudo, sacrificaram-se pelo que era apregoado como um futuro feliz ao alcance de todos, e, de repente, *puf*, futuro e passado desapareciam da noite para o dia, e agora as crianças eram ameaçadas por bandidos, e os estadunidenses mandavam queijo.

Yefim viu Nina e Macha pegarem uma tigela e o saco de linho da farinha e começarem a misturar a massa.

— Seu papai precisa voltar a Moscou amanhã por causa do trabalho — disse Nina à menina. — Mas não se preocupe, vamos dar um jeito de mandá-la de volta na semana que vem. Enquanto isso, como está perdendo alguns dias na escola, vamos estudar matemática, russo, história e ciências aqui. E no fim da semana vamos comemorar o Rosh Hashaná, o Ano-Novo judaico.

Ele viu Macha enrolar a massa numa longa salsicha. Pouco antes, Nina dissera que talvez não fosse bom mentir para Macha sobre o motivo de estar ali, mas Andrei logo a cortou:

— Ela é muito pequena para essas coisas. E, de qualquer maneira, os filhos não precisam saber tudo sobre os pais.

Sem rodeios, simples assim.

Andrei tinha razão, claro, mas Yefim ficou incomodado com a maneira como ele se expressou. Em algum momento Andrei o teria ouvido dizer exatamente a mesma coisa?

Macha cortou a massa em pequenos pedaços para levar à fervura.

— Baba, desde quando você comemora feriados judaicos? — perguntou.

— Desde que ela começou a trabalhar na Sokhnut — respondeu Yefim.

No ano anterior, Nina se entediou com a vida de aposentada e decidiu trabalhar como guarda diurna na Sokhnut, a organização judaica local. Não demorou, e ela — a garota eslava que nunca evidenciara maior interesse pelos judeus — se tornou a maior especialista em questões hebraicas da família, para deleite dos amigos.

Yefim não suportava aquilo. Afinal, que vantagem o fato de ser judeu lhe trouxera alguma vez na vida? Nos últimos anos, quando as comunidades judaicas começavam a desfrutar de um renascimento pós-soviético, ele evitava ler sobre o Holocausto e ouvir notícias de Israel e, certamente, não fazia questão de marcar o Rosh Hashaná no calendário. Apesar da insistência de Nina, não queria ser, nem sabia como ser judeu. Passara seis décadas evitando tudo que isso significava. Mas agora ela resolvia enlaçar a neta em sua cruzada judaica.

— Considerando que você é judia pelo lado materno, minha querida Machenka, não vai fazer mal nenhum tomar conhecimento de certas tradições — disse Nina. E despejou as bolinhas de massa de pão na panela esmaltada.

— Claro, Baba. Já te contei que na primavera Mamãe me levou ao Purim? Parecia um carnaval, com marionetes e fantasias, muito divertido!

Ao ouvir a palavra "Purim", Yefim teve um lampejo de algo há muito esquecido: os irmãos fantasiados de ladrão e a irmã com uma coroa de trigo na cabeça. Lembrou-se da sua inquietação durante a pregação do rabino Isaac e da música, das luzes e dos doces cujos nomes não recordava.

— Hamantaschen — disse Nina a Macha. — Tinha aqueles biscoitos triangulares?

— *Da*, com geleia de framboesa — respondeu a menina.

— No Rosh Hashaná, vamos fazer *challah* com a receita de uma amiga da Sokhnut — prosseguiu a avó, e deu uma piscadela marota na direção do corredor, onde Andrei ainda estava ao telefone com a bilheteria. — E como seu papai vai para Moscou, poderemos comemorar tranquilas.

Andrei agora levava Macha à igreja, e, embora Yefim não gostasse nada daquela lavagem cerebral na garota — se Andrei tivesse visto o que ele viu na Alemanha, não ficaria apegado a nenhum Deus —, também achava um absurdo que agora Nina introduzisse a menina à cultura judaica pelas costas de Andrei. Parecia um círculo vicioso: Andrei escondendo coisas de Macha; Nina escondendo coisas de Andrei; Yefim escondendo coisas de todos eles. Ele se dava conta do mal que tanta dissimulação podia causar: claro que os segredos poupavam os entes queridos de preocupações desnecessárias, mas também os isolavam da nossa vida, obrigando-nos a enfrentar sozinhos nossos fantasmas.

Ultimamente choviam confissões em torno dele, como se a queda da URSS tivesse soltado uma rolha, e o povo soviético, tão obediente, agora se recusasse a ficar de boca fechada. No verão, velhos judeus começaram a procurar a Sokhnut para compartilhar suas histórias de sobrevivência durante a ocupação nazista. Agora que a Alemanha começava a pagar indenizações, eles precisavam de assistência quanto à melhor maneira de provar o que lhes acontecera cinquenta anos atrás. E isso frequentemente cabia a Nina, que fora promovida de guarda a bibliotecária — encarregada de organizar uma crescente coleção de livros deixados por judeus que haviam emigrado — para orientá-los.

Certa vez, Nina falou a Yefim de uma mulher de uma vila próxima que tinha quatro anos quando toda a população judia foi reunida, abatida a tiros e enterrada em uma vala comum. Quando os encarregados da fuzilaria viram as mãos de uma criança saindo da terra, tiraram-na dali e a esconderam no alojamento.

Havia também a história de um menino de dez anos que vivia no gueto de Donetsk, atrás da pedreira onde hoje fica o circo. Ele contou a Nina que um dia saiu do gueto com autorização, e, ao voltar à tarde, não havia mais ninguém. Ele não sabia o que tinha acontecido com todo mundo. Em lágrimas, voltou caminhando para a cidade, onde um oficial alemão o acolheu e o manteve escondido até o fim da ocupação.

Essas histórias irritavam Yefim. Ele se via argumentando que, se todo mundo começasse a se queixar, não haveria reparação suficiente. O país inteiro tinha sofrido. Por acaso alguém lhe devia um cheque porque todos os seus irmãos tinham sido mortos? O que ele faria com esse dinheiro? Compraria salame? Disse a Nina que era melhor manter tudo isso em segredo. Minutos depois, contudo, perguntava-se por que ficava tão alterado. Estaria ressentido por ter optado por se calar?

Depois que Andrei conseguiu trocar o bilhete, Nina o levou à cozinha e disse:

— Antes de ir embora, quer por favor fazer seu pai entender e convencê-lo a aceitar a nova pensão?

— Posso perfeitamente decidir por mim mesmo! — retrucou Yefim, sentindo-se encurralado.

— Que pensão é essa? — perguntou Andrei.

— Os veteranos incapacitados têm direito a uma pensão maior. Nosso vizinho… Lembra do Iliá Vulfóvich, do segundo andar? Ele sofreu a mesma lesão que o seu pai, perdeu as falanges dos dois dedos, exatamente os mesmos, e está recebendo o valor correspondente. Seu pai só precisa de um atestado médico, mas…

— Mas nada! — cortou Yefim, furioso por vê-la tentar envolver Andrei, depois de atazaná-lo durante semanas. Pior ainda, na presença de Macha, que olhava de um adulto a outro, mergulhando os bolinhos fofos na coalhada. — Não seja ridícula. Quem disse que estou incapacitado por causa dos dedos? São a marca de um homem. Seria como pedir dinheiro por uma cicatriz. Não quero saber.

Yefim precisou se controlar para não berrar "*Não tem pensão de veterano!*". Preferiu se levantar e sair da cozinha. Estava farto daquelas pequenas astúcias para fugir da verdade. Às vezes tinha que mobilizar todo o seu autocontrole para proteger as muitas coisas que eles não sabiam a seu respeito: que falava alemão e reagia automaticamente toda vez que Nina pronunciava errado uma palavra alemã; que tinha mentido em todos os formulários burocráticos até eliminarem as perguntas sobre a guerra, três anos atrás. Sua família não sabia de Nikonov, que havia falecido no ano passado, nem que recentemente ele enviou a Karow, Alemanha, uma carta endereçada a uma certa Ilse Becker. Como tampouco sabiam como ficara emocionado no início do ano, quando o presidente da Rússia, Yeltsin, decretou a total reabilitação dos prisioneiros de guerra. Depois de cinco décadas, pessoas como ele enfim eram legitimamente consideradas veteranos de guerra, com direito aos mesmos benefícios. Ele esperava que logo a Ucrânia seguisse o exemplo, embora não estivesse certo de pretender então alguma pensão. Não podia esquecer o que disse sua mãe, que tinha direito à indenização pela morte dos quatro filhos: "Não quero dinheiro nenhum desse governo pelo sangue dos meus filhos."

Mas por enquanto ele tinha que enganar Nina, para que ela não descobrisse que ele não era um veterano de verdade. Todas essas manobras o cansavam. Muitas vezes o mais difícil era enfrentar a rabugice de Nina, ao passo que Andrei e Vita em geral estavam muito ocupados cuidando da própria vida para prestar atenção em suas artimanhas. Mas os netos… bem, os netos eram outra história. Especialmente Macha.

Em 1984, quando ele foi chamado pela KGB, Macha ainda estava aprendendo a engatinhar. Quando ela entrou para a escola, os retratos e citações dos dirigentes comunistas haviam sido apagados dos manuais escolares, o uniforme escolar soviético marrom e branco fora suprimido, e os desenhos animados da Soyuzmultfilm exibidos nos fins de semana praticamente tinham sido substituídos por Tico e Teco e o Pato Donald, da Disney. Embora a Grande Guerra Patriótica ainda fosse um acontecimento importante da cultura absorvida por ela, para Macha não tinha um significado pessoal, e seu jovem cérebro não era assoberbado pelas particularidades da moral soviética que pautavam para seus pais e avós o que era honroso e o que era vergonhoso.

Vendo-a do outro lado da mesa, ocorreu a Yefim que, para ela, descobrir que o avô tinha sido um prisioneiro, e não um herói de guerra, significaria… ele não sabia exatamente o quê, mas certamente algo muito menos impressionante que para seus filhos, que ficariam envergonhados. E assim ele se perguntava se a neta menor não seria aquela com quem poderia falar abertamente.

No dia seguinte, enquanto os colegas estavam na escola — engomados, bronzeados, pondo em dia as fofocas do verão —, Macha fazia bordados em ponto de cruz com Baba Nina. Papai saíra naquela manhã, os amiguinhos locais também estavam na escola, e Vovô fora até a loja, de modo que estavam sozinhas.

— Vamos bordar uma estampa tradicional ucraniana com cruzes vermelhas — disse Baba Nina. — Enquanto isso, vou te falar da história. E assim você ficará em dia com história e prendas domésticas, e só vão ficar faltando matemática e leitura.

— Combinado!

Se ficar deitada no sofá com Vovó era considerado escola, tudo bem para ela. O corpo avantajado de Bábuchka, gordo e quente, era uma ilha de calma inexistente na vida frenética de Macha em Moscou. Vovó sempre contava histórias interessantes e, ao contrário dos outros adultos, tinha tempo e vontade de contar. Era uma janela para um mundo muito diferente, para uma Ucrânia antiga sobre a qual Macha pouco sabia. Só um ou dois anos antes, quando se passou a falar ucraniano na televisão deles, ela ficou sabendo que a língua natal de Baba e Deda era ucraniano, e não russo, o que fez uma enorme confusão na sua cabeça.

Vovó lhe entregou uma argola de plástico com um tecido branco bem esticado e mostrou o ponto, uma cruz minúscula num quadrado minúsculo. Com uma linha vermelha na agulha, Macha começou a trabalhar, lenta e cuidadosamente.

— No seu acampamento de verão, eles contaram sobre os judeus que foram mortos durante a guerra?

— Não. Contaram histórias sobre Israel e o velho templo e vários feriados. E teve muitas festas.

Vovó abriu um sorriso fingido.

— Pois, então, ouça. Vai ser a sua aula de história hoje. Quando os alemães entraram na Ucrânia, o que aconteceu logo depois que a guerra começou, eles decidiram se livrar de todos os judeus. Nós tínhamos muitos vizinhos judeus em Kiev, e alguns não tinham fugido. Um dia, os alemães anunciaram que todos eles tinham que se apresentar num cruzamento na manhã seguinte. Muitos foram voluntariamente; alguns deixaram os filhos com famílias não judias. Nós escondemos uma linda menina chamada Ada, que era um pouco mais velha que eu. Todo mundo que se apresentou foi levado para um barranco chamado Babi Yar e fuzilado. Tem um poema emocionante de Ievtuchenko sobre isso, que você poderá ler um dia.

Macha tentava se concentrar na agulha que entrava e saía de minúsculos buracos no tecido branco, mas os horrores contados por Vovó deixaram seus dedos úmidos, e a agulha escorregava. Ela segurou com mais força.

— Por que eu nunca fiquei sabendo disso? Vão ensinar na aula de história quando eu for mais velha?

— Não sei, Machenka. Tem muita coisa que não ensinam na escola, e muita coisa que eu ainda estou descobrindo. Todas essas histórias que me são contadas por testemunhas judias foram guardadas em segredo durante décadas. O seu bisavô, o pai de Deda, também foi morto num gueto, e durante anos eu não sabia dos detalhes porque Deda não gosta de falar do passado.

Macha ficou surpresa. Vovô parecia ser um homem aberto, mas, agora que Vovó estava dizendo, ela se dava conta de que não sabia quase nada da infância dele, da família, da guerra.

— Por que ele não gosta do passado?

— Acho que porque não quer se lembrar das coisas ruins que viu. A gente aprendia a não fazer muitas perguntas, apenas a venerar nosso país e temer os líderes. É difícil explicar como o orgulho e o medo podem conviver no coração de alguém sem entrar em contradição. Eu vivi nessa época e ainda não consigo explicar. Mas, por causa disso, nós nunca falávamos das coisas mais terríveis, especialmente se tivessem sido feitas pelo nosso próprio governo. Existem coisas de que eu também nunca falei.

— O quê, por exemplo?

— Você já ouviu falar do Holodomor?

— Não — respondeu Macha, revirando na cabeça a palavra, pesada e assustadora pela própria sonoridade. — Também foi durante a guerra?

— Não, foi antes, em 1932, quando de repente havia muito pouca comida, e todo mundo passou fome. Eu tinha que ficar durante horas numa fila para conseguir um pão preto grosseiro e estava sempre com fome. Mas no interior era pior ainda, e por isso os camponeses vinham à cidade à noite para tentar encontrar o que comer nas lixeiras. De manhã, meu pai não me deixava sair porque muitas vezes essas pessoas morriam perto do lixo.

Macha não entendeu.

— Como não tinha comida? Os camponeses não plantavam no interior?

— O governo tomava as colheitas deles. É difícil explicar. Nosso país tinha muitos segredos, e só agora estamos começando a saber. Eu sei que vai levar muitos anos para se revelar tudo.

Macha baixou os olhos para o bordado e viu que cometera um erro no padrão.

— Você acha que Vovô falaria do passado se eu pedisse?

— Você pode tentar. Talvez ele diga alguma coisa por você ser a favorita dele.

Macha pensou que seria sua chance de também perguntar sobre Papai.

— O que aconteceu com o carro do Papai? Eu ouvi alguma coisa sobre a polícia.

Vovó olhou para ela de um jeito estranho e minimizou o assunto com um gesto.

— Ah, o carro dele foi roubado, mas não se preocupe, já foi encontrado — disse. — Nada grave. Agora vamos arrumar a sua mesa para você fazer o dever de matemática.

Macha teve dificuldade de se concentrar na matemática. O que Vovó disse sobre o carro de Papai ter sido roubado fazia sentido. Por isso, provavelmente, é que ele tinha telefonado para Mamãe no aniversário dela, para dizer que a polícia podia procurá-la para fazer perguntas, como naquele filme de espionagem francês que ela viu recentemente na televisão. Mas ela não entendia por que ele próprio não havia lhe contado. Não parecia nada que precisasse ficar em segredo. E também era estranho que a tivesse levado para Donetsk dois dias depois, embora a desinsetização contra baratas provavelmente fosse pura coincidência.

Macha deixou a matemática de lado e pegou uma folha de papel em branco. Precisava desenhar alguma coisa. Algo pequeno e arrumado. Algo que sacudisse aquela sensação de existir um imenso e escuro oceano de coisas que ela não deveria saber. Desenhou a muralha do Kremlin, com suas ordenadas setas apontando para cima. Depois, uma estrada. Na estrada havia um carro, quadrado e vermelho, igual ao do Papai. Ela ainda ouvia a voz de Papai: "Carro novo? Um caso perdido mesmo."

Macha estava tentando decidir quem desenhar dentro do carro quando Vovô entrou.

— Adivinha o quê? — disse ele com as mãos para trás. — Diádia Volk passou aqui hoje de manhã e, quando soube que você estava conosco, pediu que lhe entregasse algo.

A aparição invisível de Diádia Volk — o Sr. Lobo —, sempre que ela vinha, era a brincadeira favorita deles. Macha não acreditava mais, mas não queria magoar Vovô e, assim, sorria e entrava na brincadeira.

— O que é? — perguntou.

Ele então apresentou um Chapeuzinho Vermelho, uma bolacha de chocolate que ainda era o doce preferido dela, apesar de os quiosques de Moscou terem sido tomados por Snickers e Mars.

— Por favor, agradeça a Diádia Volk da próxima vez que ele vier.

✳ ✳ ✳

Yefim chamou Macha para jogar cartas, mas ela disse que ia encontrar os amigos no pátio e perguntou se podiam jogar depois. Em sua ausência, ele tentou ler o jornal, mas, quando percebeu que os olhos escaneavam as palavras sem atenção, levantou-se e foi lubrificar as dobradiças da porta da varanda que estavam rangendo em seguida, viu duas folhas no vaso de planta do parapeito que precisavam ser podadas e, então, sem mais o que fazer, ligou a televisão, ao mesmo tempo que matutava o que ia dizer a ela. Temia que Macha não entendesse ou que acabasse deixando escapar seu segredo para alguém mais na família, mas o anseio de contar ganhara vida própria e o compelia na direção do alívio curativo que ele esperava da confissão.

Macha voltou no exato momento em que começava o noticiário e se sentou ao lado dele para assistir à campanha militar iniciada na Chechênia. Ele sabia que ela não entendia ucraniano e ficou aliviado por ela não ser capaz de captar os detalhes da notícia. Quando o jornal acabou, os dois se acomodaram no sofá-cama para jogar *durak*, usando a barriga dele como mesa, enquanto Nina esquentava o jantar.

— Deda, eles disseram que vai ter guerra? — perguntou Macha, ajeitando as seis cartas na mão. Ele ficou pensando se seria uma boa maneira de entrar no assunto.

— É difícil saber.

— Já tem aquela outra guerra na Bósnia, não é? Não entendo por que tem tanta briga entre vizinhos.

— Ser vizinho muitas vezes é a maior causa de guerras. Imagine só se um vizinho tem alguma coisa e o outro não tem, e os dois veem o que o outro tem e ficam com inveja…

— Minha vizinha Lenka tem um hamster e uma cobra num terrário, e eu acho legal e tudo mais, mas não quero matá-la por causa disso.

Ele riu.

— Sabe — prosseguiu ela, olhando por cima das cartas como se fossem um escudo —, às vezes eu fico imaginando como seria estar numa guerra e ter que atirar em alguém, mas não consigo. Eu sei que, quando você ou Papai me levam para pescar, a gente mata esses animais, mas, como são muito pequenos, não é uma sensação tão ruim. Mas uma pessoa que olha para você e fala com você? Não consigo entender.

Yefim estava tenso, esperando por algo que estava bem na ponta da língua dela. Macha baixou um valete de ouros. E afinal perguntou:

— Como você conseguiu sobreviver na guerra? Eu sei que é obrigação dos soldados, mas não consigo imaginar você matando alguém, Deda.

Pronto, era a sua chance. Ele tinha contribuído pouco para a vitória na guerra, mas agora, ante o olhar apreensivo da neta de dez anos, percebia que, para ela, os pequenos atos de um soldado podiam parecer monstruosos, e pela primeira vez na vida se sentia grato por ter combatido tão pouco.

Pousou as cartas no peito e disse tranquilamente:

— Eu fui feito prisioneiro logo depois do início da guerra.

Macha olhou para ele. Era um olhar de calmo alívio, como se ela não precisasse mais conciliar a imagem do avô com um assassino. Ela já abria a boca para dizer algo quando Nina chamou da cozinha:

— Venham comer! O jantar está pronto.

Macha pousou as cartas, mas não se moveu, parecendo incerta quanto ao que devia fazer: continuar no confessionário ou ir para a cozinha. Mas Nina não gostava de chamar duas vezes e segundos depois apareceu na porta:

— Jantar na mesa! Venham já.

— Indo, Baba — prontificou-se Macha, e pulou do sofá, estendendo a mão para ajudar Yefim.

Ele pôs a mão dos dedos aleijados na palma da mão dela e deixou que ela o puxasse.

A caminho da cozinha, ele entrou no banheiro e trancou a porta. Abriu a torneira e lavou o rosto na água fria, com a barba por fazer.

Tinha conseguido. Finalmente contara a alguém. Yefim queria se olhar no espelho para ver se algo mudara, se tinha extirpado o tumor maligno, se a tensão que mantinha oculta há cinco décadas havia saído de seus olhos. Mas não conseguia. Então, enfiou a cara na toalha e percebeu que estava furioso consigo mesmo. Não sabia o que estava esperando de uma criança. Por que ela se importaria com a vergonha de ser um prisioneiro de guerra soviético? O pai dela havia acabado de ser sequestrado. Não era hora de pensar no passado — no dele nem no de ninguém. Antes de mais nada, era preciso sobreviver ao presente.

Como que confirmando seus sentimentos, Macha não mencionou nada no jantar e depois foi ver com Nina a novela favorita da avó, *Santa Barbara*. Ele não sabia se ela entendera o significado do que havia lhe contado ou se simplesmente não achava que precisasse de mais explicações. Mas, na semana seguinte, embora ele meio que esperasse mais perguntas sobre a guerra, ela estava sempre às voltas com os deveres de casa, os amigos no pátio e os preparos na cozinha com Nina para o Rosh Hashaná e não fez mais perguntas sobre o passado dele. Voltou em seguida para Moscou e um ano depois emigrou com a mãe para a Califórnia.

E todo esse tempo Yefim se perguntava se de fato tinha lhe contado alguma coisa.

Capítulo 18

Outubro de 1946
R.S.S. da Ucrânia

Ao voltar à sua aldeia depois de encontrar a mãe, Yefim temia retornar à velha casa. Considerou a hipótese de aceitar de novo a hospitalidade de Kateryna, mas não podia deixar de ir à choupana da família. Entrar nela foi como uma penitência.

A casa deles nunca fora tão tranquila. Com oito pessoas apertadas num espaço exíguo, o ambiente era invariavelmente tomado pelo palavrório ruidoso, alegre ou briguento, em iídiche, ucraniano e russo. À noite, quando todo mundo se preparava para dormir, Basya cantava, e sua voz o acalmava, diminuindo o medo do escuro lá fora. Mesmo quando dormiam, a casa não ficava em silêncio. Eram roncos, rangidos, espirros, bocejos, sussurros. E, agora, nada. Até os camundongos se foram.

Depois de varrer os cacos de vidro e usar um pano velho para dar um jeito na janela quebrada, Yefim acendeu o forno na base do *pich* e se alçou ao rebordo superior na esperança de dormir um pouco. Nos últimos anos, considerava-se capaz de dormir em qualquer lugar. Nessa noite, porém, a família ausente o assombrava.

Mikhail, Georgiy, Yakov, Naum. Mortos. Por que não sobreviveram? Eram mais fortes, mais corajosos e mais inteligentes que ele. Naum, o mais bonitão, podia ter casado com qualquer garota da aldeia. Yakov podia ter tido filhos — belas crianças judias que sua mãe teria amado. Georgiy parecia um armário de tão grande e não hesitara um segundo em comer um bichinho como Bek-Bek... como alguém como ele podia morrer? E Mikhail, seu favorito, que praticamente o havia criado. Ele tinha que ter voltado. Todos eles deveriam estar ali, naquela casa. Mas ele havia sobrevivido, e eles não. Por quê? Por quê? Por quê?

E havia Basya. Ele tentava afastar a imagem da irmã, mas ela voltava, as mãos delicadas na Singer, a trança negra presa num coque no alto da cabeça, e então o tiro, sangue respingado na máquina de costura e na cadeira, sua cabeça balançando, o corpo caindo. Ele via tudo pelos olhos da mãe. Dava vontade de arrebentar as paredes, o telhado, o povoado, o mundo inteiro. Tentou se acalmar, convencendo-se de que não havia o que fazer. Mas o filme da morte de Basya passava sem parar.

Sua mente não tinha sossego. Quando não era Basya, ele via os irmãos, seus corpos rígidos jogados em algum descampado desconhecido. E, quando não eram os irmãos, ele voltava ao pai, dirigindo-se ao gueto pela última vez, a poeira baixando depois da passagem da carroça. Aquele pai que não o queria por medo de perder a esposa, que a abandonou e se entregou à própria morte, aquele pai que era — e nunca antes ele quisera usar esta palavra — um covarde.

Pelo menos sua mãe tinha sobrevivido. Ele deveria ser grato aos deuses que acaso tivessem-na mantido neste planeta e, no entanto, em vez de alívio, sentia o peso da responsabilidade, misturada com culpa. O jeito como ela havia pegado seu rosto ao chamá-lo de Haim não saía da sua cabeça. Uma mulher de idade, sofrida, agarrando-se aos últimos vestígios de sua vida. Como é que ele podia lhe dizer que o filho pelo qual arriscara a própria vida, seu único descendente que sobreviveu à guerra, conseguira isso trabalhando para os alemães? Os mesmos alemães que tinham matado o resto da sua família. No momento, ele sabia que ela estava feliz por tê-lo de volta vivo. Mas o que aconteceria quando descobrisse como tinha feito isso?

Yefim se agitou no alto do *pich* e acabou descendo, andando de um lado a outro. Não havia saída. Na manhã seguinte, teria que se apresentar à intendência militar regional, onde receberia nova identidade militar, selando para sempre sua condição de prisioneiro de guerra, um entre milhões de soldados imprestáveis que nada fizeram para salvar a Pátria. E, depois, se tivesse a sorte de não ser mandado — como Nikonov — direto para os campos, não teria alternativa senão contar a terrível verdade à pobre mãe.

Começava a fazer frio na casa. Ele jogou outra tora no forno e subiu de novo ao rebordo. Tinha certeza de que ficaria acordado até o amanhecer. E aí viu a conhecida figura da mulher de longos cabelos negros caminhando pela campina na sua direção, tendo nos braços um bebê imóvel e silencioso. Ele nunca tinha visto bem o rosto dela, mas, agora, à medida que se aproximava, reconheceu sua mãe, mais jovem, como era antes da guerra. Seus olhos negros brilhavam, de pranto ou de alegria, não dava para saber. "Haim", disse ela, estendendo o bebê para Yefim. Ele o tomou nos braços, com medo de olhar para o rostinho morto. Embalando o bebê todo enrolado, sentiu o calor dele e, baixando os olhos, descobriu que a criança dormia tranquilamente.

Acordou logo depois do alvorecer. As brasas estavam apagadas no forno, e agora a cabana parecia estranha, na luminosidade cinzenta de um amanhecer de outubro. Ele se sentia rígido e agitado. Seu corpo pedia movimento. Juntou rapidamente suas coisas e saiu da casa. Mal podia esperar para deixar o povoado, ao qual tanto quisera voltar durante seis anos. A única maneira de preservar a sanidade seria começar de novo, longe dali. Sonhava em seguir para Kiev e entrar para qualquer universidade que o aceitasse. Aos vinte e quatro anos, seria o calouro mais velho, mas qual a importância disso se podia parar de brincar de soldado para começar uma nova vida? A única dúvida era se os militares acreditariam nele.

Ao deixar o vilarejo e se dirigir à intendência militar em Kozyatyn, ele teve a sensação de que estava indo para o purgatório, onde seu destino seria decidido de uma vez por todas. Embora já tivesse contado sua história ao SMERSH, o fato é que, na ocasião, precisavam dele para a batalha de Berlim. Agora, ninguém precisava dele. Na verdade, havia provavelmente vários artigos de lei que determinavam que fossem punidos os soldados do Exército Vermelho que haviam sido capturados pelo inimigo e voluntariamente se tornaram *ostarbeiters*. Era como se estivesse entrando na bocarra de Stalin.

O único consolo era que a intendência devia ter o registro mais recente do paradeiro de Ivan.

A estrada para Kozyatyn passava por Ivankivtsi, mas, ao ver as primeiras casas do vilarejo onde sua mãe vivia, ele se desviou do caminho de terra para seguir pela campina ao redor. Parecia um gesto de dissimulação, mas ele não seria capaz de encará-la antes de conhecer a decisão da intendência. Do outro lado do descampado, reconheceu o telhado vermelho da casa do açougueiro e viu no quintal distante uma figura que podia ser sua mãe. Encheu-se de determinação e continuou andando.

Yefim lembrou-se do olhar dela quando disse: "Agora está claro que você é Haim." Parecia tão segura de si. Sua mãe, analfabeta e supersticiosa. E daí que "Haim" significasse vida? Não era por causa desse nome — um nome estranho, estrangeiro — que ele tinha sobrevivido. Se alguém soubesse que ele era Haim, há muito tempo teria sido transformado num monte de cinzas em algum canto perdido da Alemanha.

Ao deixar Ivankivtsi para trás, ele voltou à estrada. Até Kozyatyn, levaria mais uma hora e, embora não tivesse dormido muito, não queria descansar. Precisava saber o que seria do resto da sua vida. Ouviu uma carroça se aproximando por trás e foi para a beira da estrada, para deixá-la passar. O condutor reduziu a velocidade.

— Para onde vai, soldado? — perguntou. Era um homem mais velho com um espesso bigode grisalho, conduzindo um cavalo magro.

— Kozyatyn, mas posso continuar andando. Não deve estar longe.

— Não é motivo para sujar as botas. Suba.

Algo na maneira como o sujeito segurava as rédeas fez Yefim se lembrar do pai, e ele não pôde recusar. Subiu.

— Vai para a intendência? — perguntou o homem, quando se puseram em movimento de novo.

— Vou. Como sabe?

— Você parece que acabou de chegar de lá — respondeu ele, apontando para oeste, como se estivesse indicando a Europa. — E já vi um bando "d'ocês" indo se apresentar na intendência. Meus filhos não conseguiram.

Yefim tirou o chapéu e perguntou onde tinham servido.

— Um morreu em 1941, o outro em 1943. Só tínhamos eles.

Yefim não sabia o que dizer, mas o homem prosseguiu sem esperar resposta:

— Quando foi embarcado?

— Verão de 1940.

O sujeito deu um assovio e olhou para Yefim.

— Sobreviveu esse tempo todo? Ora, ora, se não estou ao lado de um herói de verdade! Como se chama, soldado?

— Shulman. Yefim.

— Um *jid*? Então é o cara mais sortudo ou… Espera aí, não se meteu em histórias com os Fritz, né?

O condutor retinha as rédeas para desacelerar o cavalo.

— Ouvi dizer que os alemães queimaram todos os *jids*, e você aqui com todos os braços e pernas — disse, parando a carroça. — É melhor saltar. Não quero problemas.

Yefim saltou, e o velho seguiu apressado, com o cavalo levantando poeira na estrada. Era então o que todo mundo ali pensava? Que um judeu sobrevivente só podia ser espião? Os oficiais da intendência lhe fariam a mesma pergunta? "Como foi que sobreviveu, *jid*?"

Suas costas se retesaram de preocupação. Se o seu plano não desse certo, não haveria universidade nem Kiev, só minério em algum lugar da Sibéria.

Era o início da tarde quando ele chegou a Kozyatyn. A ornamentada estação ferroviária de onde Ivan e ele tinham partido naquele verão de 1940 ainda estava de pé, parecendo menos grandiosa que na sua lembrança. O prédio de madeira da intendência onde sua carreira militar havia começado e onde ele conhecera Ivan ficava a alguns quarteirões de distância. No caminho, lembrou-se do nervosismo e da empolgação daquela primeira visita, um inexperiente rapazola de dezessete anos em busca de glória no exército soviético. Como fora ingênuo de pensar que a vida militar o tornaria alguém valorizado pelo seu país e admirado pela família. Seu país não estava nem aí. Sua família se fora. Mas pelo menos talvez pudesse finalmente encontrar Ivan.

Ao chegar ao prédio onde deveria se apresentar, Yefim viu que fora incendiado. Entrou numa farmácia próxima, onde a balconista disse que agora ficava mais adiante na rua, no prédio de tijolos de dois andares que fora residência de um barão da indústria têxtil antes da Revolução. Ele seguiu a orientação e não demorou a encontrar a mansão. Com duas bandeiras soviéticas tremulando na fachada, parecia decididamente uma repartição municipal.

Junto ao prédio havia uma cerca de madeira cheia de avisos manuscritos. Ele parou e leu: "Soldado desaparecido do Exército Vermelho Petro Stasyuk, vinte e dois anos, visto pela última vez em outubro de 1941. Mãe e irmã inconsoláveis agradecem por qualquer informação." Eram dezenas de notificações: "Em busca do nosso pai", "nossa amada irmã Valentina", "nosso filho único Rodion". Várias tinham sido recortadas da sessão de desaparecidos do jornal regional, e uma delas continha até um retrato. Todos desaparecidos, desaparecidos, desaparecidos. Agora simplesmente nomes numa cerca.

Com um peso no peito, Yefim subiu os degraus da intendência, abriu a porta de metal e entrou. O ar cheirava a papel de escritório e tinta fresca. O esforçado taque-taque de uma máquina de escrever ressoava no longo corredor. Ele sentiu as mãos ficarem geladas.

O datilógrafo invisível devia estar historiando os destinos de diferentes soldados do Exército Vermelho num pesado livro de registros. Ao se aproximar da terceira porta do corredor, Yefim imaginou seu nome aparecendo no livro, uma prova do seu fracasso militar preservada para a eternidade.

Do lado de dentro, deparou-se com uma sala fortemente iluminada com uma mesa grande, onde o datilógrafo na verdade era uma jovem de vestido cinza de lã e cabelos curtos cor de milho. Quando lhe disse que tinha sido desmobilizado e precisava da nova identidade militar, ela se dirigiu à porta fechada de um gabinete interno e, depois de espiar lá dentro, voltou à máquina de escrever.

— Bóris Vladimiróvich vai recebê-lo assim que puder — disse, distraída, como se Bóris Vladimiróvich não tivesse nas mãos o destino alheio.

Yefim se sentou numa cadeira estofada e ficou ouvindo o *staccato* das teclas, interrompido pelo trilo da alavanca de retorno, até que, como no fim de uma marcha militar, a secretária concluía com estrépito, rolava o cilindro e retirava o papel da máquina.

— Entre — trovejou uma voz masculina por trás da porta.

No interior do pequeno escritório, ele encontrou um sujeito na casa dos cinquenta, corpulento, ombros largos, fazendo anotações em sua escrivaninha. Yefim prestou continência.

— À vontade — disse Bóris Vladimiróvich, pousando a caneta. — Está voltando?

— Correto — respondeu Yefim. — Cheguei a Kiev há dois dias.

— Muito bem por observar o prazo — disse o outro, mostrando uma cadeira e mantendo a mão esquerda invisível no colo. Atrás de Bóris Vladimiróvich, havia um relógio de pêndulo antiquado, com certeza uma relíquia da época do barão da indústria têxtil, e um inquietante retrato do Líder pendurado no papel de parede amarelado. — Muitos deixam passar o prazo de três dias e aqui são obrigados a dar cambalhotas, mas quem precisa disso, não é mesmo?

Por cima do rosto bronzeado de mandíbulas pronunciadas, seus olhos verdes brilhavam de satisfação.

— Eu sou Bóris Vladimiróvich Boyko, oficial encarregado dos registros regionais. Muito bem, o que eu preciso, filho, é que me conte detalhadamente o que aconteceu desde o dia do seu recrutamento até três dias atrás, quando voltou para casa. Acha que é capaz?

Yefim não sabia se pelo amável "filho" ou pelo jeito conversador do sujeito, mas sentiu que era alguém com quem podia falar, alguém em quem a humanidade superava, pelo menos um pouco, o chamamento do dever patriótico.

Contou a Boyko quando foi recrutado, disse que em junho de 1941 estava na unidade de artilharia da fronteira. Boyko fez anotações, mas sobretudo ouvia, os olhos semicerrados, como se acompanhasse Yefim na imaginação.

— O acampamento foi bombardeado. Conseguimos mantê-los a distância durante quase dois dias, mas logo acabamos cercados, e o meu comandante, Komarov, ordenou a retirada.

Relatou então que fugiram para leste e rechaçaram os *partisans*. Ele queria que aquele homem soubesse que havia tentado, que, na época, entrar para o exército era tudo para ele. Mas hesitou.

— Até que foi capturado, certo? — disse Boyko, como se já tivesse ouvido a mesma história cem vezes.

Yefim assentiu, feliz por não detectar nenhum tom de reprovação na voz dele.

— Tentamos repelir o inimigo, mas éramos apenas oito. Estávamos em desvantagem numérica — disse, e se deteve, lembrando-se do pântano em que havia mergulhado quando Komarov foi atingido por uma bala na testa. Ficou arrepiado e tentou recuperar o foco. Precisava que o sujeito ficasse do seu lado.

— Para onde foi levado? — perguntou Boyko.

— Um campo perto de Tilsit, depois outro campo mais para o interior da Prússia. Em novembro vieram escolher alguns de nós, e eu fui mandado para uma grande fazenda de trabalhos forçados. Na primavera de 1943, eu fugi, mas fui capturado. — Ele decidiu deixar Ivan de fora. — Disse à polícia que era um *ostarbeiter*.

Ele sentiu que estava entrando na história, tecendo-a com cuidado, mas rapidamente, como quem tem a verdade como único horizonte.

— E acreditaram em você?

Ele cuspiu o resto todo de um fôlego só.

— Devem ter acreditado, pois fui vendido para o burgomestre de uma aldeia. Cerca de um ano depois, fugi de novo, mas fui capturado outra vez. Dessa vez, fui mandado para outro povoado, onde trabalhei até a chegada do nosso exército. Expliquei ao SMERSH, e eles me deixaram ficar com a infantaria, e assim fui combater em Berlim. Aí, nossa unidade de reserva foi transferida para o litoral báltico. Era onde estava estacionado até três dias atrás, quando voltei para encontrar minha família, só que...

Yefim reduziu o ritmo, não querendo entrar nessa parte, a menos que o outro pedisse. Percebeu o tique-taque do relógio por trás de Boyko. Tentava não olhar para os olhos cintilantes de Stalin bem ao lado do relógio, com seu bigodão horripilante. Como um dia havia sido capaz de pensar que Stalin contava com ele para a defesa do país? Ele era muito imaturo à época.

— Só que o quê? — perguntou Boyko.

Ele voltou a falar tranquilamente:

— Só que eu descobri que a minha mãe foi a única que sobreviveu. Meus quatro irmãos foram todos mortos, meu pai morreu no gueto de Berdichev, minha irmã foi abatida por um policial.

Fez então uma pausa e, tentando ignorar a repugnância por usar a família para se salvar, defendeu sua causa.

— Sou o único que resta para minha mãe, e, para falar a verdade, Bóris Vladimiróvich, não consigo dizer a ela que fiquei parado durante a guerra inteira na Alemanha. Uma vergonha enorme, com todos aqueles mortos... isso acabaria com ela. Ficaria achando que não pode contar comigo na velhice.

— *Mda...* — ponderou Boyko, e se virou para olhar para a janela, que dava para arbustos desfolhados. Começara a chover. O relógio fazia tique-taque. Yefim observava o perfil queixudo do outro, temendo ter exagerado a história dos sentimentos da mãe. Afinal, por que um oficial da intendência se preocuparia com ela? Mas era sua única carta. Boyko teria que ser um monstro para mandar para a Sibéria o último filho de uma mãe.

Ao se voltar de novo para Yefim, Boyko disse:

— Eis o que vamos fazer. Anote as datas do seu cativeiro como datas do seu serviço militar.

Yefim encarou-o em choque. Aquele homem, supostamente encarregado de registrar a verdade e decidir os destinos, estava sugerindo o impossível. Mentir. Mentir para o exército — mentir para o próprio Stalin. Não era para isso que ele tinha vindo. Queria evitar ser mandado para os campos, mas Boyko propunha algo completamente diferente: uma maneira de apagar totalmente o estigma de ter sido prisioneiro de guerra. *Tabula rasa.*

— Assim ficará parecendo que você serviu no exército o tempo todo, e não precisará contar a sua mãe — prosseguiu Boyko. — Me parece que é sua única saída.

E se fosse uma provocação, para testar seu senso de dever patriótico? Ele precisava avançar com cuidado, garantir-se por todos os lados.

— Mas eu já comuniquei minha captura ao escritório do SMERSH na Alemanha — disse, sério. — Não vai ficar incoerente?

— Melhor ainda ter dito a verdade a eles — retrucou Boyko em tom de conchavo, o riso abrindo pés de galinha nos olhos. — Menos provável que seja fuzilado.

Yefim não sabia ao certo por quê, mas a jovialidade do sujeito o fez entender que não era nenhuma pérfida armadilha soviética. Boyko conhecia as normas burocráticas do sistema e chegou à conclusão de que Yefim tinha uma real chance de não ser desonrado como prisioneiro de guerra. Devia ter calculado seu próprio risco caso isso viesse à tona. Com a mão direita, o oficial empurrou um formulário e uma caneta na direção dele.

— Aqui, preencha isto, e mandaremos Lenochka datilografar.

De repente tudo parecia tão fácil: um formulário, a autorização de um oficial mais velho, Lenochka na sua máquina de escrever, e em questão de minutos toda a sua vergonhosa história seria apagada. Ele não seria mais *inconveniente*, como dizia Nikonov. Seria um soldado que entrou em Berlim. Sua cabeça estava confusa, o corpo, exausto da tensão. Ele estava tendo a rara oportunidade de parar de se preocupar com o passado e começar de novo. E o preço dessa oportunidade era uma mentira.

O relógio fazia tique-taque na parede. Ao lado, o retrato de Stalin esperava.

— Não se preocupe, filho — tranquilizou-o Boyko, com um sorriso afável. — Vai dar tudo certo.

Ele pousou na mesa a mão esquerda, até então oculta no colo, e Yefim viu que faltava o indicador. Talvez por isso se mostrasse tão benevolente, pensou.

Yefim preencheu o formulário, pulando as datas da captura e apagando quatro anos da sua vida na Alemanha de Hitler.

Quando concluiu e se levantou, Boyko apertou-lhe a mão e disse:

— Esqueça o passado, Shulman. Vá viver a sua vida. E, se alguém perguntar, suas medalhas foram roubadas no trem.

Ele estava desorientado e exultante. Entrara ali como vil prisioneiro e saía como glorioso veterano. Até que se lembrou de algo.

— Antes de ir, poderia me informar sobre meu amigo?

— Peça a Lenochka quando sair.

A moça estava ajeitando o cabelo quando ele saiu. Se ela não tivesse nenhuma informação, ele ainda teria tempo de ir ao povoado de Ivan e perguntar.

— Poderia checar o meu camarada nos seus registros? Sobrenome Didenko.

Ela arregalou os olhos e sorriu.

— Ivan? — perguntou.

— Sim! Você o viu? Ele voltou?

— Não, não. Eu o conheci antes da guerra. Morávamos no orfanato perto daqui.

— Deve ser outra pessoa. O Ivan que eu conheço vivia com o pai.

Ele mencionou a aldeia de Ivan. A moça baixou a voz:

— Lamento dizer, mas o pai de Ivan morreu. Morreu de tanto beber depois que a mãe dele foi presa. Ele viveu no orfanato desde os seis anos.

Yefim não queria acreditar. Ivan e ele não tinham segredos.

— Por que ele não me contaria tudo isso? Nós éramos muito próximos. Ele salvou minha vida mais de uma vez.

O olhar de Lenochka agora parecia de piedade.

— Esse tipo de passado complica as amizades. Provavelmente, ele queria protegê-lo.

Yefim não sabia o que dizer.

— Mas lamento lhe dizer que Ivan foi dado como morto.

Ele agradeceu e, saindo da intendência, respirou o ar úmido lá fora. Ao passar pelos avisos molhados que tremulavam na cerca, apressou o passo.

Capítulo 19

*Março de 2007
Donetsk, Ucrânia*

Em algum lugar ali ficava o galpão forrado de palha que cheirava a leite e aconchego caseiro. Yefim se lembrava de ter dado com ele ao sair de um matagal entre um bosque e os campos da fazenda, a um dia de caminhada de Karow. Se era o mesmo matagal, o estábulo devia estar exatamente do outro lado. Lá, ele poderia se jogar no calor da palha e finalmente parar de se preocupar. Esfregaria as mãos e o rosto o dia inteiro, só para parar de se preocupar, parar de olhar para trás.

— Você aí! — ouviu. Alguém o tinha visto.

Ele se atirou nos galhos finos, mas, em vez de abrir caminho, enroscou-se neles. Ignorou os espinhos que rasgavam sua camisa, ferindo seus braços. A dor não era nenhuma novidade.

— *Továrich!* Vovô, não pode ficar aí.

Alguém agarrou sua camisa por trás. Yefim fez um movimento para se voltar, e um galho pesado bateu na mão que o segurava. Liberado, ele avançou pelo matagal, mas não conseguia ser rápido.

— Aonde vai? Alguém me ajude a pegar esse velho!

Yefim deu uma guinada na direção da palha, da paz. Já sentia que não chegaria ao estábulo, mas não podia desistir.

— O velhote deve ter perdido o juízo! Daquele lado só tem uma cerca.

— Alguém vá atrás dele! Ele está se machucando.

— Por que você não vai?

— Não vê que estou aqui com o meu filho? Esse grandalhão aí que vá.

— Vamos esperar a polícia. E se ele reagir?

— Reagir? Ele tem mais de oitenta anos.

— Não interessa! Vá atrás dele! Onde pensa que estamos? Em Zurique? Nossa polícia está muito ocupada recolhendo propina para tirar um maluco do mato.

Maldita polícia, pensou Yefim. Seria levado de volta para o campo, se não fosse abatido a tiros. Deu um solavanco para a esquerda. Um galho bateu na sua testa, e ele caiu.

— *Tak*. Pronto! Vou entrar.

Yefim viu o azul do céu entre as folhas e tentou se levantar, mas os braços não obedeciam. Não entendia por que estava tão fraco.

Alguém o levantou como se ele não pesasse nada, e Yefim fechou os olhos. Não queria ver seus captores. Caso contrário, ficaria sonhando com eles durante anos, com aquele zoológico de rostos a pegá-lo, questioná-lo, traí-lo. Estava cansado de fugir, de se esconder, de carregar aquela mentira. Esperava que tivesse sido capturado pela última vez.

— Vamos lá, Vovô, vamos sair da moita. Você deve estar perdido.

Yefim mantinha os olhos fechados enquanto alguém o empurrava como um bebê.

— Você sabe onde está? — perguntou uma voz de mulher.

Ele sacudiu a cabeça sem abrir os olhos. Ela agora ia perguntar como é que ele, um judeu, tinha conseguido sobreviver.

— Ele não sabe onde está — informou ela a alguém. — Está perdido.

— Onde você mora? — perguntou um homem.

— Ijevsk — respondeu Yefim baixinho, mas ninguém ouviu.

— Deve ser demência — arriscou alguém.

Nesse momento uma mulher gritou no seu ouvido esquerdo como se ele fosse surdo:

— Você está no Parque das Figuras Forjadas! Na Universitetskaya.

A Rua Universitetskaya era onde Vita recebera um apartamento no último andar, com vista para o pôr do sol sobre os montes de escória. Aquela mulher estava mentindo. Ele devia estar na região central da Alemanha.

— Onde fica a sua casa? — insistiu ela, mas Yefim não queria mais responder a pergunta nenhuma.

Ele mantinha os olhos fechados, apesar das lágrimas que coçavam nas pálpebras. Não acreditava que estava em Donetsk — que a guerra tinha acabado havia décadas, que o olho esquerdo de Nina ficara todo revirado e leitoso depois do derrame, e ele achava que ela morreria primeiro. Mas não, ele é que estava fraco, confuso e chorando, quando só queria mergulhar na palha e descansar em paz.

Os transeuntes que o levaram para casa disseram a Nina e Vita que, antes de encontrarem sua carteira com o endereço, Yefim informou que era de Ijevsk.

— Ele nunca sequer esteve em Ijevsk — disse Nina, olhando para ele com o olho bom. Era o mais perto que ele alguma vez havia chegado de dar uma escorregadela. Felizmente, Vita logo desviou a atenção para as medidas que seriam tomadas para impedir que seu manhoso pai fugisse e se perdesse de novo.

Quando voltou a ter mais clareza, o constrangedor incidente mostrou a Yefim que o Parkinson — que até ali comprometia seu corpo de maneiras frustrantes e imprevisíveis — estava começando a roer o seu cérebro. Aos oitenta e quatro anos, tendo escapado da morte muitas vezes, ele agora a sentia na virada da esquina, como um prazo a cumprir. E sabia que chegara o momento de tomar a decisão final: confessar à família ou levar seu segredo para o túmulo.

A primeira coisa que resolveu fazer foi desencavar seus documentos, o único testemunho restante da mentira. Durante décadas ele guardara obstinadamente a velha pasta de couro que continha seus papéis pessoais, levando-a consigo de Kiev a Donetsk e, depois de sofrer o segundo derrame alguns anos atrás, para o apartamento de Vita, onde ela ficava embaixo da cama. A regra há muito estabelecida em casa era que ninguém encostava nos seus documentos, o que, até onde sabia, fora cumprido. Os filhos nunca se interessaram em vasculhar a papelada empoeirada do pai. E Nina? Bem, ela respeitara sua privacidade, tanto por não saber o que não sabia quanto porque, segundo ele desconfiava, sempre estivera preocupada demais com o próprio segredo para notar o dele. Yefim sabia muito bem que ela nunca havia superado completamente a paixonite juvenil pelo professor, agora morto. O primeiro amor, especialmente não consumado, era assim mesmo. Nunca morria. Ele deixara Nina ter o seu segredo por uma questão de justiça, mas também por culpa.

Agora chegava o momento de acertar as contas com essa culpa.

Numa das suas melhores manhãs em março, sentindo-se lúcido e forte, Yefim pegou a pasta embaixo da cama, abriu o fecho metálico e retirou uma grossa pilha de arquivos amarrados com um cordão.

Os arquivos cheiravam a passado. Muitos documentos tinham amarelecido, pareciam preciosas relíquias de museu. Mas, ao contrário das verdadeiras relíquias, boa parte do que ele tinha guardado perdera o valor com o tempo: registros de hotel onde se hospedou nas viagens de trabalho, requerimentos, o levantamento geológico dos charcos da Sibéria que ele nunca concluiu, pesquisas sobre apicultura, um cartão de biblioteca de 1951.

E havia outros papéis que, apanhados um a um em seus dedos fortes, lhe deixaram o coração apertado, num bolo de nostalgia, vergonha e arrependimento. Uma fotografia de Mikhail, Georgiy, Yakov e Naum. Sua identidade militar. As cartas enviadas por Nikonov da Sibéria. E por fim o grande envelope bege lacrado.

Yefim se convencera de que havia guardado a pasta cheia de documentos *para uma eventualidade*. Não sabia qual eventualidade, exatamente, mas uma coisa que aprendeu foi que, na vida, ainda mais na vida de um ucraniano, nunca se sabe o que pode vir pela frente. Bem ali, ao lado, a Rússia agora era governada por um antigo funcionário da KGB. Quem podia garantir que a KGB não voltaria, que não iam requisitar provas? A prudência mandava sempre manter um registro pessoal dos acontecimentos. Mas agora, vendo os papéis nas próprias mãos trêmulas, entendia que o verdadeiro motivo do apego a eles era o fato de constituírem a única prova de ter vivido a vida que viveu. Afinal, a guerra acabou; o país a que havia servido não existia mais; Nikonov, o único amigo que sabia toda a verdade, há muito havia deixado este mundo; e a Alemanha se tornou um destino de emigração visado pelos que não acreditam nas perspectivas da Ucrânia ou temem o controle cada vez mais férreo de Putin. O tempo estava apagando as coisas, tornando-as irremediáveis, mas ele estava vendo bem ali, na sua frente: tinta no papel, prova do que havia feito.

Prova que sua família nunca devia ver.

Antes de abrir o envelope bege, Yefim olhou para Nina, que estava cochilando. Ouviu as vozes da filha e do genro na cozinha. Vlad era muito educado, jamais seria capaz de se intrometer no quarto. Mas Vita andava rápido. Ele resolveu que não era seguro ficar ali.

Pegou a identidade militar, as cartas de Nikonov e o envelope bege e foi para o banheiro. Livre da desconexão entre o cérebro e os músculos que emperrara seu corpo em muitos dias recentes, hoje ele evoluía como um homem livre. Acendeu a luz do banheiro, trancou-se no espaço exíguo de paredes cobertas de papel de parede, sempre alguns graus mais quente que o resto do apartamento, e cuidadosamente depositou os papéis em cima da caixa de descarga do vaso sanitário. Em seguida, abriu o armário que tinha ajudado a instalar duas décadas antes, onde o genro guardava suas ferramentas. Remexendo um pouco, encontrou o que buscava: uma caixa de fósforos. De um lado, o desenho de uma papoula vermelha. Do outro, a imagem de um menininho com a *Ukrainian vyshyvanka*, a camisa tradicional ucraniana, de pé, numa plantação de trigo. Acima dele, Yefim leu: MANTER FORA DO ALCANCE DE CRIANÇAS.

Havia dias em que Vita o tratava como criança. Ele entendia que era necessário, embora não gostasse de pensar naqueles momentos em que, depois que o segundo derrame o imobilizou na cama por algum tempo, Vita tinha que levantá-lo e transferi-lo para o "trono" de plástico onde fazia suas necessidades, no meio do quarto. Apesar de fazer troça com a coisa toda, ele se lembrava do campo, onde, em vez da privacidade das funções fisiológicas, eles defecavam na frente uns dos outros, partilhavam piolhos, erupções de tifo se alastravam, ferimentos supuravam nos pés, e o cheiro fétido e arrepiante de decomposição humana pairava no ar frio da Alemanha.

Agora, de pé, em frente ao vaso sanitário, Yefim abriu a caixa de fósforos, pegou um e acendeu. A primeira a pegar fogo foi a identidade militar. As páginas internas se incendiaram rapidamente, e com elas — na página 5 — foi-se a mentira original sobre quando e onde ele havia servido. Não demorou, e a frágil capa cor de vinho com a estrela soviética meio apagada também estava em chamas. Yefim viu o fogo devorar seu rosto jovem e os cachos negros que se firmavam quase em pé no alto da ampla testa. Hoje em dia ele tinha apenas tufos de cabelos brancos, mas que se mantinham obstinadamente eretos. Quando a chama chegou muito perto dos seus dedos, ele deixou os pedaços enegrecidos da identidade caírem na água, onde chiaram e se aglutinaram, encharcados. *Adeus, herói de guerra Shulman.*

Vieram em seguida as cartas de Nikonov. Yefim tinha recebido a primeira ainda na Alemanha e tratou de destruí-la antes de voltar à URSS. As outras chegaram alguns anos depois, a partir da morte de Stalin, em 1953. A essa altura, Nikonov fora libertado do campo principal e enviado a uma cidade próxima para trabalhar. Yefim guardou duas das suas cartas. Na primeira, Nikonov contava que "o lugar lamacento onde nos conhecemos" não era muito diferente de onde se encontrava agora, só uns sete graus mais quente, e Yefim se arrepiou ao se lembrar do vento de congelar os ossos do campo de prisioneiros. Não conseguia imaginar como um ser humano seria capaz de sobreviver a algo mais frio que isso — durante anos! Na segunda carta, Nikonov evocava lembranças de Berlim e a surpresa de lá encontrar Yefim. Nenhuma das duas dizia explicitamente que Yefim fora capturado — Nikonov era esperto demais para comprometê-lo —, mas mesmo assim Yefim acendeu um fósforo nas duas cartas dobradas. *Te encontro do outro lado, velho amigo.*

A água do vaso agora estava cheia de pedaços negros de papel girando feito uma esquadra de aviões abatida. Yefim deu a descarga.

Por fim, abriu cuidadosamente o envelope bege e retirou o conteúdo. Veio primeiro a intimação enviada em 1984 pelo escritório administrativo da KGB da região de Donetsk, determinando que se apresentasse para interrogatório e lembrando, para ele não alimentar ideias diferentes, que "seu comparecimento é obrigatório". Ele se lembrou do rosto magro do oficial que o interrogou. Jamais esqueceria o branco dos olhos do sujeito, amarelados pela luz fraca da lâmpada.

De repente, Yefim se sentiu muito cansado. Queria expurgar aquelas lembranças, mas não pensara que seria tão difícil se apagar.

Recostou-se na parede do banheiro. Estava perdendo a clareza e as forças, e nem tinha mais certeza de que destruir tudo fosse o que queria. Com a mão trêmula, folheou a pilha de papéis: a intimação da KGB, o depoimento, a confirmação de que não tinha direito à pensão de veterano de guerra e, então, bem lá no fundo, sua carta de confissão. O documento que explicava como se tornara prisioneiro de guerra, suas tentativas de fuga, a libertação e a maneira como conseguira esconder tudo ao retornar.

Veio tudo de roldão: a primeira manhã da guerra, Ivan, a *Appellplatz*, Ilse, Berlim, sua mãe, a intendência.

Yefim escorregou pela parede, com lágrimas nos olhos. A guerra tinha acabado sessenta anos antes. Até a própria carta de confissão tinha agora mais de vinte anos. Os cabelos de seus filhos já estavam brancos; os netos tinham crescido e estavam começando a ter seus filhos. E ele ali, até hoje, escondendo a verdade.

Alguém bateu à porta.

— Você está bem?

O coração se sobressaltou, e por um instante ele não sabia mais onde estava. Tentou se levantar, mas as pernas não obedeciam. Bateram de novo.

— Papai! — chamou a voz conhecida.

Ele estava no banheiro de Vita, deu-se conta, então. Era a voz da filha.

— Estou bem! — impacientou-se.

— O que é esse cheiro de queimado?

— Estou destruindo documentos. Não me atrapalhe!

Ele ouviu que ela se afastava, de mau humor. Momentos depois, dois pares de pés se aproximaram da porta. Por que não o deixavam em paz? Yefim prendeu a respiração. Ouviu-se uma batida mais hesitante.

— O que é? — rosnou.

Dessa vez era o genro.

— Yefim Iosifóvich, por favor, saia daí — pediu Vlad com sua voz suave, que sempre contrabalançava os crescendos de Vita. — Não queremos que se machuque.

— Nem que toque fogo no apartamento — especificou Vita.

— Não se preocupe, estou só... — começou ele, mas desistiu, sentindo-se acuado e derrotado.

Yefim olhou para a carta de confissão na mão trêmula. Não queria reconhecer que o que havia começado como uma maneira de proteger a família se transformara num jeito de se proteger da família. Num relance, ele se enxergou: um velho lunático desdentado escondido no banheiro. Pegou o envelope bege e guardou a carta. Teria que acabar aquilo outro dia.

Mas o outro dia não chegava. Em abril, a coisa toda se destrambelhou. Mesmo quando dormia a noite inteira, Yefim estava sempre cansado e nunca tinha apetite nem para o *salo*. Não entendia por que o mundo parecia fora de foco.

Toda manhã ele acordava com a sensação de que ainda restava algo importante a fazer, mas não lembrava o quê. Tinha alguma coisa a ver com a guerra, ele sabia, mas, sempre que tentava pensar no assunto, imagens e fragmentos começavam a flutuar na sua mente, desfazendo-se uns nos outros, como numa exaustiva parada militar. Ele via a mãe se transformar em sua irmã e se transformar em sua filha, mas não capturava nenhuma delas o suficiente para perguntar se sabiam o que ele tinha que fazer.

Certa manhã, acordou no chão. Duas figuras se debruçavam sobre ele, gritando. Suas línguas estalavam e chiavam. Ele ficou aterrorizado. Por que estava sendo agarrado de novo pelos guardas? Tentou se levantar, correr. Mas eles eram muito mais fortes, fascistas filhos da mãe. Um deles, de óculos grossos e redondos, agarrou-o pelos tornozelos, mandando-o ficar calado. Iam espancá-lo, ele sabia perfeitamente, espancá-lo até ficar em carne viva e se esvaindo, morto como os cadáveres empilhados na carroça.

— Não me batam! Não me batam! — suplicava, cobrindo o rosto.

— Shhh — faziam os óculos redondos, ameaçadores.

Ouviram-se passos, até que uma guarda corpulenta gritou "Beba isto!" e o forçou a abrir a boca e ingerir o veneno. Ele tentou cuspir, mas o líquido já descia pela garganta. Tarde demais. Talvez fosse melhor assim. Levaria seu segredo para o túmulo. Mas não. NÃO! Ele precisava sobreviver. Ele sempre sobrevivia. Seu nome era Vida.

Yefim tentou virar de bruços, para forçar o vômito, mas estava inerte, pesando tanto quanto Uska, impossível de levantar. Ouviu o baque da própria cabeça no piso. Os monstros começaram a desaparecer. A luz também.

Durante muito tempo não houve nada. Até que ele acordou e deu com um padre de barba ruiva e óculos sentado a seu lado.

— Quem? — sussurrou Yefim.

— Sou eu, Papai — respondeu o padre.

Yefim se esforçava para se lembrar quem ele era. Podia fingir, claro, mas por algum motivo se sentia culpado, culpado por não se lembrar do barbudo. Talvez não fosse padre. Provavelmente era algum jovem colega seu, do instituto ferroviário ou quem sabe antes…

— Andrei — disse o sacerdote. — Seu filho.

Um filho? Yefim tinha quatro filhos, mas todos morreram na guerra. A filha também morreu, alvejada por um policial. Yefim fechou os olhos para deixar passar a imagem do sangue respingando na Singer. Então os abriu de novo, procurando encontrar naquele Andrei alguma coisa que ajudasse.

— Que filho? — perguntou.

Uma mulher começou a chorar em algum lugar acima da sua cabeça. Andrei virou-se para ela e disse:

— Ainda bem que você me chamou, mana.

— Eu disse que ele não estava bem — respondeu a voz de mulher.

Yefim tentou se erguer para ver quem era ela, mas ficou tonto. Caiu de volta no travesseiro. E de novo não havia mais nada por algum tempo.

Nada.

Nada.

Nada.

Quando voltou a abrir os olhos, o apartamento de Vita estava banhado de luz do sol. Ele viu as costas pesadas de Nina voltadas para ele na cama, do outro lado do estreito quarto. Ela calçava meias brancas, e seus dedos, ele recordava condoído, retorciam-se além do que deveria ser possível nos pés de um ser humano. Sua velha e pobre mulher.

Yefim sentou-se na cama. De início, ficou tonto, e o quarto embranqueceu, mas passou. Estava com muita fome.

— Nina, está acordada? — perguntou, com voz rouca. — Nina! — tentou de novo, mais alto, mas foi sacudido pela tosse de sempre que lhe rasgava o peito.

Nina voltou-se e, instantes depois, Vita entrou correndo.

— Papai! Papochka! — exclamou ela com lágrimas correndo nas bochechas gorduchas, embora ele não entendesse por que ela estava chorando.

A tosse cedeu, mas ficou de tocaia no peito, esperando que ele respirasse fundo.

— Água — sussurrou, tentando contê-la.

— Sim, um segundo — disse Vita, e correu para a cozinha.

Enquanto isso, Nina enfiou os pés nos chinelos e comandou:

— De pé para a vida, Fima! Como você está? Ficou longe de nós um tempinho. Andrei também está aqui, veio de Moscou. Deu um pulo ali na loja.

Yefim assentiu, feliz por saber que o filho estava ali, mas tentando imaginar por que viera de tão longe. Seria o aniversário de Nina de novo?

Quando Vita trouxe a água, ele bebeu o copo todo e disse:

— Que tal um café da manhã? — E Vita riu em meio às lágrimas.

Dias depois, sua neta mais velha, Yana, veio visitá-los com os dois filhos. E trouxe flores.

— Feliz Dia da Vitória, Deda! — disse, enquanto os dois bisnetos, de sete e quatro anos, postavam-se sem graça perto da cama e ele tentava se sentar.

Yefim olhou para os cravos vermelho-bandeira e as rosas brancas que compunham o buquê. Lembretes pomposos e enjoativamente amáveis do que ele não era. Não queria aceitá-las. Fora ideia de Nina criar um culto do veterano de guerra em torno dele, quando vieram os bisnetos. Fazia questão de que fossem cumprimentá-lo sem falta no Dia da Vitória: uma maneira de passar adiante a memória, dizia, embora ele quisesse dizer que não era memória que estava sendo passada adiante, mas um mito. Queria que simplesmente o deixassem existir.

Quando os garotos correram para a cozinha, onde Vita devia ter preparado doces para a ocasião, ele disse a Yana:

— Não é o meu feriado. *Você* sabe a verdade...

Ela não se lembrava do que ele lhe dissera? Era pequena na época, claro, mas também a única pessoa a quem ele havia confiado seu segredo. Será que não entendia a vergonha de ser parabenizado pelo Dia da Vitória e receber flores, quando nem as flores nem a vitória lhe pertenciam?

— Que verdade, Deda?

Yefim entrou em pânico. Não teria misturado as coisas? Talvez não tivesse se confessado com Yana. Mas quem, então? Ele via as cartas espalhadas na barriga e dois olhinhos de cereja voltados para ele. Macha! Claro. Foi Macha, a neta mais moça, que hoje vivia na Califórnia. Na época, Yana era muito mais velha, teria feito perguntas.

Constrangido, Yefim pegou o buquê. Yana se sentou a seu lado na cama e segurou sua mão trêmula.

— Deda, o Dia da Vitória é para comemorar o fim de uma guerra terrível — disse, num tom de voz mais brando. — É para celebrar todos que lá estiveram, não importa o que tenham feito.

Ele se descontraiu. *Não importa o que tenham feito.* Talvez ela entendesse, no fim das contas. Talvez todos acabassem entendendo, e ele se equivocava pensando que os decepcionaria. E se, ocorreu-lhe, a percepção moral sobre quem havia feito o que na Grande Guerra Patriótica tivesse mudado, e hoje em dia as pessoas fossem capazes de encarar a coisa sem dividir os envolvidos em heróis e traidores? Afinal, não era essa a função do tempo? Pôr a história em perspectiva?

— Verdade — reconheceu ele por fim, com a mão aleijada tremendo na mão da neta.

Pelo resto do dia, Yefim mostrou-se cordato, recebendo os cumprimentos, abrindo seu sorriso desdentado, feliz porque seria seu último Dia da Vitória como herói de guerra.

Embora nos dias seguintes ele continuasse vasculhando os outros documentos, a carta de confissão permaneceu fechada no envelope bege. Yefim não estava mais preocupado em destruí-la, embora tampouco tivesse decidido o que fazer com ela. E assim a deixou onde estava, no purgatório da sua pasta, aguardando a resolução final do seu destino.

Em junho, ainda que quisesse queimá-la, tornara-se uma missão impossível. Ele não conseguia mais chegar ao banheiro, pois as pernas bambeavam como caniços ao vento, até que finalmente se jogasse de volta na cama. O trono de plástico foi instalado no meio do quarto. Mas logo depois até isso se tornou um esforço excessivo para todos, e ele foi entregue à suprema ignomínia das fraldas geriátricas.

Foi nessa condição, preso à cama, que Yefim finalmente tomou sua decisão. Precisava confessar tudo; e a carta de confissão o faria por ele. Convenceu-se de que não seria mais capaz de contar de novo a história toda, nem de responder às perguntas que a família faria. A carta resolveria tudo muito melhor. Não só relatava o que lhe acontecera e como ele havia acobertado tudo, mas também explicava por que fizera disso um segredo. Ele ainda se lembrava do momento em que escreveu as últimas frases: "Rogo que não permita que minha família tome conhecimento do que eu escrevi. A paz deles é mais importante para mim do que a minha própria paz."

Na tarde seguinte, quando Vita veio trocar sua fralda, ele disse:

— Vitochka, preciso da sua ajuda.

Ela se inclinou para se aproximar.

— Está precisando de alguma coisa, Papai?

— Vou deixar algo na pasta para você abrir depois que eu me for.

Ela olhou para ele, perplexa.

— Por favor, repita, Papai. Não entendi. Precisa do quê?

Ele apontou na direção da pasta, tentando sair da cama para lhe mostrar.

— Está precisando ir ao banheiro? — perguntou ela. — Não?

Num rompante de ânimo, ele se ergueu com ajuda das mãos e se debateu com o cobertor, que lhe prendia os pés. Vita levantou o travesseiro atrás dele.

— Estava só querendo se endireitar um pouco? — perguntou, olhando para ele como uma mãe olha para o bebê.

Ele sacudiu a cabeça, frustrado.

— Minha pasta — tentou de novo, com a garganta áspera. — Tem uma carta.

— O quê?

Ela estava surda? Seu ouvido estava tão perto da boca dele que ele sentia o cheiro do xampu de camomila nos cabelos negros, que revelavam as raízes grisalhas.

— *Pis... schka... port...* — repetiu ele, tentando falar alto e articuladamente. Mas não adiantava.

— Sinto muito, Papai, não entendo o que você está dizendo.

Exausto do esforço, ele se virou e deitou-se de novo, fechando os olhos. Seu pensamento foi levado de Vita para a recém-nascida Vita dormindo nos braços de Nina para Marcel na oficina para Macha que gostava do Sr. Lobo para Yana que disse que a vitória é para todo mundo. De alguma forma estavam todas interligadas, aquelas pessoas que levavam a outras pessoas que iam ficar por ali enquanto ele se despedia.

A carta permaneceria no purgatório. Um dia, depois que ele se fosse, eles a encontrariam e talvez entendessem. Ou talvez o julgassem. De qualquer forma, ele não estaria ali para saber.

Estava se encaminhando para sua libertação final.

Capítulo 20

Agosto de 2015
Donetsk

Com as ruas de Donetsk derretendo no calor de agosto, o bombardeio se intensificou. Do sofá-cama, Nina pediu a Vita que abrisse as portas da varanda, na esperança de deixar entrar a brisa da manhã, mas o que veio foi o estrondo das explosões no norte da cidade.

Desde que apareceram os separatistas apoiados pelos russos, na última primavera, Donetsk não era mais uma cidade pujante, cheia de novas torres de apartamentos, restaurantes ao ar livre e uma arena estilosa construída para a Liga Europa da UEFA de 2012, bem debaixo da janela de Nina. Tornou-se uma zona de guerra, com jovens militantes boçais circulando de balaclava na cabeça e senhoras de idade como ela sem nenhum outro lugar para ir. Lojas tapadas com tábuas, bancos e agências de correio fechados, caixas eletrônicos desativados. Não havia muitos carros nas estradas, e, à noite, durante o toque de recolher, Nina ouvia o zumbido dos postes luminosos da rua, no silêncio entre as explosões.

Agora com noventa anos, Nina não ficava incomodada com a guerra propriamente dita, mas por saber por quem era travada. Quando os alemães entraram em Kiev, a invasão fazia um certo sentido: eram inimigos estrangeiros que pretendiam ocupar seu país. Agora o inimigo era seu próprio povo. Contando com o apoio dos vastos recursos da Rússia, os separatistas locais queriam transformar sua cidade numa república. Nina achava a ideia ridícula. O que estavam pensando que Donetsk era? Mônaco?

Mas para ela o mais inquietante era a rapidez com que o conflito transformava famílias, amigos e vizinhos em inimigos. Nem seu próprio filho parecia entender o quanto essa guerra alterava para sempre a relação entre a Rússia e a Ucrânia.

Vários meses antes, no septuagésimo aniversário do Dia da Vitória, uma parada chamada de Regimento Imortal tomou as ruas de Moscou e outras cidades russas, mas também de Donetsk. A internet estava cheia de imagens de gente carregando fotografias ampliadas dos pais e avós que haviam combatido na Grande Guerra Patriótica. Embora supostamente fosse um movimento cívico espontâneo, o noticiário mostrava Putin caminhando entre eles, com uma foto do pai.

Nesse dia, Andrei mandou para Vita uma foto sua segurando um cartaz do jovem Yefim com os quatro irmãos. Por trás dele, incontáveis bandeiras russas sobressaíam na enorme multidão em Moscou. Nina e Vita ficaram furiosas.

— Eu *não quero* ver meu pai e meus tios, judeus ucranianos, sendo exibidos na Praça Vermelha! — disse Vita ao irmão.

— Calma — respondeu Andrei. — Não se trata de política. A união aqui é muito forte. Não é só para heróis condecorados, Vita, é para todo mundo.

— Ok, todo mundo e Putin. Se você estivesse aqui sendo bombardeado, entenderia. Também tivemos uma parada aqui hoje, sabia? E as mesmas fotos de veteranos foram carregadas, junto com fotos de separatistas, como se também fossem heróis. Os imbecis do nosso suposto governo não conseguem encontrar um motivo razoável para a morte de jovens em combate na Ucrânia, e aí começaram a proclamar idiotices sobre nazistas e a tentar associar essas duas guerras, para insuflar patriotismo. Encontraram até uma companhia de teatro para montar *The Young Guard*. É ridículo! Portanto, por favor, não me venha falar de união, Andrei. Porcaria nenhuma.

Nina ficava perplexa de ver que o filho não entendia que a Grande Guerra Patriótica estava sendo usada para servir aos interesses da Rússia. Donetsk estava cheia de outdoors que imitavam o estilo dos cartazes da era soviética, com soldados afagando criancinhas no pano de fundo das três cores da bandeira russa. E os slogans: NOSSOS AVÓS ALCANÇARAM A VITÓRIA E NÓS TAMBÉM ALCANÇAREMOS E CHEGAMOS ATÉ BERLIM. SE NECESSÁRIO, CHEGAREMOS DE NOVO.

Andrei se desculpou por não ter falado com elas antes de ir ao desfile com os retratos, mas Nina entendeu que o filho, embora alegasse não ter se tornado russo, mesmo vivendo em Moscou desde a década de 70, também não era um ucraniano. Apesar de a guerra ter dilacerado sua Donbass natal, ele ainda vivia com o fantasma da União Soviética, em que Rússia e Ucrânia eram inseparáveis.

Ao contrário dele, Nina sentiu uma mudança na sua identidade soviética. Começou a falar ucraniano. Lamentava nunca ter ensinado a língua materna aos filhos e netos. Perguntava-se até que ponto a vida teria sido diferente se Yefim e ela tivessem permanecido em Kiev.

Mas tampouco conseguia se decidir a deixar Donetsk, que era a sua cidade há setenta anos. Quando Macha telefonou da Califórnia para tentar convencê-la a fugir, antes que o prédio deles fosse acidentalmente atingido por um bombardeio, Nina respondeu que estava velha demais para sair correndo.

— Não me importo mais — disse, sem acreditar realmente que Macha entendesse, aos vinte e um anos, o que significava esperar a morte numa guerra. — Que venham me pegar.

Vendo-se de novo em terra ocupada, Nina procedia a pequenos atos de resistência. Quando telefonaram do instituto para falar de uma pensão especial da Grande Guerra Patriótica — atribuída aos que ajudaram a remover os escombros das ruas de Kiev na década de 1940 —, ela a recusou porque o dinheiro vinha do novo governo separatista. Quando Lenka, a velha amiga de Vita no colegial, apareceu para ver como estavam e disse que achava que Donbass ficaria melhor sob o domínio da Rússia, Nina retrucou que ela era uma idiota e pediu que não aparecesse de novo até entender direito as coisas. Mas à parte gestos assim, claro, muito pouco podia fazer.

Ela entendeu que, para Vita, era difícil aceitar a guerra. Afinal, ela nascera na década de 1950, quando a União Soviética prometia paz eterna à geração do pós-guerra. O slogan que dominava a vida de todo mundo era: "Desde que não haja guerra." Agora Vita ficara completamente grisalha por causa da guerra e nem se preocupava mais em tingir o cabelo. Para Nina, era estranho ter uma filha encanecida e ainda estar viva. Não parecia certo. Quando os filhos de Vita, Yana e Ígor, fugiram para Kiev, Vita disse que não queria recomeçar a vida como refugiada depois dos sessenta. Nina decidiu acreditar nela, embora desconfiasse que a filha também teria fugido, não fosse por ela.

Agora, ela estava enlouquecendo Nina de ansiedade.

Nessa manhã sufocante, depois de abrir as portas das duas varandas para deixar passar uma brisa, Vita se sentou diante do computador para ler as notícias, e Nina a ouviu bufar.

— "Cemitério atingido por bombas" — leu Vita em voz alta, e se voltou para Nina.

Seus olhos castanhos, cópias dos olhos do pai, estavam arregalados de horror. Nina entendeu imediatamente que o cemitério da manchete era onde se encontravam há oito anos os restos de Yefim. Aquele homem merecia descansar em paz. Mas estava parecendo que a guerra vinha buscá-lo de novo.

— Quem é capaz de fazer uma coisa dessas? — indignou-se Vita, sentada na beira da cama de Nina. — Quem é capaz de atirar nos mortos?

— Uns filhos da mãe, isso sim — retrucou Nina, tomando a mão da filha. Talvez elas devessem mesmo ir embora, para o bem de Vita.

Ela se perguntava o que Yefim faria. Pela carta de confissão que havia deixado, tinha certeza de que ele saberia o que fazer.

Oito anos antes, quando encontraram a carta, Nina pediu a Vita que não contasse a ninguém, à parte Andrei. Era um segredo vergonhoso demais para ser compartilhado, mesmo com o resto a família. Ela percebeu o olhar embaraçado de Vita tentando se adaptar à nova imagem do pai.

Naquela noite, telefonaram para Andrei em Moscou. Vita perguntou se ele estava sozinho, e ele respondeu:

— Sim, o que aconteceu?

— É sobre Papai — disse Vita. — Encontramos uma carta.

Nina se intrometeu:

— Talvez seja melhor lermos para você.

A essa altura, Nina tinha decorado algumas frases de Yefim, e, ouvindo a filha reler a carta com voz trêmula, desejava que pudesse ver os olhos do filho.

Nina tinha entendido por que Yefim escondia aquilo. Como seus documentos levavam o carimbo "viveu em território ocupado", ela conhecia o estigma que o acompanhava. Mas, embora entendesse a lógica dele, perguntava-se se valera a pena.

Sua amiga Irina disse certa vez que Nina tinha uma família, mas não um casamento. A carta fez Nina ficar pensando até que ponto o passado dele seria responsável pelo muro que sempre houve entre os dois.

Ela levou o pensamento à época em que se conheceram, tentando recordar o que ele lhe disse então sobre a guerra. Lembrou que ele falou da família e um pouco sobre Berlim. Provavelmente foi vago, e ela não fez perguntas porque tinha encontrado soldados que voltavam da guerra, viúvas sofridas e mães que haviam perdido os filhos e sabia que não deveria pressionar. Mas e se tivesse pressionado?

Ou, então, e se ela tivesse juntado as pontas? As noites de terror dele; a bronquite recorrente, provavelmente contraída nos meses enregelantes no campo; suas tendências excêntricas e escapistas; os súbitos acessos de raiva; o fato de ter recusado a pensão de veterano; o jeito como se esquivava sempre que Andrei ou

Vita o azucrinavam com a história de escrever suas memórias; o fato de nunca falar da guerra... Tudo apontava para uma dor que ela fora incapaz de identificar em quase sessenta anos de vida em comum. Sentia-se culpada e leviana, mas sobretudo triste. Triste de pensar que poderiam ter tido um casamento melhor.

Quando Vita acabou de ler a carta, Andrei disse:

— Nosso pobre Papochka. — Ele estava com dificuldade de processar o que aquilo significava, contou-lhes, e precisava de um tempo para pensar. Mas Vita não queria que ele desligasse. Nina achava que ela estava cheia de culpa e precisava compartilhar com o irmão.

— Lembra quando o levei para dar uma palestra na escola? — perguntou Vita, com lágrimas nos olhos. — Nem posso imaginar como ele deve ter se sentido, falando na frente daquelas crianças, e eu lá, de peito estufado: "Olhem só o meu pai, o guerreiro que participou da conquista de Berlim."

Andrei deve ter perguntado como Nina estava encarando a coisa, pois Vita olhou para ela e disse:

— Melhor que eu, acho.

Uma semana depois, durante a limpeza final do lado que era ocupado por ele no quarto, Vita encontrou outro papel. Era um minúsculo pedaço quadrado de folha de caderno, do tamanho de um polegar, e no centro, em caligrafia trêmula de parkinsoniano, apenas uma palavra: *Haim*.

Nina não sabia o que fazer com aquilo, mas se convenceu de que significava algo importante que o marido quis deixar registrado, antes que fosse apagado em sua mente debilitada.

— Talvez ele tivesse um filho na Alemanha — disse a Andrei pelo telefone. — Ficou lá cinco anos, tudo é possível. De quem poderia ser um nome tão importante para ser lembrado no leito de morte?

— E por que esse filho teria um nome judeu? — objetou Andrei. — Você anda vendo novelas demais, Mamãe.

— Podia ser um amigo — disse Vita. — Alguém do campo, ou quem sabe alguém que o ajudou a fugir.

Andrei tentou pesquisar o nome Haim na base de dados dos veteranos russos de guerra, na internet, mas não encontrou pistas. No fim, não tiveram alternativa senão deixar o pedacinho de papel junto da carta à KGB e desistiram de tentar adivinhar.

A essa altura, a vergonha inicial de Vita se transformara em raiva. Ela disse a Nina que estava furiosa com o sistema soviético, capaz de mortificar tanto um homem bom que ele nem conseguia se abrir com os entes queridos, ao mesmo tempo que submetia esses mesmos entes queridos a uma lavagem cerebral, para acreditarem que ele merecia se sentir envergonhado.

A reação de Andrei foi mais proativa. Ele tirou uns dias de férias e foi de carro para a região da Lituânia onde Yefim estivera estacionado. Telefonou a Nina de uma cidadezinha próxima para dizer que não encontrou restos da base militar, mas que estava gostando de conhecer a região e as florestas de pinheiros onde o pai tinha fugido dos alemães.

— Eu estava numa floresta, imaginando a situação dele, daquele rapaz judeu fugindo para se salvar, entre o exército que avançava e os *partisans*. Lembra da história dos queijos que ele contava? Chegou a dizer que aconteceu quando fugia dos alemães. Mas nunca me ocorreu perguntar o que aconteceu depois... Ele conseguiu escapar ou foi capturado? Por que eu não perguntei, Mamãe?

— Não se penitencie — respondeu Nina. — Nenhum de nós perguntou.

No outono, eles finalmente decidiram contar ao resto da família. Nina estava nervosa. Não tinha certeza de que Yefim tinha deixado a carta intencionalmente. E se ele quisesse levar o segredo para o túmulo, e a carta simplesmente fora esquecida? Agora, todos aqueles que amava ficariam sabendo que ele não era o homem que pensavam ser. Ela sentia o peso da responsabilidade, como se o tivesse encorajado a guardar seu segredo.

A reação dos netos a surpreendeu. Yana disse que gostaria que ele lhes tivesse contado, para ver que não deixariam de amá-lo por isso. Ígor, que lutava para reconstruir a vida em Kiev, parecia impressionado com o fato de ele ter sobrevivido. E Macha disse que não estava chocada, embora não soubesse explicar por quê.

— Acho que ele tentou me dizer alguma coisa uma vez, mas foi há muito tempo — contou.

Essas reações foram um alívio para Nina. No fim das contas, talvez Yefim tivesse cometido um erro ao manter o silêncio. Talvez toda a sua geração estivesse errada em se preocupar tanto em manter segredos. Talvez o que precisassem fosse falar das coisas complicadas que tinham que fazer para sobreviver. Das sutilezas da vida real que não eram consideradas dignas dos livros de história.

Yefim costumava dizer que ela contava coisas demais aos filhos, que precisava ter mais cuidado, mas talvez fosse o contrário. Talvez ela não dissesse o suficiente. Agora, suas lembranças da guerra e da fome adquiririam nova premência. Ela falara aos filhos dos habitantes do interior que morriam nas ruas durante a fome, mas não dos guardas que tentavam impedi-los de furtar comida. Uma pequena diferença, com graves implicações. Também não contou da vez em que Mamãe encontrou um raro pedaço de carne no mercado, mas, quando o levou a ferver, o cheiro era tão esquisito que o jogou fora e enterrou no quintal. Na época soviética, ela não queria que os filhos soubessem que sua mãe quase se tornara uma canibal, nem que o país, onde tanto se falava de igualdade e fraternidade, muitas vezes jogava os cidadãos uns contra os outros.

Pouco depois, Nina começou a ditar suas memórias a dois antigos alunos que se ofereceram para datilografar. Ela não queria morrer como Yefim, deixando uma vida de enigma. Queria que os descendentes soubessem o que ela havia visto. Sentia como se fosse um receptáculo do século XX. Dali a três décadas, quem lembraria como era realmente a vida na URSS? O horror da fome, o terror da guerra, a alegria de dar sua contribuição como cientista, a estupidez do regime paranoico, a mistura de alívio e decepção quando o país que ela ajudava a construir se dissolveu no caos, na liberdade e na ganância.

Nos oito anos seguintes, no aniversário de Yefim e em seu aniversário de morte, Nina visitou o cemitério. Mas no ano passado, quando começou a guerra em Donetsk, não pôde mais. Havia dias em que os bombardeios se acalmavam e elas poderiam ir, mas nessa época Nina já estava bem mais debilitada e passava a maior parte do tempo na cama. Deslocar-se do quarto para a cozinha para o café da manhã era uma proeza que só conseguia nos melhores dias. Ela dormia muito, tinha sonhos povoados pelos que haviam partido: Yefim, seus pais, Vera, as amigas Tamara e Irina, o professor. A fraqueza de Nina era diferente em comparação com os últimos vinte anos, quando se sentia velha e com medo da morte, adormecendo à noite na esperança de ver mais uma manhã. Agora, ela ia para a cama toda noite desejando que fosse a última.

Quando Vita falou do bombardeio que atingiu o cemitério, Nina sentiu uma onda de energia que nem sabia que ainda tinha. Havia uma última coisa a se fazer antes de deixar essa vida.

— Vamos ao cemitério — disse.

— Mamãe, você não está em condições de ir a lugar nenhum — objetou Vita.

— É o meu último desejo. Você não tem escolha.

Ela precisava saber se Yefim estava em segurança.

Vita começou a procurar uma cadeira de rodas para a visita, o que se revelou bem difícil numa cidade em guerra, com farmácias fechadas por trás de tapumes e poucos hospitais em funcionamento. Depois de duas semanas, conseguiu uma, e, pouco antes do nonagésimo terceiro aniversário de Yefim, elas tomaram um táxi para o cemitério.

Enquanto percorriam ruas que Nina não via havia mais de um ano, o motorista, um homem de meia-idade muito conversador, passava as últimas notícias.

— Atingiram um prédio de nove andares perto de onde moramos — disse. — Depois bombardearam o bazar onde minha mulher trabalhava. Consegui tirá-la de lá a tempo, mas seu amigo da baia ao lado foi atingido por uma bomba. Tostado na hora.

Nina agarrou a bolsa.

— Tivemos que mudar para outro bairro, mas parece que estão nos seguindo. Uma semana depois da mudança, ouvi uma explosão. De manhã, encontrei meu carro coberto de estilhaços das janelas do apartamento acima do nosso.

Vita fez uma gracinha:

— Por favor, então, não se mude para perto de nós.

— Muito justo — concordou o motorista.

Logo em seguida o carro percorria a estrada de cascalho que dava nos portões do cemitério. Elas saltaram, e Vita começou a empurrar a cadeira de Nina, enquanto o ruído do táxi se afastava.

Não havia carros estacionados no lugar habitual, nem vendedor de flores com coroas e buquês. O cemitério parecia vazio. Vez por outra elas ouviam um bombardeio ao longe. Provavelmente em Yasinovátaya, pensou Nina, tentando imaginar o que teria ficado intacto na cidadezinha. Ela se lembrou do dia em que Yefim lá esteve para visitar um velho amigo da época da guerra, embora nunca tivesse bisbilhotado para descobrir quem era.

O céu estava encoberto de fumaça, e o sol de outubro projetava um fulgor alaranjado nas ervas daninhas ressequidas, ondulando acima dos joelhos entre os túmulos descuidados. Antes muito bem tratado, o cemitério parecia um campo abandonado, com lápides e cruzes espalhadas. Nina ficou angustiada. Os danos eram mais graves do que imaginara.

Elas não falavam. Vita pendurou no braço da cadeira de rodas uma sacola plástica com um ancinho de mão e uma pequena pá, que retiniam no silêncio enquanto elas avançavam. Mais à frente na alameda principal que partia do portão, alguma coisa reluzia. Aproximaram-se com cuidado e viram a extremidade de uma bomba não deflagrada enterrada no solo. Ela se lembrou de ter visto uma assim em Kiev no início da outra guerra.

Deram uma longa volta ao redor da bomba e seguiram, observando mais atentamente o caminho ao passar pela área mais antiga do cemitério. À direita, Nina viu o grande obelisco cinzento de que lembrava das visitas anteriores. Estava caído num monturo. Mais adiante, uma explosão tinha transformado dois lotes numa terra de ninguém carbonizada. Uma cerca de ferro fundido se derretia em volta. Pedaços grandes e pequenos de lápides, com letras e datas, espalhavam-se na área abandonada.

Talvez a parte mais recente, onde Yefim repousava, não estivesse tão ruim. Talvez encontrassem apenas a lápide lascada. Seria muito melhor do que esse total aniquilamento, uma morte depois da morte.

Por fim, viraram à direita em direção à seção de Yefim. Normalmente, muitos túmulos estariam adornados com flores frescas, deixadas por visitantes recentes. Mas hoje havia apenas folhas mortas e mais terra calcinada. Sua expectativa se frustrou: aquela parte não tinha sido poupada.

Se algo tivesse acontecido com a lápide em tempos normais, elas poderiam mandar fazer reparos, mas com a guerra era impossível. Ela se convenceu de que teriam que aceitar o que restasse do lote, mas, ao saber que em breve também seria enterrada naquele lugar enxovalhado onde ninguém descansava em paz, sentiu uma onda de desespero.

Ao entrarem na alameda que levava ao lote da família, um corvo pousou na cabeça lascada de um busto de granito decapitado. O pássaro negro grasnava alto. Nina apertou o coração.

— Você está bem, Mamãe?

Ela fez que sim, incapaz de falar.

— Por favor — orou em silêncio.

O lote ficava mais adiante. Ao se aproximarem, quase passaram por cima de uma pedra tumular de coral com a imagem de Maria, caída no caminho numa das explosões. Vita a empurrou para o lado, para avançar com a cadeira de rodas. Seguiram em frente, e Nina finalmente viu o pequeno lote azulejado da família.

Estava coberto de pedacinhos de pedra. No meio, a reluzente lápide preta de Yefim permanecia intacta.

— Papochka! — gritou Vita, correndo para tocar a pedra.

Nina olhou para o monólito preto desafiadoramente de pé em meio à destruição e sorriu para si mesma. Que sorte, mesmo na morte.

Enquanto Vita retirava as pedras, arrancava ervas ressecadas entre os azulejos e limpava a poeira do túmulo, Nina conversava silenciosamente com Yefim.

Falou da nova guerra, que estava dividindo a população, disse que ele tinha sorte de não assistir àquilo.

— Não precisávamos ter tido tanto medo, Fima. Devíamos ter dito a nossa verdade esse tempo todo.

Antes de se retirarem, ela depositou um seixo junto à lápide e disse:

— Nos vemos em breve.

Ao voltarem para casa, Nina pediu a Vita que de novo lesse em voz alta a carta de confissão de Yefim. Já fazia um tempo desde que a haviam examinado. Enquanto Vita relia as palavras enviadas por um homem assustado a autoridades sem rosto, Nina pôs as mãos atrás da cabeça, como fazia na infância, quando sonhava enredos de histórias que nunca escreveria. Praticamente não havia detalhes pessoais na confissão, mas dessa vez ela queria completar o que ele deixara de fora. Aquelas coisas que faziam dele o homem que conhecera e amara.

Nina estava deitada na cama pensando no marido. Lá fora, o ar se sacudia com as explosões.

AGRADECIMENTOS

Este livro não existiria se não fossem minha agente, Michelle Brower, que imediatamente entendeu o valor desta história, e minha brilhante editora, Grace McNamee, que pacientemente a nutriu, como uma mãe faria. O incansável apoio de ambas, a mim e ao meu trabalho, nos difíceis meses de guerra, foi da maior importância.

Sou grata ao resto da equipe da Bloomsbury, que cuidou com incrível empenho deste romance: Barbara Darko, Jillian Ramirez, Rosie Mahorter, Lauren Moseley e Katya Mezhibovskaya, que entendeu exatamente o que eu queria ao conceber a capa.

Eu tampouco teria sido capaz de levar a cabo esta missão sem o apoio da equipe da Trellis, da qual fazem parte Allison Malecha, que realizou meu sonho de ser uma escritora de projeção internacional, e Natalie Edwards e Khalid McCalla, que cuidaram de todas as coisas essenciais.

Esta história encontrou seu embasamento graças ao estímulo e ao feedback dos Leporines, especialmente Alia Volz, Jacqueline Doyle, Caryn Cardello, Frances Lefkowitz e Luke Miner. Um enorme obrigado aos meus primeiros leitores: Rose Andersen, Katie Worth, Sarah Van Bonn, Michael Denisenko, Robert Morgan e Oleg Kaushansky, que contribuiu com inestimáveis informações factuais sobre a era soviética. Também tive apoio do de meus colegas escritores pós-soviéticos: Olga Zilberbourg, Macha Rumer, Maggie Levantovskaya, Yelena Furman, Ruth Madievsky, Katya Apekina, Vlada Teper e Tatyana Sundeyeva. Marian, obrigada por me proporcionar a pausa de que eu precisava. Marie, *danke* pela ajuda com a língua alemã.

Pouco depois de começar a escrever o livro, perdi meu pai e minha avó, que poderiam ser uma fonte fundamental de apoio e conhecimento. Hoje em dia, a internet faz parecer que qualquer história pode ser facilmente resgatada, mas há uma memória tipicamente humana da emoção, da atitude, das sensações e intuições, dos ressentimentos, cheiros e segredos, que nenhuma tecnologia substitui. Sou grata a minha avó por ter deixado um relato memorialístico cheio de detalhes tanto vitais quanto desnecessários, que constituiu valiosa fonte para esta história. Também contei com entrevistas com sobreviventes e com a pesquisa histórica da vida dos prisioneiros de guerra soviéticos judeus e *ostarbeiters*. Mas a pessoa sem a qual eu de fato não teria sido capaz de escrever este livro é a minha tia. Ela tem sido meus olhos e ouvidos na Donetsk devastada pela guerra, minha caixa de ressonância, minha verificadora de informações, minha fofoqueira e minha guardiã das lembranças perdidas. *Dyakuyu*!

Obrigado a Mamãe e a Vova por terem levado toda a nossa biblioteca da era soviética para os Estados Unidos. Logo após nossa chegada, quando eu tinha uns treze anos, eu disse a minha mãe que um dos livros da biblioteca não prestava para nada. Era um romance francês em tradução russa. Ela me olhou com um novo olhar e disse: "Você tem bom gosto." Esta frase é em grande medida responsável pelo fato de eu ter ousado simplesmente começar a escrever um romance.

Comecei a escrever essa novela logo antes do nascimento do meu filho e continuei até o nascimento da irmã dele, dois anos depois. Encontrar momentos calmos não teria sido possível se não fosse a ajuda de minha mãe, bem como de Lyudmila, Olga, Inna, Valentina, Irina e Ilaria por me ajudarem a cuidar das crianças e me darem tempo para escrever.

Por fim, a pessoa que estava presente diariamente — nas mortes na família, nas mudanças transcontinentais, nos períodos de gravidez, na pandemia e nos angustiantes meses de guerra — e que nunca, sequer por um segundo, duvidou que eu seria capaz de concluir este livro e de entregá-lo ao mundo foi meu marido, Richard. Te amo.

Impressão e Acabamento:
GRÁFICA GRAFILAR